U0164983

主　　编：和段琪

副 主 编：蒋兴明　姚天祥　叶燎原

参编人员：马　超　向　翔　杨　晶　肖　飒　谢青松

郭家骥　蔡　毅　蔡榆芳　郭　娜　张德兵

赵泽宽　毛宗晦　徐卫华

环保使命

——建设美丽家园 过上美好生活

主　编　和段琪
副主编　蒋兴明　姚天祥　叶燎原

人民出版社

责任编辑:刘　恋
封面设计:徐　晖
责任校对:吕　飞

图书在版编目(CIP)数据

环保使命:建设美丽家园　过上美好生活/和段琪 主编.
　—北京:人民出版社,2015.11
ISBN 978 - 7 - 01 - 015218 - 9

Ⅰ.①环…　Ⅱ.①和…　Ⅲ.①环境保护–研究–中国　Ⅳ.①X–12

中国版本图书馆 CIP 数据核字(2015)第 216880 号

环 保 使 命
HUANBAO SHIMING
——建设美丽家园　过上美好生活

和段琪　主编

蒋兴明　姚天祥　叶燎原　副主编

人民出版社 出版发行
(100706　北京市东城区隆福寺街 99 号)

北京明恒达印务有限公司印刷　新华书店经销

2015 年 11 月第 1 版　2015 年 11 月北京第 1 次印刷
开本:710 毫米×1000 毫米 1/16　印张:20.75
字数:319 千字

ISBN 978 - 7 - 01 - 015218 - 9　定价:45.00 元

邮购地址 100706　北京市东城区隆福寺街 99 号
人民东方图书销售中心　电话 (010)65250042　65289539

 # 序

　　《环保使命——建设美丽家园　过上美好生活》一书，是我在云南省人民政府分管环境保护工作期间的一点思考。

　　马克思指出人的自由发展是共产主义的内在要求之一，闪耀着环保使命的辩证唯物主义光辉。环保的运动变化发展以时间地点条件为转移。环保，不仅为今天活着的人，而且为明天出生的人，更为后天人类的繁衍。

　　眼前的文稿透过时光映射出从昨天研究思路到今天成型文字的转化……

　　——2004年6月17日，在云南省委党校作经济形势报告时，我提出：人的自觉的行动过程，就是建设美丽家园、过上美好生活的奋斗过程。

　　——2008年11月11日，在云南省峨山县调研工业发展时，我要求：工业园区建设要围绕建设美丽家园、过上美好生活。

　　——2009年1月，我撰写了《着力解决资源浪费和环境污染突出问题》的调研报告。

　　——2009年9月23日，我点题组织课题组开展环保使命研究，探索建设美丽家园、过上美好生活的哲学思考。

　　——2010年4月1日，我从理论层次思考：人与自然和谐建设美丽家园，环境承载力决定美好生活。这是对环保使命主题的破题。

　　——2010年10月25日，我要求课题组：在研究过程中要吸收采纳马克

思主义哲学、环境美学的思想。

　　——2010年12月至2011年4月，我多次召集课题组主要成员讨论修改研究方案。

　　——2011年5月至2012年10月，我对昆明理工大学、云南省社会科学院提出的研究提纲、研究初稿提出了修改要求。

　　——2012年11月18日，党的十八大召开后，我要求课题组研究充实完善生态文明的重要内容。

　　——2013年11月12日，党的十八届三中全会通过《中共中央关于全面深化改革若干重大问题的决定》后，我又要求对初稿充实了相关内容。

　　……

　　抽象的思路已经点睛为课题的研究，开展的课题已经变化为具体的文稿。具体撰写分工是：导论、第三章（马超、姚天祥），第一章（向翔），第二章、第七章、第八章（姚天祥），第四章、第六章（马超），第五章、第十四章（杨晶），第九章（肖飒、谢青松），第十章（肖飒），第十一章（郭家骥），第十二章（谢青松），第十三章（蔡毅），第十五章、第十六章、第十九章（蔡榆芳），第十七章、第十八章（郭娜），第二十章（张德兵），结语（姚天祥、杨晶），最后由姚天祥负责统稿。全体研究人员多次进行集体讨论修改，参考借鉴了许多专家学者的研究成果，形成了最终的研究报告。2014年4月1日，研究报告印送有关专家后，得到了许多专家肯定、鼓励和支持。根据各方面意见建议补充校对，研究报告成为一份值得人民出版社付出艰辛劳动编辑出版的书稿。

　　本书是协同创新的智慧结晶，是全体研究人员的共同成果。云南省人民政府办公厅、云南省社会科学院、昆明理工大学、云南师范大学、云南省环境保护厅等单位给予了大力支持。叶燎原、蒋兴明负责研究工作的总体设计和研究提纲的构造，姚天祥对研究提纲进行了细化完善，姚天祥、肖飒、赵泽宽负责研究工作的具体组织。云南省社会科学院院长任佳研究员自始至终关心帮助研究工作，使云南省社会科学院哲学研究所成为研究的中坚力量和主要执笔人。云南师范大学叶燎原教授倾注了大量心血和汗水。昆明理工大学何玉林、周荣、彭增华、胥留德等教授贡献了珍贵的智慧力量。云南省环境保护厅厅长王建华及副厅长左伯俊、杨志强给予了技术支持。云南省人民政府办公厅蒋兴明、赵泽宽、毛宗晦、徐卫华等参与了研究工作。

现在形成的初步研究成果，是从马克思主义理论、哲学、思想史、经济学等多学科角度系统开展研究的初步尝试，为进一步深入开展环保使命主题的研究迈出了第一步……

环保是哲学、是信念。类本质需要类生活，透视人类自然和谐发展的新境界。劳动拒绝异化，生态文明走向新时代。使命是责任、是行动。建设美丽家园、过上美好生活是我们共同的追求和共同的向往。

和段琪
2014 年 11 月 5 日

目　录

环保使命
——建设美丽家园 过上美好生活

导 论 建设美丽家园 过上美好生活

美丽家园和美好生活是什么样的？不同时代、不同地域、不同范式的人类文明，给出了不同的答案。在东方，美丽的家园和美好的生活，要义在于人与自然和谐圆融，这一信念成就了"道法自然"的天道观、"天人感应"的认识论以及"天人合一"的价值观。在西方，美丽家园和美好生活的意义，古希腊人认为是探索自然、张扬个性、解放自我。基督教认为应该敬畏神灵、遵从神意、守望彼岸。近现代工业文明，认为只有以人类的知识和实践去认识世界、驾驭世界、改造世界，家园才能更美丽，生活才会更美好。发展是人类永恒的主题。"建设美丽家园，过上美好生活"，有利于人们正确处理经济发展与环境保护的关系，在平衡点上实现相互促进、和谐共赢。这将会使发展的内涵更加清晰，发展的途径更加明确，发展的眼光更加深远。

第一节 东方文明的诗意栖居

东方文明源远流长，中国传统文化，是其最典型的代表。"建设美丽家园，过上美好生活"，这一全人类的共同夙愿，早在两千年前的中国传统文化中，就已经得到彰显。其核心，在于"道法自然"中自然天命的神圣与伟大，

在于"天人感应"中人类对于天道的敬畏与依赖、在于"天人合一"中人与世界的和谐与圆融。

一、"道法自然"——建设美丽家园，过上美好生活的第一重境界

在中国传统文化视野下，"道"，即道路，引申为天地万物的根源和基础。未有天地之前，道就已经独立存在了。世间的一切，无论万物还是世人，都产生于道，依赖于道，繁荣于道，复归于道。"道生一、一生二、二生三、三生万物。"① 世界的本原就是这样一个独立自存的道。道孕育最初的元气，元气生出天地，天地生出阴阳，阴阳混合元气，参差多态的世界就这样产生出来。既然世间万物都来源于道，那么万物的运行变化自然也就遵从于道。于是老子说："人法地，地法天，天法道，道法自然。"② 在这里，"天""地"是自然和社会的运行变化规律，而"道""自然"，则是那冥冥之中最根本、最原初的"原始"状态。为了建设美丽家园，过上美好生活，人类要效法大地的规律，以大地为法则，大地效法于上天，以上天为法则，上天效法于大道，以大道为法则，而大道，则顺乎天地，自然而然。通过人、地、天、道、自然五个层次的效法，中国文化逐渐呈现出建设美丽家园、过上美好生活的第一个境界——道法自然。

道法自然，就应顺其自然、自然而然，不矫揉、不造作、不恣意、不妄为，不人为地干扰天地、不以私欲破坏自然。人类在对待自然时，应遵循"无为而无不为"的基本理念，在一个纯净的自然状态下实现人类物质财富和精神世界的双丰收。当然，"无为"并非绝对地消极避世、无所作为，真正的"无为"，是"不妄为"，事实上蕴含了丰富的"有为"。它倡导不以人类的私欲恣意妄为，如果妄为，人类将会受到天道自然的谴责和惩罚。只有顺其自然，在"无为"中顺应天道自然的发展变化，人类反而可以从中获益、实现自我。正是循着上述"道法自然"和"无为而治"的思想理路，中华民族的先辈们，得以从一开始就走在了那田园诗般的审美生活之路上。这就是建设美丽家园、过上美好生活的第一重境界。

---

① 《老子·四十二章》。
② 《老子·六十九章》。

二、"天人感应"——建设美丽家园，过上美好生活的第二重境界

如果说道法自然奠定了中华文明最为原初的世界观根基，那么天人感应思想则为天道与人道的沟通架起了一道通畅的桥梁。

天人感应，源于儒家经典《尚书·洪范》中的五行学说。他们认为，宇宙由金、木、水、火、土五种不同的元素组成。此五种不同元素相生相胜，相辅相成，共同构成了一个和谐的宇宙秩序。五行相生表示万物之间生生不息的生成转化关系，五行相胜则表示万物之间相辅相成的变化规律。宇宙按照这这套五行相生相胜关系生成变化、繁衍生息。世界也因为这样的规律而成为一个可以理解、可以诠释、可以沟通、可以期待的圆满体系。随着时代发展，《洪范》中原始的天地运行变化学说逐渐扩展至心灵世界与社会领域，天道与人道因此得以"交流沟通"。按照天人感应学说，不仅天时依五行而运行变化，人事同样如此。"木为春生之性，宜以农为本，劝农事无夺农时，火为夏长之性，宜选贤举能，赏有功封有德，土为养成之性，宜循宫室之制，谨夫妇之别，金为秋收之性，宜刑有罪伐无道，安集天下，水为冬藏之性，宜敬四时之祭与谛祫昭穆之序。"① 春季的本性在于生发，于是春季应以农事为主；夏季的本性在于繁荣，于是夏季应以礼仪为主；秋季的特征在于收敛，所以主刑罚；冬季的特征在收藏，所以主祭祀。上述思想，便是一幅完整的天人感应秩序图谱。宇宙依五行而自然而然地发展演变，日月星辰、春夏秋冬、山河大地、鸟兽鱼虫皆依五行的特性而和谐地运行变化，人类社会，乃至人体自身，同样处于这样的变化序列之中，并与自然世界形成一个清晰的对应关系，在天道中可以体证人道，在人道中同样能够参悟天道，这就是天人感应学说的核心思想。

尽管天人感应学说为我们勾勒出一幅和谐的世界画面，但从社会历史的现实角度看，无论自然还是人类，都存在着这样或那样的不和谐状态。对此，天人感应学说解释说，世界的不和谐，根本原因在于人类的盲目扩张，以及在自然面前的傲慢无知。由于人类背离自然规律，和谐的五行关系往往会被打破，五行相生相克的和谐秩序会因为失序而处于一种荒谬甚至错乱的状态。

---

① 《吕氏春秋》。

在此情况下，日月星辰、春夏秋冬的运行会失序，山河大地、鸟兽鱼虫的生成会变态，每当遇到这样的情况，人类只有虔诚敬意、谨言慎行，重新回归自然的根本秩序，以期感动上苍，才能重归正道。对美丽家园和美好生活的向往，也才能够得以实现。这便是建设美丽家园、过上美好生活的第二重境界。

三、"天人合一"——建设美丽家园，过上美好生活的第三重境界

经过"道法自然"和"天人感应"两个境界的熏陶，中国传统文化进入美丽家园和美好生活的终极理想——"天人合一"。"天人合一"是中国传统文化的精髓所在。它对中国社会数千年的稳定、和谐、发展起到了至关重要的作用。古圣先贤心目中的"天人合一"，其基本含义是肯定"天道与人道的统一"，"自然与历史的统一"，以及"外在世界与内在心性的统一"。"天人合一"思想源于先秦，其作为一个正式命题提出，则是在张载的《正蒙》中："儒者，则因明至诚，因诚至明，故天人合一。"其思想内涵大略体现在如下几个方面。

其一，人与万物同根同源，平等相待。正如张载所说，"人但物中之一物耳"，人类只是万物的一种、自然界的一部分。人与世界，并无高低贵贱之分。"民吾同胞，物吾与也。"所有天下苍生，都是我的兄弟姐妹；世间万物，都是我的同类伙伴。人与人、人与物，天生平等，生生不息，人类只有在与他人和自然的和谐相处之中，才能顺应天道、发展繁荣。庄子所言"天地与我并生，万物与我为一"[1]，同样表达了"天人合一"的终极理想。

其二，欲尽人道，应先尽天道。"天行有常，不为尧存，不为桀亡。"[2]历史的运行发展有其自身规律，不受人为因素影响，不以人类意志为转移。"万物各得其和以生，各得其养以成。""和"与"养"，都是万物蕴含的天道所在，欲了解万物，则须首先了解其背后的运行变化规律。孔子追问："天何言哉？四时行焉，万物生焉。"浩瀚宇宙不曾对我们进行具体言说，其展现的，不过四时运行、万物生长罢了，但有心之人自然能够从中领悟世界的奥妙。按照儒家的理解，这领悟的功夫，在于"格物致知"，唯有透析世间万物背后的道理，人类自我的主体性才能得到彰显，修身、齐家、治国、平天下的终极理想，才能得以真正的实现。这也是中国文化最为推崇的理想人格。

---

① 《庄子·齐物论》。
② 《荀子·天论》。

其三，"天人合一"的最终指向，并非超然世外，而在于"修身、齐家、治国、平天下"。孔子曾说："自天子以至庶人，一是皆以修身为本。"孟子更进一步强调，"天人合一"须要尽心诚意。"然其性，在尽心知性，之后才可知天。"《中庸》也曾指出："唯天下至诚，为能尽其性，能尽其性，则能尽人之性，能尽人之性，则能尽物之性，能尽物之性，则可以赞天地之化育，可以赞天地之化育，则可与天地参矣。"孔子把建设美丽家园、过上美好生活的根基立于修身之中；孟子则从至诚开始逐步推演，以修身为基础，尽其心，知其性，认为只有至真至诚，才能尽人性、尽物性、尽天性，最终方可与天地圆融贯通。立足个体心性修养，在社会伦常规范中逐步参悟天地，并最终融入天地万物，可谓是中国传统文化中最为精妙的一种气象。

中国传统文化对于美丽家园和美好生活的诠释，并非仅仅停留于人与自然关系的框架之中，除了自然之道，更有世间伦常。个人修养、照顾家庭、治理国家、安定天下——四个维度依次展开、井然有序，共同构建起一个和谐健全的世界格局。在此格局中，美丽的家园和美好的生活不再仅仅是自然风光的秀丽美好，它更是一种社会状态的和谐圆融。

总之，基于农业社会的东方文明，产生于人类尚未向自然全面扩张的上古时期，它是东方民族智慧的结晶。它所阐述的思想，是人类对世界最为古老、最为淳朴的认知范式。在东方文明话语体系下，人类对上苍充满敬畏，对万物充满喜悦，对他人充满仁爱，对上苍、对万物、对他人的爱，共同构筑起"道法自然""天人感应""天人合一"三个层次的家园追求和生活理想。这是人道与天道的感应互通，是人事与天理的彻底圆融。东方文明所理解的自然，不单单是一个客观存在，它更是人类生命的共同体，甚至人类世界的一部分。在这里，自然被纳入人的心性修养之中，自然因此而具有了灵性，具有生命。以人类心中的仁爱关照自然，又由自然为心性提供栖居之地，这一互补，彰显了人性与世界的圆融。人的生命，来自于与自然"天道"的沟通和交流，人的智慧，则是对"天道"的一种发现和彰显。这种圆融的智慧，便是东方文明最具原创性的、最为核心的精髓。生活因为家园而美好，家园因为生活而美丽。自我、家庭、国家、天下，共同构筑起中华民族心目中完满的世界秩序。

东方文明对"美丽家园和美好生活"的理解，保留了中华民族对生命的感悟，对自然的关爱，对人性的体认，对和谐的向往。它极少带有现代社会的急功近利、贪婪掠夺、经营计算。它较为平和地以厚德载物的胸怀，包容了人与世界的依存关系。这是其内在的优秀品质。当然，有优点便会有缺点。东方文明的"美丽家园和美好生活"情怀，显现了古代社会人类对自然的淳朴的情感，然而，过于朴素和圆融的情感体悟，过于直接的心性体验，使得东方文明在面对自然时必然缺少对万物的理性认知，对未知世界的不懈探寻，以及对真理确定性的孜孜以求。模糊代替了精致，感情融化了理性，仁爱超越了判断，持守阻碍了发展。在与西方文明的对话中，尤其在现代工业社会时期，东方文明的上述缺陷更加明显地体现了出来。

第二节　西方文明的社会理想

与内涵隽永的东方智慧不同。西方文明在追寻"建设美丽家园，过上美好生活"这一终极目标的过程中，更呈现出丰富多元的时代特征。其中有古希腊人理性的朴素世界观，有基督教超越的神学世界观，有近代唯理论的机械世界观，还有现代视野下扬弃了人类中心主义的、主张人与世界和谐相处的现代世界观。

一、古希腊人对美丽家园和美好生活的朴素探寻

大哲罗素曾在《西方哲学史》中说道："在全部的历史中，最使人感到惊异或难于解说的莫过于希腊文明的突然兴起。"古希腊人在科学、哲学、数学、文学、艺术各方面所取得的成就，至今令人叹为观止。其中，他们对人与自然关系的认识，则处处闪耀着理性的光辉。古希腊人具有不带任何功利色彩的对"美丽家园和美好生活"的探寻和向往，他们的世界充满了好奇和美丽。

古希腊人对自然的认识主要表现在三个方面。其一，在古希腊人那里，世界是统一的，由一些基本元素构成。泰勒斯说世界的本源是水，赫拉克利特说是火，恩培多克勒思考后认为世界应该是由水、火、土、气四种元素构成，德谟克利特则论证整个世界由不可再分的原子和虚空组成，毕达哥拉斯学派追求数的和谐，认为世界万物的关系都可以归结于整数序列之中。无论

对自然的构成持有何种观点，在古希腊人那里，自然是朴素的，同时也是美丽的。美丽的家园，美好的生活，就在于对大自然的亲近和向往。其二，在古希腊人那里，世界的运行变化是合乎理性的。这也意味着古希腊人对自然和家园的理解，已经从上古神话观念中脱离出来，达到了一个全新高度。古希腊时期，人们已经可以运用理性思维解释一部分自然和日常现象，他们意识到地球是圆的，认为地球是宇宙的中心，昼夜更替源于太阳和地球的相对运动，如此等等。总之，世界的运行变化充满了美好的规律，它正等待着人类运用理性去发现。其三，在古希腊人那里，世界是客观实在，美丽的家园和美好的生活，可以通过自己的双手去建设创造。亚里士多德建立起庞大的知识谱系，将世界纳入一个充满理性秩序的范式之中，人与自然，共同构成这一世界范式的基本要素，依照逻辑规律而运行变化，彼此相互依存、协调发展。亚里士多德因此认为，只要掌握了理性，就掌握了世界的真理，拥有真理，就可以依据真理而创造合理的社会制度，并在与自然的对话中实现人类的最高利益。总之，在古希腊人的世界中，自然是朴素的，也是美丽的，人类作为大自然的一部分，拥有与自然共通的本质——理性。掌握并运用好理性，人类便可以与自然和谐相处，家园也会因此而变得美丽，生活因此更为美好。田园诗式的生活和理想，在古希腊文明的烙印中随处可见。

二、神学世界观下的美丽家园和美好生活

西方中世纪，基督教成为社会文化的主导力量，整个社会笼罩在强大的神权之下。人们对于美丽家园和美好生活的追求，也都围绕着基督教教义而展开。由于基督教专注于人类灵魂的救赎，以及对彼岸世界福祉的向往，美丽家园和美好的生活因此而更多地蒙上了神秘的色彩，人类今生的世俗利益以及主体个性，在神学教义下受到了一定程度的压制，不再如古希腊那样蓬勃张扬，然而，人类在自然面前，却取得了基于神学的合法"优越性"。基督教神学认为，上帝是世界的创造者，他从虚无中创造了万物，自然万物仅仅是上帝创造物的底层部分，因此，它们自身并不具备独立实在的充分理由，万物只有依附上帝和人类，才具有意义。与万物不同，人类在神学的秩序中地位要优越很多。他们被认为是具有灵性的被造物，是上帝在大地上的代治者，代替上帝管理世界。因此，在神学世界的秩序中，上帝、人类和自然之间并不平等，上帝居于最高

地位，人类居中，世界万物处于底层。人与自然相对独立、相互分离。人类，因为其代治者的身份，在世界万物面前可以合法地获取一切所需之物。在此前提下，美丽的家园和美好的生活，其意义便在于人类对造物主的敬畏，并在彼岸世界中去寻求人类的终极目的。这就是基督教"人类中心主义"的思想渊源，该思想也为后来西方世界征服自然提供了理论辩护。

三、近代机械论世界观下的美丽家园和美好生活

文艺复兴以后，人类自我意识日益高涨，科学技术迅速发展，伴随着资本主义的发展，由于对物质财富的巨大渴望，人类征服自然的需求和自信也与日俱增。尤其是近代科学获得巨大成功以后，人与自然的关系变得前所未有的对立起来，人们开始把自然的存在理解为一个取之不尽、用之不竭的宝藏，把世界的运行变化理解为一个孤立的、静态的、永恒不变的机械系统，并认为一旦掌握该系统的基本规律，就可以随意运用、改造甚至彻底改变整个自然的运行发展。在此理论支撑下，西方世界对自然的侵犯和掠夺开始扩张，并直接导致了20世纪以来工业社会的一系列生态危机和社会危机。

事实上，就历史客观发展而言，机械论世界观在一定程度上曾有利于人类摆脱神权束缚，张扬自我主体意识，人类物质文明因此极大丰富，精神文明也因此充满进取心和创造力，这在一定历史条件下具有积极的历史意义。然而，过犹不及，机械论世界观在取得上述成就的同时，也为人与自然的割裂和对立埋下了伏笔。人类对自然的感情由敬畏和亲近，逐渐变为轻视和疏远，自然逐渐被视为人类天经地义的财富聚集地，取之不尽，用之不竭。正是基于上述观念，现代西方文明对自然的扩张和征服愈演愈烈，各类社会危机和生态危机不断产生、持续蔓延。直到人类社会频繁遭到自然的报复之后，人们才开始重新反思何为美丽家园，何为美好生活。"建设美丽家园，过上美好生活"这一信念，在人类陶醉于工业文明两百年之后，才重新进入大众的视野之中。

总之，西方人对于"建设美丽家园，过上美好生活"的理解，比东方人要直接得多。其所取得的成就，也更多地集中体现于近现代自然科学的高度发展，以及物质文明的迅速积累。它呈现为人类对自然和社会规律深刻而精确的把握，以及基于强大科学技术的高度发达的社会生产力。全人类的生活面貌，也因为西方文明的巨大成就而得以彻底改变。在西方工业文明短短300

年的时期内，它创造的精神文明和社会财富，远远超过数千年来人类历史的全部积累，它对人类社会结构的变革，将人类彻底从封建蒙昧的体系下解放出来。理性、科学、进步的观念就此深深烙印在了人类文明的标识之上。

当然，西方工业文明在取得巨大成就的同时，也消耗了人类有史以来从未消耗过的自然资源。自然世界在工具理性和科学技术为先导的社会体系下，遭遇了前所未有的危机和挑战。20 世纪中叶以后，西方社会开始系统反思工业文明的利弊所在，直到此时，东西方文明关于"美丽家园和美好生活"的对话，开始出现真正的契机。

第三节　当代中国实践的价值指向和意义

一、"建设美丽家园，过上美好生活"的内涵

马克思早在 150 年前就指出："文明如果是自发地发展，而不是自觉地发展，则留给自己的是荒漠。"[①] 马克思这句名言精辟地揭示了人类文明与自然环境之间的关系。今后二三十年，是我国经济发展的关键时期，同时也是我们环境保护的关键时期，实现工业化过程不对自身环境和世界环境造成损害，不仅关系到中华民族的繁荣昌盛，而且将影响全世界。"建设美丽家园，过上美好生活"，昭示着我们将重新审视过往的行为，摒弃以牺牲环境为代价的传统文明。这不论对于实现以人为本、全面协调可持续发展，还是对于改善生态环境、提高人民生活质量，实现全面建成小康社会的目标，都是至关重要的。

"建设美丽家园，过上美好生活"体现了以人为本的价值理念。社会发展的核心是人。人既是推动社会发展的动力，又是衡量社会进步的根本尺度。人类社会的发展和进步总是集中表现在人的发展上，表现在满足人类的生存和发展的需要上。经济发展和社会发展，倘若不能转化为人的发展，那就失去明确的目的和方向。"以人为本"是科学发展观的核心，促进人的全面发展是建设生态文明的终极价值追求。"建设美丽家园，过上美好生活"，就是要

[①]　转引自曲格平：《曲之求索：中国环境保护方略》，中国环境科学出版社 2011 年版，第 42 页。

从解决人民群众最关心、最直接、最现实的利益问题入手，着力解决好群众普遍关注的环境问题。环境问题解决不好，就会使人们生活环境的质量下降，影响人们的生活质量、身体健康和生产活动。严重的污染事件不仅带来健康问题，也造成社会问题。随着人们的生活水平的提高，人们对生活质量提出了更高的要求，对洁净的空气、清洁的饮水和绿色食品等生态条件和良好生态环境的需求越来越迫切。"建设美丽家园，过上美好生活"，就是要创造一个适合于人的本性的良好生态环境，让人们在优美的环境中工作和生活。

"建设美丽家园，过上美好生活"内在地要求转变经济发展方式，推动经济社会又好又快发展。科学发展观的基本要求是全面协调可持续发展。在经济发展领域，它要求经济增长与经济结构优化的统一，经济产出与资源节约的统一，经济效益与生态环境保护的统一。正如党的十八大报告所说，要在经济持续健康发展，转变经济发展方式方面取得重大进展，在发展平衡性、协调性、可持续性明显增强的基础上，实现国内生产总值和城乡居民人均收入2020年比2010年翻一番。这是从更高层面的经济观来把握的增长。从人与自然关系的视角看，如果经济增长损害了更大的生态圈平衡，则不仅"以人为本"的价值目标难以实现，而且经济资源将在更大的范围内配置失衡，导致更高层次意义上的不经济后果。所以，必须大力推进节能减排，积极发展循环经济，加快建设资源节约型、环境友好型社会。

"建设美丽家园，过上美好生活"要求树立正确的科学技术观。自近代科学兴起以来，科学技术很快就成为生产力的核心要素，培根的"知识就是力量"不仅得到验证，并且被逐渐发挥到极致。实际上，现代科学技术已经导致人类从对自然的适应和利用为主转变为以占有和征服自然为目的。现代科学技术的高度发展带来了对地球的过度开发与消耗以及对周遭环境的严重污染，威胁到了人的生存与发展。"建设美丽家园，过上美好生活"，提出了技术绿色化、生态化转向以及如何正确合理使用科学技术的问题，要求纠正科学绝对真理论和技术万能论的片面观点。显然，正确认识科技理性与价值理性的关系，正确认识科学知识的确定性不确定性关系等，有助于人们解决科学技术与社会发展的不相协调的状况。

"建设美丽家园，过上美好生活"强调自然环境、社会经济和人的全面发展。自然环境是经济发展能够持续、有后劲的前提与基础条件。经济增长是发展的基础，但增长并不简单地等同于发展，如果单纯追求扩大数量，提升速度，而不重视质量效益，这样的发展是片面的。何况人的需求是多方面、多层次的。人类社会构成的多样性，以及人类生存的永恒性等特点，也是实现人的全面与协调发展的根本原因。所以，"建设美丽家园，过上美好生活"，不是把发展仅仅看成是环境问题、经济问题、社会问题或人的问题，也不是追求生态环境、社会经济和人的某个单系统的最优发展，而是追求在一定背景条件下有一定的匹配关系的整体最优，这也是科学发展观的精髓所在。总而言之，"建设美丽家园，过上美好生活"，要求在自然界涵养能力和更新能力允许的范围内，实现经济社会的持续健康发展和人与自然相和谐，不断开拓生产发展、生活富裕、生态良好的文明发展道路。

"建设美丽家园，过上美好生活"唤醒了全民的生态忧患意识。我们的环境保护和生态建设虽然取得一些成绩，然而不少地方为追求一时的经济增长速度，不惜违背经济规律和自然规律，将 GDP 视为发展全部要义，单纯依靠大规模要素投入获取经济增长速度，资源消耗惊人，环境污染严重。经济发展与资源、环境的矛盾已越来越突出。如不切实搞好资源节约和环境保护，用不了多久，我们的发展就将面临难以为继的局面。没有生态安全，中华民族就会陷入最严重的生存危机。善待自然归根结底是善待我们民族自己。"建设美丽家园，过上美好生活"，有助于人们从另一个方面加深对当前环境生态严峻形势的认识，进而认清生态环境问题的复杂性、长期性和艰巨性，尽最大可能积极主动地节约资源和保护生态环境。

"建设美丽家园，过上美好生活"抓住了关系到人类繁衍生息的根本问题。地球哺育了人类，人类只有一个赖以栖身的家园。自然界是人类赖以生存和发展的基础，只有在良好的生态环境中，人类才得以长久生存、发展壮大。我们有什么理由不保护好、建设好地球这个美丽的家园?! 地球的面积和空间是有限的，它的资源是有限的，因此，它对人类活动的支持能力（或承载力）也有一定的限度，人类的活动必须保持在地球承载力的极限之内。人类为了自身的生存与发展，需要获取自然资源，利用自然资源，但人类不能无限制无节制开发利用自然资源，不能任意用人的需要来牺牲人与自然的和谐关系，靠牺牲环境换取经济发展的结果只可能是"自取灭亡"，导致人类自身的毁灭。当前，环境生态问题的严峻现实，应验了恩格斯的忠告："但是我

们不要过分陶醉于我们人类对自然界的胜利。对于每一次这样的胜利，自然界都对我们进行报复。每一次胜利，起初确实取得了我们预期的结果，但是往后和再往后却发生完全不同的、出乎预料的影响，常常把最初的结果又消除了。"① 创造一个良好生态环境，使自然生态过程保持动态平衡和良性循环，比以往任何历史时期都显得更为迫切。"建设美丽家园，过上美好生活"，建设生态文明，对维护全球生态安全、维持人类繁衍生息、拯救我们人类自身具有重要意义。

二、加强生态文明建设的意义

当前及今后一个时期，是我们站在新起点、谋求新发展、实现新跨越的关键阶段。推进生态文明建设，对于加快转变发展方式、破解经济社会深层次矛盾，实现又好又快发展、确保国家生态安全、促进可持续发展，具有十分重要的意义。

第一，"建设美丽家园，过上美好生活"，加强生态文明建设，是全面建成小康社会的迫切需要。党的十八大报告指出，建设生态文明是关系人民福祉、关乎民族未来的长远大计。在全面建设小康社会的目标任务中，"建设生态文明"既是目标任务之一，也是实现"更高要求"的保障。总的来看，我们物质文明建设成就卓著，城乡人民对经济发展、生活改善是满意的；但对环境恶化，则反映相当强烈。在一些地方，呼吸新鲜的空气、饮用清洁卫生的水、消费无公害食品成为可望不可即的事情，以致影响了身体健康，甚至致病早亡。这就不怪有人说，30 年前，做梦也不会想到今天的生活会这样富足；同样，做梦也不会想到今天的环境会如此恶化。环境问题已成为引发社会矛盾、影响社会稳定的一大公害。生态文明作为全面建设小康社会的重要组成部分，必须与其他目标任务同步。然而，同物质文明相比，我们生态文明建设明显滞后，亟须加大力度，加快步伐。这是全面建设小康社会的战略保障。今后十几年，我们要继续抓住和用好战略机遇期，集中力量全面建设惠及十几亿人口的更高水平的小康社会。在这一过程中，将始终面临资源短缺和生态环境容量限制这两大约束。如果任由传统的、付出较大环境资源代

---

① 《马克思恩格斯选集》第 3 卷，人民出版社 2012 年版，第 998 页。

价的粗放增长继续，势必会拖全面建设小康社会的后腿。这是应当防止和避免的。

第二，"建设美丽家园，过上美好生活"，加强生态文明建设，是落实科学发展观的重要行动。科学发展观的核心是以人为本，强调发展的根本目的是不断满足人民群众各方面的需求，提高人民生活质量和水平，促进人的全面发展，要求实现经济发展与人口资源环境相协调。如果片面追求经济发展，导致经济发展与能源资源供应矛盾尖锐，导致生态环境受到严重破坏，人们的生活环境恶化和生活质量下降，就背离了科学发展观的要求。"建设美丽家园，过上美好生活"，加强生态文明建设，是我们深入学习实践科学发展观的具体行动，是实现以人为本、全面协调可持续发展的迫切需要。一方面，经过全国各族人民的共同努力，我国经济社会建设成就显著，为未来加快发展、跨越发展、科学发展奠定了坚实基础；另一方面，发展不快、发展不平衡、发展质量不高的问题还比较突出，生态环境形势依然严峻。随着工业化、城镇化加速发展和人口不断增加，节能减排和环境保护的压力还会进一步加大，面临的困难和问题也会更加突出。推进生态文明建设，不仅关系到全国各族人民的生存发展和国家的长远利益，而且关系到全球的生态安全。因此，牢固树立生态文明观念，加强生态文明建设，实现高起点、高水平发展，加快建设资源节约型和环境友好型社会，就是我们落实科学发展观的一项具体实践。

第三，"建设美丽家园，过上美好生活"，加强生态文明建设，是构建和谐社会的必然要求。社会主义的发展必须是和谐发展。实现社会和谐，建设幸福美好社会，是人类长期孜孜以求的理想。良好的生态环境和自然禀赋，是最重要的资源和资本，是最珍贵的品牌和形象。通过多年努力，我们在加强生态文明建设方面，已奠定牢固的认识基础、扎实的行动基础和广泛的社会基础。生态兴则文明兴，生态衰则文明衰。在新的历史起点上，全面建成小康社会、实现中华民族的伟大复兴，就必须把良好的生态环境作为生存之本、发展之基。充分利用比较优势与后发优势，走出一条生产发展、生活富裕、生态良好的文明发展道路，是我们加快构建和谐社会的必然要求，也是促进社会和谐的重要内容。社会主义和谐社会包括人与人和谐、人与社会和谐和人与自然和谐，生态文明同物质文明、政治文明、精神文明一道，构成

和谐社会不可或缺的物质基础、政治保障、精神支撑和生态条件。如果对自然资源过度索取，对生态环境污染破坏，必然导致人与自然关系的紧张，反过来将破坏人与人、人与社会的和谐。

第四，"建设美丽家园，过上美好生活"，加强生态文明建设，是实现可持续发展的迫切需要。明确中国必须走全面协调可持续发展的道路，这是在新的时空和实践背景下中国特色社会主义对人与人、人与社会、人与自然关系的新回答。我国工业化和城市化水平还不高，而工业化和城市化是现代化进程中不可逾越的发展阶段。如果不改变传统发展的思维模式，继续沿袭高投入、高能耗、高排放、低效率的粗放发展方式，环境将不堪重负，资源将难以为继，社会将难以承受。节约资源和保护环境，已成为现实社会对我们可持续发展的根本要求。

生态文明是人类在发展物质文明过程中保护和改善生态环境的成果，它表现为人与自然和谐程度的进步和人们生态文明观念的增强。"建设美丽家园，过上美好生活"，把推进生态文明建设的方略和全国各族人民对美好生活的向往与追求完美地结合在一起，成为人们共同的理想、信念和愿景，也是根本的生存原则。这就从人的本质内涵上诠释了人与自然和谐的根据。人类具有高远境界，环境体现自然规律与人的意志的双重引导，世界才能持续发展，生活才能和谐美好。

第一章　新的人与自然和谐观

——马克思主义分析

在深入贯彻落实科学发展观，建设美丽中国的过程中，"建设美丽家园，过上美好生活"命题，既立足于以往发展经验的总结和当前发展实践的要求，又认真学习并深刻领会了马克思主义经典理论的基本观点和论述精神。从马克思主义基本原理和时代特征相结合的角度看，我们今天所面临的"建设美丽家园，过上美好生活"命题，无疑包含着正确认识、处理人和自然的关系；绝不滥用人改造自然的能力；不断学会认识和把握客观的自然规律；坚持开发和保护并重、走节能减排之路四个方面的问题。对这些问题，马克思主义经典作家都有着十分精辟的论述。

第一节　正确认识和处理人与自然的关系

一、人的本质

什么是人的本质？这是长期以来各个流派的经典作家们致力于探讨的一个重要问题。对此，马克思在《关于费尔巴哈的提纲》一文中回答说："人的

本质不是单个人所固有的抽象物，在其现实性上，它是一切社会关系的总和。"① 在构成这一"总和"的一系列社会关系中，人与自然的关系无疑是一个最基本也最重要的关系。对人与自然的关系，马克思主义经典作家曾经做过多方面的研究和探讨。

马克思和恩格斯在其合著的《德意志意识形态》一书中，详细论证了人与自然的关系是最基本的人类社会关系的观点。他们指出："我们首先应当确定一切人类生存的第一个前提也就是一切历史的第一个前提，这个前提就是：人们为了能够'创造历史'，必须能够生活。但是为了生活首先就需要衣、食、住以及其他东西。因此第一个历史活动就是生产满足这些需要的资料，即生产物质生活本身。"毫无疑问，对于早期人类来说，能够为他们提供"第一个历史活动"所需要的物质生产资料的，只能是大自然，是大自然造成了人类有生命的个人的存在。因此，他们得出这样的结论："全部人类历史的第一个前提无疑是有生命的个人的存在。因此，第一个需要确定的具体事实就是这些个人的肉体组织以及由此产生的个人对其他自然的关系。"②

在人与自然的关系中，马克思主义经典作家首先强调的是，"人来自自然界，人是大自然的一部分"。对于"人从大自然中进化而来"这一观点，恩格斯在《自然辩证法》一书中作了详尽论述。他说："也许经过了多少万年，才形成了可以进一步发展的条件，这种没有定形的蛋白质由于形成核和膜的而得以产生第一个细胞。但是，随着这第一个细胞的产生，也就有了整个有机界的形态发展的基础；我们根据古生物学档案的完整类比材料可以假定，最初发展出来的是无数种无细胞的和有细胞的原生生物，其中只有加拿大假原生生物留传了下来；在这些原生生物中，有一些逐渐分化为最初的植物，另一些渐次分化为最初的动物。从最初的动物中，主要由于进一步的分化而发展出了动物的无数的纲、目、科、属、种，最后发展出神经系统获得最充分发展的那种形态，即脊椎动物的形态，而在这些脊椎动物中，最后又发展出这样一种脊椎动物，在它身上自然界获得了自我意识，这就是人。"在进一步分析了劳动在从猿到人转变过程中的作用之后，恩格斯得出了这样的看法：

———————

① 《马克思恩格斯选集》第 1 卷，人民出版社 1995 年版，第 60 页。
② 《马克思恩格斯选集》第 1 卷，人民出版社 1995 年版，第 67 页。

我们连同我们的肉、血和头脑都是属于自然界和存在于自然之中的①。人就是自然界的一部分。其实，人来自大自然，人是自然界的一部分思想，马克思早在《1844 年经济学哲学手稿》里就有多次论述。马克思说，"人不仅仅是自然存在物"，"人的第一个对象——人——就是自然界、感性；而那些特殊的、人的、感性的本质力量，正如他们只有在自然对象中才能得到客观的实现一样，只有在关于自然本质的科学中才能获得它们的自我认识"。这就是说，作为直接的自然存在物，不但人的肉体是大自然的一部分，连人所独有的一些知识和能力，都离不开自然界。他还说："人（和动物一样）靠无机界生活，而人和动物相比越有普遍性，人赖以生活的无机界的范围就越广阔。……人靠自然界生活。这就是说，自然界是人为了不致死亡而必须与之处于持续不断的交互作用过程的、人的身体。所谓人的肉体生活和精神生活同自然界相联系，不外是说自然界同自身相联系，因为人是自然界的一部分。"②

二、人与自然的关系

人与自然的关系当然是一个涉及多方面内容的关系。马克思主义经典作家把它区分为敬畏（崇拜）关系、实践关系、认识关系、审美关系等。马克思和恩格斯在《德意志意识形态》一书中指出："自然界起初是作为一种完全异己的、有无限威力的和不可制服的力量与人们对立的，人们同自然界的关系完全像动物同自然界的关系一样，人们就像牲畜一样慑服于自然界。"③ 在这种情况下，自然界中不能预见的作用、不可控制的力量非常多，因而在很多时候，自然一直是人恐怖和敬畏的对象。直到社会已经大大向前发展，这种不能预见的作用、不可控制的力量依然存在，因而人们也就发展出对自然的灵物崇拜、鬼神崇拜和宗教崇拜。实践关系和认识关系是人与自然关系中的基本关系，从人们开始他们的第一个历史活动即从大自然中采集和猎取某种养活他们的物质资料的时候，人与自然的实践关系也就开始了。而且，"这是人们从几千年前直到今天单是为了维持生活就必须每日每时从事的历史活

① 《马克思恩格斯选集》第 4 卷，人民出版社 1995 年版，第 273、384 页。

② 《马克思恩格斯文集》第 1 卷，人民出版社 2009 年版，第 211、194、161 页。

③ 《马克思恩格斯选集》第 1 卷，人民出版社 1995 年版，第 81 页。

动，是一切历史的基本条件。"① 马克思、恩格斯特别重视人的实践，重视人与自然的实践关系，同时认为实践和认识是不可分的。"自然科学和哲学一样，直到今天还全然忽视人的活动对人的思维的影响；它们在一方面只知道自然界，在另一方面又只知道思想。但是，人的思维的最本质和最切近的基础，正是人所引起的自然界的变化，而不仅仅是自然界本身；人的智力是按照人如何学会改变自然界而发展的。"② "随着手的发展、随着劳动而开始的人对自然的支配，在每一新的进展中扩大了人的眼界。他们在自然对象中不断地发现新的、以往所不知道的属性。"③ 正是在上面所说的宗教崇拜关系、实践关系、认识关系的基础上，不但人自身发展起来，人构成的社会发展起来，而且逐渐产生了人与自然的审美关系，文学艺术等也发展起来。

马克思主义经典作家还强调，人与自然关系的核心和本质是人的社会实践，是实践中的和谐协调、交流交换。也就是说，人在其中一方面为了满足自身生存发展的需要，可以利用和改造自然，通过协调和谐的物质能量交换，从中得到必要的生活资料、发展资料、享受资料；另一方面也要承认自己只有在一定的历史条件基础上才能创造、才能生产，要不断地适应自然、善待自然、改造自己、充实自己。对沟通了人和自然对象的人的实践活动的最普遍的形式——劳动，马克思在《政治经济学批判》一书里是这样论述的："劳动作为以这种形式占有自然物的有目的的活动，是人类生存的自然条件，是同一切社会形式无关的、人和自然之间的物质变换的条件。"④ 同时他在《资本论》一书中还指出："劳动首先是人和自然之间的过程，是人以自身的活动来中介、调整和控制人和自然之间的物质变换的过程。人自身作为一种自然力与自然物质相对立。为了在对自身生活有用的形式上占有自然物质，人就使他身上的自然力——臂和腿、头和手运动起来。当他通过这种运动作用于他身外的自然并改变自然时，也就同时改变他自身的自然。"⑤ 对人与自然实践和认识关系中的协调和谐，对协调和谐的生产劳动创造的社会，马克思是这样论述的："社会是人同自然界的完成了的本质的统一，是自然界的真正复

① 《马克思恩格斯全集》第 1 卷，人民出版社 2009 年版，第 531 页。
② 《马克思恩格斯选集》第 3 卷，人民出版社 2012 年版，第 921 页。
③ 《马克思恩格斯选集》第 3 卷，人民出版社 2012 年版，第 991 页。
④ 《马克思恩格斯全集》第 31 卷，人民出版社 1998 年版，第 429 页。
⑤ 《马克思恩格斯全集》第 44 卷，人民出版社 2001 年版，第 207 页。

活，是人的实现了的自然主义和自然界的实现了的人道主义。"他认为，共产主义"是人和自然界之间、人和人之间的矛盾的真正解决，是存在和本质、对象化和自我确证、自由和必然、个体和类之间的斗争的真正解决"。因此，他提出这样的设想和要求："我们现在假定人就是人，而人对世界的关系是一种人的关系：那么，你就只能用爱来交换爱，只能用信任来交换信任，等等。如果你想得到艺术的享受，你本身就必须是一个有艺术修养的人。如果你想感化别人，那你就必须是一个能实际上鼓舞和推动别人前进的人。你对人和自然界的一切关系，都必须是同你的现实的个人生活的、与你的意志的对象相符合的特定表现。"① 这清楚地表明，人与自然关系的核心和本质，就是协调和谐，就是平等的物质能量交换。

这就是马克思主义经典作家对人与自然关系的最重要也最基本的观点。

第二节 不能滥用人改造自然的能力

一、生产力

在长期的人和自然的关系中，人为了自身生存和发展的需要，逐渐形成了越来越强的利用和改造自然的能力，学术界将其称之为生产力。什么是生产力？很长一段时间人们将其定义为：人改造和征服自然的能力。直到1980年我国出版发行的《辞海》一书仍然认为："生产力，亦称社会生产力。人们征服自然、改造自然的能力。表示人们在生产过程中对自然界的关系。"这一提法也代表了当时我国哲学界的基本观点。后来，哲学界对生产力的定义逐渐进行修正，如1983年出版的党政干部基础科学自学辅导材料《哲学》（第1版）指出："在马克思主义的著作中，对生产力有过多种提法，大致可以分为广义生产力和狭义生产力两种。广义的生产力泛指人们认识和改造自然的能力。其中既有物质的、现实的能力，又有精神的、潜在的能力；既有直接的能力，也有间接的能力。而狭义的生产力则限于某一范围和角度。"在马克

---

① 《马克思恩格斯全集》第3卷，人民出版社2002年版，第301、297、364页。

思、恩格斯的著作中，最接近对生产力作定义性表述的是这样一段话："生产力是人们应用能力的结果，但是这种能力本身决定于人们所处的条件，决定于先前已经获得的生产力，决定于在他们以前已经存在、不是由他们创立而是由前一代人创立的社会形式。"① 值得注意的是，在马克思主义经典作家的笔下，他们尽量避免使用人对大自然的"征服""战胜"等字样。

二、滥用生产力带来的危害

在现实生活中，人们能否真正"征服""统治"大自然呢？能否真正做到"人定胜天"呢？答案只能是否定的。对此，马克思主义创始人多次告诫我们，不要过分陶醉于我们对自然界的胜利，不能滥用人利用和改造自然的能力，要珍惜自然、善待自然。在《自然辩证法》一书中，他们一再引述人类为了自己的私利，滥用本身的能力，任意毁坏大自然，最终带来了无穷灾难和祸害的历史事实。恩格斯说："美索不达米亚、希腊、小亚细亚以及其他各地的居民，为了想得到耕地，毁灭了森林，但是他们做梦也想不到，这些地方今天竟因此而成为不毛之地，因为他们使这些地方失去了森林，也就失去了水分积聚中心和贮藏库。阿尔卑斯山的意大利人，当他们在山南坡把那些在北坡得到精心保护的枞树林砍光用尽时，没有预料到，这样一来，他们就把本地区的高山畜牧业的根基毁掉了；他们更没有预料到，他们这样做，竟使山泉在一年中的大部分时间内枯竭了，同时在雨季又使更加凶猛的洪水倾泻到平原上。在欧洲推广马铃薯的人，并不知道他们在推广这种含粉块茎的同时也使瘰疬症传播开来了。"② 这就是马克思主义经典作家笔下人类滥用改造自然的能力，给自然造成损伤，反过来自己受到的危害。

问题在于，人类的生产力是不断进步的，产业革命以后，由于科学技术的推动，人类所引起的大自然的变化，范围和规模不断扩大，速度不断加快。恩格斯在《自然辩证法》中就指出："日耳曼人移入时期的德意志的'自然界'，现在剩下的已经微乎其微了。地球的表面、气候、植物界、动物界以及人类本身都发生了无限的变化，并且这一切都是由于人的活动，而德意志的

① 《马克思恩格斯选集》第4卷，人民出版社1995年版，第532页。
② 《马克思恩格斯文集》第9卷，人民出版社2009年版，第560页。

自然界在这一期间未经人的干预而发生的变化，简直微小得无法计算。"① 可见，在认识和处理人与自然的关系中，"人类中心主义"的危害实在是不能忽视的。

更有甚者，在资本主义制度下，由于无知，也由于部分人的贪婪，社会生产出现异化，人类劳动出现异化，这种危害不但发生在人与自然关系的领域，而且发生在整个人类社会生活领域。马克思十分痛心地指出："人越是通过自己的劳动使自然界受自己支配，神的奇迹越是由于工业的奇迹而变成多余，人就越是会为了讨好这些力量而放弃生产的乐趣和对产品的享受。"这样一来，其结果必然就是："工人在劳动中耗费的力量越多，他亲手创造出来反对自身的、异己的对象世界的力量就越强大，他自身、他的内部世界就越贫乏，归他所有的东西就越少。宗教方面的情形也是如此。人奉献给上帝的越多，他留给自身的就越少。工人把自己的生命投入对象：但现在这个生命已不再属于他而属于对象了。"② 这就是说，异化了的人，被无知蒙蔽了双眼，为从大自然中掠夺更多的财富而滥用"征服"、改造自然的能力，在赖以生存的财富对象中迷失了自己。

第三节　要学会认识和把握客观的自然规律

一、认识和把握客观自然规律的重要性

人之所以处理不好人与自然的关系，滥用自己改造自然的能力，最终破坏了自然生态系统，破坏了人和自然之间的和谐相处，除了前面说过的部分人的贪婪和"人类中心主义"的思想影响外，根本的原因就是不了解自然界本身的规律，不按照客观的自然规律办事。为了维系自然自身的平衡和人与自然关系的协调和谐，人类就必须学会认识自然规律，把握自然规律，严格按照客观的自然规律办事。对此，恩格斯告诫说："我们每走一步都要记住，我们统治自然界，决不像征服者统治异族人那样，决不是像站在自然界之外

---

① 《马克思恩格斯全集》第 9 卷，人民出版社 2009 年版，第 484 页。

② 《马克思恩格斯全集》第 3 卷，人民出版社 2002 年版，第 275、268 页。

的人似的，——相反地，我们连同我们的肉、血和头脑都是属于自然界和存在于自然之中的；我们对自然界的全部统治力量，就在于我们比其他一切生物强，能够认识和正确运用自然规律。"①

对客观规律的深入探究和准确概括，是马克思主义哲学的重要工作之一。马克思主义哲学认为，物质世界是有机联系的统一整体，是按其固有规律无限发展着的。要正确认识世界和改造世界，就必须了解物质世界为什么会发展，它的发展规律是什么。对于"建设美丽家园，过上美好生活"来说，既涉及自然发展规律，也涉及社会发展规律。关于自然规律，恩格斯说："自然界中的普遍性的形式就是规律，而关于自然规律的永恒性，谁也没有自然科学家谈得多。……对自然界的一切真实的认识，都是对永恒的东西、对无限的东西的认识，因而本质上是绝对的。"② "在自然界中（如果我们把人对自然界的反作用撇开不谈）全是没有意识的、盲目的动力，这些动力彼此发生作用，而一般规律就表现在这些动力的相互作用中。在所发生的任何事情中，无论在外表上看得出的无数表面的偶然性中，或者在可以证实这些偶然性内部的规律性的最终结果中，都没有任何事情是作为预期的自觉的目的发生的。"③ 必须指出的是，不管是自然规律还是社会规律，都是客观的、固有的，是不由人的意志所决定的。人要利用自然、改造自然，使之为满足自己的需要服务，就只能努力认识了解自然规律、服从顺应自然规律、把握运用自然规律，而不能根本不懂自然规律、无视违背自然规律，或者妄想去改变改造自然规律。只有认识、了解自然规律，服从、顺应自然规律，把握、运用自然规律，按自然规律办事，才能实现人与自然的协调和谐，取得预期的效果。正是由于人在长期的历史发展中学会了认识和运用自然规律，人才从动物中提升出来，使人和动物表现出根本的不同。马克思说："通过实践创造对象世界，改造无机界，人证明自己是有意识的类的存在物，就是说这样一种存在物，它把类看作自己的本质，或者说把自身看作类存在物。诚然，动物也生产。它为自己营造巢穴或住所，如蜜蜂、海狸、蚂蚁等。但是，动物只生产它自己或它的幼仔所直接需要的东西；动物的生产是片面的，而人的生产则

① 《马克思恩格斯选集》第4卷，人民出版社1995年版，第383页。
② 《马克思恩格斯选集》第3卷，人民出版社2012年版，第938页。
③ 《马克思恩格斯选集》第4卷，人民出版社2012年版，第253页。

是全面的；动物只是在直接的肉体需要的支配下生产，而人甚至不受肉体需要的影响也进行生产，并且只有在不受这种需要的影响才进行真正的生产；动物只生产自身，而人再生产整个自然界；动物的产品直接属于它的肉体，而人则自由地面对自己的产品。动物只是按照它所属的那个种的尺度和需要来构造，而人则懂得按照任何一个种的尺度来进行生产，并且懂得处处都把内在的尺度运用于对象；因此，人也按照美的规律来构造。"① 可见，有自身的明确目的，并且能够正确认识和运用客观规律的人的实践，是一种自由和自觉的行动，是按客观规律办事并竭力保持人与自然协调和谐的行动。

从认识和把握客观规律的要求来看人类的实践，马克思主义创始人强调，"在自然界中任何事物都不是孤立发生的，每个事物都作用于别的事物，并且反过来后者也作用于前者"②。恩格斯指出："每个事物都作用于别的事物，反之亦然，而且在大多数场合下，正是忘记这种多方面的运动和相互作用，才妨碍我们的自然科学家看清最简单的事物。"前边引述过的砍伐森林和水土保持、松林保护和高山畜牧业、山泉枯竭和洪水肆虐、马铃薯引种和瘰疬症传播等事物之间的联系和相互作用，特别是它们之间的因果关系，就是没有被当时的受害者所认识到。也就是说，违背了客观规律是大自然报复人类的根本原因。因此，人类要影响自然，要利用和改造自然，一定要注意按客观规律办事，不能把自己降低到动物的水平上。对此，恩格斯多方面研究了人和动物对环境影响的根本不同。我们已经看到：山羊怎样阻碍了希腊森林的恢复；在圣赫勒拿岛，第一批扬帆过海者带到岛上来的山羊和猪，把岛上原有的一切植物几乎全部消灭光，因而为后来的水手和移民所引进的植物的繁殖准备了土地。但是，如果说动物对周围环境发生持久的影响，那么，这是无意的，而且对于这些动物本身来说是某种偶然的事情。而人离开动物越远，他们对自然界的影响就越带有经过事先思考的、有计划的、以事先知道的一定目标为取向的行为特征。动物在消灭某一地带的植物时，并不明白它们是在干什么。人消灭植物，是为了腾出土地播种五谷，或者种植树木和葡萄，他们知道这样可以得到多倍的收获。他们把有用植物和家畜从一个地区移到另一个地区，这样就把各大洲动植物的生活都改变了。不仅如此，植物和动

---

① 《马克思恩格斯全集》第 3 卷，人民出版社 2002 年版，第 273—274 页。
② 《马克思恩格斯选集》第 4 卷，人民出版社 1995 年版，第 381 页。

物经过人工培养以后，在人的手下变得再也认不出它们本来的样子了。① 我们并不是说人类完全不应该或者不能够这样做，对自然的利用和改造是完全可以的，但要有一个"度"，要按照客观存在的自然规律行事。只有这样，才不会损害人与自然的关系，也才会达到人利用自然的目的。

二、如何认识和把握客观的自然规律

不断认识和把握客观规律，就是要做到主观和客观的统一、人的思想认识和外部世界实际情况（包括内在的本质和规律）的统一，就是要坚持实事求是、一切从实际出发的原则。用马克思主义创始人的话来说，就是要做到主观辩证法和客观辩证法的统一。恩格斯指出："所谓的客观辩证法是在整个自然界中起支配作用的，而所谓的主观辩证法，即辩证的思维，不过是在自然界中到处发生作用的、对立中的运动的反映，这些对立通过自身的不断的斗争和最终的互相转化或向更高形式的转化，来制约自然界的生活。"② 认识和把握客观规律，正是坚持思维和存在的同一性、主观和客观相统一的结合点。"我们的主观思维和客观世界遵循同一些规律，因而两者的结果最终不能互相矛盾，而必须彼此一致，这个事实绝对地支配着我们的整个理论思维。这个事实是我们理论思维的不以意识为转移的和无条件的前提。"③ 同时还需注意，认识和把握客观规律，还要透过现象看本质、在众多的偶然性中发现必然性，要在纷繁复杂的大千世界中探究带规律性的东西，去粗取精、去伪存真、由此及彼、由表及里。恩格斯说得十分精辟："历史事件似乎总的说来同样是由偶然性支配着的。但是，在表面上是偶然性在起作用的地方，这种偶然性始终是受内部的隐蔽着的规律支配的，而问题只是在于发现这些规律。"④

当然，认识和运用自然规律，是一个不断的、渐进的、永远不会完结的过程，它需要不断地学习、研究和实践。恩格斯曾经说过："事实上，我们一天天地学会更正确地理解自然规律，学会认识我们对自然界习常过程的干预所造成的较近或较远的后果。特别自本世纪自然科学大踏步前进以来，我们

① 《马克思恩格斯选集》第 3 卷，人民出版社 2012 年版，第 996 页。
② 《马克思恩格斯选集》第 4 卷，人民出版社 1995 年版，第 317 页。
③ 《马克思恩格斯选集》第 3 卷，人民出版社 2012 年版，第 977 页。
④ 《马克思恩格斯选集》第 4 卷，人民出版社 2012 年版，第 254 页。

越来越有可能学会认识并从而控制那些至少是由我们的最常见的生产行为所造成的较远的自然后果。而这种事情发生得越多，人们就越是不仅再次地感觉到，而且也认识到自身和自然界的一体性，那种关于精神和物质、人类和自然、灵魂和肉体之间的对立的荒谬的、反自然的观点，也就越不可能成立了，这种观点自古典古代衰落以后出现在欧洲并在基督教中得到最高度的发展。"① 这些经典性的论述，在新世纪新阶段发展中，在我们致力于深入贯彻落实科学发展观的关键时期，无疑的仍然具有巨大的启示作用。

第四节　坚持开发和保护并重

一、开发和保护并重

物质生产是社会生活的基础。社会生产力的形成及其不断解放、发展，是人类社会得以存在并不断进步的基本条件。生产力和生产关系、经济基础和上层建筑的矛盾运动，是社会发展进步的内在动力。必须强调的是，社会生产力是一种多因素综合力而不是某种单一因素造成的，其结构包含了多种组成要素。对于生产力构成的诸要素及其关系，马克思在《经济学手稿》中是从人和自然两个方面来分析的："如果完全抽象地来考察劳动过程，那么，可以说，最初出现的只有两个因素——人和自然（劳动和劳动的自然物质）。人的最初的工具是他本身的肢体，不过，他自身首先占有的必然正是这些工具。只是有了用于新生产的最初的产品——哪怕只是一块击杀动物的石头——之后，真正的劳动过程才开始。人所占有的最初的工具之一是动物（家畜）……这样，土地和劳动似乎是生产的原始因素，而专供劳动使用的产品，即生产出来的劳动材料、劳动资料、生活资料，只是一种派生因素。"② 到了《资本论》一书中，马克思对生产力的要素就已经说得十分明确："劳动过程的简单要素是：有目的的活动或劳动本身，劳动对象和劳动资料。"③ 其

---

① 《马克思恩格斯选集》第 3 卷，人民出版社 2012 年版，第 998—999 页。
② 《马克思恩格斯全集》第 32 卷，人民出版社 1998 年版，第 109 页。
③ 《马克思恩格斯全集》第 44 卷，人民出版社 2001 年版，第 208 页。

中，作为劳动对象的土地、森林、矿山、湖泊、河流等是自然物质，而作为劳动资料的工具很多也来自自然物质。如果再考虑人的生产环境、生产条件，如阳光、空气、雨水、温度、植被、高山、草原、海洋等自然要素，更是可以断言，大自然永远是人类生产不可或缺的重要因素。

但是，在人类历史上，由于人类生产力不断发展，人的因素在生产力中的作用越来越突出，部分人（包括某些政治家和学者）在认识上就出现了偏差，过分强调劳动的作用，过分强调人的因素，过分强调人的主观能动性，似乎大自然在生产中可有可无，在人类强大的生产力面前只能作为被征服的对象甚至奴隶。对此，恩格斯早就发出了警告："政治经济学家说：劳动是一切财富的源泉。其实，劳动和自然界在一起才是一切财富的源泉，自然界为劳动提供材料，劳动把材料转变为财富。"① 自然界在人的生产中的重要作用是不容忽视的。

按照历史唯物主义的观点，自然环境即地理环境虽然不是社会发展的决定性原因，但却是社会物质生活必要的和经常的条件，是生产中不可或缺的要素。马克思早在 1844 年就指出："没有自然界，没有感性的外部世界，工人什么也不能创造。自然界是工人的劳动得以实现、工人的劳动在其中活动、工人的劳动从中生产出和借以生产出自己的产品的材料。"② 在 1857—1858 年写的《经济学手稿》当中，马克思特别讲到土地在劳动生产和人类社会生活中的作用。他说："土地是一个大实验场，是一个武库，既提供劳动资料，又提供劳动材料，还提供共同体居住的地方，即共同体的基础。人类素朴天真地把土地当作共同体的财产，而且是在活劳动中生产并再生产自身的共同体的财产。"③ 可见，人的生产劳动是离不开大自然的。

自然条件和地理环境不但是人类的生产劳动必不可少的条件，而且并不是完全被动、完全受人支配的条件。由于自然条件的差异性和它的自然产品的差异性，它是形成自然分工的自然基础，以自己独特的方式影响着物质生产和社会生活的发展。马克思在《资本论》中指出："不同的共同体在各自的自然环境中，找到不同的生产资料和不同的生活资料。因此，它们的生产方

———————

① 《马克思恩格斯选集》第 3 卷，人民出版社 2012 年版，第 988 页。
② 《马克思恩格斯选集》第 1 卷，人民出版社 2012 年版，第 52 页。
③ 《马克思恩格斯选集》第 2 卷，人民出版社 2012 年版，第 726 页。

式、生活方式和产品，也就各不相同。这种自然的差别，在共同体互相接触时引起了产品的互相交换，从而使这些产品逐渐转化为商品。""撇开社会生产的不同发展程度不说，劳动生产率是同自然条件相联系的。这些自然条件都可以归结为人本身的自然（如人种等等）和人的周围的自然。外界自然条件在经济上可以分为两大类：生活资料的自然富源，例如土壤的肥力，渔产丰富的水域等等；劳动资料的自然富源，如奔腾的瀑布、可以航行的河流、森林、金属、煤炭等等。在文化初期，第一类自然富源具有决定性的意义；在较高的发展阶段，第二类自然富源具有决定性的意义。例如，可以用英国同印度比较，或者在古代世界，用雅典、科林斯同黑海沿岸各国比较。"①

自然条件和地理环境成为社会生产过程中的要素，从而为人类服务，被人类所利用，当然少不了人类的开发。但是，这种开发是有限度的，绝对不能过度过量，而且一定要遵循自然发展本身的规律。这就无可置疑地提出了在人类的发展过程中如何保护大自然，保护我们的自然条件和地理环境的问题。在马克思主义经典著作中，坚持开发与保护并重，实现在开发中保护、在保护中开发，做到人与自然协调和谐，也就是顺理成章的必然要求和基本主张。保护自然条件和地理环境，也就是保护生产力本身。即使是对那些纯粹的"无偿的"自然物质，马克思也将其当作生产力看待："作为要素加入生产但无须付代价的自然要素，不论在生产中起什么作用，都不是作为资本的组成部分加入生产，而是作为资本的无偿的自然力，也就是，作为劳动的无偿的自然生产力加入生产的。但在资本主义生产方式的基础上，这种无偿的自然力，像一切生产力一样，表现为资本的生产力。"② 毁坏了大自然和地理环境，也就是毁坏了生产力。

二、节能减排

要保护自然条件和地理环境，在生产实践中就必然要努力做到节能减排。《资本论》第三卷在讲到资本主义的生产过程时，马克思专门论述了"不变资本使用上的节约"问题。尽管马克思的出发点在于揭示资本家的目的是降低产品成本、提高自己所占有的剩余价值率，但这种揭露在事实上却明确地指

---

① 《马克思恩格斯全集》第 44 卷，人民出版社 2001 年版，第 407、586 页。
② 《马克思恩格斯全集》第 46 卷，人民出版社 2003 年版，第 843 页。

出了节能减排的必要性和可能性。所谓不变资本，指的是资本家用于购买生产资料的那一部分资本。这里的生产资料，包括厂房、机器、设备、燃料（能源）、原材料和辅助材料等。不变资本上的节约，也就是厂房、机器、设备、能源、原材料和辅助材料的节约。马克思是从劳动条件节约，动力生产、动力传送和建筑物的节约，生产排泄物的利用，由于发明而产生的节约等几个方面来论述这个问题的。生产条件的节约，在降低生产成本、提高效益方面的作用是不言而喻的。马克思指出："生产条件的节约（这是大规模生产的特征）本质上是这样产生的：这些条件是作为社会劳动的条件，社会结合的劳动的条件，因而作为劳动的社会条件执行职能的。……生产资料的集中，可以节省各种建筑物，这不仅指真正的工场，而且也指仓库等等。燃料、照明等等的支出，也是这样。其他生产条件，不管由多少人利用，会仍旧不变。"在这当中，马克思专门考察了机器的改良、安装的改进、厂房的设置、传动距离的缩短等给资本家带来的好处。他得出结论说："因此，资本家狂热地节约生产资料是可以理解的。要做到一点也不损失，一点也不浪费，要做到生产资料只按生产本身的要求的方式来消耗，这部分地取决于工人的训练和教育，部分地取决于资本家强加给结合工人的纪律。"[①]

十分可贵的是，马克思还专门论述了"三废"排放和治理问题。他在《资本论》第三卷一书中把我们所说的废气、废渣、废水统一称之为"生产排泄物"。他写道："关于生产条件节约的另一个大类，情况也是如此。我们指的是生产排泄物，即所谓的生产废料再转化为同一个产业部门或另一个产业部门的新的生产要素；这是这样一个过程，通过这个过程，这种所谓的排泄物就再回到生产从而消费（生产消费或个人消费）的循环中。我们以后还要比较详细地探讨的这一类节约，也是大规模社会劳动的结果。由于大规模社会劳动所产生的废料数量很大，这些废料本身才重新成为贸易的对象，从而成为新的生产要素。这种废料，只有作为共同生产的废料，因而只有作为大规模生产的废料，才对生产过程有这样重要的意义。"他对废物利用还列举了若干十分有说服力的例子。他说："化学工业提供了废物利用的最显著的例子。它不仅找到新的方法来利用本工业的废料，而且还利用其他各种各样工

----

① 《马克思恩格斯全集》第46卷，人民出版社2003年版，第93、98页。

业的废料,例如,把以前几乎毫无用处的煤焦油转化为苯胺染料,茜红染料(茜素),近来甚至把它转化为药品。"①值得注意的是,如果说上面的论述讲的是"三废"的再利用的话,马克思也专门论述了"三废"减量化的问题。他说:"应该把这种通过生产排泄物的再利用而造成的节约和由于废料的减少而造成的节约区别开来,后一种节约是把生产排泄物减少到最低限度和把一切进入到生产中去的原料和辅助材料的直接利用提到最高限度。"对减少废物排放的办法,他说:"废料的减少,部分地要取决于所使用的机器的质量。机器零件加工得越精确,抛光越好,机油、肥皂等物就越节省。这是就辅助材料而言的。但是部分地说,——而这一点是最重要的,——在生产过程中究竟有多大一部分原料变为废料,这要取决于所使用的机器和工具的质量。最后,还要取决于原料本身的质量。"②这就告诉我们,不管是要做到"三废"的"减量化",还是要做到"三废"的"再利用",都必须引进先进技术、富有创新精神、不断改进生产设备、提高原材料和产品质量。

总之,马克思主义经典理论从论述人与自然的关系开始,强调二者之间的协调和谐发展,告诫我们不能滥用人改造自然的能力而干出毁坏自然生态的蠢事,要认识和把握客观的自然规律,按照客观规律办事,努力做到开发和保护并重,在生产中尽可能节约能源和原材料,尽量减少"三废"排放和实施再利用。这些,正是我们坚持生态环境优先,按照经济建设与生态建设同步进行、经济效益与生态效益同步提高、产业竞争力与生态竞争力同步提升、物质文明与生态文明同步前进的要求,走生态建设产业化、产业发展生态化之路,建设资源节约型、环境友好型社会的理论基础。根本目的是建设美丽家园,过上美好生活。

---

① 《马克思恩格斯全集》第46卷,人民出版社2003年版,第91、117页。
② 《马克思恩格斯全集》第46卷,人民出版社2003年版,第117页。

第二章 物体系的自反与一切人的全面发展
——唯物史观分析

　　"建设美丽家园，过上美好生活"是一个古老而又富有现实意义的命题，它关系到人的幸福和生活的意义。在马克思看来，资本主义使人类的存在方式发生了巨大的变化，在带来人类进步的同时也导致了人类存在的异化。马克思指出："工人只有当他对自己作为资本存在的时候，才作为工人存在；而他只有当某种资本对他存在的时候，才作为资本存在。资本的存在是他的存在、他的生活，资本的存在以一种对他来说无所谓的方式规定他的生活的内容。"① 可以说，资本是现代的本质范畴。在资本对存在的规定中，活动着的人本身却失去了独立性和个性。在马克思看来，不仅是工人，即使在资本关系中居于主导地位的、似乎是被满足和被巩固的有产者其实也只是获得了一种人的生存的外观。在资本规定中，不仅人而且自然也成为"纯粹的有用性"而失去诗意的感性光辉，发生了普遍异化，而不是以其丰富性、全面性展示于人。资本驱动的历史发展，形成了一系列亟须改变和超越的存在悖论：这就是进步与衰退、富裕与贫穷、文明与野蛮、自由全面发展与异化的共存。

－－－－－－－－－－

　　① 《马克思恩格斯全集》第3卷，人民出版社2002年版，第281—282页。

第一节　唯物史观对自然和人"异化"根源的揭示

一、什么是"异化"

资本主义登上历史舞台是近代以来人类历史的重大事件。三百多年前开始的资本主义工业文明使生产力得到迅速发展的同时，对大自然的统治和掠夺达到了登峰造极的地步。现代意义上的环境危机或生态危机最早就出现在西方工业革命之后，并且在二次大战后随着资本主义在世界范围内的急剧扩张而变为全球性问题。换言之，当今全球性的环境危机，根源于资本主义社会的剥削性、对抗性和扩张性发展，或者说，资本主义私有制的长期存在是导致环境危机的社会根源。马克思曾经指出，资本主义"剥夺了整个世界——人的世界和自然界——固有的价值……在私有财产和金钱的统治下形成的自然观，是对自然界的真正的蔑视和实际的贬低"。① 推崇财产私有、主张索取和占有，片面强调自然对人的有用性，物化过程和资本主义生产方式的确立过程是相伴而生成的，并且以"物"的发展作为衡量人与自然的统一的尺度，这是一切私有制度的共同特征。因此，在私有制条件下，人们对自然开发只能是掠夺式和浪费性的，它只把自然当作是原材料、资料和为满足增加已有价值的需要而存在的东西，完全无视自然的价值和地位，无视自然的环境效益和生态效益。从生产方式来看，片面地发展社会生产，单纯地追求剩余价值，这是私有制度的另一特征。这势必导致掠夺自然与剥削人并存，滥用主体性和践踏主体性并存。掠夺自然是以一部分人剥削另一部分人而实现的，而滥用人的主体性又践踏了人的主体性，这实际上就是马克思多次提到的资本主义社会发生的人的"异化"现象。历史与现实告诉我们，在资本主义社会，与其说是"掠夺""奴役""统治"自然，不如说是"掠夺""奴役""统治"他人。在私有制条件下，自然资源总是属于一定的主体（自然包括两部分，一部分是人自身的自然界、人自身的肉体组织——作为劳动力

---

① 《马克思恩格斯全集》第 3 卷，人民出版社 2002 年版，第 194—195 页。

的资源，另一部分是人自身之外的外部自然界——作为自然资源）。掠夺者总是通过对他人各种资源的掠夺来实现对他人的奴役和统治；也总是通过对他人的奴役和统治来实现对他人的掠夺。资本正在逐步从人那里夺走人的无机的身体即自然界。

"异化"本来是指发生在主体身上的一种现象，即主体活动的创造物脱离主体的控制，反过来成为凌驾于人之上的、支配人的异己力量。马克思一方面肯定在资本主义现代化过程中主体的解放性、独立性，人所获得的自由性与进步性；另一方面，对资本主义社会中人的"异化"进行了深刻的揭露与批判。他认为，在资本主义制度下，生产表现为人的目的，而财产则表现为生产的目的。异化改变了人与劳动的本质关系，造成了人与创造物、人与他人、人与社会以及人与自我之间的不正常状态，导致人在处理与自然和社会关系时出现困难，极大地阻碍了人们通过对象化活动实现其本性的全面发展的活动，从而与人性自由而自主的内在需求相互对立。

首先，劳动者同他的劳动产品相异化，劳动产品是劳动的结晶，是人的本质的对象化，劳动产品作为人的创造物本应属于劳动者。但在资本主义社会，"劳动所生产的对象，即劳动的产品，作为一种异己的存在物，作为不依赖于生产者的力量，同劳动相对立"。"工人对自己的劳动的产品的关系就是对一个异己的对象的关系。"① 劳动者生产的财富越多，他的产品的力量和数量越多，意味着他将被资本家剥削得越多，他也越受到他的创造物的统治。

其次，劳动者同他的生产活动本身相异化。马克思指出，劳动产品的异化根源在于生产活动本身的异化。对于劳动者来说，劳动成为外在于主体的东西，是不属于他的本质的东西。劳动本来是人的本质，是一种自由自觉的活动。人在劳动中肯定自己，自由地发挥自己的体力和智力，通过劳动改造自然界承认自己存在的价值。然而资本主义社会的异化劳动却使劳动变成外于人的东西。劳动者"在自己的劳动中不是肯定自己，而是否定自己，不是感到幸福，而是感到不幸，不是自由地发挥自己的体力和智力，而是使自己的肉体受到折磨、精神遭摧残"。② 马克思认为，如果说产品的异化是物的异化，那么劳动的异化则是人的自我异化。

---

① 《马克思恩格斯选集》第 1 卷，人民出版社 2012 年版，第 51 页。
② 《马克思恩格斯选集》第 1 卷，人民出版社 2012 年版，第 53 页。

再次，人与自己类本质的异化。马克思认为，人是一种类存在物。劳动，即自由自觉的活动，是人的能动的类生活，也是人根本区别于动物的类本质。这种类本质通过对象化，即通过改造对象世界、改造无机自然界的实践得到表现和确证。"人不仅像在意识中那样在精神上使自己二重化，而且能动地、现实地使自己二重化，从而在他所创造的世界中直观自身。"但是"异化劳动从人那里夺去了他的生产对象，也就从人那里夺去了他的类生活"。① 人通过有意识的主动劳动认知自我的存在。但在资本主义社会，由于劳动产品的异化使人还能确证其类本质，劳动本身的异化则把人的自由自觉的活动变成仅仅维持肉体生存的手段，于是造成了人和自己的类本质相异化，人的类本质变成人的异己本质，人变成了丧失类本质的人。

最后，人与人相异化。马克思强调人与人相异化是人同自己的劳动产品、自己的生命活动、自己的类本质相异化的直接结果。因为人同自身的关系只有通过他同他人的关系，才能成为对象性的现实的关系。当人同自身相对立的时候，他也必然同他人相对立，因为"在异化劳动的条件下，每个人都按照他自己作为工人所具有的那种尺度和关系来观察他人"②。结果既是一个人同他人相异化，也是他们中的每个人都同人的本质相异化。

二、"异化"产生的根源

马克思在谈到异化现象时，主要是指社会的异化、劳动的异化、人的异化，自然的"异化"（即环境问题）尚未纳入概念之中。这是由于马克思、恩格斯所生活的那个时代环境问题远未发展到像今天这样尖锐的程度，整个生态系统尚未发生实质性恶化。马克思、恩格斯没有从问题学的视角来直接讨论环境生态问题，那个时代的人们，一直误认为地球的资源是取之不尽、用之不竭的，可以任凭人类无节制的索取，对作为人类生存基础的自然资源的有限性和环境承载污染的能力的有限性认识不足。更进一步还认为自己是大自然的"主宰者"，对大自然可以为所欲为，很少考虑自然界会作出什么反应，注意力集中关注的只是人与自然相统一的一面。由于急剧发展的资本主义使得人与人的矛盾不断激化，人的解放的主题凸现了出来。由于人的异化

---

① 《马克思恩格斯选集》第 1 卷，人民出版社 2012 年版，第 57 页。
② 《马克思恩格斯选集》第 1 卷，人民出版社 2012 年版，第 58 页。

主要是社会关系的不合理带来的，因此人的解放首先在于改变不合理的现实社会关系。所以，马克思把主要精力放在了解决人与人、人与社会的矛盾问题上，并试图通过解决人与人的矛盾，来缓解人与自然的矛盾。他明确指出，要消灭异化劳动、结束人的相互异化，必须废除私有财产，而"要扬弃现实的私有财产，则必须有现实的共产主义行动"。① 总之，在资本主义生产方式下，异化是必然的产物，无论是机器工业中的自然力、科学和劳动产品的用于生产、机器工业中的统一和分工中的结合，"都作为计划的、物的东西而存在并与人自然相对立"。② 人类要获得社会进步和自身发展，必须消灭私有制、消除异化劳动，人与自然的矛盾的根本解决，有赖于社会制度的根本变革。

不可否认，由于资本主义把市场经济作为原发型的现代经济运作机制，依靠科学技术，神奇般地促进生产力的飞速发展，在一定程度上改善了人类的生存环境，并给人类带来了某些福利，发挥其巨大的正面效应。但同样由于资本主义市场经济，使社会与社会关系成为支配人的异己物，使人成为社会关系的奴隶。疯狂的竞争、无政府的生产过程、周期性的经济危机等等都表征为社会的异化状态，任何人都无法主宰自己的命运。由于人同社会关系相异化也使得人与自然关系受到极大的负面影响。或者说，社会的异化、人的异化是自然的异化根源，社会的无序与掠夺性生产必然伴随着自然的巨大破坏和浪费。这种破坏的情景在《1844 年经济学哲学手稿》中被描述为："……甚至对新鲜空气的需要在工人那里也不再成其为需要了。人又退回到穴居，不过这穴居现在已被文明的污浊毒气污染……光、空气等等，甚至动物的最简单的爱清洁，都不再是人的需要了。肮脏，人的这种堕落、腐化，文明的阴沟（就这个词的本意而言），成了工人的生活要素。完全违反自然的荒芜，日益腐败的自然界，成了他的生活要素。"③

恩格斯在《反杜林论》中也揭露了资本家对蒸汽动力的应用把一切水都变成臭气冲天的污水。他还谈到大工业集中和农村城市化的恶性循环。认为"要消灭这种新的恶性循环，要消灭这个不断重新产生的现代工业的矛盾，又只有消灭现代工业的资本主义性质才有可能。只有按照一个统一的大的计划

① 《马克思恩格斯全集》第 3 卷，人民出版社 2002 年版，第 347 页。
② 《马克思恩格斯全集》第 48 卷，人民出版社 1979 年版，第 38 页。
③ 《马克思恩格斯全集》第 3 卷，人民出版社 2002 年版，第 340—341 页。

协调地配置自己的生产力的社会，才能使工业在全国分布得最适合于它自身的发展和其他生产要素的保持或发展"。① 马克思和恩格斯还认为生产力和产品的明显破坏，与资本主义是"无法摆脱的伴侣，并且在危机时期达到顶点"。② 这些对于资本主义的形成和发展阶段作出的环境问题的分析，至今仍有现实意义。

由上可知，自然和人的异化有着深刻的社会历史原因。在资本主义社会，人类自身和自然都成为资本运行的一个环节，形成的是一种占有型的、征服型的文化，人的欲望和需求本身被不断生产和刺激出来并进入资本强制的恶性循环，对资源的利用已经逐渐触及了自然的底线，非理性的资本驱动的发展可能导致人类生存环境的崩溃。质言之，自然和人的异化是资本主义历史条件下的必然产物，它与资本主义所倡导的生产方式、生活方式，与资本主义制度本身都有着难以解脱的关联性。马克思极其珍视美丽家园和美好生活。马克思之所以痛恨资本主义，一个主要原因是出于对资本主义社会中人的那种存在方式的强烈不满，他对资本主义的批判归根到底是对资本主义社会中人的存在方式的批判。究其实质，是为了构建一种与资本主义社会中那种人的存在方式截然有别的新的存在方式。

第二节 "资本的逻辑"与"生活的逻辑"

一、"资本的逻辑"

建设美丽家园，过上美好生活，是每一个人都梦寐以求的愿望和现实生活中遵循的逻辑，也是现代社会发展的最终诉求。但是它的实现及其实现程度并不取决于每个人的主观愿望，而是受着多因素的制约。在制约人们实现上述目标的诸因素中，资本的逻辑具有极大的强制力。

所谓"资本的逻辑"，按日本学者岩佐茂的观点"是指追求利润、让自身增殖的资本的本性，资本主义社会的企业遵从这一资本的逻辑"。"资本的逻

---

① 《马克思恩格斯选集》第 3 卷，人民出版社 1995 年版，第 646 页。
② 《马克思恩格斯选集》第 3 卷，人民出版社 1995 年版，第 757 页。

辑把满足人的要求的生活资料作为商品来生产。资本的逻辑把包含人格在内的一切东西贬低为追求利润的手段，同时在生产过程中又尽量削减费用。"[1]它无偿使用环境、天气、水等自然资源，只知索取，从不回报；只知支付，从不"养息"。它在生产过程中把大量废气、污水直接排入环境中去，不考虑环境生态系统纳污和更新能力，结果导致环境被破坏，生态失去平衡。所以，"资本的逻辑可以导致环境破坏却从中产生不出积极保护环境的逻辑来"[2]。资本主义社会社会生产体制贯穿的是资本的逻辑，崇尚的是大量生产、大量消费、大量废弃的生产和生活方式。资本主义国家通过各种措施培植、助长消费主义文化。销售分析家维克托·勒博明确地指出：我们庞大而多产的经济要求我们使消费成为我们的生活方式，要求我们把购买和使用货物变成宗教仪式，要求我们从中寻找我们的精神满足和自我满足，我们需要消费东西——用前所未有的速度去烧掉、穿坏、更换或扔掉。[3]工业社会就是要促使人把生产和消费更多的物资视为"合理的行为"而大加赞扬，把相反的行为看作不合理的、落后的行为而加以责备。那些消费大量的物质财富的人会受到社会的广泛的尊敬和羡慕，消费者社会在发达的资本主义国家已经形成，并在世界范围内蔓延。只有通过这种最大量的消费和需求，才有可能在资本的增值方面获取回报。因此，以私有制为基础，以追求利润的最大化为目的的资本主义生产的无政府状态所带来的"过度生产"和"过度消费"必将导致对自然资源的掠夺性开发，资本主义条件下的企业不可能按反对其自身利益的、着眼于人的全面发展和人类的长远利益的生态化方式进行生产和经营，环境问题和生态危机的出现也就势所必然。

　　关于"资本的逻辑"，马克思早就有过精辟的论述。首先，马克思始终认为，追求眼前的经济利益和高额利润，追求剩余价值，贪得无厌，唯利是图，自私自利，这是资产阶级的本性决定的。只要生产能为自己带来剩余价值，一切问题都可能忽略不计，什么资源的永存、工人的健康、环境的清洁等都不会对价值的形成产生任何影响。这样，资本家为了追求单纯的经济效益早

　　① 岩佐茂：《环境的思想》，中央编译出版社1997年版，第169页。
　　② 岩佐茂：《环境的思想》，中央编译出版社1997年版，第169页。
　　③ 参见艾伦·杜宁：《多少算够：消费社会与地球未来》，毕聿译，吉林人民出版社1997年版，第5页。

将生态和社会效益淹没了。在资本主义社会，资本的拥有者对于资源的把握和开发是极端疯狂的，自然是他们的财富的宝库，必然是他们拼命想要获得的东西，所以人与自然环境的关系只可能是一种对立关系。其次，马克思在肯定新技术对提高劳动生产率，加速经济增长有重大作用的同时，也特别指出资本主义生产方式是以掠夺人力资源和自然资源为代价的。资本主义的生产，无论是工业生产还是农业生产都会污染环境和破坏土地的持久肥力。在《资本论》中，他认为生产"一方面聚集着社会的历史动力，另一方面又破坏着人和土地之间的物质交换，也就是使人以衣食形式消费掉的土地的组成部分不能回归土地，从而破坏土地持久肥力的永恒的自然条件。……资本主义生产发展了社会生产过程的技术和结合，只是由于它同时破坏了一切财富的源泉——土地和工人"。① 这一切也都是"资本的逻辑"作用的结果。

事实上，在资本主义私有制关系下，资本成为最高的权威，资本逻辑具有最强劲的力量，资本关系、物的关系成了支配性的关系，"现实的个人"成为手段，不仅无产者，而且资产者的生活同样受资本关系支配，个人被边缘化，人的生活全面异化，丧失了独立性与个性。正如马克思所说："在资产阶级社会里，资本具有独立性和个性，而活动着的个人却没有独立性和个性。"② 因此要实现人的解放，以人的独立性和个性置换资本的独立性和个性，"使一切不依赖于个人而存在的状况不可能发生"，使"偶然的个人"生成为"有个性的个人"，③ 就必须扬弃资本主义私有制。对此，马克思说："无产者，为了实现自己的个性，就应当消灭他们迄今面临的生存条件，消灭这个同时也是整个迄今为止的社会的生存条件，即消灭劳动。因此，他们也就同社会的各个人迄今借以表现为一个整体的那种形式即同国家处于直接的对立中，他们应当推翻国家，使自己的个性得以实现"。④ 在此，马克思为广大人民群众反抗资本的逻辑，过上美好生活，实现自身的全面发展的合法性提供了生存论意义上的保证。

过去，资产阶级对待自然资源和环境犹如对待雇佣工人一样，一切以自

---

① 《马克思恩格斯全集》第44卷，人民出版社2001年版，第579—580页。
② 《马克思恩格斯选集》第1卷，人民出版社1995年版，第287页。
③ 《马克思恩格斯选集》第1卷，人民出版社1995年版，第119页。
④ 《马克思恩格斯选集》第1卷，人民出版社1995年版，第121页。

己能否获得最大利润为出发点，这就决定了他们不可能从根本上正确地对待和解决环境问题。但是由于生态环境问题涉及整个人类的利益，其中也包括资产阶级本身的利益，所以，他们也不能不越来越给予重视，采取一些措施，有些并且取得了一定的成效和经验。然而资本主义的本质却注定了它不可能全面实行统一有效的治理。一个不容忽视的事实是，发达资本主义国家过去的发展已经欠下了巨大的生态债务，现在仍以占世界25%的人口消耗着占世界75%以上的能源和80%以上的原料。因此，就世界范围来说，发达资本主义国家应对资源枯竭、环境恶化、生态失衡负首要责任。此外，发达资本主义国家迫于国内人民群众"生态参与"的强大压力，被迫制定了严厉的保护生态环境的法律之后，竟把一些有害于人类健康和生态环境的技术、工业甚至垃圾转移到第三世界国家中去，在那里建设危险的工艺、设施和垃圾场。这是地地道道的"生态殖民主义"，实际上是一种新的"生态犯罪"，是资本主义唯利是图、不计后果的本性在新形势下的必然反映。近些年来，国际上制定关于保护各种资源的协议时所遇到的重重阻力和无休止的争执，也充分说明了这一点。

资本的本质在于实现价值增值，这一本质决定了资本的运行逻辑，即在深度和广度上不断扩张以追求价值增值。资本主义追逐利润的最大化和市场、消费的不断扩张，必将破坏生活的基本要素和生活质量。随着全球化浪潮的出现，资本成为影响世界经济的主要力量之一，人们对资本的依赖性越来越大，资本对人的日常生活、对人的生存发展起着举足轻重的作用。在资本逻辑的引导下，非理性的发展范式显现，使人类社会陷入发展悖论，许多国家为了追求利益最大化，不惜以牺牲美丽家园、美好生活和每一个人的全面发展以及子孙后代的利益来换取生产力的短暂发展，以致资源过度使用，生态环境日益恶化，贫富差距日益加重，甚至威胁到当代人的生存发展。马克思通过对资本主义生产进行严谨分析，揭示了资本的本质，并从资本视角分析社会发展问题，给人类社会发展指明了方向。马克思开创的立足于资本逻辑去分析社会发展和人的发展的研究范式，对我们研究发展理论，透析社会和人的发展困境有着重要的理论价值。

二、"生活的逻辑"

建设美丽家园，过上美好生活，一个重要的前提条件是要实现人与自然关系的协调与和谐。"生活的逻辑"是指在"人的生存"或"更好的生存"中发现价值，在劳动生活与消费生活的各个方面重视人的生活的态度、方法。生活的逻辑强调环境的不被侵害性、完整性和平衡性。一般说来，人会始终不渝地去追求改善自己的居住环境和生活条件，但又不希望生活在污水遍地、空气混浊、生态失衡的环境里。好的生存环境对人的生存与发展必不可少，对人的全面协调发展至关重要。当前，环境污染和生态破坏已经对人们建设美丽家园、追求美好生活的新期待形成严峻挑战。我国目前有 1/4 的人口饮用不合格的水。2007 年，全国地表水 27% 的断面水资源劣于 Ⅴ 类标准，58% 的断面水达不到 Ⅲ 类标准；流经城市的河段 90% 受到不同程度的污染。1/3 的城市空气受到严重污染，4 亿多城市人口呼吸不到新鲜空气，1500 万人因为空气污染患上了呼吸道的各种疾病。与此同时，广大农村的环境保护工作十分薄弱，几乎没有任何投入。据统计，进入 21 世纪以来，环境污染引发的群体性事件每年以 20% 的速度递增，2005 年，全国发生环境污染纠纷 5 万多起。显然，资本的逻辑与生活的逻辑存在着对立和冲突，资本的逻辑加深异化、分裂人的存在、污染环境以及掠夺自然资源的趋势。正如恩格斯在《英国工人阶级状况》等著作中已指出的，19 世纪初的环境问题对于多数人来说是与社会相关的，即与城市化和资本主义工业化过程相关联的经济剥削，早期的工人运动在某种程度上就是一种环境运动。资本的逻辑与生活的逻辑二者之间的矛盾主要表现在以下几个方面。

第一，资本逻辑的趋利性与美好生活对环境的要求相冲突。资本逻辑以追逐利润为终极目标，以技术理性为基本手段。马克思在《资本论》中揭示了资本的秘密，他曾引用过英国经济学家托·约·登宁这样一句话："一旦有了适当的利润，资本就会大胆起来；如果有了 10% 的利润，它会到处被使用；有了 20% 的利润，它就会活跃起来；有了 50% 的利润，它就会铤而走险；而为了 100% 的利润，它就敢践踏人间一切的法律；为了 300% 的利润，它就不惜冒犯任何罪行，甚至绞首的危险。"虽然资本的趋利本性本身无大错，但却会导致在资源争夺中的不择手段和非理性行为。不能想象，在一个严重污染的环境、在一个严重生态破坏、处处充满危机的土地上，人们能够过上美好生活。显然，资本的逻辑在一定程度上背离了资源节约型、环境友好型社会的要求，与追求美好生活的逻辑是不相容的。

　　第二，资本逻辑的短期性与美好生活的长期性、可持续性相对立。资本逻辑追求利润最大化，资本家关心的是如何在最短的时间内获得最大的利润，这也是资本市场化的表现。为了追求短期利润最大化，他们常常置环境污染、资源浪费于不顾，将严重的生态问题留给社会和未来。尤其是资本全球化的当代社会，资本拥有者更是在效率上做起了文章，为了追求效益官商勾结，置人民长远利益于不顾，过度滥用资源，竭泽而渔。而建设美丽家园，过上美好生活既是当代人的愿望，更是子孙万代的要求，实际上，对美丽家园的憧憬、对美好生活的向往是人们世代相传的追求目标，也是人类社会不断向前发展的动力，同时还是保障人类社会长期健康发展所必需。只要人类社会存在，人们对美好生活的追求就永远不会停息、不会止步。显然，在这里资本的逻辑与生活的逻辑，二者目标存在极大反差。

　　第三，资本逻辑以自我为中心的倾向性与美好生活的以人为本相矛盾。关于资本有无道德属性以及应该具备怎样的道德，这里我们暂且不谈。但资本逻辑被人掌握利用却是在现实中屡屡发生的。发达国家往往借助其雄厚的经济实力，利用资本的投机性来转嫁因资本趋利而导致的一系列问题，以此来逃避自己应负的社会责任。如，发达国家为保障本国资本的利益，利用资本全球化把落后技术、原材料和能源高消耗、污染严重的产业转移到发展中国家，有的甚至直接向发展中国家出口和倾倒有毒废料。这种做法有利于发达国家开发利用发展中国家的廉价劳动力和廉价自然资源，以及降低环境成本，从而积聚丰厚的利润。它不仅损害了发展中国家的环境与发展，侵害了这些国家和地区人民的环境权益，而且损害了全世界，使世界环境问题复杂化和严重化，并变得更加难以解决，最终损害的还是全人类的利益，因为环境污染和生态危机不仅仅是个地区性区域性的问题，其累积效应将是全球性的。就其实质而言，是资本从客体跃升至主体，并成为一种主体性力量的体现。既是对美好生活的挑战，也是对基本人权的侵犯。这与生活的逻辑所倡导的以人为本、实现人的全面自由发展的理念相背离。

　　需要指出的是，资本作为资本，不会轻易改变其本性，总是要追求价值增值，但在不同的社会条件和制度环境中，它又有其不同的属性和功能。在社会主义社会，资本存在和运行的条件发生了变化，其规律、作用的方式和功能也会发生相应的改变。为此，既要承认资本、发展资本，又要恰当驾驭资本、引导资本。让资本创造更多的财富，造福于人民，促进人的发展，这是历史进步的必然选择，也是现代化建设的必然要求。

第三节　人的全面发展

一、共产主义的理想

马克思主义认为，人的全面发展是社会历史发展的必然趋势，是共产主义的本质特征。早在马克思主义的形成过程中，人的自由、和谐、全面发展就被确定为共产主义的理想目标。在《1844 年经济学哲学手稿》中，马克思把共产主义区分为四种类型，第一种是最初的、带有平均主义倾向的"粗陋的共产主义"；第二种是"还具有政治性质，是民主的或专制的"共产主义；第三种是"废除国家的，但同时尚未完成的，并且仍然处于私有财产即人的异化的影响下"的共产主义[①]。第二、三这两种形式的共产主义都已经认识到自己是人向自身的还原或复归，是人的自我异化的扬弃；但是，因为它还没有理解私有财产的积极的本质，也还不了解需要所具有的人的本性，所以它还受私有财产的束缚和感染。[②] 因此仍然是处于私有财产即人的异化的影响下的共产主义。只有第四种共产主义才是最高意义上的共产主义，在这种共产主义下，"人以一种全面的方式，也就是说，作为一个完整的人，占有自己的全面的本质"。[③] 在《德意志意识形态》中，马克思、恩格斯第一次提出个人自由发展的联合的思想，即"建立共产主义实质上具有经济的性质，这就是为这种联合创造各种物质条件，把现存的条件变成联合的条件"。[④] 在《共产党宣言》中，马克思、恩格斯正式把人的自由全面发展作为未来社会的根本特征："代替那存在着阶级和阶级对立的资产阶级旧社会的，将是这样一个联合体，在那里，每个人的自由发展是一切人的自由发展的条件。"[⑤] 共产主义

---

① 《马克思恩格斯文集》第 1 卷，人民出版社 2009 年版，第 185 页。
② 《马克思恩格斯全集》第 3 卷，人民出版社 2002 年版，第 297 页。
③ 《马克思恩格斯全集》第 42 卷，人民出版社 1979 年版，第 123 页。
④ 《马克思恩格斯选集》第 1 卷，人民出版社 2012 年版，第 202 页。
⑤ 《马克思恩格斯选集》第 4 卷，人民出版社 2012 年版，第 647 页。

的理想说到底也就是人的全面发展的理想。人的自由全面发展是美好生活追求的终极目标。

二、人的自由

实现人的全面发展需要诸多的社会历史条件，但这些条件都可以归结到一条，即人的自由。正是由于自由是人的全面发展的根本条件，所以马克思、恩格斯在谈到人的全面发展问题时总是突出强调人的自由发展，甚至常常将人的全面发展归结为或等同于人的自由发展，将全面发展的人称为"自由的人"。人的自由首先意味着人的解放，而解放意味着摆脱束缚和获得自由。人的解放就其一般意义来说，包括人从自然界和社会关系中获得自由这两方面的含义。此外，同这两方面相联系的思想解放则是把人从旧思想、旧观念的束缚下解放出来。按照马克思主义的观点，人的解放就是要把人的世界和人的关系还给人自己，这就意味着克服私有制，克服异化，克服自然必然性的强制，从自然界的奴役下和不平等的社会关系中解脱出来，真正成为自然界和社会活动的主人。其次，人的自由意味着人的多方面需要得到充分满足。人的多层次、多方面需要的不断实现和满足是人的全面发展的基本要求。正是人的各种需要推动着他们去进行认识世界、改造世界的活动，从而推动人的自由的实现。人类在体力和智力方面向纵深发展的过程，就是完善地显示人的本质力量的过程，也是人获得全面自由地发展的过程。再次，人的自由意味着人的能力全面充分的发挥。人的能力的发展状况直接制约着人们认识和改造客观世界的水平，从而制约着人的全面自由的发展。人的能力并不是从来如此固定不变的，而是要经历一个从低到高、从小到大、从片面到全面的不断开拓和发展的过程。这种能力的不断开拓和发展，便构成人的发展的一个重要内容。随着人的需要无止境地向更高层次发展，社会必然会持续不断地创造出新的职业领域和新的劳动需求，它们必然促使人的能力向更加多样化、更加全面的方向发展。当人摆脱了外在强制和内在强制，其全部天赋、才能、潜力能够充分发挥的时候，人的活动必然升华为自由自觉的创造活动。最后，人的自由意味着人对必然性的认识和对客观世界的改造。自由是人对必然的认识和自觉运用。人的自由发展到什么程度，人的全面发展也就相应地达到什么水平。自由王国只是在由必需和外在目的规定要做的劳动终止的地方才开始。

三、建构社会系统文明

如前所述，人的全面发展，就其最根本的意义来说是指人的自由程度的发展。人类自产生以来就面临着三大关系：一是人与自然的关系，二是人与社会的关系，三是个人与他人的关系。人生活在由这三种关系相互交织起来的复杂环境之中，受着它们的制约和束缚，任何人都无法摆脱这些关系而独立存在。因而，人的全面发展并不是摆脱这些关系而独立存在，而是实现人与这些关系的和谐。由此看来，只有从社会整体发展的角度审视社会文明的进步，在物质文明、精神文明、政治文明、社会文明、生态文明五位一体的意义上建构起社会系统文明，才能建设好人类的家园，也才能够真正为人的自由全面发展开通道路。

（一）物质文明

从物质文明方面看，美丽家园、美好生活必须有发达的生产力。马克思主义认为，生产力是最革命最活跃的因素，是全部社会生活的基础和最终决定力量。人类社会的发展就是先进生产力不断取代落后生产力的历史进程。人的全面发展要受到现实存在的物质文化条件和社会关系体系的制约，因而只能是一个随着整个社会的进步而逐渐推进的过程。关于人的发展和社会进步的相互关系，马克思在揭示人类社会发展规律时指出："人的依赖关系（起初完全是自然发生的），是最初的社会形态，在这种形式下，人的生产能力只是在狭小的范围内和孤立的地点上发展着。以物的依赖性为基础的人的独立性，是第二大形式，在这种形式下，才形成普遍的社会物质变换、全面的关系、多方面的需要以及全面的能力的体系；建立在个人全面发展和他们共同的、社会的生产能力成为从属于他们的社会财富这一基础上的自由个性，是第三个阶段。第二个阶段为第三个阶段创造条件。"① 第一个历史阶段是"人的依赖关系"占统治地位的阶段。这是指前资本主义阶段。由于生产力极其低下，人的发展只能靠人对人的相互相依赖或靠集体的力量。人们只有结成某种共同体才能生存下去。人身依附关系成为各种社会和社会生活领域的主

---

① 《马克思恩格斯全集》第30卷，人民出版社1995年版，第107—108页。

要特征。人的生产能力只能是在狭窄的范围内和孤立的地点上发展着。还没有形成普遍的联系和普遍的交往。第二个历史阶段是"以物的依赖性为基础的人的独立性"的阶段。这是指资本主义阶段。随着生产力的提高，随着商品经济的发展，人与人之间的社会关系开始从对人的依赖逐步转变为对物的依赖。随着资本主义生产方式的确立，在这一阶段才形成了普遍的社会物质交换、全面的关系、多方面的要求以及全面的能力体系。创造出比自然经济更高的生产力。在这一阶段，人们虽然在形式上取得了相对的独立性，获得了某种程度的自由，但商品关系又成了束缚人的发展的新桎梏，人的社会关系和人的本质被物所异化。第三个历史阶段是"建立在人的全面发展和他们共同的社会生产能力成为他们的社会财富这一基础上的自由个性"的阶段。这是指未来的共产主义阶段。在共产主义社会里，社会生产力获得巨大发展，社会的物质和精神财富充分涌流，人们将在自觉、丰富和全面的社会关系中获得自由和全面的发展，成为具有自由个性的人。人的全面发展，首先是生产力变革的必然产物。

（二）精神文明

从精神文明方面看，美丽家园、美好生活必须有先进文化作引领。众所周知，人之所以为人，一个最根本的原因是人有思想、有精神文化追求。文化的起源是"人化"，即人的本质力量或主体性的对象化。人是文化的主体、创造者，文化是人在社会实践基础上的创造。文化的主要功能之一是化人，即教化人，或者说是塑造人和熏陶人。人和文化的关系是一种互动关系，二者互为因果。人创造文化，文化也创造人。文化是人的哺育者，由于有了文化，人才能不断开发自身的潜力，扩大视野，纯化感情，锤炼意志，实现和增强人的本质力量和创造才能，用马克思的话说，就是"培养社会的人的一切属性，并且把他作为具有尽可能丰富的属性和联系的人，因而具有尽可能广泛需要的人生产出来——把他作为尽可能完整的和全面的社会产品生产出来"。[①] 人作为现实的人是自然存在物与社会存在物的统一，而人的现实存在和发展首先有赖于由他的双重属性所规定的多层次、多方面的需要不断产生与不断满足。江泽民强调"我们建设有中国特色社会主义的伟大事业，是以

---

① 《马克思恩格斯全集》第20卷，人民出版社1995年版，第389页。

经济建设为中心，全面发展的事业。人，既有物质的需求，又有精神的需求”。① 他在论述有中国特色社会主义文化时要求我们的文化要“充分体现人民的利益和愿望，满足人民不同层次的、多方面的、丰富的、健康的精神需要”。② 恩格斯说：“文化上的每一个进步，都是迈向自由的一步。”③ 先进文化既是人类文明的结晶，又是人类文化前进的必然方向，是推动人类社会进步的精神动力和智力支持。它影响着人的精神和灵魂，渗透于社会生活的各个方面。从经济社会的发展，以及当代世界现代化的进程看，先进文化的根本任务和价值取向在于人的素质提高和人的全面发展。

从政治文明方面看，美丽家园、美好生活必须具备高度的政治民主。马克思主义政治学说的根本出发点就是追求全人类的解放。《共产党宣言》指出：“工人革命的第一步就是使无产阶级上升为统治阶级，争得民主。”④ 革命的进一步发展，将消灭一切阶级差别和阶级对立，建立一个自由人的联合体。“人终于成为自己的社会结合的主人，从而也就成为自然界的主人，成为自身的主人——自由的人。”⑤ “在那里，每个人的自由发展是一切人的自由发展的条件。”⑥ 只是从这时起，“人在一定意义上才最终地脱离了动物界，从动物的生存条件进入真正人的生存条件”，“人们才完全自觉地自己创造自己的历史”⑦。因而，人的发展不单纯是某种经济的、物质的目标。全面发展的人不仅要摆脱人的从属关系，而且要摆脱物的依赖关系。前者是人的“政治解放”，后者是人的“经济解放”。这里所说的政治解放，就是政治领域里的民主。马克思说，资本主义的政治解放具有二重性：一方面，在政治领域内，人实现上了表面上的平等主权，但是另一方面，在经济领域内，私有制和阶级差别仍然是基础，因而人们在本质上还是不平等的。因而它所能实现的政治解放，只能是部分地把人的世界和人的主体性还给部分人——资产阶级而已。广大人民群众刚刚从人的依赖关系中解放出来，却又陷入了物的即资本的依赖关系中，依然没有摆脱政治上不自由和不自主的地位而成为真正

---

① 《江泽民文选》第一卷，人民出版社 2006 年版，第 647 页。
② 《江泽民文选》第一卷，人民出版社 2006 年版，第 159 页。
③ 《马克思恩格斯选集》第 3 卷，人民出版社 1995 年版，第 456 页。
④ 《马克思恩格斯选集》第 1 卷，人民出版社 1995 年版，第 293 页。
⑤ 《马克思恩格斯选集》第 3 卷，人民出版社 1995 年版，第 760 页。
⑥ 《马克思恩格斯选集》第 1 卷，人民出版社 1995 年版，第 294 页。
⑦ 《马克思恩格斯选集》第 3 卷，人民出版社 1995 年版，第 757—758 页。

的政治主体。社会主义民主政治的实质和核心是人民当家作主。这是社会主义社会区别于其他社会的重要标志，是社会主义民主政治区别于其他阶级民主政治的根本标志，是社会主义制度优越性的重要表现。人民当家作主，既是人的全面发展的内在要求和必然结果，也是建设社会主义政治文明的根本出发点和归宿。谋求最大多数人在政治生活中的主体地位，是人类政治文明进步和发展的一个基本目标，也是衡量政治文明进化程度的重要标志。

（三）社会文明

从社会文明方面看，美丽家园、美好生活必须保持社会的和谐。公平正义是人类社会孜孜不倦的追求。早期空想社会主义者曾经描绘过一种没有剥削压迫、社会实行公平正义的图画。但由于历史的局限性，他们无法找到实现理想社会的途径。马克思、恩格斯认为，资本主义生产方式虽然创造了巨大的社会财富，但其社会制度天然制造贫富分化。公平正义是社会主义最基本的价值主张。马克思关于未来理想社会的设想，无论是按劳分配的共产主义低级阶段，还是按需分配的共产主义高级阶段，基本原则都是公平正义和人的解放。邓小平明确指出："社会主义的本质，是解放生产力，发展生产力，消灭剥削，消除两极分化，最终达到共同富裕。"① 社会主义制度的建立从根本上解决了人与人之间的不平等问题，也从本质上确立了社会公平正义的历史定位。我们所要建设的社会主义和谐社会是民主法治、公平正义、诚信友爱、充满活力、安定有序、人与自然和谐相处的社会。维护和实现社会公平正义反映了社会主义和谐社会建设的核心价值取向，是社会和谐的内在要求。十八届三中全会通过的《中共中央关于全面深化改革若干重大问题的决定》强调，要"紧紧围绕更好保障和改善民生、促进社会公平正义深化社会体制改革，改革收入分配制度，促进共同富裕，推进社会领域制度创新，推进基本公共服务均等化，加快形成科学有效的社会治理体制，确保社会既充满活力又和谐有序。"② 意在多谋民生之利，多解民生之忧，解决好人们最关心最直接最现实的利益问题，让人民过上更好的生活；建设对保障社会公平正义具有重大作用的制度，建立以权利公平、机会公平、规则公平为主要

① 《邓小平文选》第三卷，人民出版社 1993 年版，第 373 页。
② 《中共中央关于全面深化改革若干重大问题的决定》，《人民日报》2013 年 11 月 16 日。

内容的社会公平保障体系，营造公平的社会环境，保证人民平等参与、平等发展的权利。这对于促进和实现人的全面发展是至关重要的。社会公平正义是社会和谐的基本条件，也只有在和谐的社会环境中，家园才能更美丽、生活才能更美好，人的发展才能更全面。

（四）生态文明

从生态文明方面看，美丽家园、美好生活必须保持人与自然的和谐。舒适优美的生态环境不仅有利于人们的工作、学习和生活，而且有利于实现人与社会、人与自然之间的和谐相处。只有在这个意义上，人的自由全面发展才是可能的，也只有在这种人与自然之间和谐相处的境界中，人的自由全面发展才是现实的。恩格斯指出，要协调人与自然的关系"需要对我们的直到目前为止的生产方式，以及同这种生产方式一起对我们的现今的整个社会制度实行完全的变革"，[1] 他说，"我们这个世纪面临大转变，即人类与自然的和解以及人类本身的和解"。[2] 这两大"和解"，一个是针对人与自然的矛盾，即资本主义文明对大自然无限制地索取掠夺而造成的生态危机；一个是针对人与人的矛盾，即资本主义带来的人与人之间的不平等。"和解"就是"和谐"，两大"和解"就是两大"和谐"，就是整个人类社会与自然界的"和谐"。这种和谐观确立的深刻根源，就在于人与自然不可分割的联系。这种联系一方面表现为人对自然的关系，另一方面表现为自然对人的关系。人与自然的和谐观就是从这两方面的关系之中产生和体现出来的。生态文明建设是马克思所说的"人的自我异化的扬弃"和"人向自身的还原或复归"，是马克思所设想的共产主义的实现，"这种共产主义，作为完成了的自然主义＝人道主义，而作为完成了的人道主义＝自然主义，它是人和自然之间、人和人之间矛盾的真正解决，是存在和本质、对象化和自我确证、自由和必然、个体和类之间的斗争的真正解决"[3]。

① 《马克思恩格斯选集》第4卷，人民出版社1995年版，第385页。
② 《马克思恩格斯全集》第3卷，人民出版社2002年版，第449页。
③ 《马克思恩格斯全集》第3卷，人民出版社2002年版，第297页。

第三章　坚持与发展马克思主义的生态观

——生态学马克思主义分析

与中国文化和西方文明一样，"建设美丽家园，过上美好生活"同样是西方马克思主义者关注的焦点问题。在西方马克思主义学者眼中，资本主义制度下的家园并不美丽，生活并不美好。要想实现全人类的"美丽家园和美好生活"理想，必须对资本主义制度本身展开批判。而批判的切入点，则可以从当代生态危机入手。于是，"生态学马克思主义"理论应运而生。"生态学马克思主义"立足生态环境科学理念，运用马克思主义社会批判理论，揭示现代生态危机的经济、政治和文化根源，并将对环境问题的批判与对资本主义社会制度的批判结合起来，以一种前所未有的视角和立场，大胆探索当代环境问题解决之道，并最终将此立场升华为对全人类福祉的关注与颂扬。

第一节　生态学马克思主义的产生和兴起

生态学马克思主义作为西方马克思主义的一个重要分支，出现于20世纪70年代，并一直持续至今并不是偶然的，其产生和兴起有着深刻的社会现实条件和学理背景。

一、生态学马克思主义产生的经济原因

就经济方面而言，资本主义是造成全球生态危机的根本原因。由于资本主义无限追求利润的生产方式内在地包含着对自然环境的破坏，内在地决定它不可能真正实现经济可持续增长，各项环境经济政策不可能实际落实到位。因而环境问题一再让位于资本主义主导下的一轮又一轮的经济增长。资本主义生产所造成的环境破坏把人们置于日益恶化的生存环境之中。一些发达国家还通过转移低端产业将本国的环境污染转嫁到国外，有的甚至把发展中国家和欠发达地区当作倾倒各种工业废物的垃圾场，对其实行生态殖民主义，进行残酷剥削。这些国家和地区不得不承受与发达国家和地区之间的不平等交易，向发达国家出售廉价的生产资料和能源等自然资源；而廉价的生产资料和能源则降低了资本积累的成本，使资本积累加快。资本积累的加快又反过来加快了对生产资料和能源等自然资源的开采速度，形成恶性循环，最终导致全球性的生态危机和生态环境灾难。生态学马克思主义正是在对资本主义生产方式所导致的生态危机进行揭露、批判和反思中产生的。

二、生态学马克思主义产生的政治和文化原因

就政治和文化方面而言，第二次世界大战以后，西方资本主义经济进入高速恢复和发展时期，但直至 20 世纪 60 年代，经济发展并未掩盖西方社会日益错综复杂的社会矛盾。经济发展问题日益突出，生态环境问题日趋严重，西方发达国家的群众运动逐步兴起和发展。其中绿色运动和绿色组织发展最为迅速，随着生态运动的不断深入，"生态学马克思主义"逐渐占据了主要地位，产生了广泛的社会影响，从这个意义上说，生态学马克思主义是群众运动的产物。另一方面，生态学马克思主义也是西方资本主义社会传统价值取向发生变化的反映。20 世纪 70 年代西方发达国家经济发展进入滞胀阶段后，一系列全球问题摆在人们面前，人们对资本主义制度重新产生失望和怀疑，对所谓"工业化文明及其生活方式"普遍感到厌倦。为了解决这些问题，各种社会理论和政治主张相继问世，竞相登场。从而对资产阶级传统价值观念构成了严重挑战，资产阶级那种相信社会生活就是为生存而竞争的观点，大量消费就可以导致经济无限增长的观点日益动摇，进而为人们所唾弃。人们

开始重新思考生活的意义和价值所在，要求摆脱单纯的物欲，希望有更多的闲暇时间，开始重视生活质量的提高、内在精神的充实。正是在这种特有的政治及文化背景下生态学马克思主义应运而生。

三、生态学马克思主义产生的科学和技术原因

就科学和技术方面而言，生态学马克思主义是绿色运动中生态学原则和系统论相结合的产物。随着科学技术和近代大工业的出现，人们开始关注环境保护和生态平衡问题。达尔文的进化论对人在自然中的位置作了科学规定。而后，拉马克、洪堡、华莱士等科学家都曾把生物机体与其环境联系起来进行研究。1866年德国科学家海克尔首次提出"生态学"概念，认为生态学是动物与其有机环境及无机环境的全部关系的科学。生态学还表明人与自然是相互依赖的。随后，生态学的迅速发展使得"简直可以把我们的时代称之为'生态学时代'了"[1]。借助于奥地利物理学家贝塔朗菲提出的系统论生态学有了长足的发展或突破。系统论强调事物的整体和各部分组成元素之间的关联性，认为系统是由若干相互作用、相互依赖的要素所组成的、具有一定结构和特定功能的有机整体。1935年英国生态学家坦斯利把生态学和系统论结合起来，首次提出"生态系统"的概念，并以此来观察认识系统有机体与自然环境的关系问题。1949年美国学者福格特首创"生态平衡"概念，把人类对自然环境过度开发所引起的消极后果概括为破坏了"几千年来形成的生态平衡"[2]。这一提法表达了人们关于自然环境的基本观念，即维护人类生存的基本运动规律是生态平衡。后来这个概念不仅成了生态学的重要词汇，还成了哲学自然观的重要范畴。伴随着生态危机的加深以及生态学、系统论的传播，人们逐渐意识到，必须根除人们对大自然所采取的掠夺性索取的态度才能维护生态平衡，否则人类自身的生存必将受到空前的威胁。

四、生态学马克思主义产生的思想和理论背景

就思想和理论背景而言，生态学马克思主义是西方马克思主义对当代全

---

① 唐纳德·沃斯特：《自然的经济体系：生态思想史》，侯文蕙译，商务印书馆1999年版，第13页。
② 余谋昌：《生态观与生态方法》，见《生态学》杂志1982年，第40—43页。

球问题和人类发展困境的哲学思索。生态学马克思主义作为西方马克思主义批判坐标的最新转型，基本上继承了法兰克福学派的批判精神，对资本主义社会生产过程中所造成的人与人和人与自然关系的紧张进行了批判，并提出了建立打破过度生产和过度消费的未来社会主义的理想设计。在把资本主义造成的经济、政治和文化问题扩展到生态层面和全球性总体问题的同时，注重对马克思主义在生态问题上的扩展及其对解决生态问题的指导意义。生态学马克思主义一方面结合19世纪马克思对资本主义社会造成的生态问题的批判，发掘马克思主义的生态学意蕴；另一方面又紧紧抓住20世纪下半叶资本主义发展的生态难题，从制度与成本、生产条件与国家功能、经济危机与生态危机、技术系统与生态系统的非对称关系、资本主义不平衡发展与资源不可再生性关系等方面展开批判性分析，这种分析既突出资本主义社会对于全球生态的根源性，又突出对资本主义在生态问题上的非持续性的揭示。从一定意义上讲，生态学马克思主义不但没有离开马克思主义的理论传统，而且是对马克思主义的一种发展。

第二节　生态学马克思主义视野下的人类危机

"生态学马克思主义"作为当代西方马克思主义的重要流派之一。它们创造性地将生态危机、可持续发展、资源环境保护等当代热点问题纳入马克思主义理论体系中来，提出了一系列卓有建树的理论主张和制度理想。

一、生态学马克思主义的基本理论主张

尽管生态学马克思主义者的学术背景各不相同，理论旨趣颇多差异，他们也并非一个高度统一的学术流派，但其对当代人类危机（资本主义危机）的理解路径和批判方式却大致相似。

首先，在生态学马克思主义者看来，生态危机已经取代经济危机，成为当代资本主义世界固有的首要矛盾。相较于资本主义经济危机而言，生态危机对当代资本主义社会的威胁更为巨大，后果更不可估量，因为生态危机所直接威胁的对象，恰恰是人类社会的生存和发展状况，甚至人类生命本身。

而生态危机的产生，则直接归咎于资本主义生产方式。在资本主义制度下，社会生产的根本目的，往往在于资本利益的最大化。利润面前，人类的尊严、生存、发展等基本权利，都让位于现实的产业扩张和物质财富积累。在此病态的经济体系支配下，一方面，社会资本极力推动马克思笔下的"异化"生产，机器大生产变得无所不能，产业范围不断扩张，人类对自然的掠夺也相应地日益加剧，扩张—掠夺—再扩张—再掠夺，就此陷入人与自然彼此对抗的恶性循环。另一方面，为了迎合异化的生产结构，异化消费逐渐成为社会"时尚"。人们在对物质财富的无限追求和享受中，逐渐淡忘人类、自然以及社会的终极价值，欲望战胜理性、支配取代和谐，资本主义社会种种矛盾在异化的生产和消费氛围中日渐习以为常、顺理成章。而资本主义制度极力回避的，却是残酷的现实：社会生产无限扩张，高生产、高能耗、高污染、高消费，恶性循环。其最终结果必将是人类为自身的膨胀和妄为买单。在此意义上，生态危机已经超越简单的经济危机或者社会危机范畴，成为资本主义社会必须面对的最大挑战。

其次，"异化消费"主导下的社会文化是当代生态危机的文化根源。经典马克思主义对人类社会的考察，主要致力于社会生产领域的经济分析，把劳动异化视为一切异化现象的根本原因，把消灭病态的资本主义经济制度视为实现人类自由和解放的唯一途径。然而，生态学马克思主义者指出：当代资本主义世界为了掩盖生态危机的实质，不断制造"消费社会"的文化陷阱，让人们在大规模生产和消费的刺激作用下，把追求物质消费当作唯一的和真正的自我价值实现方式，从而维系资本主义制度的合法性地位。本·阿格尔就曾明确指出："异化消费是指人们为补偿自己那种单调乏味的、非创造性的且常常是报酬不足的劳动而致力于获得商品的一种现象"。[①] 人们并非出于真正需要去购买商品，而是在资本主义的市场机制，如广告、装潢以及舆论的宣传和鼓励下，去追逐自身并不真正需要的消费品。人们把消费行为作为一种自我满足的手段，并视其为人生的唯一乐趣。当消费文化成为社会文化的主流时，生态危机自然不可避免。因此，在生态学马克思主义者看来，只有从遏制"异化消费"的社会文化入手，才能逐步消除异化生产模式，并最终

---

① 本·阿格尔：《西方马克思主义概论》，慎之等译，中国人民大学出版社 1991 年版，第 494 页。

有效地遏制生态危机。克服"异化消费"，关键在于改造生产和消费观念，建立可持续发展经济模式。同时，重新评价工业文明及其生活方式，以健康向上的文化氛围引导大众。现代工业发展的要义，并不在于能给人类带来多少物质消费品，而应当看其是否有利于人与自然协调发展。而人类的幸福，则建立在自我价值与生态价值的双重实现之上，不是在消费中，而是在对社会的有益贡献中，实现真正的自我价值。

再次，建立"稳态经济模式"。所谓"稳态"，就是兼顾生态平衡和经济持续发展的社会状态。它强调理性地使用自然资源，以在人类当前利益和长远利益之间作出平衡。在生态学马克思主义者看来，把利润最大化作为衡量经济社会发展唯一标准的资本主义制度，是一种病态的社会制度。真正健康的社会经济形态，应当以生态平衡和可持续发展为第一目标。"稳态"经济模式既能满足人类生存发展基本需要，又不刻意损害自然生态系统，既克制不合理的过度生产和消费行为，又防止异化的分裂人格对现代社会文化带来的冲击。

在"稳态"经济模式下，生态学马克思主义提出了"小规模技术"思想。所谓"小规模技术"，是英国经济学家舒马赫提出的一种既能适应生态规律，又能尊重人性的"中间技术""民主技术"或"具有人性的技术"。符合"小规模技术"的中小企业，主要由家族和街道开办的中小型生产企业和服务行业组成。"小规模技术"既不会对自然环境造成大规模破坏，也不会发生生产、消费和技术层面的异化现象。每个社会个体的聪明才智和创造精神，都可以在"小规模技术"中得以实现和发展。

最后，通过非暴力社会运动变革资本主义制度。生态学马克思主义者认为，当代资本主义社会由于其不可避免的经济、政治和文化危机，最终势必走向衰落，并最终被社会主义所取代。如果西方国家继续维护现行政治经济体系，生态危机将会持续蔓延，人类最终将会为此付出惨痛代价。因此，变革资本主义制度，是解决包括生态危机在内的所有当代社会危机的治本之策。

当然，生态学马克思主义者并不主张通过"暴力革命"来实现社会制度的转型。他们认为，应当在政治和文化领域，运用马克思异化生产理论及生态危机理论去发动大众，批判资本主义违反人性和自然的发展模式，最终建立以"稳态经济"为基础的"社会主义制度"。生态学马克思主义者认为，

环保使命
——建设美丽家园 过上美好生活

资本主义社会大众对"暴力革命"并不支持，但对工具理性批判、技术理性批判以及生态批判等理论探索却颇有传统。至于如何从理论批判迈向社会实践，生态学马克思主义并不明确。正如阿格尔所说的那样："怎样用马克思主义的方向来指导生态运动，从而使我们能够提出介于能源浪费的资本主义和能源浪费的极权社会主义之间的这种'第三条道路'呢？关于这一点的答案是很难给出的。"从这一论述不难看出，生态学马克思主义理论本质上依然没有跨出资本主义意识形态范畴，尽管他们吸收了大量马克思主义理论成果，在触及社会变革的实质问题时，他们立刻偏离了马克思主义经典理论。

二、生态学马克思主义的"社会主义"制度理想

正如前文所述，生态学马克思主义是一个松散的学术流派，并无统一的政治理想和行动纲领。因此，这里我们仅以生态学马克思主义集大成者奥康纳的理论为例，简要审视生态学马克思主义理论视野中的理想社会架构。

首先，"生态学社会主义运动"是一场当代的"阶级斗争"。在西方文化语境下，"生态学社会主义运动"，大约等同于当代资本主义世界的绿色运动。在生态学马克思主义看来，绿色运动之所以具有"社会主义"性质，原因在于其致力于解决以经济危机、政治危机、文化危机和生态危机为代表的当代资本主义根本危机。同时，这一解决过程也被视为新形势下的"阶级斗争"。在生态学马克思主义者眼中，生态问题之所以是"阶级问题"，是因为在资本全球化背景下，尽管北部国家和南部国家都有生态运动，但北部国家是以剥削阶级和消费阶级的姿态出现的，南部国家则成为被剥削阶级和生产阶级的化身。另一方面，生态学马克思主义语境下的生产要素，包括了经济基础、自然环境、科学技术等方方面面。资本主义对生产要素的威胁，不仅仅在于经济扩张和环境破坏，更在于整个人类社会所遭遇的"增长的极限"以及"可持续性发展瓶颈"。绿色运动致力于建构可持续发展基础上的社会正义，它自然具有阶级斗争性质。

其次，"生态学社会主义"不同于"传统社会主义"。根据马克思主义经典理论，在资本主义社会，使用价值从属于交换价值，具体劳动从属于抽象劳动。因此，资本主义社会生产目的在于追求利润，而非满足人类本质需求，社会主义则致力于把这样一种颠倒的关系恢复正常。然而，生态学马克思主

义认为，社会主义的生态可持续性发展仅仅停留于理论层面，"无论苏联还是当代其他国家的社会主义实践，都难以真正走向生态可持续发展"[①]。因此他们认为，能够取代现行资本主义的最为理想的社会制度，并非传统社会主义，而是与生态学结合的社会主义，即"生态学社会主义"。奥康纳对生态学马克思主义社会理想——"生态学社会主义"作了如下描述："生态学社会主义是一种生态合理而敏感的社会，这种社会以对生产手段和对象、信息等的民主控制为基础，并以高度的社会经济平等、和睦以及社会公正为特征，在这个社会中，土地和劳动力被非商品化了，而且交换价值是从属于使用价值的"[②]。在奥康纳看来，整体的生态学社会主义在理论上是可行的，具体的生态学社会主义实践在现实中是能够实现。

第三，全球范围内的"生态学社会主义运动"具有现实的必要性。"世界资本主义的矛盾本身为一种生态学社会主义趋势创造了条件"[③]。生态学与社会主义的融合将构建生态学社会主义理论基础。"社会主义和生态学是互补的。社会主义需要生态学，因为后者强调地方特色和交互性，并且还赋予自然内部以及社会与自然之间的物质交换以特别重要的地位。生态学需要社会主义，因为后者强调民主计划以及人类相互间的社会交换的关键作用"[④]。"缺少一种'对自然的深刻的科学理解'为基础的社会计划，一种在动态上可持续的社会几乎是不可能的"[⑤]。奥康纳明确指出："社会主义革命的生态危害性要比资本主义相互间的对抗以及它们的反革命行为的危害性小得多"[⑥]。社会主义制度相对于资本主义制度来说更能达到生态平衡。

[①]　奥康纳：《自然的理由——生态学马克思主义研究》，唐正东、臧佩洪译，南京大学出版社2003年版，第514—538页。

[②]　奥康纳：《自然的理由——生态学马克思主义研究》，唐正东、臧佩洪译，南京大学出版社2003年版，第514—538页。

[③]　奥康纳：《自然的理由——生态学马克思主义研究》，唐正东、臧佩洪译，南京大学出版社2003年版，第514—538页。

[④]　奥康纳：《自然的理由——生态学马克思主义研究》，唐正东、臧佩洪译，南京大学出版社2003年版，第514—538页。

[⑤]　奥康纳：《自然的理由——生态学马克思主义研究》，唐正东、臧佩洪译，南京大学出版社2003年版，第514—538页。

[⑥]　奥康纳：《自然的理由——生态学马克思主义研究》，唐正东、臧佩洪译，南京大学出版社2003年版，第514—538页。

三、生态学马克思主义的理论缺陷

尽管生态学马克思主义在理论与实践上对马克思主义进行了大量有益的甚至是开创性的理论探索，并在实践上始终走在西方绿色运动的最前沿，但其在本质上依然隶属于西方社会意识形态，存在不可避免的理论局限性。

其一，生态学马克思主义者以生态危机理论取代经济危机理论，把人与自然的矛盾看成资本主义社会最为基本和最为主要的矛盾，以此替代马克思主义"生产力—生产关系""经济基础—上层建筑""生产社会化—资本主义私有制"之间的根本矛盾。在此意义上，生态学马克思主义已经偏离马克思主义唯物史观，落入"多元决定论"范畴。

其二，生态学马克思主义者倡导的"稳态经济"和"小规模技术"发展模式，目前仅停留于理论探讨，在一定程度上脱离了当代社会现实。事实上，期待人类社会通过"零增长"（换言之"不增长"）来维系生态平衡，这是一种不切实际的幻想。在"零增长"经济发展模式下，人类社会的经济增长完全停滞，以此换取生态平衡，代价未免过于沉重。根据马克思主义基本观点以及当代社会现实，无论发达国家还是广大发展中国家，经济发展依然是社会进步的第一要务。离开发展，经济、政治、文化、社会乃至生态事业，都将成为无源之水、无本之木。显然，矫枉过正式的"零增长"经济发展模式，在理论上和实践上都无法实现。

其三，生态学马克思主义过度夸大现代科学技术对生态环境带来的负面影响。尽管认识到生态危机的根源在于资本主义制度本身，但在社会批判中，生态学马克思主义者往往把矛头对准现代科学技术，认为技术进步带来了人类的无限扩张。殊不知，科学技术是人类智慧的结晶，是社会发展的重要动力，其本身并无对错之分，关键在于科学技术被谁掌握、为谁所用、所用何处。按照马克思主义基本观点，科学技术是"历史的杠杆"，是"伟大的力量"，问题的关键不在于科学技术本身，而在于运用科学技术的社会制度。

总之，生态学马克思主义通过探讨经典马克思主义理论体系中人与自然的关系，挖掘出马克思主义理论中的生态环保要素。他们重新诠释自然观念，赋予自然以历史和文化内涵。以生态问题为出发点，重新界定和批判资本主义社会基本矛盾，并尝试通过一系列的理论探索和社会批判，"改造"资本主义制度，实现"生态社会主义"理想。这些努力，对于当代生态文明建设，都是有益的尝试。然而，不难发现，由于对社会批判的过度依赖，生态学马克思主义在某种程度上陷入了社会发展多元决定论学说，具有明显的理论局限性。其对马克思主义和生态学的"融合"也多有牵强之处。但瑕不掩瑜，面对逐步蔓延的生态危机和日益迫切的环保使命，生态学马克思主义对我们继承和发展马克思主义、积极应对环境挑战，具有不可低估的理论和实践意义。

第三节　生态学马克思主义对我国当代环境保护的有益启示

面对西方社会以生态危机为代表的种种深层次危机，生态学马克思主义从社会制度和社会文化两大方面对其所处的时代和现实进行了深刻剖析，提出了一整套关于人类未来发展的全新理念和实践方向。这些理念正确与否，尚待时间检验；其实践是否有效，需要历史来回答。然而，这并不妨碍我们从其理论中去粗取精、为我所用。改革开放三十多年来，中国经济飞速发展，同时也面临来自环境的日益严峻的挑战。生态学马克思主义客观上证明了人类社会可持续发展的基本需求，为我们搞好生态文明，走可持续发展道路，建设美丽家园，过上美好生活，提供了有益启示。

一、在发展理念上坚持科学发展

当代生态学马克思主义通过对资本主义生产方式与生俱来的固有矛盾的剖析和批判，指出资本主义社会生产体系下自然环境必遭破坏、生态危机必将出现这一铁的事实。同时，在当代社会主义国家，由于历史和现实因素的影响，其在发展战略的选择上也普遍依赖于西方高生产高消耗的传统增长模式，这同样使得生态危机不可避免。从制度上批判和摒弃资本主义生产方式中对经济发展的盲目追求，是经典马克思主义与西方生态学马克思主义的共同目标，是受到普遍认可的解决生态危机的重要途径。值得注意的是，当代社会主义国家出现的生态危机，与资本主义国家的生态危机具有质的不同。资本主义制度的本质，注定了其对经济利润的狂热追逐，自然环境的破坏是

这一发展模式的必然结果。而社会主义国家追求经济发展，其出发点则在于解决人民日益增长的物质文化需要同落后的社会生产之间的矛盾，从而满足人民生活需要、提高人民生活质量。因此，资本主义国家要从制度上摒弃对经济发展的盲目追求，就必须彻底变革资本主义制度本身；而社会主义国家，则无须进行制度变革，仅仅需要在发展理念上作出调整。

当前我国提出经济社会科学发展。科学发展强调要正确认识和处理当前发展和长远发展的关系。把当前利益和长远利益结合起来，既要考虑当前发展的需要，又要考虑未来发展的需要；既要遵循经济规律，又要遵循自然规律；既要讲究经济社会效益，又要讲究生态环境效益。要抓紧解决当前经济社会发展中亟待解决的突出矛盾和问题，同时要着眼未来发展，坚决防止急功近利的短期行为。要从人民群众的根本利益出发，着眼于满足人民群众的需要和促进人的全面发展，着眼于实现现阶段的发展目标和促进可持续发展，切实为人民群众创造良好的生产生活条件，保证有利于中华民族的长远发展。在科学发展观的指导下，建设中国特色社会主义，全面实现小康社会，不仅包括经济建设、政治建设、文化建设、社会建设，而且包括生态环境建设，使整个社会走上生产发展、生活富裕、生态良好的文明发展道路。保护生态环境，构建人与自然的和谐交往关系，是贯彻和落实科学发展观的重要举措，是构建社会主义和谐社会的重要目标。可以说，树立并践行科学发展观，对于我国实现中华民族伟大复兴具有举足轻重的根本意义。

二、在经济模式上坚持绿色经济

资本主义工业社会的传统生产方式——高生产、高消耗、高污染、高消费，片面追求 GDP 高速增长和经济扩张，是当代世界最为普遍的社会发展模式。它主张经济决定一切，把经济增长作为评价社会进步的唯一标准。面对经济主义的种种弊端和日益严峻的生态危机，绿色经济应运而生。绿色经济是一种取代传统经济的新兴经济模式。在传统经济主义指导下，社会经济高投入、低产出，常常以损害环境和资源为代价追求经济产值的快速上升。与此相对，绿色经济是一种可持续循环经济，它以可再生能源为动力，以自然资源的节约为基础，通过开发生态技术，实现农业、工业和生产消费的"绿色变革"，从而最大限度降低生产过程及其产品对自然环境的污染和破坏，在根本上转变经济增长方式，以实现经济、社会、环境的可持续的协调发展。

三、在文化范式上坚持和谐文化

在社会文化形态上，资本主义工业文明强调社会生产和发展中的分析性思维及工具理性主义。这类思维方式以欧洲古典哲学的二元论为基本前提，强调人类与世界之间的主客体二分关系。在指导人类实现工业化和现代化的过程中，主客二分思维模式取得了巨大成就，其历史意义毋庸置疑。然而，由于过分强调人与自然的分离和对立，并主张人类按照自身的理性设计来控制和支配自然，二元论思维并不利于人类正确认识和解决环境问题，致使工业文明走向其初衷的相反方向，导致全球性的生态危机蔓延。在生态学马克思主义看来，以生态的、和谐的社会主义文化，取代功利的、僵化的资本主义文化，这是历史的呼唤，是人类社会发展的必然选择。社会主义文化的思维方式，是和谐的、系统的思维方式，它会以生态系统的整体性观点、动态的非线性观点来观察现实世界、认识人与自然、解决现实问题。这种社会主义和谐文化，是对西方传统二元论文化的扬弃和超越，是实现人类社会可持续发展的重要文化基石和思想保障。

就我国而言，我们也曾经历过传统工业化的发展模式，也曾有过过度扩张、急功近利、无视生态文明、一味追求经济增长的沉痛教训。党的十六届五中全会明确提出"建设资源节约型、环境友好型社会"的战略目标，就充分凸显了社会主义和谐文化的生态学含义。社会主义和谐文化，必然是以生态思维来审视人与自然的和谐关系。人与自然的和谐发展，必将取代单一的经济增长标准，成为社会文明与进步的重要价值取向。

在资本主义工业文明体系下，物质的生产和消费、物欲的极大满足，成为美丽家园和美好生活的唯一支柱、幸福的唯一源泉，同时也成为人类自我价值实现的唯一途径。而在社会主义和谐文化体系下，人类的自我价值，在于物质文明、精神文明和生态文明的共同发展。人与他人、与社会、与自然，不再是控制与反控制、支配与被支配关系，它充满着人类对自然的敬畏、对社会的责任，对生命的热爱。家园因为和谐而美丽，生活因为和谐而美好，人与自然的和谐守望与期盼，成为人类幸福的源泉，人类因此而"诗意地栖居"于大地之上。

第四章　传统思想的智慧

——中国思想史分析

　　自远古先民开始，千百年来，中华民族的不懈奋斗和辛勤耕耘，始终围绕着这样一个永恒的使命而展开——"建设美丽家园，过上美好生活"。中华民族对"美丽家园、美好生活"的思索和追寻从未停止。家园如何才能美丽？生活如何才会美好？在古人那里，与天地万物自然相处，并最终在社会层面上修身、齐家、治国、平天下，此时的世界便是美丽的，这样的生活就是美好的。何以身修、家齐、国治、天下平？四个维度的家园，四种层面的生活，有现实的世界，有超越的理想，尽管存在着无数这样或那样的不同，然而大道归一，其背后的义理是完全相通的——和谐的家园是美丽的，和谐的生活是美好的。

第一节　天　道

一、原始天命观

　　早在上古初民社会，人类与自然的纠结便已产生。由于先民认识自然和改造自然的能力相对较低，人类在变化无常的自然面前显得十分渺小。因此，他们只能将对自然的原始敬畏以一种朴素的情感表达出来，这便是"万物有灵"。在此基础上，人们创造了"上苍"掌管天地万物。上苍之下，人类之上，还有山河湖海、日月星辰等诸多神灵，几乎每一种自然现象，都被赋予了神圣的意蕴。人们对这些神灵小心翼翼地顶礼膜拜。祭祀、占卜，在各类庄严的仪式中表达着对自然的虔诚。在此过程中，具象化的"上苍"和万物神灵背后，逐渐开始隐隐蕴含一个重要的抽象概念——"天命"。这就是中国传统文化中原始天命观的产生。

天命体现着一种世界运行的大道，一股冥冥之中的自然力量，一柄无可抗拒的命运之剑，它不以人类的意志为转移，自然自得、周而复始。它就静静地在那里，等着人们去发现，去理解，去顺从，去敬畏。人类作为上天的子民，美丽家园来自天命。美好生活同样来自天命，知天命，顺天命。在对天命的敬畏之中，人类开始小心谨慎地构筑起自己的家园，经营自己的生活。因此可以说上古天命观是中国传统文化中世界观的基石所在，尽管当时人们对于天命的认知仅仅限于最朴素的自然现象，比如风雷水火。但有了敬畏，就有了希望；有了希望，就能逐步去探寻。

二、"天道"

原始天命观的产生，表明古人在一定程度上已经开始对自然规律进行认知和探寻。在此基础上，一种新的世界观开始诞生。西周时期，人类自我意识逐渐觉醒。到了春秋，新思想如雨后春笋般涌现出来，不断冲击着传统的天命鬼神观念。子产的"天道远，人道迩"，第一次明确划分了天道与人道。"天道"的出现，在中国传统文化中起到了奠基作用。如果说天命侧重于反映自然命运的无常力量，那么天道，则开始注重人类与天命的对话和交流。道者，路也。找到了那条正确的道路，家园将会变得美丽，生活将会变得美好。尽管上苍与众神的威严依然笼罩着芸芸众生，但那时的人们已经开始了试图把握自身命运的尝试。当人们开始认识"天道"时，也就意味着他们实际上已经开始觉悟到了"人道"。人们开始将天与人作出一定程度的概念区分，天与人的界限开始出现，接下来的问题，自然就是天道与人道的沟通融合。

随着人类关于自然知识积累的增加以及自我反思的逐步深入，"天命"概念中神秘的色彩逐渐褪去，无常的力量也不再那么强大。天人关系由原来的

神灵与人类、统治与被统治关系，逐渐转变成为外部自然和人类社会的关系。人类对上苍的膜拜和祈祷，也逐渐演变为人类与自然万物的沟通交流，值得注意的是，这个变化并没有导致自然与人类的截然对立，在交流与沟通中，在敬畏与好奇中，自然与人类互相成全，和谐共处。可以说，上古的天命与天道观，直接影响了春秋战国时期那些伟大的思想家们，他们著书立说，阐发天人之道，这一态势，也直接影响了整个中国文化思想史的历史走向。

第二节　礼　仪

天道进入人世，天道与人道得以沟通，得以协调，最终融合为世间唯一之"道"。在现实的世界中，道通为一，一分为二，这就产生出道的两层世界，相辅相成、互为表里。内在之道植入古人的内心世界，内化为心性修养，对自我对世界的悲悯情怀，其代表有孔子的"仁"，孟子的"义"。外在之道进入现实生活，外化为一整套的礼仪规范，最终以伦常操守的形式规约着人类生活世界，其代表是商周以降的礼仪，简称"周礼"。如果说天命观念构筑了中国传统文化的基石，那么内在之道就是基石的石材，外在之道则是基石上的雕刻。因为有"仁"，家园开始美丽；因为有"礼"，生活变得美好。仁与礼几乎同时出现，但由于人们对外部世界的感知也许更为直接，对外在环境的反应更为迅速，因此历史上的"礼"先于"仁"得以阐明。礼的内容纷繁复杂，涉及衣食起居行为操守的方方面面，以下仅择其要者简述之。

一、自然之礼

中国古代，有文字记载的最早关心自然者，当数中华民族的祖先黄帝。《史记·五帝本纪》记载，黄帝"时播百谷草木，淳化鸟兽虫蛾，旁罗日月星辰水波土石金玉，劳勤心力耳目，节用水火材物"。黄帝时期中华民族就已经开始种植谷物草木，驯养鸟兽鱼虫，并开始认识日月星辰的运行规律，在此基础上逐步提炼出善待自然，节约利用的思想。这一思想，将自然明确纳入天道与人道的交融之中，开启了中华民族"建设美丽家园，过上美好生活"的思想渊源。

　　如果说炎黄时代的自然观念还仅仅是被动顺应自然并主张节约利用资源的话，那么其后继者们则逐渐开始了主动保护自然的探索。大禹当政时期，"禹之禁，春三月，山林不登斧，以成草木之长；夏三月，川泽不入网罟，以成鱼鳖之长"①。除了顺应自然，大禹更加注重主动地保护自然。因此，他颁布法令，春天禁止砍伐森林，以让树木苗壮成长；夏天禁止捕捞鱼类，以让鱼类生息繁衍。同样的观念和规章，在西周时期得到进一步的强调。周文王教诲他的子民："山林非时不升斤斧，以成草木之长；川泽非时不入网罟，以成鱼鳖之长；不麛不卵，以成鸟兽之长。是以鱼鳖归其渊，鸟兽归其林，孤寡辛苦，咸赖其生。"② 不到合适的季节和法定的时令，就不要去砍伐山林，捕捞鱼类，也不要去捕杀小动物或者杀鸟取卵，让它们自然地生长，老百姓的生活，全都仰仗这些宝贵的动植物资源。西周社会，甚至用最为严酷的法律来规范人与自然的相互关系。西周《伐崇令》规定："毋坏屋，毋填井，毋伐树木，毋动六畜。有不如令者，死无赦。"在这项法律中，随意地破坏房屋、堵塞水源、砍伐树木、捕杀动物，都将受到法律的严惩。中国古代最早出现的系统环保法律，当属《秦律》之"田律"。其中规定："春二月，毋敢伐材木山林及雍堤水。不夏月，毋敢夜草为灰，取生荔……毋毒鱼鳖，置阱阁，到七月而纵之。唯不幸死者伐给享者，是不用时。……百姓犬入禁苑中而不追兽及捕兽者，勿敢杀；其追兽及捕兽者，杀之。河禁所杀犬，皆完入公；其它禁苑杀者，食其肉而入皮。"该法律从对树木、水道、植被、动物等保护对象的范围，到时间限制、捕猎采集方法，再到违法处理措施，都作了详尽规定。可见，早在先秦时期，关于如何建设美丽家园，如何过上美好生活，就已经以法律的形式列入国家管理体系之中。

二、为政之礼

　　"建设美丽家园，过上美好生活"，既是一种理想，又是一种实践。古人既给我们提供了宝贵的经验，也为后人积累了足够的教训。顺应自然，则国泰民安；悖逆规律，则有国破家亡的隐患。

　　周景王二十一年，国家财政亏空、国库吃紧，景王打算铸金币以积累财

①　《逸周书·大聚解》。
②　《逸周书·文传解》。

富。当时的士大夫单穆公表示反对，他认为纯粹依靠铸造钱币，并不能解决国家所面临的种种危机，可能会适得其反。因为铸币所需金属矿藏要靠挖掘山林得来——破坏自然，是比国库亏空更为严重的问题。"若夫山林匮竭，林麓散亡，薮泽肆既，民力彫尽，田畴荒芜，资用乏匮，君子将险哀之不暇，而何易乐之有焉？"单穆公的观点很明确：如果山林枯竭，管理丧失，水泊干涸，人民无力生产，田地荒芜，物资匮乏，国君恐怕只有忙于应付危险局面了，还哪有安乐可享呢？在古人心目中，保护自然往往与国家兴衰存亡紧密联系在一起。

春秋时代，大夫伯阳父对此问题进行了抽象概括。据《国语·伯阳父论地震》记载，伯阳父曾说："夫水土演而民用也，水土无所演，民乏财用，不亡何待。"只有水土相通，土地得到润泽，人们才可以利用它来种植谷物，过好生活；如果水土匮乏，互不相通，那将无法种植谷物，人民缺乏财用，国家也就灭亡了。国破家亡，这是古人心目中上天对于人类最严厉的惩罚。而国家安危存亡与自然世界如此紧密地联系在一起，可见古人对自然世界的敬畏之心。

三、制度之礼

"建设美丽家园，过上美好生活"，古人除在伦常道义和社会规范进行系统探讨之外，还设计出一整套行政制度，以供实际操作。中国古代制度设计，往往按照这样一个基本逻辑展开——"体天作制，顺时立政。远则袭阴阳之自然，近则本人物之至情"。"作制""立政"即设计制度创立规范，这是一个国家的政治基础。而制度规范的源泉，则向外取自自然规律，向内参照世故人情。

管仲将君主是否能够保护自然不受破坏，作为判断其是否可立为天下之王的标准。"为人君不能谨守其山林范泽草莱，不可以立为天下王"[1]。管仲还认为："山林虽近，草木虽美，宫室必有度，禁伐必有时"。[2] 对山川资源的利用，即使皇室成员，也必须遵循法度，顺应自然。

古代最为典型的相关制度设计，就是设立专职部门和人员，对环保事务

---

[1] 《管子·轻重甲》。
[2] 《管子·八观》。

进行管理。上古时代，国家很早就设立"虞"这一官职，专职负责环境事务。荀子考证了虞的责任，"养山林薮泽草木鱼鳖百索，以时禁发，使国家足用而财物不屈"。就是管理山川草木湖泊鱼虫，设立禁令，使万物得以自然生长，国家资源得以丰富充沛。前文提到的"林麓散亡"中的"林麓"，是西周时代专职管理植物栽培的基层官吏。类似例子还有很多，仅《周礼》提到的就有"泽虞"，管理湖泊事务；"兽人"，管理狩猎事务；"迹人"，管理围场事务；"山师""川师"管理山川事务。不一而足。

《周礼》中还有一个专门"掌行火之政令"的"司"。据《周礼·夏官·司爟》记载："司爟掌行火之政令。四时变国火，以救时疾，季春出火，民咸从之。季秋内火，民亦如之。时则施火令。凡祭祀，则祭爟。凡国失火，野焚莱，则有刑罚焉。"《周礼·秋官·司烜氏》则记载："司烜氏，掌以夫遂取明火于日，以鉴取明水于月，以共祭祀之明齍、明烛，共明水。凡邦之大事，共坟烛、庭燎。中春，以木铎修火禁于国中。军旅，修火禁。邦若屋诛，则为明焉。"可见，不仅仅山川湖泊，即使是取火升火，火种的保管与传递，无论用于祭祀、战争，还是日常生活，古代都有专职人员进行管理。

除了专职官吏，还有自然保护区。《周礼·春官·山虞》记载："掌山林之政令，物为之厉，而为之守禁。"对山林中的各种自然万物进行"守禁"，实际上就是建立各种自然保护区，以保护自然。因此，《周礼·春官·山虞》又说："春秋之斩木不入禁。"郑注："非冬夏之时，不得入所禁之中斩木也。斩四野之木可。"保护区内，仅冬夏允许砍伐，其余时候，只能到保护区外的"四野"去寻找木材。

秦汉以后，山林川泽都归少府管理，具体分管的有林官、湖官、破官、苑官、畴官等，至唐宋时朗，虞衡又兼管了其他一些事务。据《旧唐书》记载，虞部之职"掌京城街巷种植，山泽苑圃，草木薪炭供顿，田猎之事。凡京兆、河南二都，其近为四郊三百里皆不得戈猎采捕"。随着历史的发展，虞的职责范围不断扩大，不仅管理山林川泽，甚至街道绿化，物资供应等等都纳入其职责范围。

在"礼"的规范下，无论道义伦常，还是制度实践，古人都很早就开始关注人类与自然的关系，探讨天道与人道的交融，在这样的探讨过程中，"建设美丽家园，过上美好生活"这一主题开始变得日渐清晰起来。

第三节 仁 爱

《易传》有云:"形而上者谓之道,形而下者谓之器。"道为内隐,器为外化,表里相通,上下圆融。"建设美丽家园,过上美好生活",除开礼仪规范,更需要内心世界的修养磨砺。孔子关于"仁"的学说,恰恰指明了天道与人道的通达路径。天道因人道而生机勃勃,人道因天道而庄严神圣。

一、立人之道

在古人区分"天""地"的基础上,孔子把"人"作为万物之灵长与"天""地"并列,统称"三才"。三才构成宇宙的三大基本要素。他说:"《易》之为书也,广大悉备,有天道焉,有地道焉,有人道焉。"① 他还说:"昔者圣人之作《易》也,将以顺性命之理,是以立天之道曰阴与阳,立地之道曰柔与刚,立人之道曰仁与义。兼三才而两之,故《易》六画而成卦。"② 天道之本在于阴阳,地道之本在于刚柔,而人道之本则在仁义。马王堆汉墓帛书记载了孔子关于三才的论述:"故明君不时不宿,不日不月,不卜不筮,而知吉与凶,顺于天地之道也,此谓《易》道。故《易》有天道焉,而不可以日月生辰尽称也,故为之以阴阳;有地道焉,不可以水火金土木尽称也,故律之以柔刚;有人道焉,不可以父子君臣夫妇先后尽称也,故要之以上下;又四时之变焉,不可以万物尽称也,故为之以八卦。"③ 在这里,孔子从《易》道出发阐释了天道、地道、人道,四时及其变化规律。

当人道得以与天道并列,人类不再仅仅屈从于自然,那么,人文精神的魅力就开始逐渐彰显出来。孔子认为:"天生万物,惟人为贵。"当然,这并不意味着中国古人比西方更早地陷入"人类中心主义"魔咒。因为儒家在彰显人道的同时,始终教导人们不要漠视自然,而应寻找天人之道的圆融途径。儒家要人们"赞天地之化育""与天地参",便是在时刻提醒人们,人类毕竟

---

① 《周易·系辞下传》。
② 《周易·说卦传》。
③ 《帛书·要》。

也是自然的一个环节，是美好家园的一个部分，当我们意识到人道与天道和谐共处时，也就进入了美好的生活世界。

以此为基础，孔子论证了天地万物（包括人类）的终极精神理想——仁。儒家强调生命的价值，把人类作为与天地共生的万物之灵，把生命的产生、孕育视为天地万物之大德。在孔子那里，我们既可以看到人类主体人格的高扬，也能看到天道的冥冥力量，"天人合一"因此成为中国传统文化的终极理想。

二、天有好生之德

儒家认为"仁者爱人"，仁的核心在于爱。何为大爱？"仁者以天地万物为一体"。真正的贤达君子，内心自然淡泊宁静，充满着对自己、对他人，直至对天地万物的淳淳之爱。在这样的大爱之中，那个渺小的自我，逐渐被融化在天地万物之间，天道与人道最终贯通圆融。

人们对世界有爱，天地万物也在默默眷顾人类。因此在孔子看来，"天有好生之德"。孔子说："天何言哉？四时行焉，百物生焉。"① 这里的"天"既是生生不息的自然之天，也是庄严肃穆的道义之天。上苍并不刻意在人类面前表现自己，它仅默默地运行四时，生发万物。人们从中感悟上苍对自然，对人类的恩典。天、地、万物与人类最终融为一体，不分彼此，和谐相通。《中庸》有云，"万物并齐而不相害，道并齐而不相悖"，"天地之道，可一言而尽也，其为物不贰，则其生物不测"。这同样展现了天地万物的和谐状态。

孔子"天有好生之德"理念，还反映在他乐天知命的乐观情怀之中。"与天地相似，故不违。知周乎万物而道济天下，故不过。旁行而不流，乐天知命，故不忧。安土敦乎仁，故能爱。"② 在孔子的世界观中，天地是自然贯通的，其运行有着自己的常道，遵循天地之道，与天地万物融为一体，生活将变得舒适而美好。学《易》之人做到"乐天知命"，那么世界将达到大爱的境界。

《论语》还记载了这样一个关于人生理想的故事，子路、曾皙、冉有、公西华与孔子交谈。

---

① 《论语·阳货》。
② 《周易·易传》。

子曰："以吾一日长乎尔，毋吾以也。居则曰：'不吾知也！'如或知尔，则何以哉？"

子路率尔而对曰："千乘之国，摄乎大国之间，加之以师旅，因之以饥馑，由也为之，比及三年，可使有勇，且知方也。"

夫子哂之。"求，尔何如？"对曰："方六七十，如五六十，求也为之，比及三年，可使足民。如其礼乐，以俟君子。"

"赤，尔何如？"对曰："非曰能之，愿学焉。宗庙之事，如会同，端章甫，愿为小相焉。"

"点，尔何如？"鼓瑟希，铿尔，舍瑟而作，对曰："异乎三子者之撰。"子曰："何伤乎？亦各言其志也！"

曰："莫春者，春服既成，冠者五六人，童子六七人，浴乎沂，风乎舞雩，咏而归。"

夫子喟然叹曰："吾与点也！"①

孔子询问徒弟们的理想，子路想要训练军队，强化国家军事实力；冉有想要安顿社会，让黎民百姓过上温饱生活；公西华想要做个小吏，塑造礼仪规章；只有曾点，想要回归自然无拘无束的生活。孔子表达了他对曾点的赞许之情。显然，尽管其平生志向在于"克己复礼"，治国安邦，但在内心深处，孔子依然向往着投身自然怀抱，与天地融为一体的生活状态。

三、节用爱人，使民以时

因为有爱，所以珍惜，孔子在天道与人道的契合之间不断提醒着人类对天地万物的珍惜之情。"节用而爱人，使民以时"②，这说的是节约资源，关爱他人，让人们顺乎自然地去生活。《论语·述而》记载"钓而不网，弋不射宿"，利用自然资源的时候，孔子总是从长计议，从不做涸泽而渔之事。孔子甚至站在人世孝道的高度告诫人们："伐一木，杀一兽，不以其时，非孝也。"③ 曾子发挥孔子的这一思想："树木以时伐焉，禽兽以时杀焉"④。孟子

---

① 《论语·先进》。
② 《论语·学而》。
③ 《孝经》。
④ 《礼记·祭仪》。

则说："夫君子所过者化，所存者神，上下与天地同流。"① 他建议梁惠王："五亩之宅，树之以桑。"他也曾在民生领域对节用爱人之道作出论证："不违农时，谷不可胜食也；数罟不入洿池，鱼鳖不可胜食也；斧斤以时入山林，材木不可胜用也。谷与鱼鳖不可胜食，材木不可胜用，是使民养生丧死无憾也。"② 在这里，基于仁爱之心的节用爱人之道，彻底上升为关于天下社稷的国家大事。

《吕氏春秋》对"使民以时"的"时"进行了系统概括。其中提到："孟春之月：禁止伐木，无覆巢，无杀孩虫、胎夭、飞鸟，无麛无卵。仲春之月：无竭川泽，无漉陂池，无焚山林。季春之月：田猎罼弋，罝罘罗网，喂兽之药，无出九门。孟夏之月：无伐大树……驱兽无害五谷，无大田猎。仲夏之月：令民无刈蓝以染，无烧炭。季夏之月：令渔师伐蛟取鼍，升龟取鼋。……树木方盛……无或斩伐。孟秋之月：鹰乃祭鸟，始用行戮。季秋之月：草木黄落，乃伐薪为炭。仲冬之月：山林薮泽，有能取疏食田猎禽兽者，野虞教导之。……日至短，则伐林木，取竹箭。"

春发、夏长、秋收、冬藏，在古人眼里，这就是天道。顺应天时地利，与天地万物和谐共处，这就是仁爱之心。爱自己（修身），爱他人（齐家），爱国家（治国），爱世界（平天下）。美丽家园因仁爱而生，美好生活为仁爱而成。

第四节 自 然

如果说，儒家的天人观念倾向于将万物纳入自我，将天道回归人道，以仁爱关怀世界，以礼仪规范社会，如孟子所言："万物皆备于我，反身而诚，乐莫大焉。"那么，道家的天人观则反其道而行之，将人道重新回归天道，在天道的自然无为之中，消解自我的固执成见，消除人类与万物的对立隔阂，最终将人类融化到天地万物之间，逍遥自在，了无牵挂。在道家的观念之中，天、地、万物、人类之间并无明显区别，它们都生成于道。都终将返归于道，

① 《孟子·尽心上》。
② 《孟子·梁惠王上》。

都受道的约束，都体现着道的力量。展现道的家园就是美丽的家园，顺从道的生活就是美好的。基于上述基本主张，道家关于"建设美丽家园，过上美好生活"的思考和实践，必然会是一幅清新淡雅，与世无争，超凡脱俗的自然山水画卷。

一、道法自然

道家认为，宇宙间天地万物、日月星辰、飞禽走兽等等一切，都是由大道所化生，只不过由于它们各自的气秉清浊有所不同，所以各成其形，各具其性，天地万物因此而变得丰富多彩。人类则是由大道的中和之气化生而成，中和之气至精至纯，因此人类是万物之中最具灵气，最有智慧者，是宇宙间的"四大"之一（即道、天、地、人）。作为宇宙四大之一，人类该如何展现其灵性，建设美丽家园，过上美好生活呢？老子在《道德经》中提出了"道法自然"的基本主张。

老子有云："故道大、天大、地大、王亦大。域中有四大，而王居其一焉！人法地，地法天，天法道，道法自然。"① 王者，国之主也。老子认为，人为天地之精华，万物之灵长，王为万众之首。人与物因为均有私情，故应取法大地的至公自然之德，大地应取法天无不覆的无为之德，天应取法大道虚无清静之德。而大道则本于自然，"无为而无不为"。人与天地万物并生而共存，面对自然，所要做的就是"辅万物之自然而不敢为"。《黄帝阴符经》进一步论述说："圣人知自然之道不可违，因而制之。"天地之道不可逆，自然规律不可违。哪怕智慧如圣贤者，依然谨守道法自然，无为而治的祖训。在清净无为中存乎天理，顺乎自然。

庄子则比老子更进一步："天地与我为一，万物与我并生。"② 在庄子看来，天地万物本是同根同源，同为一体的；即使人类，也只不过是自然中非常渺小的一个部分罢了。所谓高低优劣、善恶贵贱，都只不过是人的自我幻觉，或者说，都是那个"我"在作怪，"我"的膨胀，必然导致自然的衰退。"为学日进，为道日损"，与其有损大道，不如抛弃自我，顺乎自然。如果"刻意尚行"，勉强而为，则必然造成对自然包括人类自身的严重损害，而家

---

① 《道德经》。
② 《庄子·齐物论》。

园天下，也将不得安宁。只有"无为而无不为"，才能达到"天地与我为一，万物与我并生"的道家最高境界。

二、尊道贵德

《道德经》有云："道生之，德畜之，物形之。势成之。是以万物尊道而贵德。"道是"天地之始，万物之母"，是一切世界的终极归宿。德同于道，是道在世间的体现和展开，因此，尊道贵德构成了道家生活方式的核心。在道家看来，"道"化育无限宇宙，成就和谐家园。道不可言有，也不可言无，但又无处不在，无时不有。它永恒内在于万化之中，"长而不为，持而不有"。任万物自然生长，完全按照事物的本性去成就，道还具有清静素朴、柔弱不争、虚怀若谷的精神，纳百川而容藏万有，处低下而利育群类，慈俭而不为天下先。

道家思想认为"道"的法则就是自然而然的，而人的活动也应按自然规律进行。《太平经》说，人在自然面前，"顺之则吉昌，逆之则危亡"。也就是说，人与自然万物是有因果关系的，所谓的善有善报，恶有恶报，也是存在于人和自然之间的。自然不只是被动的受体，不是任人恣意掠夺的，它也可能报复人类。因此，人不能以征服者自居，不能自以为最尊贵。尊重自然其实就是尊重人类自我，人的生命存在与自然环境密不可分。

宇宙万物无不禀受道，而息息相通，相互作用、相互感应，浑然一体、和谐均衡，万物相连而存在、相通而变化，脱离整体或系统，就会遭到厄运。在道家思想看来，虽然在现实社会中，物种与物种之间，物与人之间，人与人之间，或者说不同文化、不同民族、不同信仰之间都是有差别的，但这些差别最终都相对的有序的。因此，尊道贵德就成为道家心性修养及生活态度的重要内容。

三、知和曰常

"知和曰常"是继"尊道贵德"之后道家在处理天人关系上的又一重要原则。《道德经》指出，"知和曰常，知常曰明"，"不知常，妄作凶"。"知和曰常"就是要人们用心认识世界万物相生相克、相辅相成，维护它的和谐之美，这样人类才能长久生存。道家认为，天地万物都含有阴阳两个方面的因

素，有了阴阳的交和才产生生命，只有和谐互补，世界才有生机，家园才会美丽。认识到这个常理的人，就是明智之人。相反，不去参悟并实践天地的常理，人为地胡作非为，破坏自然的和谐之美，那么都是对道的违背，最终都会受到自然的惩罚。在《抱朴子》中，道家还区分了对待自然的两种本质不同的态度：一是役用万物，一是效法自然。对自然和人的关系了解得浅薄的人，就役使万物，让自然完全隶属于自己，其结果只会给人类带来灾难，甚至毁灭。《抱朴子》有云："弹射飞鸟，刳胎破卵，春夏燎猎……凡有一事，则是一罪，随事轻重，司命（之神）夺其算纪（预定的自然寿命），算尽则死。"而深知自然与人之间奥妙的人，不但能善待自然，还能从自然之中悟出人类长生久视的道理，向它们学习。"慈心于物，恕己及人，仁逮昆虫……手不伤生……如此乃为有德，受福于天，所作必成，求仙可冀也。"将尊道贵德之心扩大到世间万物，结果自然是乐享天年，福寿无穷。

与上述理念类似，道家还提出了"知止不殆，知足不辱"的主张。知止不殆，是要人们在追求发展的过程中，充分考虑自然界万事万物的承受限度，对那些破坏和谐之道的事情，即使是有极大的眼前利益，也要自觉去抵制，以免得不偿失。知足不辱，则要人们树立正确的生活顾念，对物质利益的追求必须有所节制，不能贪得无厌，只有这样才能避免遭到自然的惩罚。《太平经》这样描述圣人，"以教天下之人，助天生物，助地养形"，普天之下，世间万物一齐生长，这才是富足。"上皇"时期，元气化生出一万两千个物种，生存繁衍，这是富足；"中皇"时期，元气有所减少，化生出的物种不足一万两千，这叫做"小贫"；"下皇"时期，元气更少，化生而出的物种继续减少，这就叫"大贫"；如果"皇气遮断，祥瑞不降，善物不生"，这就是"极下贫"。"上皇"万物俱出，是因为地养不伤；"下皇"善物少生，是因为地养大伤。对一个国家来说，能使万物齐备，才是真正的富足。如果人类恣意妄为，万物不断受到伤害，那么也就国将不国了。

由老子和庄子创立的道家学派，其关于美丽家园和美好生活的理想，就是回归自然之道，"处无为之治，行不言之教"，"鸡犬相闻，老死不相往来"。将人类自我全身心融入天地万物之中，齐同万物，超绝世俗，彻底抛弃人类对于自然世界的干涉和改变，清静无为，返璞归真，以至无我的道家最高境界。

第五节　致　用

"建设美丽家园，过上美好生活"，无论这个家园是个人、家庭、国家，还是天下，也无论这个家园涵盖的是物质生活还是精神归宿，归根结底，要想过上美好生活，最终还是要落实在"建设"二字上面。古语有云："纸上得来终觉浅，绝知此事要躬行。"在天道与人道的对话之中，如何去"躬行"，成为中国思想史上天人观念的又一重要发展阶段。我们把它称作"致用"之学。从历史与逻辑相统一的视角来看，天命进入世界，首先成就了天地万物——自然。自然是这样一个纯乎又纯的世界，在它那里，只有天道，尚无人世。伴随着人类自我意识的觉醒，自然开始不再那么"纯粹"，人道开始萌动，人类开始思考"我"与"自然"的关系问题。于是，按照儒家思想的理解，天命在人世间向外开出礼仪规范——周礼，向内开出心性修养——仁爱。内外两个世界各自均衡发展，最后必然重归统一。这就是"致用"之学的起源。其集大成者，当数荀子。

荀子的"天道"与"人道"观念，滥觞于先秦时期儒道两家的天人关系学说。道家之老庄，片面夸大天地万物的自然属性，以及自然规律的神秘性和超越感，完全排斥人类的主观能力，"蔽于天而不知人"，从而遁入消极无为的审美境界。而儒家孔孟之道，则在某种意义上强化了天地万物的人格属性，因而造就了上天的意志、理性、情感，从而在一定程度上限制了人类对于自然世界规律的探索和把握。荀子的理论，恰恰致力于上述矛盾的调和与破解。

一、明天人之分

与孔孟老庄抽象的"天命"（"天道"）观念相比，荀子对上天的理解更加科学、更加具体，也更具有唯物主义实用精神。正如冯友兰先生所指出的那样："孔子所言之天为主宰之天；孟子所言之天有时为主宰之天，有时为义

理之天；荀子所言之天，则为自然之天。"① 荀子所理解的"天"，就是简简单单的自然世界。它不具有人格，也没有理智、意志、情感之别。天是自然的、客观的、有规律的。规律是可以通过学习实践来逐步认识和把握的。荀子《天论》有云："列星随旋，日月递炤，四时代御，阴阳大化，风雨博施，万物各得其和以生，各得其养以成，不见其事而见其功，夫是之谓神；皆知其所以成，莫知其无形，夫是之谓天。"就是说，天地万物、日月星辰等一系列的自然现象，它们都依照自身固有的规律在运行。我们看到了它们的运行变化，却不知道背后的自然力量，所以就把自然背后的动力叫做"神"，我们看到了有形的现实世界，却没有看到它那无形的起源，所以就把那个起源叫做"天"。

　　"天行有常，不为尧存，不为桀亡。应之以治则吉，应之以乱则凶。"世界运行有其内在的客观规律，这个规律名之为"常"。"常道"不会以人类的情感意志为转移，它是自给自足的。"天不为人之恶寒也，辍冬；地不为人之恶辽远也，辍广。"自然现象也与人类社会的治乱兴衰没有必然联系。国家政策得当、国泰民安，这就是吉；失道寡助、社会动乱，"楛耕伤稼，耘耨失薉"，"政令不明，举措不时"，这就叫做凶。

　　关于自然规律与社会规律，荀子进一步论证了"明天人之分"的思想。荀子认为自然界和人类社会各有自己的运行规律。自然世界的规律叫做天道，人类社会的规律叫做人道，"天有常道矣，地有常数矣"，天道与人道互不隶属，互不关联。"天有其时，地有其财，人有其治，夫是之谓能参。"天道不会以所谓的"天意"干涉人类社会的运行，人类也无法依靠顶礼膜拜来影响自然的变化。在荀子看来，只有明确了自然与社会的分别，才能更好地探索其各自的发展。"天能生物，不能辨物，地能载人，不能治人"，② 上天产生万物，然后万物就按照自然规律而运行，大地为人类提供家园，却无法统治人类。总之，天归天，人归人，"故明于天人之分，则可谓至人矣"。虽然人是自然万物的一部分，但人一经成为智慧生命，便脱离自然，便开始具有社会性和主观能动性。人不仅可以适应自然，在认识自然的前提下，还可以按照自己的意愿来利用规律，改造自然，这就是荀子"从天而颂之，孰与制天

---

① 冯友兰：《中国哲学史（上）》，华东师范大学出版社 2000 年版，第 216 页。
② 《荀子·礼论》。

命而用之"的思想。在中国思想史上,荀子可以说是第一位严格区分了自然世界与社会领域的思想家,这一区分意义重大,直接开启了自然与社会两个不同的领域的探索路径。

二、制天命而用之

在荀子看来,与其迷信和依托自然的施舍和恩赐,不如发挥人的主观能动性,认识自然,利用自然,改造自然,让天道规律为我所用,以建设美丽家园。荀况强调"敬其在己者",而不要"慕其在天者",认识天道是为了能够支配天道而宰制自然世界。"天大而思之,孰与物畜而制之?从天而颂之,孰与制天命而用之?望时而待之,孰与应时而使之?"

对天道的认识,途径在于学习。荀子说:"圣人清其天君,正其天官,备其天养,顺其天政,养其天情,以全其天功,如是,则知其所为,知其所为矣,则天地官而万物役矣。"这就是说,人能够正确运用自然所赋予人的职能,正确对待自然规律,充分发挥自然的功用,就能使天地万物为人服务,人就成为自然的主人。

荀子"制天命而用之"的主张,强调改造自然、战胜自然和发挥人的主观能动性。其途径有三。其一,构建协同合作的社会体系。"君者,善群也。群道当,则万物皆得其宜,六畜皆得其长,群生皆得其命。"这指出了圣贤君王的职责在于协调人与人、人与自然之间的关系群,只有这些关系协调得宜,人与人、人与自然才能够相互依存,共同发展。其二,构建和谐共生的自然关系。比如,"川渊深而鱼鳖归之,山林茂而禽兽归之,刑政平而百姓归之","川渊者,龙鱼之居也;山林者,鸟兽之居也;国家者,士民之居也。川渊枯则龙鱼去之,山林险则鸟兽去之,国家失政则士民去之"。这充分揭示了山川河泽与龙鱼鸟兽之间互为依存的道理。其三,构建人与自然的互动关系。由于人与自然的关系是共存共生的关系,故"无土则人不安居,无人则土不守",而"今是土之生五谷也,人善治之,则亩数盆,一岁而再获之;然后瓜桃枣李一本数以盆鼓,然后荤菜、百蔬以泽量,然后六畜禽兽一而剸车,鼋、鼍、鱼、鳖、鳅、鳣以时别一而成群,然后飞鸟、凫雁若烟海,然后昆虫万物生其间,可以相食养者不可胜数也"。

荀子的上述主张,一方面指出了人类对大自然的依赖性,因此要求人类

爱护自然，只要人类能够善待自然，就能足衣足食；另一方面又说明只有通过"人善治之"的正确作为，才能改善环境，优化生态系统。具有远远超越其时代的历史和现实意义。

三、化性起伪

我们知道，要"建设美丽家园，过上美好生活"，仅仅依靠自然世界，那是远远不够的。人类的本质属性并不由其自然属性来规定，反而只有社会属性，才是人类本质力量的最终规定性。因此，荀子将其对自然规律的基本认识引入社会领域，形成了自己独特的一整套实践理念。简单概括起来就是"化性起伪"。

荀子认为，人类天性中天生具有世间生物所具有的"好利"之性，趋利避害乃人之常情。既然如此，那么人类的本性就是为自己着想的，而在儒家传统看来，"为己"即是邪恶的。荀子明确指出："凡人之性者，尧舜之与桀跖，其性一也，君子之于小人，其性一也。"那么，为什么会有尧舜与桀跖？君子与小人这样道德品性的所谓差别呢？荀子解释说："凡所贵尧禹、君子者，能化性起伪。伪起而生礼义，然则圣人之于礼义积伪也，亦犹陶埏而生。"就是说，尧舜、君子之所以能有宝贵的品德，这是他们"化性"，即对人的自然本性进行了克制和加工。圣人经过在社会生活中的实践，逐步认识到纯粹的"趋利避害"最终无法实现自我利益的最大化，反而协同合作倒是给社会带来安定，给众人带来福祉。于是，人类对合同协作的认识逐步以礼仪道德的形式确定下来，正如陶匠用水和土而生砖瓦一样。

落实到社会生活之中，如何化性，如何起伪呢？《王制》称："故天之所覆，地之所载，莫不尽其美、致其用，上以饰贤良、下以养百姓而安乐之。夫是之谓大神。"这指出了人类的生存之本。《强国》也明确表示："夫义者，内节于人而外节于万物者也。"这些都从伦理道德统一体的内外两个层面，揭示了人际道德与自然环境之关系问题。

《荀子》主张人们在"制天命而用之"的过程中，必须遵循客观事物发展规律，做到"斩伐养长不失其时"。当草木开花结果时，就不能允许人们进入山林砍伐树木，使树木的生长不中途夭折，不断绝其生长。当水中的各种鱼类产卵时，渔网和毒药不许投入水泽，为的是不使各种水生动物死亡，不断绝后代繁衍。春耕、夏耘、秋收、冬藏，不失时机地做这四件事，五谷就会源源不断地丰收，老百姓家中就会存有余粮。各种大小不同的鱼塘，在繁殖时节严禁捕捞，鱼鳖就会非常多，老百姓的食用也就有余了；砍伐木材与培育山林都不失时机，山林就不会荒芜，老百姓就会有多余木材使用。

《荀子》把这种对大自然的爱护奉为"圣王之制"，认为只要充分发挥人的主观能动性，天地生长的万物养育人民绰绰有余，各种生产、生活资料就会取之不尽、用之不竭，足以满足人类的需用。但是《荀子》又强调：虽然天地生养万物"足以食人""足以衣人"，但也不能对自然界进行掠夺性开发；相反，"必谨养其和，节其流，开其源，而时斟酌焉"。也就是说，必须谨慎地适应季节变化，节约开支，发展生产，增加收入。

在荀子那里，自然有自然的规律，社会有社会的规律，双方互不干涉互不影响，各自按自身的规律而发展变化。规律并不神秘，更不具有人格性的情感意志，它就是一种客观的知识、现实的存在，它不以人的意志为转移，只等着人类去发现。人类有自己的理智和认知能力，只要运用理智和认知能力，都可以逐步认识规律。规律一经认识，就可以充分地得到利用，从而产生出巨大的能量，促进生活的改善和社会的发展。"美丽家园，美好生活"也就应运而生。

第五章 天人合一、德福一致
——中国哲学分析

"建设美丽家园，过上美好生活"是人类永恒的话题。千百年来，人类从未停止过对这一理想的追求，并以不同的方式对这一话题作出过不同的诠释。在中国传统文化中蕴含有丰富的相关思想，而中国先哲们提出的"天人合一""厚德载物""道法自然""和为贵"等思想正是对于"美丽家园"与"美好生活"的探索与追求。

第一节 天人合一

"美丽家园""美好生活"离不开人与自然的和谐，即"天"与"人"的和谐。在中国传统文化中，对天和人关系问题的研究源远流长。"天人合一"作为中国传统文化的精髓，是中国古代哲学的主要命题，是"建设美丽家园，过上美好生活"的重要内容。"天人合一"在中国历史发展的不同时期，在不同的思想流派中，有不同的内涵和主张。张岱年先生认为，中国哲学中所谓"天人合一"有两层意思：一是指天人本来合一，二是指天人应归合一。而关于天人本来合一，又有二说：一是天人相通，二是天人相类。所谓天人相通，其意义也可分为两层：第一层意义是，认为天与人不是相对待之二物，而乃一息息相通之整体，其间实无判隔；第二层意义是，认为天是人伦道德之本原。人伦道德原出于天，其将天道与人性合而为一，表面上似将天道说为人性，而实际乃是将人性说为天道，将人伦道德说为宇宙之主宰原则。这就陷入了拟人的错误。天人相类之意义，亦可析为两方面：一是天人形体相类，此实附会之谈；二是天人性质相类，此义与天人相通论之天道人性为一之说相似，实际上亦是将人伦道德说为天道。① 总体而言，"天人合一"以整体的视野来看待天地与人的联系，强调和追求天地人的整体性、系统性、和谐性。其基本内涵就是肯定人与自然是一个不可分割的统一体，人源于自然界，是构成自然系统的要素之一。作为中国文化的基石，"天人合一"观念蕴含着许多合理因素，从人与自然和谐的视域，对"建设美丽家园，过上美好生活"进行了阐释。

一、先秦时"天人合一"的发端

《郭店楚墓竹简》中的《语丛一》曰："《易》所以会天道、人道也。"也就是说，《周易》中就已经有了"天人合一"的思想。《周易》指出人为天地所生，人的生命和利益离不开自然环境的协调，为春秋时期以来的"天人协调"思想的形成和发展提供了基础和动力。夏商周时期的天人关系带有人神关系的宗教色彩。人们普遍把"天"理解为至上神，常把"天"称作"昊天""皇天""天上帝""皇上帝""皇帝"等。因而"天人合一"主要是带有浓厚神学目的论色彩的"天人合德"。中国原始宗教的表现形态就是天命观，"宗天"观念构成了殷代文化的重要特色。"绝地天通"以后，神人交通观念便过渡为以神化王权为实质的"天王合一"观念。至春秋大变革时期，天王合一观念在天人思想中的主导地位又逐渐为哲学意义上的"天人合一"观念所取代。

儒道两家都共同推崇"天人合一"的思想，其中儒家思想的核心概念是"仁""义"。儒家认为"天人合一"的"天"主要是自然界或自然的总称，宇宙的最高实体，而人则指人和人类；主张把人类社会放在整个大生态环境中加以考虑，自然界与人类自身都是人类要认识的对象。儒家从"天人合一"

① 张岱年：《中国哲学大纲》，中国社会科学出版社1982年版，第181—182页。

思想出发，将这种有机整体思想运用于家庭伦理之上，主张"求和"，并要求人们从伦理道德出发看待人和自然的关系。孔子虽然没有直接提出过"天人合一"的思想，但其整体意义上的生态观念却十分鲜明。孔子崇尚西周的政治和礼教，承认有天命，他用"天命"来解释历史，把历史说成是圣人根据"天命"创造的。孟子在"天人合一"的理念下提出"仁民而爱物"，把对人的爱推广到大自然的万物，这种思想基于对人与自然环境协调发展规律的正确认识，是一种追求人类与自然共生共存的生存智慧；荀子提出"制天命而用之"，要发挥人的主动性和积极性，人不是只能受制于自然界，而是可以在自然规律之下给自己创造更好的生存环境。儒家"天人合一"的思想把人类社会同自然界联系起来考察它们的运动规律，把人类社会同自然界融为一个整体，人类社会也是自然界的一部分，不是自然界的对立面，这就是天人合一的自然观。①

道家思想的核心概念是"道"。"道"是道家思想体系的最高范畴。道家提出天和人协调发展的"万物一体"思想，"道"的抽象概念就被视作自然界普遍存在、支配人的社会实践行动的总规律。与儒家偏重人伦关系不同，道家从"道"的普遍性出发强调物无贵贱。"以道观之，物无贵贱。以物观之，自贵而相贱。以俗观之，贵贱不在己。"② 也就是说，人和自然是平等的。自然界万物的存在各有其独立的价值和不可替代性。如果说"道"是万物之为万物的普遍根据的话，那么"德"就是具体的事物之所以为自身的特殊根据，所谓"物得以生谓之德"③。

二、"天人合一"思想的流变

董仲舒构建了一套以"天"的哲学为基础，天道与人事相互感应的完整理论系统。董仲舒在《春秋繁露·阴阳义》中提到"以类合之，天人一也"。《春秋繁露·立元神》中说："天地人，万物之本也。天生之，地养之，人成之。天生之以孝悌，地养之以衣食，人成之以礼乐。三者相为手足，不可一无也。"董仲舒所论述的天人关系的核心是天人感应论，他认为天是至高无上

---

① 蒙培元：《人与自然——中国哲学生态观》，人民出版社2004年版，第58页。

② 《庄子·秋水》。

③ 《庄子·天地》。

的人格神，不仅创造了万物，也创造了人。天是有意志的，和人一样有喜怒哀乐。人与天是相合的，人的认识活动受命于天，而认识的目的是了解天意。而通过内省的途径就能判断是非，达到"知天"的目的。他以阴阳五行与王道政治相一致而彼此影响，即天人感应作为立论轴心。人必须通过对阴阳五行的观察，才能达到对天意、天道的了解。而按照"尽心""知性""知天"的模式，才能达到"天人合一"。同时，他提出"人副天数"的观点，即将人体的生理结构与机能附会于天地自然现象。这种"天人合一"的思想，继承了思孟学派和阴阳家邹衍的学说，而且将它发展得十分精致。但天人感应说牵强附会，带有浓厚的神秘色彩。邵雍曾说，"学不际天人，不足以谓之学"，① 也涉及了"天人合一"思想。

北宋哲学家张载第一次明确提出"天人合一"的命题："儒者则因明至诚，因诚至明，故天人合一，致学而可以成圣，得天而未使遗人。"② 张载认为，天和人都是实在的，天地万物一家一体，无人无物不与我一气相连；天地是我的父母，君主是我的兄长，人民都是我的同胞，万物都是我的同伴朋友。张载将人类天然的道德情感贯注于万物，视万物为人类的朋友和同伴，要像对待自己的同胞、朋友一样对待自然万物，充分体现了儒家"仁民而爱物"的博大精神。周敦颐的《太极图说》"以究天人合一之源"为要，把道与儒、天道与人道、天理与心性论有机地结合起来，通过太极（无极）、理、性、命、诚等范畴的逻辑展开，奠定了后儒以本体论、心性论、道德论为一体的"天人一体"观的基本路向。程颢和程颐以天理论道，把道统之道与理等同，提升为宇宙本体。二程所谓"天理"是指自然界的总秩序，同时，"天理"又是社会道德规范的总和。程颢强调"一天人"，程颐强调天道与人道的同一性。

南宋哲学家朱熹是理学的集大成者，建立了完整的理学体系。朱熹所谓的理，有几方面互相联系的含义：第一，理是先于自然现象和社会现象的形而上者；第二，理是事物的规律；第三，理是伦理道德的基本准则。朱熹称理为太极，是天地万物之理的总体。"太极只是一个理字"。太极既包括万物之理，万物便可分别体现整个太极。他将天道与人性合而为一，指出"天人

---

① 《皇极经世·观物外篇》。
② 《正蒙·乾称》。

一理"。他把"天理"视为天人合一的哲学基础，"理"是宇宙万物的本原。他说："未有天地之先，毕竟也只是理。有此理便有此天地，若无此理，便亦无天地，无人无物。"① 也就是说，理是万物的本源，理生气，并以气作为质料生成万物，因此人作为万物中之一物，自然也是理的体现者，故而天人一理。他还进一步把天道的元亨利贞与人道的仁礼义智直接统一起来表述他的"天人合一"观。朱熹在讲解元亨利贞时，将自然界的季节变化中生物的生长发育与人类社会的道德伦理范畴联系在一起，"仁""义""礼""智"在自然事物上同样也有体现，尽管形式有所不同。我们通常误以为纯属人类伦理道德范畴内的"仁""义""礼""智"，在中国古代儒家先哲那里，实际上是普遍适用于包括人之外各种事物的宇宙万物的总体范畴。这些概念之所以能在人类社会生活领域中发挥其功能，恰恰是由于它们是以"天人合一"思想为前提和根据的。

　　"陆王心学"的开山祖陆九渊强调人心便是天理，"人皆具有心。心皆具是理，心即理也"，天人合一就是吾心与宇宙的融合。王阳明认为人与万物同生共长，浑然无别，因此天人本不相隔。他用"一气流通"阐述人与世界之间的关系，"盖天地万物与人原只一体，其发窍之最精处，是人心一点灵明"。② 他把人和宇宙看成一个整体，而人心则是这一整体的"发窍之最精处"。在他看来，做人的根本就是"精察天理于此心之良知"，祛除私欲蒙蔽，恢复人与天地万物一体的本然状态。因此，人的自我完善并不靠外在天理的他律，而应当靠内在良知的自律。王阳明认为：风雨露雷日月星辰禽兽草木山川，与人原只一体。"仁"的概念背后是"天人合一"的基本假定。"天人合一"不仅是要努力实现的目标，而且首先是宇宙间原本的真相，而我们常常所看到的天人相分、天人相争，那不过是我们私心蒙蔽了我们的良知而已。王阳明亦将人定位为"天地之心"，人不但不能凌驾于万物之上，而且还必须担负起维护万物的生养的责任，用自己的仁爱行动使万物各得其所，否则便是没有尽到责任。人在为自己确定了"天地之心"的价值定位的同时，不是拥有了主宰万物的权力，而是人对万物负有了一种不可推卸的道德上的义务和责任。但后来的"天人合一"的发展，随着儒释道的合一，越来越抹杀了

---

① 《朱子语类》（卷一）。

② 《传习录》。

人的主观意识与人的主观能动性，单纯的强调回归自然。

明末清初的王夫之及之后的戴震继续丰富发展着"天人合一"的思想。王夫之认为天人之间"形异质离，不可强而合焉"。[①] 但是，他又指出"圣人尽人道而合天德，合天德者健以存生之理；尽人道者动以顺生之几"[②]，即强调人道与天德的统一。而戴震醉心于社会伦理的抽象与论证，他心中的伦理的三个标准——"仁、礼、义"都是向"天"寻求根源，"上之见乎天道，是谓顺"，而"道，言乎化之不已也"[③]，"生生者，化之原，生生而条理者，化之流"[④]，生生而条理便是仁、礼、义的天道根据。因此戴震实现了将天道与伦理三端的沟通，也就是天与人的合一。

"天人合一"作为中国生态伦理传统的基础，为"美好生活"与"美丽家园"的实现奠定了坚实的哲学基础。

第二节　厚德载物

一、儒家所倡导的"幸福观"

"厚德载物"是中国传统文化的基本精神，也是中华美德的一种概括，历来成为仁人志士崇尚的道德境界。《易传·坤卦》中有这样一句话："地势坤，君子以厚德载物。"意思是说，君子应该具有大地一样柔顺的品德和宽阔的胸怀，以容载万物。"厚德"即最高尚的道德。想要载物必须有厚德。做人首先要强调厚德，不断提高自身的道德修养。只有具备崇高的道德和博大精深的学识，践行仁、义、礼、智、信等道德规范，才能成为君子。"厚德载物"是以儒家为代表的中国先哲们幸福观的集中体现，是其探求"建设美丽家园，过上美好生活"的首要内容。

儒家所倡导的幸福观在中国传统伦理文化中处于主流，对中国人追求幸

---

① 《尚书引义》（卷一）。
② 《周易外传》（卷二）。
③ 《原善》。
④ 《法象论》。

福生活的影响最为深远。儒家注重道德价值，强调美德对于幸福的重要性，主张"德福一致"。《大学》开篇即曰："大学之道，在明德，在亲民，在止于至善。""止于至善"是对道德人格的终极要求。儒家最高境界是"内圣外王"：即对内要有高尚的道德修养，对外有高尚的政治人格。道德是美的内容，美是对道德的升华，对至善的追求，是对幸福的追求。将个人对"美丽家园""美好生活"的追求融入个人的一善一行之中，不断提升个人美德的过程就是追求幸福的过程。

以孔子为代表的先秦儒家所追求的幸福，在于超越感性的欲求，以"谋道不谋食"① 的原则，不断追求理想的境界，以达到精神的满足和愉悦。"孔颜之乐"是儒家安贫乐道的德性幸福的典范。孔子认为人生幸福不在于丰富的物质生活，不在于外在环境的得与失，而在于内心的平静与充实，是一种内在的道德修养的境界。子曰："饭疏食，饮水，曲肱而枕之，乐亦在其中矣。不义而富且贵，于我如浮云。"② 子曰："贤哉，回也！一箪食，一瓢饮，在陋巷，人不堪其忧，回也不改其乐。贤哉，回也！"③ "箪食""瓢饮""陋巷""饭疏食""饮水""曲肱枕"的生活立场鲜明地摒弃世俗的功利幸福。即便物质条件再恶劣，只要能够修得高尚的品德，幸福也就随之产生。人们不断提升个体美德的过程就是追求幸福的过程，也是人走向自我完善的过程。"孔颜的这种境界将精神的升华提到了突出的地位，强调幸福不仅仅取决于感性欲望的实现程度，从而进一步凸显了人不同于一般生物的本质特征。在理性对感性的超越中，人作为道德主体的内在价值，也得到了更为具体的展示"④。"孔颜之乐"是古代理想人格的标志，这种理想人格强调德性的完满、人格的成就、境界的升华，其本质就是能够超越物质、功利的需求，而突出一种高尚的精神需求。幸福就在于善行，就在于为社会整体利益而行动的同时，注重个人德行的完善和人生不朽的追求。一个人如果没有美德，就不可能获得幸福，不可能获得"美好生活"与"美丽家园"。

儒家对德福一致的追求还在于对道义的坚持，提倡"贫而乐，富而好

① 《论语·卫灵公》。

② 《论语·述而》。

③ 《论语·雍也》。

④ 杨国荣：《善的历程》，上海人民出版社 1994 年版，第 34—35 页。

礼"，"君子坦荡荡，小人长戚戚"，"仁者不忧，勇者无惧"，甚至将杀身成仁，舍生取义当作自己最高幸福。在先秦儒家那里，义作为一种普遍的道德原则，其本身就具有至上的性质和内在的价值。孔子讲，"君子义以为质""君子义以为上"①，将"义"作为判断君子（即道德高尚的人）的价值标准。孟子讲，"义，人之正路也"，②将"义"作为引导人们行为的一般的准则和规范。"义"所具有的这种内在的价值和至上的性质，决定了其本身是人们行为价值的内在根据，从而内在地赋予人们行为之超功利性和崇高性的同时，也显示了其行为导向的作用。

传统儒家还主张仁爱幸福。仁爱是儒家思想文化的核心，爱人就是仁，是一种特殊的德行，因为美德要求人们不能只注重个人的幸福，而应当将个人的幸福融于社会的整体利益和整体之中。仁爱是儒家伦理思想中的核心概念，它要求人不能只顾自己的利益，要对他人施与善心，尽可能多地帮助他人，在他人遇到困难的时候要提供支持。仁德幸福体现的是与民同乐，而不是一己之乐，是一种老吾老以及人之老的普天下的共同幸福。在儒家看来，"仁"意味着一种和谐共存的品德。"夫仁者，己欲立而立人，己欲达而达人。能近取譬，可谓仁之方也。"③ 同时，"己所不欲，勿施于人"，推己及人的心理机制使得"仁"的适用范围可以推广到自然对象上。

二、孔子、孟子对生态道德的论述

孔子第一个将义、孝、想、德等伦理范畴扩展至自然界，初步探讨了人际道德与生态道德的关系问题。孔子提出："知者乐水，仁者乐山。知者动，仁者静。知者乐，仁者寿。"反映了人们从领悟自然的本性到领悟人的本性的过渡。孔子从仁学出发，本着惜生、重生的原则，主张"不时不食"，善待动物，珍爱自然界中的各种生命。保护弱小的动物，既是仁爱精神的体现，也是热爱自然环境、维持生态平衡的手段。孔子反对无节制的获取自然资源和毁灭生物物种的思想，也体现了孔子在处理人与自然关系上弃恶向善的价值取向。

孟子认为，君子之爱包括对亲人的爱，对百姓的爱和对自然物的爱三部

---

① 《论语·阳货》。
② 《孟子·离娄上》。
③ 《论语·雍也》。

分，这三种爱是"仁政"的重要内容。爱己爱人是不够的，还应进一步把这一爱心扩展到自然万物，这才是真正的"爱"和"仁"。"君子之于禽兽也，见其生，不忍见其死；闻其声，不忍食其肉。是以君子远庖厨也。"① 充分体现了孟子覆载万物的天地情怀和博大深沉的仁心慈念。同时，只有珍爱保护自然万物，百姓的安居乐业才有物质保障。社会的道德系统由生态道德和人际道德两部分构成，人际道德高于生态道德，"仁民"是"爱物"的前提，通过"仁民而爱物"这一途径可以实现生态道德和人际道德的统一，最终实现人类"建设美丽家园，过上美好生活"的终极追求。

总之，当今世界人们物质生活越来越富裕，精神生活却越来越空虚。无论是发达国家还是发展中国家都面临着精神的危机与隐患。在物欲横流的世界中，如何使人们的精神与心灵不被压抑、扭曲、异化，如何在外界与人心之间找到一种平衡的支点，是当前时代最需解决的。"厚德载物"的中华传统美德，德福一致、仁民爱物的幸福观，是现代人探求"过上美好生活，建设美丽家园"的基本前提和根本所在。

第三节　道法自然

一、道家眼中世界的本源

"道法自然"一说，源于《老子》，所谓"人法地，地法天，天法道，道法自然"。这里"自然"的意思是自然而然或自身本然。道家主张合于自然的幸福，认为万物的本然状态是最好的状态，能否拥有"美好生活"与"美丽家园"，在其是否合于道或自然，以自然为师，不矫揉造作、不刻意妄为、不强行武断，从而无不为，自然地指顺乎个人的德而行，自然而然，以"朴"作为生活的指导原则，就能得到最大幸福。

老子认为世界的本原是道。"道"是看不见、听不到、摸不着的。它没有物质内容，是超感知的"无状之状，无物之象"，人们分不清它的上下，也看

---

① 《孟子·梁惠王上》。

不到它的前后，无法给它起一个确切的名称，因为它本来就是一个无分别的状态的东西。而正是这样一个什么也没有的"道"却产生了天下万物，"天下万物生于有，有生于无"。所谓以人效法天，也就是指人类应该仰观俯察天地万物，把天地万物中的规律作为人类的自律。对于天地万物中的规律，老子概括为"无为"。无为是道法自然精神下的行为准则和规范，道法自然则是道家生态伦理思想的核心精神。把这种思想应用到社会，形成了小国寡民的理想："使有什伯之器而不用，使民重死而不远徙。虽有舟舆，无所乘之；虽有甲兵，无所陈之。使民复结绳而用之。甘其食，美其服，安其居，乐其俗。邻国相望，鸡犬之声相闻，民至老死，不相往来。"① 庄子则说："夫至乐者，先应之以人事，顺之以天理，行之以五德，应之以自然，然后调理四时，太和万物。"②

道家强调物必有各自独特的存在方式，所以"道常无为，而无不为。侯王若能守之，万物将自化"③。道家强调应该尊重万物各自的特性。道家、道教主张以无为的态度对待自然，"不做违反自然的活动"。正所谓"为道日损，损之又损，以至于无为，无为而无不为"④。道法自然否定天人对立的思维模式，其价值在于引导人类把尊重、爱护自然转化为内心的道德律令，自觉地师法自然、顺应自然，达到人与自然的最终和谐。而"道教的一个重要处世哲学就是贵柔，特别推崇女性特征，以不争、顺应、柔弱作为处理人与人和人与自然关系的原则，以'贵柔守雌'来要求自己"⑤。

道家认为，人对自然界的利用必须控制在一个适宜的限度之内。《老子》说："域中有四大，而人居其一焉。"《庄子·秋水》说："自以比形于天地，而受气于阴阳，吾在于天地之间，犹小石小木之在大山也。方存乎见少，又奚以自多！计四海之在天地之间也，不似礨空之在大泽乎？计中国之在海内不似稊米之在太仓乎？号物之数谓之万，人处一焉；人卒九州，谷食之所生，舟车之所通，人处一焉。此其比万物也，不似豪末之在于马体乎？"道家认

---

① 陈鼓应：《老子注译及评介》，中华书局1984年版，第357页。
② 张惠丽、赵凌云：《南华真经注译》，中国社会科学出版社2004年版，第151页。
③ 《老子·三十七章》。
④ 《老子·四十八章》。
⑤ 陈霞：《道教贵柔守雌女性观与生态女权思想》，《西南民族学院学报》（哲学社会科学版）2000年第8期。

为，人和万物共同构成一个有机的整体。《齐物论》说："天地与人并生，而万物与我为一。"自然是一个整体，人是自然的一部分。《达生》主张"不开人之天，而开天之天"，以自然的方式对待自然。为了生存，人需要从自然界中获取生活资料，但这并不意味着人可以没有限度，可以为所欲为。人应该知常知和，知足知止。

"道"自然地而不是有意识地产生、推动、成长万物，它自然地产生万物而不据为己有，自然地推动万物而并不自恃其力，自然地长成万物而并不为之主宰，"道"并不是一个有意志的造作者。在老子看来，世界是一个运动的世界，其最重要的表现就是事物总是会向自己相反的方向转化。幸福是一种辩证运动的过程，是一种内心和谐的运动状态。冯友兰这样评价道家的"反者道之动"："所有这些学说，都可以从'反者道之动'这个总学说演绎出来。著名的道家学说'无为'，也可以从这个总学说演绎出来，'无为'的意义，实际上并不是完全无所作为，它只是要为得少一些，不要违反自然地任意地为。"① 道家的辩证法中"阳即自我肯定性、要求性、扩张性、竞争性、拓展性等等，凡是用直线的、分析型的思维作为指导的人类行为，均属此列。阴即统一性、响应性、合作性、直觉性以及对于环境的意识等等。阴与阳对于和谐的社会与生态体系说来，都是极为必要的"②。

二、道家的幸福观

知止知足、返璞归真是"建设美丽家园，过上美好生活"的要义。老子认为，求道者道法自然，淡泊无欲，无意于功名利禄，"是以圣人去甚，去奢，去泰"③，河上公解释道："甚谓贪淫声音，奢谓服饰饮食，泰谓宫室台榭。"可以说，甚、奢、泰都是"过"，都是由"贪"引起的。一个人越贪婪，他就越是穷奢极欲。反之，一个人越是奢侈过度，他会越贪。所以，修道之人应力戒"贪""过"，要心怀俭德、事有适当，要以"道"为本，不太在意俗世的灯红酒绿、荣华富贵。④ 人若不能"见素抱朴，少私寡欲"，结

---

① 冯友兰：《中国哲学简史》，北京大学出版社 1996 年版，第 87 页。

② 弗·卡普拉：《转折点——科学、社会、兴起中的新文化》，冯禹等译，中国人民大学出版社 1989 年版，第 33 页。

③ 《老子·二十九章》。

④ 涂明传：《略论〈老子〉中的养生之道》，2004 年 11 月 19 日，见 http：//lswh. hubu. edu. cn。

果往往是"五色令人目盲；五音令人耳聋；五味令人口爽；驰骋田猎，令人心发狂；难得之货，令人行妨"①。贪淫声音、服饰饮食、宫室台榭等身外之物只会异化人的自然本性，从而产生人与自然的对抗，故而老子主张"绝圣弃智，民利百倍；绝仁弃义，民复孝慈；绝巧弃利，盗贼无有。此三者以为文，不足"②。庄子继承老子"知止可以不殆"的思想，进一步提出"知止其所不知，至矣"，认为天下大乱是因为"天下皆知求其所不知而莫知求其所已知者，皆知非其所不善而莫知非其所已善者"③，意思是人必须了解自己的极限，经常反思似乎合理的错误行为模式，认清大自然平衡的界限，应"无迁令，无劝成，过度，益也。迁令、劝成，殆事。美成在久，恶成不及改，可不慎与"!④ 在反奢侈、归真朴这点上，道家与墨家、农家是相通的——所谓祸莫大于不知足，咎莫大于欲得。知止知足，克服人类身上的动物本能——杀鸡取卵、竭泽而渔，且钳制私欲，方能返璞归真。

在道家看来，要获得幸福，就要超越功名利禄之上，物我两忘，获得精神的愉悦。庄子一生逍遥于天地山水之间。他认为：顺乎天是一切幸福与善的根源。道法自然，与道合一，得道者乃至人，神人，圣人，独与天地精神往来。人的自然本性充分而自由的得到发展，放德而行，就是幸福。以自然为美，以天地为美，以大道为美，得至美而游乎至乐者，至人也，就是幸福的人，是达到最高境界的人。

第四节　和为贵

一、儒家的"和"思想

"建设美丽家园，过上美好生活"的最终状态即实现"和谐"的理想。在中国文化中，"和"与"谐"同义，而"和谐"在古代是以"和"的范畴

---

① 《老子·十二章》。
② 《老子·十九章》。
③ 《庄子·外篇·胠箧》。
④ 《庄子·人世间》。

出现的。作为古典哲学的核心范畴之一，"和"的思想源远流长、代代相承，贯穿于中国思想发展史的各个时期和各家各派之中，体现了中国传统文化的基本价值，是中国传统文化的人文精髓和核心。《周易·乾·象》中讲："乾道变化，各正性命，保合太和，万利贞。"这里的"太和"，意指和谐达到了最高的境界。和谐理念是中华民族根本的价值取向和追求。在中华民族五千年的发展史中起着维系社会稳定、促进社会进步、推动社会发展等重要作用。

儒家强调通过道德学养达到自身的和谐，进而推广到人与人的和谐，人与自然的和谐等方面。孔子曰："礼之用，和为贵。先王之道斯为美，小大由之。有所不行，知和而和，不以礼节之，亦不可行也。"① 这就是说，"礼"高于"和"，"和"服从"礼"，必须在礼的规范下实现"和"。"礼"作为社会的规章制度、行为规范应该以"和"为价值标准，其目的和精神就在于以"和为贵"，营造一个和谐有序的社会。孔子还认为，"君子和而不同，小人同而不和"，"君子矜而不争，群而不党"。② 保持和谐而不结党营私，行为庄重而不与他人争执，善于团结别人而不搞小团体，才称得上君子。能够宽厚待人，与人和谐相处，是君子人格中一个不可缺少的重要方面。和而不同，是社会事物和社会关系发展的一条重要规律，也是人们处世行事应该遵循的准则，是人类各种文明发展的真谛。要做到"和而不同"、实现"和为贵"，必须坚持"仁"。"仁"是孔子思想的核心。"仁"的基础和首要要求就是"爱人"。如果以"爱人"作为人们处理人与人之间关系的纽带，那么整个社会就会和谐融洽，国家就会得到好的治理。孟子则强调人与生俱来就有"恻隐之心""羞恶之感""辞让之心""是非之心"，只要把人的这些先天本性发扬光大推及于每个人，就可建立良好的社会秩序。同时，"天时不如地利，地利不如人和"。③ 孟子希望能够以"老吾老，以及人之老，幼吾幼，以及人之幼"④的"推己及人"原则来处理人际关系。

"和为贵"的处世哲学，到宋代张载得以进一步的深化。张载认为，如果人们能够认识自己的本性是与一切人一切物相同的，就会泛爱一切人一切物，

---

① 《论语·学而》。
② 《论语·子路》。
③ 《孟子·公孙丑下》。
④ 《孟子·梁惠王上》。

与一切人一切物善处。"性者万物之一源，非有我之得私也。惟大人为能尽其道。是故立必俱立，知必周知，爱必兼爱，成不独成。"① 在《西铭》中张载进一步发挥了这种泛爱思想。"乾称父，坤称母。故天地之塞，吾其体；天地之帅，吾其性也。民吾同胞，物吾与也。大君者，吾父母宗子；其大臣，宗子之家相也。尊高年所以长其长，慈孤弱所以幼其幼。圣其合德，贤其秀也。凡天下疲癃残疾，孤独鳏寡，皆吾兄弟之颠连而无告者也。"② 天地好比父母，一切人一切物都是天地所生，一切人都是同胞兄弟，一切物都是同伴，应该爱一切人，爱一切物，这就叫做"民胞物与"。

中庸之道被古人认为是尽善尽美的和谐之境，意味着不偏不倚、恰到好处并防止过犹不及。《中庸》说："中也者，天下之大本也。和也者，天下之达道也。致中和，天地位焉，万物育焉。"所谓"中庸"，北宋程颐加以解释说："不偏之谓中，不易之谓庸。中者，天下之正道。庸者，天下之定理。"③这是说，不走极端和稳定不变，是一切事物正当不移的道理。中庸调和的价值观，其归结点还是在"和"。"和"是"中庸"方法的最好体现。"能尽人之性，则能尽物之性；能尽物之性，则可以赞天地之化育，则可以与天地参矣。"④ 由人与人之间的和谐、人与社会之间的和谐，扩充到人与自然之间的和谐，天道和人道之间的和谐。

二、从"和为贵"到建设和谐社会

在民族与民族、国家与国家的关系上，中国传统文化主张和谐共处，协和万邦，互利互惠。《尚书·尧典》说："曰若稽古，帝尧曰放勋，钦明文思安安，允恭克让，光被四表，格于上下。克明俊德，以亲九族。九族既睦，平章百姓，百姓昭明，协和万邦，黎民于变时雍。"这段文字颂扬了帝尧以其超群的修养和光辉的人格去亲和本族，辨明其他各姓部落之责，以至于万邦和睦、民众和悦之盛况。《论语·颜渊》中说："君子敬而无失，与人恭而有礼。四海之内皆兄弟也。君子何患乎无兄弟？"孔子还说："远人不服，则修

---

① 《正蒙·诚明》。
② 《正蒙·乾称》。
③ 《遗书》卷七。
④ 《中庸》。

文德以来之，既来之则安之。"① 主张以文德感化外邦，反对轻率地诉诸武力。这种以和为本，以诚信为德，以礼法为手段的"和为贵"的外交文化，是中国传统的和谐文化的精髓。孟子提出"仁者无敌"②，主张"以德服人"③，提倡王道，反对霸道。《礼记》中的"以中国为一人，以天下为一家"，说的则是超越一国一族的"天下观"，构筑一个和谐有序的世界，以达到天下一家的和谐理想即"大同社会"。《礼记·礼运篇》说："大道之行也，天下为公。选贤与能，讲信修睦，故人不独亲其亲，不独子其子，使老有所终，壮有所用，幼有所长，矜寡孤独废疾者，皆有所养。男有分，女有归。货，恶其弃于地也，不必藏于己；力，恶其不出于身也，不必为己。是故，谋闭而不兴，盗窃乱贼而不作，故外户而不闭，是谓大同。"古人所设计的"大同社会"目标，虽带有乌托邦的性质，但它作为一种美好的向往，始终引导着中华民族的志士仁人追求以和谐为基本特征的社会发展目标，同样也在一定程度上对"建设美丽家园，过上美好生活"的目标进行了诠释。

---

① 《论语·季氏》。
② 《孟子·梁惠王上》。
③ 《孟子·公孙丑上》。

第六章　漫长的求索
——西方思想史分析

　　两千年来的西方思想史，是一部人类关于自我和世界的探索历史。然而，人类对自我的思考，不可能远离尘嚣、超然物外，更不会仅仅停留于冥冥玄思之中。人们需要衣、食、住、行，需要劳动、生活，需要家庭、社会，乃至国家天下。于是，人类关于自我的追问："我是谁？我从哪里来？我到哪里去？"就逐渐以一种全新的感性形式出现在眼前："什么样的家园是美丽的？什么样的生活是美好的？怎样建设美丽家园？怎样过上美好生活？"对家园和生活的思考，逐步取代抽象的说教，对自然和世界的认知，逐步成为人类理解自我的阶梯。就这样，人与自然孰轻孰重，自我与世界孰先孰后，便构成了千百年来西方社会思想中有关家园和生活的全部主题。

第一节　从古希腊文明到现代工业文明

　　"自然"，是人类历史上最为古老的一个哲学概念。当代学者罗尔斯顿在他的代表作《哲学走向荒野》一书中这样形容自然："极少有哪一个词的含义像它那样丰富多彩。它如同自由、善、权利、美、真理、上帝、祖国、民主、教会等词一样，在我们整个生活中意义重大。然而，虽然经过了许多世纪哲学巨匠的努力，自然几乎还跟原先一样，依然是一个谜。"① 同样在这本著作中，作者提出了哲学的自然向度——"哲学走向荒野"。"荒野"，即大自然的代名词，哲学走向荒野，便是呼吁人类在思考自我与世界的关系时，把抽象的哲学概念转变为对人与自然关系的系统反思，把纯粹的自我与世界的学说融入自然生态系统中去加以理解和诠释。面对当代世界日益蔓延的生态危机，罗尔斯顿的呼吁铿锵有力，但他却不是这一问题的开拓者，因为早在两千年前，西方先哲就已经开始了人与自然的系统思考。

关于人类自我，古希腊哲学家苏格拉底首先作出了回答，"人是政治的动物"，并且是"能构筑城镇、栖居于城邦的动物"②。政治属性、社会属性同动物属性一道，构成了苏格拉底对人类自我的基本理解。自苏格拉底开始，考察人类在一定社会历史条件下的生产和生活状况，便成为西方历代思想家的历史使命。"几乎每一个哲学家，都是在与自己试图栖居其中的传统展开争论的过程中，形成自己以生命进行追求的信念"③。然而，正如我们所看到的那样，哪怕经历了上千年的求索，时至今日，人类那些在自然面前所取得的所谓巨大"成就"，同人类赖以生存的自然环境所面临的危机，依然如梦魇般令人困惑地纠缠在一起。这正如罗尔斯顿所指出的那样："现代人虽然有巨大的技术力量，却发现自己远离了自然，他的技艺越来越高超，信心却越来越少，他在世界上显得非同凡响，非常高大，却又是漂浮于一个即使不是敌对的，也可以说是冷漠的宇宙之中。"④

一、古希腊自然观⑤

人与自然，始终是人类哲学思考的焦点所在。人类对于自身在自然界的地位以及人与自然相互关系的认识，经历了一个漫长的求索过程。从最初的愚昧、茫然、对自然充满恐惧、惶惑，到逐渐在实践中确立信心、改造自然、利用自然，成为自然的主人，享受自然带来的丰厚果实，直至工业文明以后，因为对自然的恣意妄为，人类开始遭到自然的报复，不得不重新审视人与自

---

① 霍尔姆斯·罗尔斯顿：《哲学走向荒野》，刘耳、叶平译，吉林人民出版社2000年版，第189页。
② 转引自赵敦华：《西方哲学简史》，北京大学出版社2001年版，第33页。
③ 霍尔姆斯·罗尔斯顿：《哲学走向荒野》，刘耳、叶平译，吉林人民出版社2000年版，第189页。
④ 霍尔姆斯·罗尔斯顿：《哲学走向荒野》，刘耳、叶平译，吉林人民出版社2000年版，第189页。
⑤ 本部分观点和引文均转引自赵敦华：《西方哲学简史》，北京大学出版社2001年版，第1页。

然的真正关系。这一漫长的探索过程，可以从古希腊说起。

先哲罗素曾说："在全部的历史中，最使人感到惊异或难于解说的莫过于希腊文明的突然兴起。"① 古代西方世界，自然科学包含于哲学之中，西方关于人与自然关系的讨论，在很长一段时间内和哲学发展史融为一体。古希腊人擅长理性思维，他们总是试图将整个世界联系起来加以考虑，竭力从有限的感性现实之中找出最具普遍意义的真理。"西方哲学之父"泰勒斯在公元前 6 世纪提出了人类历史上第一个哲学命题，同时也是人类第一个关于自然的命题："水是万物的本源。"在这里，泰勒斯对世界基本构成所作的判断正确与否并不重要，重要的是他提出了"世界的本源是什么"这样一个问题。之后的希腊哲学家们便在他所开辟的这条道路上坚持了下去。泰勒斯之后，恩培多克勒提出"四根说"，认为世界的本源不仅仅是水，而应当是"水、火、土、气"四种元素。同时代的毕达哥拉斯，则在抽象的层面上提出"数本源说"，以反对元素论的观点。他认为"数目"是万物的本源。作为数学家的毕达哥拉斯，他对数量与质量关系更为敏感，开始思索世界的统一性和规律性问题，试图以数为实体，把它看作万物的始基。然而，世界的复杂多变是远远不能用抽象数字来说明的，于是赫拉克利特再次提出"活火"概念。"这个世界对一切存在物都是同一的，它不是任何神或任何人所创造的，它过去、现在、未来，永远是一团永恒的活火，在一定分寸上燃烧，在一定分寸上熄灭"。关于世界变化的丰富性，他更是给出了那句脍炙人口的名言："你不能两次踏进同一条河流，因为新的水不断地流过你的身旁。"赫拉克利特发现世界的变动不居，然而他也相信，虽然永恒变化是万物唯一不变的常态，但世界的变化并非反复无常，而是合乎规律的。这个规律被称为"逻各斯"。他认为，人类凭借自身的智慧，可以把握那万物背后的"逻各斯"，唯有认识了"逻各斯"，才能把握真理、认识世界的真正本质。此后，爱利亚学派创始人巴门尼德，在综合前人观点的基础上，进一步抽象出"存在"这一重要概念，并把"存在"指认为世界的唯一本源。存在无形无相、不生不灭，它按照一定的"逻各斯"，充满于整个世界，构成天地万物。存在论的出现，是人类抽象性思维发展的最新阶段。它也成为后人认识世界的一个重要启示。古希腊

---

① 罗素：《西方哲学史》，何兆武、李约瑟译，商务印书馆 1976 年版，第 12 页。

哲学家关于世界本源的思考和关于自然变化规律的认识，都极大推动了哲学的发展，同时也加速了人类关于自我与世界关系的深刻认识。

自然哲学家之后，苏格拉底和柏拉图把人们的视线从外在世界拉回到人类自身。苏格拉底断言，人类在彻底认识自身之前，不可能也没有能力认识外在的自然世界，对自然的改造和利用更是无从谈起。因此，他要人们"认识你自己"。面对人类与世界的二元对立矛盾，苏格拉底的学生柏拉图，则以一种全新的方式对此问题作出诠释。由于柏拉图深感真理世界的永恒价值以及生活世界的变化不居，于是他提出"理念"学说，利用理念世界和现实世界的分离和统一，来摆脱二元对立危机。在柏拉图看来，无论人类社会还是自然万物，都是一种暂时的感性存在，它们变化往复，并无实在性可言。只有那超越于现实世界之外的理念世界，才是真理的栖居之地。因此，无论人类打算认识自我，还是认识自然，都不能服从于感官的支配，要得到真理，必须借助理性，人类只有通过理性的思考，才能真正把握人类与自然的本质属性，人与自然的关系，也只有在理性的思考中才能找到答案。可以说，自柏拉图开始，人类的自我意识开始觉醒，人类也不再外在于自然世界，人与世界，在理性的桥梁下取得了联系。也正是从这时起，理性——一把处理人与自然关系的双刃剑，成为人类认识自然、改造自然、利用自然的最为有力的武器。

二、神学自然观①

随着希腊罗马文明的衰退和基督教神学的兴起，欧洲进入漫长的中世纪社会。希腊人在自然面前的自由思想及理性精神，逐渐被基督教神学所取代，人类社会生活的方方面面，逐渐屈从于无所不包的神学体系，人与自然的性质和关系，也概莫能外。由于基督教专注于灵魂救赎和彼岸世界问题，那个感性的、现实的人与自然，在神学思想下受到压制。人们受基督教神学的教化，认为上帝是唯一真实的存在，是一切真理的源泉，他全知、全能、统摄一切。而人类与自然万物，都只不过是上帝的创造物。在上帝面前，它们没有自身存在的价值，只有依附于上帝，人与自然的价值才能得以实现。在基

---

① 本部分观点和引文均转引自赵敦华：《西方哲学简史》，北京大学出版社 2001 年版，第 100—159 页。

督教神学自然观中，上帝凌驾于人与自然之上，同时人与自然也相互隔绝、彼此分离。尽管人与自然之间也存在着在上帝名义下的平等，但这种平等，是建立在上帝授权人类管理自然这一前提之上的平等，人类以上帝代治者的名义统治自然。因此，在基督教神学视野下，人与自然的关系从一开始便是"代治者"与"被造物"，即治理与被治理关系。圣经《创世纪》就曾指出，上帝造人的目的是"使他们管理海里的鱼，空中的鸟，地上的牲畜及一切昆虫"。《诗篇》则描述说："你派他管理你所造的万物，就是一切的牛羊，田野的兽，空中的鸟，海里的鱼，凡经行海道的，都服在他的脚下。"不难看出，人类是自然的管理者和使用者，处于上帝之下，万物之上。在这样一种神学自然观的统治下，人与自然一分为二，由于代治者的优越地位，人类取得了掌控自然的合法权力。

三、近代自然观①

欧洲文艺复兴，人类自我意识再次觉醒，并逐步摆脱神学束缚，开始重新思考人与自然的关系。在此过程中，尽管上帝的权威遭到质疑，但建立于神学基础之上的人类在自然面前的优越性地位却被后人继承了下来。

经过中世纪的漫长等待，西方哲学和科学在文艺复兴时期取得了巨大进步。以实验为基础的自然科学体系逐步建立起来，理性与科学的思维方式逐步取代神学，成为社会的主流意识形态。自16世纪开始，科学家们以执着的追求，天才的智慧，务实的精神和顽强的毅力，为人类认识和驾驭自然作出了不朽贡献。17世纪初，西方世界迎来近代科学的曙光，人类的自然观随之发生深刻变化。伽利略不再追问运动"为何"发生，而是思考运动"如何"发生。他认为我们可以去了解的，是物体运动的一般规律，及其在时间和空间中确定的数量关系，理性地掌握运动规律，便可以掌握自然世界。笛卡尔则把世界中一切事物，都归结为运动与广延。宣称给他运动与广延，他就能构造出世界。他还把世界中的一切事物，都还原成一个具有几何特征的数学结构，这些结构，都严格地遵守科学规律。此后牛顿经典力学的出现，更是使人类在世界面前的信心达到顶点，此时的自然世界，俨然成为人类理性展

---

① 本部分观点和引文均转引自赵敦华：《西方哲学简史》，北京大学出版社2001年版，第160—255页。

现其才华的最大舞台。

可以说，近代科学发展，越发使当时的人们坚信人与自然的分离，而且坚持以理性的科学精神去把握自然界背后的规律。自然万物之间的关系，也被认为完全在人类的掌控范围之内。当理性主义精神席卷欧洲之时，近代经验主义者的出现，则在另一个维度上突破了传统形而上学和神学的思想桎梏，使哲学进入一个全新的发展阶段，德国古典哲学应运而生。在此背景下，康德对传统的形而上学进行了猛烈批判。康德认为，形而上学的出现在于人们将知性世界的范畴运用到超验世界，于是出现了二律背反。在他看来，人类具有先天的思维形式，但缺乏思维内容，客观世界可以提供思维素材，但却不具备人类的思维形式。世界的意义由人类主体赋予，它经过主体思维形式的加工，最终成为关于世界的知识。到黑格尔那里，理性哲学达到最后的辉煌。自笛卡尔到黑格尔的近代哲学"主体性"原则，尤其是传统西方形而上学中"主客二分"的思维方式，在某种程度上导致了"人类中心主义"观念的出现。而"人类中心主义"，则被很多当代学者认为是造成现代环境问题的理论根源。

随着工业文明发展，西方社会的环境问题日渐凸显。而人类关于"美丽家园和美好生活"系统思考，也在 18 世纪开始出现，其最具代表性的两种理论，一为卡迪亚主义，一为帝国主义。卡迪亚主义又称"田园主义"，是一种主张与自然亲密相处的简朴的乡村生活理想，帝国主义则坚持认为人类在地球上的主要价值就在于不断控制并利用自然，以实现人类利益的最大化。两者的根本分歧在于如何看待人类在自然界中的地位问题。在这两种自然观的指导下，西方世界便开始出现两种截然不同的价值观。一种把自然看作是需要人类去尊重和热爱的友好伙伴，另一种则把自然看作是供人类索取和利用的物质资源。伴随着工业化体系的深入推进，"帝国式论点"及其指导下的征服和主宰自然的认识和态度，逐渐成为西方社会的主流意识形态。这也为近代以来西方生态危机埋下伏笔。"美丽家园和美好生活"开始变得疑云重重。

第二节　徘徊在人类中心主义和非人类中心主义之间

我们以历史的视角重新审视西方思想史关于"美丽家园和美好生活"的探索，不难发现其最终都归结为人与自然的关系论题。人与自然孰轻孰重，人在自然面前何去何从，对此问题的不同回答，将直接决定人们对"美丽家园和美好生活"的不同理解。这其中，一个核心概念便是"人类中心主义"。无论古希腊、中世纪还是近现代，每当提及人与自然的关系，无论和谐还是冲突，征服抑或报复，人类在世界中所处的位置，始终困扰着我们。我们应该以怎样一种姿态去面对自然？在人类面前，自然的价值究竟何在？

一、人类中心主义

文艺复兴运动把欧洲人从中世纪封建神学统治下解放出来，进而以人类自身为衡量万物生存和发展的唯一价值尺度。在这样的理念指导下，社会生产以人类物质利益为中心，把大自然当作是取之不尽、用之不竭的资源仓库，对自然实施无止境的开发甚至是掠夺，对自然的漠视，其实质在于认为只有人类才具有内在价值，人类是唯一的价值主体，人类的价值地位优越于自然界其他事物。除人类之外的其他存在物，都不具备内在价值和目的理性，它们被视为只有工具价值，人之外的客观存在物，全部被排除在人类的价值共同体之外。

人类中心主义，根植于西方思想文化传统中的"二元论"（人与自然相对立）思维模式。在西方世界，从柏拉图、亚里士多德、直到笛卡尔到黑格尔，思想家们始终把人类界定为"理性的动物"，理性是人区别于动物并高于动物的本质特征。柏拉图的"理念论"把理念世界和感性世界对立起来，在一定意义上消解了思维与存在、主体与客体的辩证统一。笛卡尔的"我思故我在"，则将心灵和肉体、精神和物质彻底割裂开来，形成典型的心物二元论体系。康德的"人为自然立法"，更是进一步把自然界视为人类理性思维形式的加工素材。直到黑格尔，人类理性登峰造极："哲学史是一系列高尚的心灵，是许多理性思维的英雄们的展览，他们凭借理性的力量深入事物、自然和心

灵的本质——上帝的本质，并且为我们赢得最高的珍宝，理性知识的珍宝。"[1]上述哲学思想，都为人类中心主义的产生提供了不可或缺的理论基础。而近代科学的发展，则成为人类中心主义诞生的直接动因。

伟大的数学家牛顿，是"机械论"和"二元论"思想的倡导者。人类中心主义价值观，其实质上就是近代机械论和二元论的自然观。这种价值观片面强调人类主体性地位，割裂了主体与客体之间的辩证关系，将两者对立的观点应用于人与自然的关系之中，强调人与自然的分离和对立，极力倡导人类征服自然、主宰自然，并无视自然界其他生命的存在价值，一切均以人类为中心，把人类的发展建立在对自然资源的掠夺和开发基础之上，把人与自然的关系引上绝境。

伟大的哲学家笛卡尔，同样为人类中心主义目的论哲学提供了理论依据。他认为，道德伦理与"人与自然的关系"无关，动物不应得到道德的关怀，动物是无理性的、无感觉的机器，它们是感觉不到痛苦的。只有理性存在物的人类具有内在的价值和目的。大自然是为了人类的目的而存在的，其他生物不具有内在价值，它们不能成为道德共同体的成员，不能成为人类关怀的对象，并且人类对动植物，对自然环境不负有道德义务，只有人类是大自然的主人和拥有者。在近代西方世界，类似的理论不一而足。

事实上，人类中心主义究其实质就是以物质财富为单一价值取向、以科学技术为获取财富唯一手段的现代工业文明价值观，它就是建立在"发展是天然合理"的哲学信念的前提上，认为人类是地球的主人，人类对于其赖以生存和发展的自然界来说，永远是主人，自然界是奴隶，是人类实现自身利益的对象。人以人类自身的利益为中心，以人自身为根本尺度去认识、评价和安排整个世界。所以，从人类中心主义的传统意义来说，它的价值取向就是尽最大可能提高人的地位，扩大人的行为选择度，极力张扬和凸显人的主体性地位，将人与自然对立起来，片面强调了人对自然的征服和改造所应有的主观能动性，这样势必导致人类无限度地开发自然、占有自然、无止境地向自然索取。由于人的欲望的无止境，人的主体性地位的过度纵容，很快使人类面临资源枯竭、环境污染的窘境，危及了人类自身的生存和发展。与人

---

① 黑格尔：《哲学史讲演录》，商务印书馆 1978 年版，第 9 页。

类中心主义相对的，是当代西方思想世界中各类非人类中心主义的理论和观点。

二、生命中心主义

生命中心主义，是与人类中心主义相对的另一种关于人与自然关系的伦理学说。生命中心主义认为：一切生命个体都具有固有的内在价值。因而人类对它们应该负有直接的道德义务。生命中心主义先驱者是施韦策。施韦策于 1919 年首次提出"敬畏生命"的价值观念，用以拯救现代社会的伦理困境。他认为：只有秉承对一切生命负有无限责任的德性的人，才是健全的人。他在《文化和伦理》一书中对此做了详细阐发，并终身加以弘扬。施韦策指出：自然以最有意义的方式产生无数生命，又以毫无意义的方式毁灭它们。自然造就的生命意志陷于神秘的自我分裂之中，生命的存在必须以牺牲其他生命为代价。唯有人，一切生命中最高的生命，能够在自己的生命中体验到其他生命，因而能够像敬畏自己的生命意志一样敬畏所有生命意志。对人类来说，善是保护生命、提升生命、发展生命，使之实现其最高价值。恶就是毁灭生命、伤害生命、压制生命。在他看来，尊重生命，这是绝对道德律令。在此意义上，人类的美丽家园和美好生活，其基础便在于对生命的尊重以及生命力的张扬。

三、生态中心主义

生态中心主义，是一种整体主义伦理学说。生态中心主义认为，自然生态系统的健康稳定本身具有绝对价值，人类对它负有直接的义务。人类的美丽家园和美好生活，均来自于生态系统的健康稳定。生命个体、物种、生态过程作为生态系统的组成部分和存在形式，具有终极价值，人类对它们同样负有道德义务。利奥波德是生态中心主义的开创者。他在《大地伦理》一文中首次阐述了生态中心主义伦理观，把自然界描述成一个由太阳能流动过程中的生命和无生命物组成的"高级有机结构"或"金字塔"：土壤位于底部，其上依次是植物层、昆虫层、鸟和啮齿动物层，顶端是各种食肉动物。物种按其食物构成分列于不同的层或营养级，上一级靠下一级提供食物和其他服务，形成复杂的食物链。结构的功能运转取决于各个不同部分的协作与竞争。

这种结构经过数百万年的进化发展而来，人则是增加金字塔高度和复杂性的众多后来者之一。人类对自然金字塔的改变激烈程度越小，金字塔中重新适应的可能性就越大。因此，要保持自然金字塔的平衡状态，那么人们就必须将道德共同体从人类社会扩展至整个自然界，即"大地"，从而"把人的角色从大地共同体的征服者变为共同体的普通成员和公民"①。在此基础上，生态中心主义者对于美丽家园和美好生活的理解，可以概括为一个根本原则："一件事物，当它倾向于保护生命共同体的完整、稳定和美好时，就是正确的，反之，就是错误的。"②

四、自然中心主义

当代生态学家罗尔斯顿从自然主义出发，综合个体主义和整体主义，提出一种"自然价值论"，作为处理人与自然关系的道德依据。自然价值论的目的是论证生态系统以及系统内各个部分的客观价值。罗尔斯顿认为："实然"和"应然"、事实和价值、描述和评价的截然二分，在人际伦理范围内或许适合，但在环境伦理领域却行不通。生态学既是描述的又是评价的，因此，与其说"应然"是从"实然"推导出来的，不如说两者同时出现。"当我们从描述植物与动物、循环与生命金字塔、自养生物与异养生物的相互配合、生物圈的动态平衡，逐渐过渡到描述生物圈的复杂性、地球生物的繁荣与相互依赖、交织着对抗与综合的统一与和谐、生存并繁荣于其共同体中的有机体，直到最后描述自然的美与善时，我们很难精确地断定，自然事实在什么地方开始隐退了，自然价值在什么地方开始浮现了。在某些人看来，实然/应然之间的鸿沟至少是消失了，在事实被完全揭示出来的地方，价值似乎也出现了。它们二者似乎都是生态系统的属性"③。在他看来，自然价值是由自然系统的结构决定的一种性质。有机体作为自维持系统，物种作为生命动力的形式，都具有内在价值。同时，对于其他有机体和物种而言，又具有工具价值。在生态系统内部，内在价值和工具价值交互生成，而生态系统整体作为生命的创造者和支持者，则具有一种超越于内在价值和工具价值之上的"系统价

---

① 奥尔多·利奥波德：《沙乡年鉴》，侯文蕙译，吉林人民出版社 1997 年版，第 193 页。
② 奥尔多·利奥波德：《沙乡年鉴》，侯文蕙译，吉林人民出版社 1997 年版，第 213 页。
③ 霍尔姆斯·罗尔斯顿：《环境伦理学》，杨通进译，中国社会科学出版社 2000 年版，第 3 页。

值"，这是系统中的"自在的价值"。从生命个体、物种到生态系统，价值依次递增，义务也相应递增。人类较之其他生命形式具有更大的价值，然而，当人类意识到自己存在于这样一个生物圈中并且是这个过程的产物，不管他们如何理解他们的文化和人类中心偏好，以及对同类或异类的义务，他们终应对这个生命共同体的完整、稳定和美有所感激。"只有拓展到大地领域中去，伦理学才是完整的"①。

　　总之，无论人类中心主义，还是各式各样的"非人类中心主义"，它们都是西方文明在美丽家园和美好生活论题上的积极探索，只有在澄清人与自然、人与社会、人与他人的关系之后，美丽家园和美好生活的蓝图才会逐步得以展现。

第三节　路在何方

　　纵观西方思想史上的自然观演进，人类无论选择以自然为中心的自然主义还是以人为中心的人本主义，都既不能反映出人与自然的真正关系，也无法推动人类社会与自然的和谐发展。因此，面对当代人类所面临的诸多困境，我们不妨重新回到马克思主义的相关理论。马克思、恩格斯指出："人不仅使自然物发生形式变化，同时他还在自然物中实现自己的目的。"② 人与自然的矛盾的解决关键在于人，在于人类对人与自然关系的态度选择。人类只有在尊重客观规律的前提下发挥主体的能动性，推动科技的发展，提高主体预见能力，积极主动选择合理的人与自然的关系模式，协调人与自然的关系，才能保证人类社会的可持续发展，实现"美丽家园和美好生活"的远大理想。这应该成为人类主动选择的人与自然关系的理想模式。人与自然是一个不可分割的整体，"人是自然界的一部分"，自然"是人的精神的无机界"，既强调自然界对人的先在性和客观性，同时也强调主体对自然界的能动作用，才能实现真正的"主客体同一"。马克思还曾指出："人同自然界的关系直接就

---

　　① 霍尔姆斯·罗尔斯顿：《环境伦理学》，杨通进译，中国社会科学出版社2000年版，第3—33页。

　　② 转引自《马克思恩格斯选集》第4卷，人民出版社1995年版，第260—386页。

是人和人之间的关系，而人和人之间的关系直接就是人同自然界的关系，这是他自己的自然的规定。"① 我们认识和处理人与自然的关系，不能脱离社会历史的维度。"自然界的人的本质只有对社会的人来说才是存在的，因为只有在社会中，自然界对人来说才是人与人联系的纽带，才是他为别人的存在和别人为他的存在，才是人的现实的社会要素。只有在社会中人的自然存在对他说来才是他的人的存在，而自然界对他说来才成为人。因此，社会是人同自然界的实现了的人道主义。"② 我们不仅生活在社会关系中，也生活在社会化了的自然环境中，要真正解决人与自然关系失衡的现象，只能通过社会改造，通过社会解放，最终达到自然的解放。社会主义社会，"作为完成了的自然主义，等于人道主义，而作为完成了的人道主义，等于自然主义，它是人和自然之间、人和人之间的矛盾的真正解决，是存在与本质，对象和自我确证，自由和必然，个性和类之间的斗争的真正解决"③。

　　人类是存在的守护者，又是客观自然的组成者。人类为了自身的生存和发展，必须开发自然并充分利用自然的资源价值和审美价值。同时，人类为了自身的整体和长远利益，又必须保护自然的生态平衡。这正是马克思人化自然观给我们带来的重要启示。当地球上出现了人类，人与自然作为两个独立的要素，便处于对立统一之中。人为了满足生存需要，千方百计地否定自然界的自然状态，人们在取得了征服自然的辉煌胜利之后，自然会形成一种"人是自然界的主人，人能主宰一切"的主体优越感。反思人类中心主义和生态中心主义的理论根源，可以发现它们都割裂了人与自然的实践辩证关系。事实上，只有在社会中，人的自然存在对他来说才具有根本意义，而自然界也只有在进入人类社会历史之后才成其为真正的自然。推动人类未来社会可持续发展，离不开正确的价值取向，近代工业文明的兴起逐渐打破了各民族、国家间持续数千年的独立发展状态，现代人所面临的危机也已是一种全球性危机。克服这一危机，必须超越社会制度和意识形态限制，建立一种新的全球伙伴关系，构成人化自然的全球态势。接受马克思主义基本观点和方法，

――――――――――――

　　① 恩格斯：《自然辩证法》，转引自《马克思恩格斯全集》第42卷，人民出版社1979年版，第260—386页。

　　② 转引自《马克思恩格斯全集》第1卷，人民出版社2009年版，第187页。

　　③ 转引自《马克思恩格斯全集》第1卷，人民出版社2009年版，第187页。

并反思西方思想史上人与自然关系的发展脉络，对于"建设美丽家园，过上美好生活"，我们可以从中得出如下几点启示：

其一，西方思想史上人类中心主义和非人类中心主义的自然哲学，虽然在对待人类中心主义价值观和科学技术的社会效应问题上具体理论观点有所区别，但是不可否认的是他们在思维方式上却具有一致性，即脱离制度维度抽象地探讨价值观和科学技术的作用，最终非历史地和抽象地探讨生态危机的根源和解决之道。他们的这些探讨虽然对于人们反思自身实践行为的后果具有积极作用，但由于其认识不到当代生态危机的真实根源在于资本以及资本的全球权力关系，因此，他们不仅无法提出解决当代生态危机的现实之路，甚至模糊了资本为解决生态危机所必须承担的责任。而马克思主义自然观则以历史唯物主义为基础，始终坚持历史唯物主义的阶级分析法和历史分析法，分析当代生态危机产生的根源。坚持只有从社会制度维度着眼，才能正确说明价值观和科学技术的社会效应。因此，只有变革资本主义制度，建立合理的社会主义社会制度，科学的生态价值观才能真正确立，技术运用才会遵循生态原则。

其二，马克思主义的自然哲学与西方思想史上的自然哲学有着质的区别。它并不完全是一种关于人和自然关系的自然哲学，它在本质上是以生态批判为切入点的当代资本主义社会批判，强调不能把生态危机的本质完全归结为价值观，更不能因为科学技术的负效应而陷入到反科学技术的迷途中。生态危机的本质在于由制度所决定的人和人之间在生态资源占有和使用上的利益关系的危机。因此，当代环境保护不但要挖掘抽象的社会价值观念，更应该上升到对资本主义制度和生产方式的批判。在现代西方思想史上，生态危机的根源不再是人类中心主义或者非人类中心主义的纠结，它事实上是资本主义制度内在矛盾和资本的本性。生态危机在本质上是资本主义危机的当代表现形式，因此，马克思主义生态哲学便是奠基于此，展开对当代资本主义生产方式、技术滥用以及消费主义价值观的批判。

其三，当前我国生态文明建设，首先应从制度着眼。它不仅要求我们破除由资本所主导的不公正国际经济秩序和全球政治权力关系，维护民族国家的发展权和环境权，实现生态问题上的国际公平和正义。同时还要求我们必须在生态问题上建立合理协调不同地区、不同人群之间在自然资源占有和使

用上的利益关系，使生态文明不仅仅停留于抽象价值观的说教，而应真正落实到现实层面的制度规范和人们的行为准则。此外，社会主义核心价值观的确立也必不可少。具体说来，就是必须树立正确的劳动观、消费观、责任观和幸福观，营造健康文明的生活方式，使工业生产和技术进步的成就服务于人民的全面发展和生态系统的和谐稳定。只有这样，"建设美丽家园，过上美好生活"，才能从一幅美好的愿景，最终落实成为使全体人民共同受益的精神财富和行动指南，从而为实现中华民族的伟大复兴的中国梦奠定坚实的基础。

第七章　打碎人类中心主义的玻璃瓶
——西方哲学分析

人与自然关系危机的解决，需要思维坐标的重新校正。人们不仅生活在一个广阔的空间坐标里，而且在一定时期也生活在一定的思维坐标里，它以无形的力量引导和支配着人们的观念和行为。自古希腊以来，人类中心主义价值观一直是支配人类文明进程的主导性力量。这种价值观在改变人与自然的原始关系，提升人与自然的平等地位上曾起过决定性的作用。但随后这一价值观被不恰当地发挥。在人类中心主义价值观的支配下，人的主体性、自由民主原则得到了弘扬，科学技术和生产力得到了巨大发展。人类显然进入了一个黄金时期。但是，也正是在这个时期，人类第一次遇到了与自然的严重冲突：过分地以人为中心，使人逐渐滋生了一种盲目的力量，就是在这股力量的冲动下，人类一步步走向困境。

第一节　重新认识人类中心主义

一、科学主义的兴起与发展

在近现代以来的文化中，"人类中心论"一直居于支配地位。其根本特征

是，在人与自然的关系问题上，始终坚信人是中心、是主宰，自然界只是被用来为人类服务的对象。人类对于自然界只有控制、利用、索取和改造的权利，却没有任何责任和义务。如果有的话，那也是为了人类的利益。人不仅是价值的主体，也是价值的裁判者；自然界是没有价值的，其价值是以人的需要为前提的。"人类中心主义"是西方现代化的精神支柱。其主要标志是科学主义与人文主义思潮的滥觞与长盛不衰。

自然科学是人们关于对自然的认识的理论。正确的自然科学理论是自然事物和过程的客观规律的反映，具有客观真理的意义。自近代科学技术产生以来，科学技术的发展始终是解决人类与自然矛盾的最有效手段。一次又一次的科技革命和对自然一次又一次的征服所取得的确定无疑的辉煌成就，使人们从来没有怀疑过科学技术的局限性。人们甚至错误地认为科学技术可以解决一切、决定一切，科学技术是无所不能的。20世纪中期以来，随着现代化进程在世界范围内的展开，加速了技术理性主义价值观在全球的滥觞，人类对自然的改造能力空前提高，不断向大自然的深度和广度进军。但是，在工业科技推动下的现代经济的过度发展，造成的环境污染与人类可持续发展的困境，已经超出了工业科技所能驾驭的范围。科技发展不再是解决人类与自然矛盾唯一的有效手段。不少科学家惊呼：我们这个星球上的生态系统是"处于压力下的生态系统"，它正在接近或已经超过自身的承载能力。科学技术的发展创造了人类社会的高度物质文明，但生态危机也使人类面临严重挑战。生态危机十分鲜明地表现了科学技术对人类社会的影响，对人的未来的影响。美国科学院院长弗兰克·普雷斯在谈到当代科学技术发展趋势时说：科学正在改变人的生活，但人们却对此很少研究。① 科学研究还表明，任何一个生态系统都需要同外界进行一定的物质、能量和信息交换，人类活动对这些交换有不同程度的影响。如果活动方式不当，就会导致生态系统的失衡、倒退甚至崩溃。环境污染、水土流失、土壤沙化、臭氧层变薄以及许多生物物种的消失等，是人们活动所造成的结果，同时它本身又进一步加剧了生态系统的恶化。这种影响是巨大的，并且是不可逆转的。因而可以说，生态危机是由于人类不合理的行动，导致生态系统的结构和功能的破坏、生态维持

---

① 转引自余谋昌：《生态学哲学》，云南人民出版社1991年版，第213页。

系统瓦解，从而危害人类利益、威胁人类的生存和发展的现象。它不仅表示生态系统的失调、生态平衡的破坏，而且表示这种失调、破坏对人类的威胁。因此，改善生态系统，使之良性循环，是可持续发展的内在要求。人类必须自觉地把自身置于整个生物圈的相互依存的网络中，在自身的发展活动中积极而主动地促进生态系统的良性循环，从而创造高度的生态文明。使生态系统在相互协调的情况下，物质、能量、信息的交换达到最佳效果，并使其结构和功能保持良好状态。这是可持续发展对生态系统提出的要求。在这个意义上，现代文明就是可持续的生态文明。

实际上，科学主义的兴起有着历史根源。中世纪一千多年的黑暗统治，使人类经受了近代科学文化"难产"的巨大痛苦，从 14 世纪末至 16 世纪，欧洲掀起了反宗教、反神学的文艺复兴运动。文艺复兴首先是解放了人，又依靠这获得了解放的人将科学从神学的束缚中解放出来，然后便大踏步地向自然进军，进而企望以所创造的科学统治自然。西方哲学史显示，自文艺复兴以后的哲学发展，从培根开始转入认识论研究。当时，由于自然科学逐步成熟，伽利略——牛顿力学体系初步建立，培根倡导的自然科学方法以实验定性和归纳作为认识的方法论。在此基础上，机械力学得到飞跃发展、光学进展迅速、生理学被确立为科学、化学逐步走上了科学的轨道。以观察方法、实验方法和数学方法为显著标志的近代自然科学逐渐形成。由于实验带动着技术的发展，技术又转化为生产力，从而极大地提高了社会的现实生产力。培根认为"人的知识和人的力量是合而为一"的，[①] 由知识所赋予人类的力量将是无所不能的。于是有了"知识就是力量"的名言。笛卡尔认为借助科学，"我们就可以使自己成为自然的主人和统治者"。[②] 这种主张促进了科学技术的进步，科学和理性日益深入人心，科学主义成为主流话语体系的重要组成部分。由此，人类便开始显示自己对物质的自为程度。这种物质自为的目的由于适应了人的需要而使其自为的程度得到了增加。工具理性和功利主义侵蚀了社会生活的方方面面，并严重扰乱人与自然的和谐关系。人类由认识物质世界和适应物质世界规律演变成向物质世界索取，进而发展为掠夺物

---

① 北京大学哲学系外国哲学史教研室：《西方哲学原著选读》（上），商务印书馆 1981 年版，第 345 页。

② 笛卡尔：《探求真理的指导原则》，管震湖泽，商务印书馆 1991 年版，第 36 页。

质世界并深陷其中不能自拔。正是在科学主义的影响下，西方社会的主流思想大都是从历史、社会和经济的角度去认识和发现自然科学的作用，而没有真正从哲学的视角和层面给出关于自然科学的本质认识。事实上，科学主义是建立在牛顿范式的科学之上的一种思想观念。其哲学基础是实体还原论、机械决定论和逻辑实证主义。这一哲学最初由孔德的实证主义开始，并先后由马赫的经验批判主义、实用主义逻辑实证主义、批判理性主义、科学哲学的历史主义学派等所承袭和发展。在他们看来，哲学应该接近科学，学习科学，接受自然科学的实证精神，超越唯物主义与唯心主义的对立，重塑经验主义传统，并把自己的经验论建立在现实实证自然科学的坚实基础之上。从第一代实证主义者孔德、斯宾塞，到第二代经验批判主义者马赫、阿芬那留斯，到第三代逻辑经验主义者罗素、维特根斯坦，无不把自己的哲学基础自觉地奠基于当时的科学成就，尤其是自然科学成就之上，从而使哲学与自然科学联盟，并形成强大的科学主义哲学思潮。科学主义认为科学是真理，是正确的乃至唯一正确的知识，相信科学知识是至高无上的知识体系，进而，过多地赋予科学技术价值层面上的意义。科学主义还认为科学方法具有普适性，是万能的，或者说，是潜在万能的，自然可用于人文社会科学领域。这其中当然也包括人与自然的关系。坚持科学主义观点的人相信一切的社会问题都可以通过科学技术自身的发展而得到解决，从而无视或忽视社会制度、经济模式和文化传统对科学技术的反作用。他们认为科学技术所导致的社会问题是暂时的和偶然的，是前进中的失误，是能够通过科学技术的发展而得到解决的。此外，20 世纪 50 年代，西方发生的第三次科学技术革命给了当代西方社会生活以极大的影响，也给了科学主义思潮以新的推动。显然，生产力的发展和科学技术的革命是以各门自然科学知识的突飞猛进为基础的。自然科学的巨大成绩和重大突破，对于哲学思想的发展也产生了显著的影响。科学主义思潮的盛行就成为历史和逻辑的必然。然而，越来越多的实践表明，单纯依靠科学技术已经给人类带来太多的挫败和教训，科学技术并不能完全和最终地解决人类面临的各种问题，也不能为人类带来真正的幸福生活。

二、人文主义的兴起与发展

近代以来的现代化运动，在人类中心主义和科学技术的强力支持下，借助于人性替代神性、现代性替代封建性的过程，而使人道主义摆脱了封建主义的羁绊。但同时也使人道主义脱离了自然主义的关照，使人道主义成为无根基的价值观。自然无价值既反映在理性化的思想观念中，也表现在日常生活意识中。在这种观念的支持下，人类作为强势群体开始过度地开发资源甚至破坏自然。以人文主义为核心的哲学思潮以大力倡导人类中心主义、个人主义的价值取向来抬高人的地位；大力赞美人的世俗生活、以反对禁欲主义来为人追求感性快乐辩护、认为人的本质就是感受性欲望，绝对的、完美的、神圣的人就是能够真正享受自己生存之快乐的人。正是在这样的价值取向引导下，随着科学技术的不断革命和进步，人们的物质欲望也在不断膨胀，对自然资源进行了掠夺式的开发，导致了整个人类社会同自然的不可调和的矛盾，从而影响到人类文明的持续发展。这就说明生态危机并不完全是科学技术本身造成的，与人类中心主义、个人主义、极端利己主义和感性享乐主义等消极价值取向的导向作用也是有着密切联系的。人文主义主张以人为主，强调人的力量、人的尊严，并以人为中心来规划世界，最初的动因无疑是迫于生存的压力和反抗超自然的上帝的需要。但是，随着人类知识和力量的增长，人文主义这种以人为中心的观点就有可能破坏人与整个世界的和谐关系。实际上，人文主义发展到现在，它的基本思想是相信人的力量，相信人的至高无上性。这种思想产生了严重的后果，甚至危及人类赖以生存的环境。现代工业文明一个最为严重的后果就是环境污染和生态平衡的人为破坏。

事实上，人文主义的兴起也有着深厚的历史根源。文艺复兴之所以被历史学家赞誉为人的发现的伟大时代，是因为它们解放了中世纪神学对于人的个性的压制，并使其获得了自由发展的无限前景。中世纪的宗教神学认为人是服从于神的，是神创造了人。人只有信仰宗教，服从上帝才能解除罪恶，重升天堂。这样一来人就不可能有自由，不可能有自己的尊严。人文主义则以人类个性自由的思想对抗封建时代特有的教会独裁；以尘世幸福生活的要求和情欲的观点反对中世纪的禁欲主义。他们用"人性"否定"神性"；用"理性"代替"神启"；用"人权"对抗"神权"。反对中世纪宗教神学抬高神贬低人的观点，把人看作"宇宙精华""万物灵长"和衡量一切事物的标准。强调人是自由的，人可以达到一切他所想达到目的。因而，人是伟大的，人是有他自己的尊严的。人文主义极具号召力和感染力，它是现代世界的主

导思想之一。在人类思想史上很少有哪一种社会思潮像它那样源远流长，具有广泛的影响。按照美国学者戴维·埃伦费尔德的说法，人文（道）主义是现代世界的宗教。人文主义思潮的共同特点是提倡人性，以"一切为了人"代替"一切为了神"。其哲学基础是人本主义。这一哲学最初由叔本华、克尔凯郭尔、尼采的唯意志论所开创，并先后由生命哲学、现象学、存在主义、法兰克福学派、属于神学人本主义的新托马斯主义、人格主义等流派所承袭和发展。人本主义反对传统哲学的绝对主义、本质主义、理性主义。反对研究那些与人无关的终极存在和终极解释，他们把哲学归结为对人的研究，强调哲学要以人为中心，要从主体方面去考察人、以主体意识或无意识为本源。具有鲜明的反理性主义特征。二次大战结束以来，特别是20世纪50年代以来的西方社会的历史条件，也给了人本主义思潮的流传以新的推动。反映在人与自然的关系问题上，就是人类中心主义的广为流传。人类中心主义倡导以人为宇宙的中心，人是宇宙的主宰，也是自身的主宰。一切为了人的利益和以人的利益为出发点。它最早可以追溯到古希腊，哲学家普罗泰戈拉就曾明确提出："人是万物的尺度。"《圣经》上则讲，世界是上帝创造的。而在这些创造物中，人是它的最伟大成就。其他的创造都是为了人的。这也就是说，世界是上帝为了人创造的。世界上的万事万物要根据人加以理解。人不仅利用万物，而且主宰和统治万物。近代哲学以来，人们以认识论为核心的思维模式也发生了一些改变，由原来的考察自然，把一切归结为自然实在性的传统思维方式转向了重新审视人自己，看到了自己力量的伟大。于是，便产生了人与自然、主客对立的二元思维方式。笛卡尔把人的思考作为他的整个哲学建立的基础。"我思故我在"的哲学命题对思想之"我"的绝对主体身份的确认，彻底改变了古老哲学混沌无分的思维方式。被认为是近代西方哲学认识论转向的根本标志和主要哲学成果。这种理性至上论借助于实践哲学就使人成为自然的主人和统治者。康德提出了人是目的，人的目的是绝对的价值，因而人应当为自然立法，自然向人生成。这也就是说，人类认识自然的真正目的只是为了利用自然，以完成自身的价值目的。这是一种被黑格尔称之为典型的"主—奴关系"。在这样的关系中，人类处于绝对的主体或主人地位，而自然处于绝对的消极被动的客体地位。所以近代哲学应该可以看成是人类中心主义在理论上的最终完成。

人类社会已经开始走向后工业文明时代。工业文明时代的天人对立虽然有利于人的主观能动性的发挥，但不利于生态自然的保护，人类文明的进化是以破坏生态环境为代价的。在人类与自然的关系上，当代人类正处在一个历史性选择的十字路口。就目前的人类而言，既可以以现有力量在短时期内毁灭地球的生态系统，也可以以正在形成的理性和智慧，在重建属于人类家园的生态自然中实现文明的重建。

第二节　走出人类中心主义

一、西方哲学的反思

从 20 世纪 60 年代起，西方社会对生态问题的关注空前增强，这主要在于生态危机和生态灾害的实际效果已经产生，西方国家成为世界上环境污染最严重的国家。其结果不仅威胁到了人类的生存和发展，而且也把整个生态系统推到了濒临崩溃的边缘。自从罗马俱乐部向人类发出关于生态危机的警告以来，人们对危机的认识经历了一个不断深化的过程。人们已经不再满足于对生态问题人口、经济和技术等因素的分析，而是认为生态危机是整个西方文明的危机，开始倡导整个文化的自然观和价值观念的变革，从而进入哲学层面的反思。

近代西方哲学既是无视环境的人类中心主义发展的最高峰，同时又是人类进行自我批判，摆脱那种狂妄自大的人类中心主义的开始。笛卡尔通过他的二元论哲学进一步扩大了人与自然界之间的区别，形成了精神实体与物质实体的两军对垒，为人类征服自然提供了理论依据。然而，用历史的眼光看，笛卡尔的物质精神二元论相比起中世纪哲学来，其实是提升了物质自然界的地位，使之上升到与精神实体平起平坐的地位。因此，笛卡尔的二元论哲学实际上是给了人类生存于其中环境的一个前所未有的重要性，甚至可以说它是人类环境意识能够建立起来的一块奠基石。但是笛卡尔哲学也有它的另一面，那就是他不仅是以哥白尼为代表的新天文学和新宇宙观的支持者，而且还是以开普勒和布鲁诺为代表的宇宙无限论的支持者。美国著名的观念史家

诺夫乔伊在谈到笛卡尔哲学与人类中心论的关系时说："笛卡尔是17世纪中不仅反对人类中心主义目的论，而且反对科学中所有形式的目的论推理的主要人物。除了其他的反对意见外，他发现了这样一种与明显的事实相冲突的理论：'万物完全没有可能以这种方式为我们而被造，以至上帝在创造万物时没有任何其他目的……如此这样的假定，我认为在关于自然问题的推论中会显得非常愚昧无知。'"①　培根受中世纪神学的影响而接受了人类中心论的学说，他曾经说过："如果人被从世界中排除，余下的世界就似乎成了没有目的和目标的一盘散沙——而走向虚无，因为整个世界的协调劳作都是为人服务的，万物皆为提供用途和营养。"②　但是在培根的著作中，我们仍然可以看到他十分谦逊地把人称作是"自然的仆人""自然的解释者"的思想。至于斯宾诺莎，他的泛神论把自然提高到神的高度，提高到唯一的实体的高度，他强调人是自然的一部分，强调人神（自然）的合一，并把人神合一作为人们所追求的至善，更不存在那种任意摧毁自然的人类中心主义的思想。在西方近代哲学家中，斯宾诺莎是一个对深层生态学的奠基人阿恩·纳斯有着深刻影响的人，这种影响大到甚至阿恩·纳斯说"在我的体系构造中，斯宾诺莎是主角"的程度③。莱布尼茨的基本哲学原则，他的单子论思想，以及宇宙的充实性和物种连续性思想，把人（甚至神）视为和自然有着同一本原的东西，把它们全都视为宇宙的充实和连续系列中不可或缺的东西。莱布尼茨在其万物并不是为人类而产生这一原理中与斯宾诺莎观点相一致。他陈述说："'我们发现在世界上有并不使我们愉悦的事物。'这并不奇怪，因为'我们知道世界并不是单单为我们而造'。"④　显然这些思想都是和极端的人类中心论的思想不相容的。

　　至于18世纪的启蒙思想家，正是他们把对人类中心主义的批判推向一个更高的层次。他们从批判宗教神学出发，提出了世界的物质齐一性的思想，强调了人和自然界的其他物种具有同等的地位。正如霍尔巴赫所说的："认为世界上只有上天的恩惠和相信宇宙是为人而创造的，这是荒谬的想法。"⑤　他

① 转引自诺夫乔伊：《存在巨链》，张传有、高秉江译，商务印书馆1991年版。
② 转引自诺夫乔伊：《存在巨链》，张传有、高秉江译，商务印书馆1991年版。
③ 参见雷毅：《深层生态学思想研究》，清华大学出版社2001年版。
④ 参见雷毅：《深层生态学思想研究》，清华大学出版社2001年版。
⑤ 霍尔巴赫：《健全的思想》，王荫庭译，商务印书馆1966年版，第98页。

认为:"虚荣使人相信,人是宇宙的中心;人只是为自己才创造自己的世界和自己的上帝,他感到自己有权根据自己的愿望来改变自然规律。"① 当拉美特利继笛卡尔的"动物是机器"之后提出"人是机器"的哲学命题时,他也是要表明人与自然中的动物具有同等的地位,人不能随意支配和滥用自然资源。就是在19世纪黑格尔的哲学中,也还以唯心论的形式表达了人是自然发展的最高阶段的思想。②

现代西方哲学的基本发展趋势,是以一种新的世界观——有机论世界观或生态世界观代替机械论的世界观。美国哲学家克利考特说:"一种世界观,现代机械论世界观,正逐渐让位于另一种世界观。谁知道未来的史学家们会如何称呼它——有机世界观、生态世界观、系统世界观……"③ 这里可以统称有机论世界观或生态世界观。这种世界观就是在以怀特海为代表的过程哲学(怀特海本人常将他的哲学称作"机体哲学")及其影响下的建设性后现代主义所阐述的有机论自然观。过程哲学出现于20世纪下半叶,它首先将宇宙想象为一个内在相关的和进化的整体,它犹如一张大网,人类是这个网的很小组成部分,但却起着创造性作用。过程哲学家认为,宇宙没有"自包"的实体和自我,只有关系中的实体与自我。宇宙本身是一个生成和变化的过程,每一种活的存在,无论人还是动物,"都是由于一种生机的诱惑以及和周围境况相关的满足而充满生机"。过程哲学进一步指出,每一个实体都"显现在"每一个其他的客体之中,所以,过程哲学所说的内在相关性便蕴含内在存在与内在包容。这意味着,自然中的一切实体完全是生态学的,而且人类本身在共同体中的人(而不是孤立的人)的存在中也是生态学的。怀特海对西方哲学占主导地位的主客二元对立思维提出批评:"全部近代哲学都是围绕着如何根据主词和谓词、实体和性质、殊相与共相而描述世界的困难为转移的。其结果永远与我们的直接经验相抵触。"④ 他认为,传统哲学只能把我们引入某种孤立的实体中。过程哲学的主张是非二元论的,这主要体现在它对身心关系的阐释上。在过程哲学看来,"物质活动和精神活动难解难分地交织在一

① 霍尔巴赫:《健全的思想》,王荫庭译,商务印书馆1966年版,第97页。
② 王正平:《环境哲学》,上海人民出版社2004年版,第94—96页。
③ 克利考特:《罗尔斯顿论内在价值:一种解构》,雷毅译,《哲学译丛》1999年第2期。
④ 怀特海:《过程与实在》,杨富斌译,中国城市出版社2003年版,第89页。

起"，物质和精神、身体和心灵是同一过程中的两个不同要素，两者不可分割地联系在一起。同时，所有的生物都有一种内在的价值，宇宙似乎也有一种内在的神性，也有一个厄洛斯神（Eros）即一种和谐与强度的倾向和欲望，它表现在一切活的事务中。过程哲学较之从前无疑提供了对现实世界的新的解释范式，有着生态学意义。正如美国学者杰伊·麦克丹尼尔指出的那样，几乎过程哲学的所有观念对生态学都有意义，"所有活的存在都有内在价值的观念包含了这样一种观点，即人类对其他家养的和野生的受造物（如动物）负有道德义务。它同时意味着，各种经济体制和政策应该将其目的确定为在生态学的语境中促进人的福祉，而不是为了其自身的原因促进经济增长；而且意味着，人类共同体在与其他生命形式和自然系统之富有成效的合作时，以及当他们在某种范围内受到限制的情况下，为其他活的生命存在保留空间时，实现了其繁荣"。① 过程哲学对生态后现代主义有着深远的影响和启示意义，它为生态后现代主义对现代性危机的深刻分析和拯救对策提供了直接的理论依据和思想资源，并直接影响了生态后现代主义所标举的后现代的世界观——后现代哲学自然观。②

二、后现代哲学自然观的主要内容

后现代哲学自然观主要包括三个方面的内容。③

其一，自然物具有内在价值的有机论。后现代有机论坚持认为，所有原初的个体都是有机体，都具有哪怕是些许的目的。从目的论意义上看，所有地生物都是生命的内容，都有其自身的利益，所有的生命都具有平等的内在价值。在这种有机论中，自然开始返魅。大多数后现代主义者都赞成这种自然主义的万物有神论，即世界在神之中而神又在世界之中。这些思想显然来自怀特海。怀特海早在 1938 年的《思想方式》中就指出："所有的终极原因就以价值为鹄的，而一个死的自然就没有任何鹄的。生命的本质就是它为着自身而存在，这是价值的真正获得。"又说："我们可以在某种意义上一言以

---

① 杰伊·麦克丹尼尔：《生态学与文化：一种过程的研究方法》，曲跃厚译，《求是学刊》2004年第4期。

② 参见于文秀：《生态后现代主义：一种崭新的生态世界观》，《学术月刊》2007年第6期。

③ 曾建平：《自然之思：西方生态伦理思想探究》，中国社会科学出版社2004年版，第134—138页。

蔽之曰：世界在灵魂中。"① 正因为如此，后现代主义者极为赞赏深层生态学。这种自然观强调生态系统作为一个整体，个体是其中的一员，它们只有在整体的复杂关系网中才有价值，每个个体因此具有"神圣感"。尽管如此，后现代生态世界观"与深层生态学相异的是，它不可能是泛神论的，因为每一个个体都有其自己稳定的现实、活动以及本身存在同时对自己而不是对他人有利的价值"②。也就是说，后现代自然观强调自然界中个体自身的利益、价值、目的。在这一点上，它与古希腊的有机论更为相似。总而言之，后现代哲学的自然观在讲自然的神性的同时，更强调事物的内在价值作为其自身的终极因或目的因，并以此与其他事物形成有机性。

其二，净化人与自然的关系具有内在联系的构成论。"构成论"是后现代哲学中的一个具有丰富内涵的重要范畴。它包括三重内容：首先，人的关系是构成的，"依据现代观点，人与他人和他物的关系是外在的、偶然的、派生的。与此相反，后现代作家们把这些关系描述为内在的、本质的和构成性的。"③ 现代观念强调个体的实在性、可分性、自足性，而后现代哲学则认为个体并非生来就是一个具有多种属性的自足的实体，相反，个体与其身躯的关系，与较广阔的自然环境的关系、与其家庭的关系、与文化的关系等，都是个人身份的构成性的东西。因此，每个人都是各种关系网中的一个交汇点，是"关系中的自我"。其次，时空是世界的构成性。如果说前现代社会注重经验的意义，重视"过去性"；现代社会看重当下的利益，强调"现在性"；那么后现代社会则关注人类的前途，关心"未来性"及其与过去、现在之间的关联性。后现代主义者一方面申明后现代对过去的重视只是恢复了人们对过去的关注和敬意，同时抨击现代性的鼠目寸光是"自我拆台式地专注于目前"，另一方面又强调"未来即现在"，共时结构与历时结构才是世界的合理组成部分。这样，他们就把保护自然的完整性纳入了连续性的时间中，为"绿色运动"提供了合理的辩护根据。再次，人与自然的关系是构成性。人与自然有着必然的本质的"内在联系"。一方面人类扎根于自然，永远不可能脱

---

① 怀特海：《思想方式》，韩东晖、李红译，华夏出版社1999年版，第121、143页。

② 格里芬：《后现代科学：科学魅力的再现》，马季方译，中央编译出版社1998年版，第156页。

③ 格里芬：《后现代精神》，王成兵译，中央编译出版社1998年版，第21—22页。

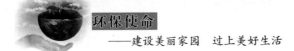

离自然；人类也扎根于社会，永远不可能与历史和制度相分离。另一方面，人类不过是众多物种之一种，既不比别的更好，也不比别的更坏；人类没有什么特殊的价值，那种自命不凡地视人类是万物中心，是一切存在的目的的理念，是导致人类利益和所有物种利益赖以生存的生态秩序大规模被破坏的根源。因此，评价人类行为的善恶就看它是否促进了人与自然的构成性，是否促进了生命的进化。

其三，生命价值高于岩石价值的整体论。后现代哲学倡导取消主客二分，强调万事万物既是主体又是客体，人类也不例外；指出自然界和人类社会这两大领域是一个完整整体的组成部分，世界若不包含于我们之中，我们便不完整，同样，我们若不包含于世界，世界也是不完整的。"那种认为世界完全独立于我们的存在之外的观点，那种认为我们与世界仅仅存在着外在的'相互作用'的观点，都是错误的。"① 既然如此，我们对待任何事物都要从这种整体性思维方式出发，因为这种方式包容而又超越了分析方法，它既不停留在分析上，也不推崇客观、冷漠的分析价值观；既不是还原论的，又不是反理性的。这是整体论的一个重要内容。整体论所包含的另一个内容是，我们区分事物的价值性差异也是由整体观念决定的。例如，我们之所以对保持人类生活于其中的一个健全的生命圈关怀备至，是因为这样一个世界远比一块熔化的岩石更有价值。同样，后现代哲学否认人类本性是无限可塑造的、人类是"创造之君"、其他东西都是为他使用而设的观点。但这"并不等于说人的内在价值可以与一只不小昆虫相提并论"。人类的本性与动物的本性相比，具有良好的适应性或非凡的自决能力，不过这种能力就像一柄双刃剑，它既可以用来谋利，也可以用来作恶。这实际上是说，根据整体论观点，人类具有比一般生命相对更高的价值，一般生命的价值又高于其他非生命的价值。这似乎又回到了古希腊的万物按"等级"分有世界心灵的有机整体论，相异的只是后现代哲学自然观不仅看到了自然的不同层次的个体被赋予了某种程度的有目的性的自由，还洞察到了人类所具有的不同于非人类的能力的后果。正因为这种后果的不确定性（或善或恶），才需要把对人的祝福福祉的特别关注与生态的考虑融为一体。

---

① 格里芬：《后现代精神》，王成兵译，中央编译出版社 1998 年版，第 23 页。

后现代哲学自然观是在一系列理论预设的基础上提出的，它的存在论的预设为地球是活的，是"盖娅"，这是后现代哲学自然观的本体论；它的认识论的预设为人类知识是人与自然的相互作用，主体与客体没有绝对的不可逾越的界限；它的价值论预设为自然界具有价值，具有外在价值和内在价值，这种价值具有客观性，它是可以用事物的内在目的性加以论证的。必须指出，后现代哲学自然观的三个方面内容是具有内在联系的。从它们的理论针对性看，有机论主要是针对机械论而提出的，构成论是挑战二元论、人类中心主义的有力武器，整体论则侧重于批判还原论。当然它们并不各自出击，而是联合作战以否定现代的哲学。从它们的理论诉求看，有机论表明了自然万物并非仅是供人类索取的对象，也具有如同人一样的目的性；构成论则指出人与自然的内在关系，人并非可以在自然消耗殆尽后独立存在；整体论呼吁人与自然共为整体，但又指出人类具有其他万物不可比拟的能力。这三者合而为一，共同构成了对人类文明的反思及对人类未来的忧患。

第三节　拯救人类与拯救地球

海德格尔在《论人类中心论的信》中说，"人不是存在者的主宰，人是存在的看护者"，"人不要去统治存在者，不要以人为中心，一味地利用现实的东西，人应该维护和保护地球，保护人类的生存条件，为了维护人类在地球上的居住，要反对迄今为止的一切人类中心论"。① 但是，迄今为止，人类活动只关注自身的生存，不仅没有提出"自然界生存"的问题，而且常常是以损害"自然界的生存"的方式达到人类的生存。只是当这样的行为损害自然界的生存而威胁人类的未来时，社会才提出保护环境的目标，提出"自然界的生存与人类生存"这样的问题。事实上，我们如果从一个更基本的问题来思考：地球属于人类，还是人类属于地球？显然，"地球不属于我们，相反，我们属于地球。"

---

① 转引自宋祖良：《海德格尔与当代西方的环保主义》，《哲学研究》1993 年第 2 期。

一、生存危机与发展极限

生态危机的事实证明，单纯依靠科学技术的发展之路并不能让人安身立命，而失去科学与理性关照的人文主义则在根本前提和方向上存在偏差。人类陷入了自我迷失的困境。更为严重的是这种困境不仅来自于人类生命存在的底线即生存问题，而且同时还来自于人类生命存在的上限即发展问题。这也就是当代人类所面对的生存与发展的问题。换言之，富裕和贫穷都构成对环境的威胁。就富裕问题而言，占世界人口少数的富人，依仗他们优势的财富和权力，恣意挥霍和浪费地球资源，对地球维持系统带来巨大的压力。消费文化是在工业文明的价值观指导下形成的。它首先在实现工业化的西方国家出现。这种消费主义生活方式的哲学是物质第一主义。其要点是"充分享受丰富的物质即是美"，"消费更多的物质是好事"，"拥有和增加更多的物质财富就是多一分幸福"。在这种价值观的指导下，西方发达国家形成高消费的生活方式。它不是为满足基本生活需要而消费，而是为地位而消费。在那里，消费水平被看作是社会地位的源泉和象征。高消费者，大量拥有高档商品和高级奢侈品，不仅表示他们有钱和体面，而且用以显示他们的价值。富裕阶层，也就是消费大量物质财富的人，他们受到社会的尊敬和羡慕，人们崇拜那些购买和消费大批物质财富的富翁。这样，无限制的追求物质享受和消费成为时尚。日本学者堺屋太一指出："在工业社会里，一切受到人们称赞的事物，如经济发展、提高劳动生产率、提高技术水平及勤劳等，都是和生产及消费更多的物质联系在一起的。"① 这种时尚推动高消费生活方式向它的顶峰发展。这种消费已经成为一种沉重的负担，严重威胁地球和人类生存。据说，几十年前记者问甘地总统，印度独立后是否会达到前殖民大国的生活水平，甘地回答说："英国为达到它那种富裕程度曾耗掉地球上一半的资源。像印度这样一个国家要多少个地球？"② 这种回答不仅是非常明智的，而且是非常有远见的。现实已经非常明显地表明，不能把过量消费的生活方式推广到全球。未来学家欧文·拉斯洛说，如果人类全都毫无顾忌地消耗自然财富，那么地

---

① 堺屋太一：《知识价值革命》，东方出版社1986年版，第132页。
② 转引自余谋昌：《创造美好的生态环境》，中国社会科学出版社1997年版，第150页。

球"在一代人的时间里就会流尽最后一滴血"①。现在占世界人口五分之一的人的享乐主义成为全人类的负担，温哥华大学教授比尔·里斯得出的结论是："如果所有的人都这样生活，那么我们为了得到原料和排放有害物质还需要 20 个地球。"②

就贫穷问题而言，世界银行规定人均年收入 370 美元为贫困线，每天消费约 1 美元。发展中国家有 12 亿人口在这个贫困线下生活，其中有 6 亿人每天消费不足 75 美分，即每人年均收入 275 美元。这个数字只是富裕国家的 1%，1992 年美国人均 GNP 23120 美元，日本 28220 美元。联合国贸易与发展会议的年度报告（1996）表明，世界贫富差异扩大了，60 年代初两者之间的差距是 13.3 倍，30 年这种差距为 18 倍。这并不是富国的财富增加了，而是穷国的财富减少了。1960 年 20% 的穷国占有世界财富的 4.9%，现在只有 3.6% 了。贫困把人逼到了绝境。同发达国家过量消费的生活方式形成鲜明对比，许多发展中国家大多数居民是"被迫消费不足"。1980 年《勃兰特报》指出："穷国中有亿万人民一心想的是生存和基本需求。对他们来说，常常找不到工作，或者即使有工作，报酬也非常低，工作条件往往无法忍受。住房是用非永久性材料建成的，既没有自来水，又没有卫生设施。电成了奢侈品。医疗设施很稀少，在农村地区很少有可以通过步行达到的。小学校如果有的话，可能免费，而且不太远，但孩子们需要去做工，不容易腾出工夫去上学。长期的不安全感就是穷人的状况：家庭成员中挣工资的人遇到失业；生病或死亡时没有社会保障的公共制度；危及人畜的洪水、干旱或疾病会毁人生计而无法得到补偿……营养不良、文盲、疾病、高出生率、失业以及低收入。这一切联合起来断绝了人的一切出路。"③ 整个 20 世纪 80 年代，被称为发展中国家"失去的十年"，现在穷国人民的境况变得更糟了。大多数百姓为了生存和摆脱饥饿和疾病等种种困境，在绝望中挣扎。贫困迫使他们加剧对自然资源的开发，这对地球带来巨大的压力。全球化时代的到来，则进一步凸显了这一问题的现实性和紧迫性。

---

① 转引自余谋昌：《创造美好的生态环境》，中国社会科学出版社 1997 年版，第 150 页。
② 转引自余谋昌：《创造美好的生态环境》，中国社会科学出版社 1997 年版，第 150 页。
③ 转引自施里达斯·拉夫尔：《我们的家园：地球》，夏堃堡译，中国环境科学出版社 1993 年版，第 115—116 页。

实际上，当代生存危机很大程度上是由发展的极限所引发的，发展的极限同时冲击着人类生存的底线。其实质是人与自然关系的危机，确切地说是人的危机。因而，从前面的讨论中我们可以看到，当代所谓"人类困境"主要不是大自然自身造成的，而是人的活动造成的。不是人赤手空拳造成的，而是运用科学技术造成的；不是人类自觉地把自身置于整个生物圈的相互依存的网络中造成的，而是只注重人的利益和价值的实现而造成的。一句话，是只关心自己而不关心自然以及与自然的关系造成的。因而它不是"天灾"而是"人祸"。诚如恩格斯所说："到目前为止存在过的一切生产方式，都只在于取得劳动的最近的、最直接的有益效果。那些只是在以后才显现出来的、由于逐渐的重复和积累才发生作用的进一步的结果，是完全被忽视的"。① 所以人类文明和人类困境、创造价值和付出代价，这都是由人的实践造成的，功劳和责任全在于人本身。其哲学根源在于我们改造自然、征服自然的哲学观。一直以来我们都认为生产力是人们在生产实践过程中形成的解决社会同自然矛盾的实际能力，是人类征服和改造自然使其适应社会需要的客观物质力量。并且强调实践的目的是认识自然和改造自然，而认识自然的目的是为了改造自然。面对人类自身的行为所导致的日益严重的生态危机，如何重新审视和确立人与自然之间的正确关系，摆正人与自然关系的正确地位不仅具有很深的理论意义，而且对于如何促进社会的发展和人类文明的进步，更具有非常重大的现实意义。

二、哲学的思考

生态危机或者说人与自然的危机说到底是文化的危机、哲学的危机，因而人类困境的消除必须首先改变人类的文化观念、哲学观念。现代的困境之所以在本质上是属于文化性质的，就在于人类对于自己在世界范围内所引起的带有根本性的急剧变化，以及由这种变化所引起的后果缺乏深刻的理解。现代的困境之所以在本质上是属于哲学性质的，就在于传统哲学或者从主体、意识出发，派生出客体、物质，或者从客体、物质出发，派生出主体意识，但归根到底都没有消除主体与客体的二元对立，都只能从主客对立的模式出

---

① 《马克思恩格斯全集》第 20 卷，人民出版社 1971 年版，第 521 页。

发来进行哲学思考。因而本体论的失落造成的物质与精神的二元分离是最重要的因素。哲学是一种系统化和理论化的世界观。哲学的根本问题是人和世界的关系、人在世界上的地位问题。21 世纪的哲学就其根本使命而言，就是对当代人类生存困境的理论自觉，从而为人类在新世纪的生存与发展提供新的哲学智慧和新的哲学理念。这正是哲学对于人类自身应当具有的终极关怀。确实，人类的生存与发展面临着很多挑战。但正如一句格言所说，人的最大敌人是他自己。人只有理解自己，才能战胜自己。当代哲学的"生存论转向"有可能预示着新的人与自然和谐时代的到来。这种转向的端倪最早是通过人们对传统哲学的形而上学弊端的排斥表现出来的。传统哲学把人性规定为普遍的理性，并把这种与人的历史性生成无任何关联的所谓"永恒的东西"作为规范人的思想和行为的最终根据，从而就现实地要求人们达到普遍理性的精神高度。这样一来人们现实的欲求、特殊的存在经验和多样的生活方式都必须为理性所扬弃。这就是形而上学的恐怖。这种哲学脱离了人类的现实生存，因而是虚幻的、没有根基的。而当代哲学的生存论转向，以及由此而构成的以生存和发展为主题的哲学理念，是一种确立以人的生存为出发点的哲学，也就是说只有生存才能作为本体。生存本体论彻底克服了传统哲学主客对立的二元结构，它否定了主体或客体的实体性，而从最本真的生存状态出发，把哲学定位为关于人的历史性存在的自我意识理论。作为社会的自我意识的哲学，它敏锐而痛切地把握到人类生存的矛盾与困境，因而合乎逻辑地以生存论转向来实现对人类存在的关切，从而形成以生存与发展为主题的新世纪的哲学理念。在这样的哲学观照下，人们或许就不会误解了人和人类的存在意义，也不会误解了自然的存在意义，从而获得某些关于生存与发展的智慧与灵感。

第八章　新的伦理观
——生态伦理学分析

　　我们正在经历历史上一次最重大的历史性转折，人类正在走向新社会。在以往的社会虽然人类需要依赖自然界生活和发展自己，但自然界并没有地位。环境污染和生态破坏不是自然而然形成的，而纯粹是人为造成的。经过自然界的严厉惩罚之后，人们才渐渐清醒过来，懂得了"环境伦理"。这种新的伦理观照了人与自然环境相互关系的道德意义，即把人与自然的关系看成是一种道德关系，把自然界作为道德关怀的对象，意在重新对人类在世界中的生存进行定位，将人与自然的和谐作为明确的价值导向，从而有利于人们对保护环境形成自觉的行动。这表明人类正在追求新的发展高度和境界，显示出人类正沿着农业文明、工业文明的演进之路向着人类与自然真正和谐相处的目标迈进。

第一节　自然的价值

一、人与自然的价值

　　自然界有没有价值？关于这个问题，20 世纪占主导地位的哲学观点认为：

只有人有价值，离开人自然界无所谓价值可言，人以外的世界是一个没有价值的世界。依据经典哲学主客二分的理论模型，只有人是主体，人以外的世界所有事物是客体，是对象。在这种"主体—客体"关系模式中，人作为主体，是世界的主宰者和征服者；自然界是客体，是"物"或"对象"，它仅仅作为满足人的需要的工具。这是一种"物"为"我"所用的关系。人类活动是把外界事物"对象化"，利用和改造自然，即主宰和征服自然的过程。以这种观点为指导，人类发展工业化和现代化，大举向自然进攻，发展人类文化。这是"人统治自然"的文化，是一种"反自然"的文化。它使自然界受到破坏，环境污染和生态破坏成为全球性问题，严重威胁人类生存。人们不得不重新审视人与自然的关系和人在自然界的地位，并在这种审视中提出"自然价值"的问题。

二、自然价值的类型

生态哲学的开拓者和奠基者、美国当代著名的环境伦理学家罗尔斯顿从传统的价值论伦理学出发，依据生态规律，论证了生态系统是拥有的内在价值，这种内在价值是客观的，不能还原为人的主观偏好，因而维护和促进具有内在价值的生态系统的完整和稳定是人所负有的一种客观义务。罗尔斯顿眼中的自然是一个呈现着美丽、完整与稳定的生命共同体，大自然承载着多种价值。罗尔斯顿所强调的自然价值主要有这样一些类型。[①]

第一，生命支撑价值。这实际上是指地球生态系统的价值，这种价值具体就体现在生态系统对所有生命都具有支撑承载的价值和意义。罗尔斯顿在这里所强调的是，地球生态系统不仅仅是人类生存的"福地"，而且是所有生命的乐园，那种认为地球只是人为了养育人的生命而存在的观念是十分狭隘的也是十分错误的。"大自然是一个进化的生态系统，人类只是一个后来的加入者，地球生态系统的主要价值在人类出现以前就早已各就其位。大自然是一个客观的价值承载者——难道整个生命支撑系统的价值真的仅仅是作为后来者的人类的利益而存在着，或者地球本身不是一个在人类产生以前就已存在，且直到现在仍然是人类的出现也许是一个最有价值的事件，但如果以为

---

① 李培超：《伦理拓展主义的颠覆》，湖南师范大学出版社2004年版，第116—120页。

是我们的出现才使其他事物变得有价值，那就未免对生态学太无知且太狭隘了。"①

第二，经济价值。这主要是指大自然具有满足人的实用性要求的价值和功能。罗尔斯顿承认，经济价值的生成需要在自然物之上施加人的劳动。即通过改变自然物的源初状态来产生经济价值。但是他反对把处于自然状态的存在物看成是无价值的观念，认为自然物之所以能够产生经济价值，首先是因为大自然自身具有丰富的"实用潜能"，人所能做的事情只是对这种潜能的发掘，而并不能"无中生有"，因此自然资源的"源"所暗含的就是经济价值要源于自然存在。一句话，罗尔斯顿认为离开自然物的属性、只从人类需要和劳动的角度来思考经济价值是有失偏颇的。

第三，消遣价值。即大自然具有的满足大众娱乐或陶冶性情的价值。在罗尔斯顿看来，大自然的消遣价值可以从两个角度来认识：一是可以从实用主义和工具主义的立场来思考，把大自然仅仅看成是展现人的能力和释放激情的工具，如打猎、攀岩、划水等娱乐性休闲活动等；二是非实用主义的态度，即当人置身于大自然中，通过领略大自然的神奇和谐就可以产生愉悦的心理体验，使疲惫的身心得以充分舒展。虽然说这两个角度的思考都涉及了大自然的消遣价值，但是罗尔斯顿更重视后一种态度，他认为这后一种态度会更有利于社会的健康发展，而前一种态度则很容易使消遣价值混入经济价值的框架中。

第四，科学价值。即科学研究的价值。但是罗尔斯顿对科学的理解与平常人们对科学的看法并不一致。科学作为揭示自然规律的理论体系，在常人看来它的产生和发展就是为了满足人们利用自然和改造自然的功利性目的，但是罗尔斯顿所赞赏的科学研究却是一种具有内在价值的活动，即科学研究应当是为了赞美大自然，领略自然的神秘。所以大自然的科学价值应当被理解为大自然能够满足科学家赞美自然的好奇心的属性和功能。

第五，审美价值。同科学价值一样，自然的审美价值也是需要剥离人的功利性要求，在对万物的静观中才能显露出来的。罗尔斯顿还特别强调的是，自然之美并不是人主动建构起来的，更不是自然中的事物触发人的审美"细

---

① 霍尔姆斯·罗尔斯顿：《环境伦理学》，杨通进译，中国社会科学出版社2000年版，第4—5页。

胞"而产生的"幻觉",自然之美是某种自然的存在,它是客观的,是大自然的一些属性,诸如它的颜色、味道、棱角、线条等等,它们是直接地呈现自己,并不会因为人们的好恶而逊色半分。

第六,使基因多样化的价值。自然界是最大的基因储藏库和繁育基地,所以它对于保护基因的多样性是十分重要的。毫无疑问,自然的这种价值可以对人产生一定的经济绩效,但是这只是基因多样化价值和功能表现的一个方面,更重要的是基因多样化有利于有机体的生存,而不管这些有机体是否能被人采用。所以,"基因多样化价值是人类的经济价值和存在于生命自身当中的生物价值的某种奇特的组合。"[1]

第七,历史价值。这指的是大自然是具有保存和呈现人类历史过程的价值。人类自诞生之日起,就在自然界中留下了自己活动的印记,而大自然就像一个细心的拓荒者一样总是把这些东西很珍惜地抱在自己的怀中,又像一个庞大的历史博物馆保存着它们以供不同时代的人来翻阅。所以从这种意义上来说,人类的历史并不是存在于人类的思维中,而是存在于大自然中。

第八,文化象征的价值。当人类把自己的期望、崇尚和追求投射到大自然身上的时候,大自然便具有某种文化象征的意义。实际上大自然的文化象征意义和价值不过是从一个独特的视角体现了人来自于自然且依赖于自然的一种生存本能。失去了具有象征意义的自然物,一个国家和民族可能就会迷失自己,而对于整个人类来说,失去了自然界,便也就失去了他自己。

第九,塑造性格的价值。大自然是培养人的一所学校,人会在其中获得多方面的训练:如可以促进团队精神的养成和个人意志的锻炼,可以使人学会谦卑并懂得分寸感,还有助于良好品德的形成等等。当然大自然塑造性格的作用还体现在它具有一定的治疗价值,使受到损害的精神和心灵能够在自然中得到慰藉。

第十,多样性与同一性的价值。大自然既是多样性的又是同一性的,多样性的大自然呈现的是生命的五彩斑斓,而同一性的大自然所展现出的又是不同事物间的相互联系。因而可以说,"恢宏的大自然是一部由不同的主题构成的交响乐;其中的每一个主题都非常迷人,这些主题经常共同奏响,演奏

---

① 霍尔姆斯·罗尔斯顿:《环境伦理学》,杨通进译,中国社会科学出版社2000年版,第17页。

出和谐的妙乐（尽管有时也难免有几分紊乱）"。① 自然界的这种多样性对人类来说是宝贵的财富，因为人类的心灵就受到这种奇妙的自然结构的抚育，"心灵不可能产生于令人窒息的同质性，也不可能产生于令人无所适从的多样性。"②

第十一，稳定性和自发性的价值。大自然的过程是有规律的，有些事物和自然现象总是有规律地出没和隐退，这种状况使得大自然呈现出一种可依赖的秩序，"这种秩序保证了那种支撑着生命和心灵、并成为全部知识和安全的基础的生态的和生物化学过程的稳定性。"③ 大自然又是充满了偶然性的，即许多生命和自然现象的产生都是无法复制的、独一无二的，而这一点又增强了大自然的神秘感，体现了自然自我创造的自由和自主。

第十二，辩证的价值。大自然的辩证价值主要指的是它既有与人相矛盾的和相冲突的一面，也有顺应人的一面，但是我们并不能作出这样的判断：自然对人的对抗就是坏的，只具有负价值；自然对人的顺应就是好的，具有正价值。必须辩证地理解这两种关系状况，究其实，"从长远的观点看，我们并不能总是把环境的顺从说成是好的，而把环境的抵抗说成是不好的；生命之流的河床由顺境和逆境组成，一个完全充满敌意的环境会扼杀我们，在这样的情况下不可能出现生命；一个完全和顺的环境则会使我们迟钝退化，在这样的环境下同样不可能出现生命。"④ 冲突与顺应使得人类不仅经受磨炼，而且同样给人以养育，不会使人的奋斗和劳作一无所获，失去生存和发展的空间。自然不仅对人呈现出这样的两面性，而且自然界的许多生命之间也存在着这样的辩证关系，如美洲狮的利爪训练出了鹿的千里眼，而鹿的迅捷又使狮子变得更加敏捷。所以自然的价值还体现在它不仅给生命提供了现成的可消费的东西，而且还提供了磨炼、刺激和挑战，而这对于完成生命的自我超越是必需的。因此，罗尔斯顿认为"伦理学中最困难的一课就是学会去爱自己的敌人"⑤。

第十三，生命的价值。自然界中有不同层次的生命，每一种生命都具有

① 霍尔姆斯·罗尔斯顿：《环境伦理学》，杨通进译，中国社会科学出版社 2000 年版，第 24 页。
② 霍尔姆斯·罗尔斯顿：《环境伦理学》，杨通进译，中国社会科学出版社 2000 年版，第 24 页。
③ 霍尔姆斯·罗尔斯顿：《环境伦理学》，杨通进译，中国社会科学出版社 2000 年版，第 20 页。
④ 霍尔姆斯·罗尔斯顿：《环境伦理学》，杨通进译，中国社会科学出版社 2000 年版，第 29 页。
⑤ 霍尔姆斯·罗尔斯顿：《环境伦理学》，杨通进译，中国社会科学出版社 2000 年版，第 30 页。

价值。对于人类来说，自然界中生命的价值不能从工具论的意义上来评价和体会，而常常可以通过这样几个方面体现出来：生命是可以被人解读的，生命是一个丰富的信息系统，生命自身充满了美的韵律，生命自身充满了趣味。罗尔斯顿认为，这四个方面即是自然的生命价值的具体体现。虽然这对所有生命来说是普遍的，但是他认为生命仍然具有高低之分，并且低等生命要为高等生命作出牺牲。尽管如此，罗尔斯顿认为人不应用趾高气扬的姿态对待那些作出了牺牲的生命，而应对它们心怀尊重和敬畏。

第十四，宗教价值。大自然是可以启发人的宗教感情的，亦即大自然是宗教的一种资源。因为大自然能够使人产生敬畏感和谦卑感，能够唤起人们关于"人之所来和人之所往"的终极思考。这样"荒野自然变成了某种类似于神圣的经文的存在物。对于那些纯正的荒野追求者而言，荒野是一座教堂；对于大多数普通人而言，荒野偶尔也具有教堂的功能"①。

由此看来，自然的价值和意义不仅是现实的和实在的，而且还是哲学层面上源发性的、永恒性的和精神性的。罗尔斯顿还指出，保存自然价值、保护环境、关心其他存在物，是人自我确证、自我完善的一种方式，是人的一种有价值、有尊严的存在方式。因而，环境伦理是一个人的道德境界的新的试金石。生存于文明社会的每一个人都应学会诗意地栖息在地球上。罗尔斯顿的生态哲学从自然共同体的高度为我们在人与自然之间建立和谐的关系提供了一种新的认识。在他的生态伦理思想中，指出了传统价值观以人为中心的局限性，拓宽了人们价值观的视野，体现了人类对自然界的理性自谦，抹去"人是自然界的主人"的虚无光环，而只是以自然的一员去爱护、关心和亲近自然。实践证明，这种自谦对于人类的未来绝对是明智之举。

三、确立自然价值的客观性的意义

关于自然的价值问题，马克思主义的创始人是持肯定态度的，认为自然界具有本身的价值，自然万物具有独立于人的生存权利。

确立自然价值的客观性的意义不是要将人类从大自然中驱逐出去，而是要改变人类对大自然的非道德意识，即由控制自然转变为遵循自然。也就是

---

① 霍尔姆斯·罗尔斯顿：《环境伦理学》，杨通进译，中国社会科学出版社 2000 年版，第 33 页。

说，人以外的自然万物具有独立于人的自存价值、本身价值，具有独立的生存和发展的权利。在人这一自然物与其他自然物的相互作用中，人应该尊重人以外自然万物的固有价值和生存权利，而不能为了人的利益而损害其他自然万物的利益和生存权，人应自觉地成为自然生态系统中负责任且合格的一员。

第二节　确定新的伦理观

一、确定新的伦理观的重要性

一百多年前，马克思主义奠基人不仅提出"人与自然界的和谐"，作为指导人类行为的世界观和方法论的哲学基础，而且预言，共产主义的人道主义的最高理想是人与自然的融合。马克思在《1844 年经济学哲学手稿》中说："这种共产主义，作为完成了的自然主义 = 人道主义，而作为完成了的人道主义 = 自然主义，它是人和自然界之间、人和人之间的矛盾的真正解决，是存在和本质、对象化和自我确证、自由和必然、个体和类之间的斗争的真正解决。"① 马克思把这称为"历史之谜的解答"。马克思的这一经典表述，明确地将环境伦理的基本原则归为人实现了自然主义与自然界实现了人道主义的统一。在马克思看来，自然主义以自然界的复活和新生为价值取向，它显现的是人对自然的尊重、仁爱、善待、护育的伦理道德品性。这既是我们构建新的伦理观的价值尺度，也是人类社会未来发展方向、生存态度与生存方式重新而重要的选择。

确定新的伦理观，走可持续发展之路，"建设美丽家园，过上美好生活"，需要以确定和实施生态道德原则或环境道德原则为基础。

世界自然保护同盟、联合国环境规划署、世界野生动物基金会《保护地球——可持续生存的战略》的报告的着眼点是：持续发展取决于保护地球，但是，"如果我们要关心地球，提高所有人的生活质量，我们目前流行的大部

---

① 《马克思恩格斯全集》第 3 卷，人民出版社 2002 年版，第 297 页。

分经济和社会的价值观念就要改变"。为此，该文件特别提出了两项要求："一项要求是努力使一种新的道德标准———一种进行持续生活的道德标准得到广泛传播和深刻地支持并将其原则转化为行动。另外一项要求就是将保护和发展结合起来"。这里把实施"环境道德"与"保护和发展结合"提到同等重要的地位，作为两项要求提出来，可见社会价值观念在持续发展中的重要性。而且，该文件提出人类可持续生存的几个原则，第一个原则就是环境道德原则："本项原则提出人类现在和将来都有义务关心他人和其他生命。这是一项道德准则。"并在第二个原则中指出："尊重和爱护我们彼此和地球，应以一种可持续生存的世界道德准则表示出来。"为了实施这种新的世界道德准则，该文件提出在全世界范围内要采取的主要行动：一是制订可持续生存的道德准则；二是在国家层面宣传可持续生存的世界道德准则；三是通过一个世界性组织以监督实施可持续生存的世界道德准则，并防止和克服在其实施过程中的严重的违反行为。①

关于什么是可持续生存的环境道德准则，现在有不同的表述，因为有人从人类中心主义的观点出发，有人从生态中心主义的观点出发。余谋昌认为应从"人与自然"系统和谐发展的观点出发。按照这样的理解，它的基本原则是：一是所有的人享有生存环境不受污染和破坏，从而能够过健康和健全的生活的权利，并且承担有保护（不损害）环境并使子孙后代的生存环境不被破坏的责任；二是地球上所有生物物种享有其栖息地不受污染和破坏，从而能够持续生存的权利，人类承担有保护生态系统和基本生态过程的责任；三是每一个个人都有义务关心他人和关心其他生命，确认侵犯他人和生物物种生存权利的行为是违反人类责任的行为，要禁止这种不道德的行为，这就是环境道德的基本原则。②

生态伦理或环境伦理研究的是关于人与自然的道德问题。罗尔斯顿指出，生态伦理是一种新的伦理学说，它以生态科学的环境整体主义为基点，依据人与自然相互作用的整体性，要求人类的行为既要有益于人类的生存，又要有益于生态平衡。它要解答的问题，实际上是关于人的持续生存，以及人对自己生存相关的地球上各种生命和整个自然界抱什么态度的问题。它从世界

---

① 《保护地球———可持续生存战略》，中国环境科学出版社 1992 年版，第 1—9 页。

② 余谋昌：《创造美好的生态环境》，中国社会科学出版社 1997 年版，第 225—226 页。

性的环境污染和生态破坏威胁人类生存，人类有可靠前途的生活要求改变自己的价值提出来。它的主要价值方向是：既尊重人，又尊重生命和自然界；既重视人类文化，又重视自然生态；既重视文化价值，又重视自然价值。因而，它的主要特点是道德对象的范围（道德共体）的扩大，从人扩展到自然界，人、地球上其他生物和整个自然界成为新的道德共同体。

罗尔斯顿认为，环境伦理以文化与自然为研究基点，揭示地球的内在价值及其与人类生存和社会发展的依存关系。他认为，地球产生了自然界，也产生了人类文化，自然界为文化提供生命支持系统，而文化又日益成为地球未来的决定因素。人类管理地球，必须保护地球自然环境价值，因为，一是恶化的环境不可能维持健全的文化。二是对自然善的事情，通常对文化也是善的。三是地球不是人的财产，而是一个有机共同体，是生存的单元。地球不属于我们，相反，我们属于地球。四是地球自然有内在价值。任何生物都捍卫其自身的生存，也固定在更广阔的自然生态网络上。生物自在地形成内在价值，生态系统自组织形成系统的价值，生物的内在价值整合并服从生态系统的价值。因而生态系统的完整、稳定和美丽是保护地球自然价值的伦理根据和评价尺度。五是人是生物共同体的成员。一切生物都在地球生物圈中生活，人类不仅如此，人还在文化中生活。人类分居于不同的国家，其他动物并没有国家：人类活动主要汇流于经济过程，其他动物则主要融汇于生态过程。然而人和其他动物都依赖地球资源而生存，需要维持生存环境，都与地球有着本质的联系。人与人以外的事物并不是异己的，我们人类与其他生物都在一个家园中。全球环境伦理学呼吁落实全人类的利益，提出了人类个体善的实现，应不超越生物共同体和地球生态的承载阈限。① 也就是说，环境伦理的理论要求是，确立关于自然界的价值和自然界的权利的理论；它的实践要求是，依据上述理念确认，制定环境伦理的原则、道德标准和行为规范、实施这些原则和规范，以保护地球生命维持系统。

关于自然的价值，我们前面已经有过论述。生态价值具有不可替代的性质，是文化价值的基础和前提，因而应该被看作是更高的价值。生态伦理主张尊重自然，既是保护自然价值，也是保护文化价值。价值从人类延伸到人

---

① 霍尔姆斯·罗尔斯顿：《全球环境伦理：一个有价值的地球》，《生态环境保护和自然资源管理的理论研究》，黑龙江科学技术出版社1995年版，第67页。

之外的存在，从自然的个体层次上升群体层次并最终升至系统层次，这表明人类的道德视域在扩大，道德境界在升华。

二、什么是"自然界的权利"

关于自然界的权利。现代意义上的权利首先是作为人的权利被提出来的。一般说来，"权利"概念表达的主要是两方面的内容：一是权利所有者要求他的生存受到尊重，承认他的利益，从而对侵犯他们利益的行为提出挑战，这是他的权利。二是这种权利（利益）要求是一种合理要求。它规定权利所有者拥有什么，能够做什么，享受什么，以及应尽什么义务，因而"权利"是利益与义务的统一。那么，生态伦理从保护自然价值、保护生命和自然界的生存，提出"自然界的权利"所要表达的是什么意思呢？

首先，这是一种自然性。自然界的权利，是指生物物种和生态系统的持续存在。它符合生态规律的要求，被认为是"当然如此"的。也就是说，所有生命都是地球大家庭的成员，而且拥有维持其生存所必需的条件，具有合法存在的权利。如一定的生存空间、阳光、空气、水分、土壤和其他营养元素等。它和其他生命一起共享地球生态资源，参与基本生态过程，成为地球生命维持系统的一部分。实际上，生物的生存权利，是地球生物圈进化的结果，同时也是地球上所有生命在共生、竞争、寄生、捕食等相互的依存关系和生态过程中努力争取自己的生存，在自然的进化过程中遵循"自然法则"，即生态规律得以实现的。因而这是一种客观存在的权利，是人不可否认的"天赋权利"；而当权利作为法律道德范畴时，它是指人赋予自然的法律权利和道德权利，这是一种人必须承认的"人赋权利"，它具有人的主观性。自然所具有的这两大类权利，虽然来源不一，但却系于一身，并应为人类所尊重。

第二，权利平等性。生物的生存权利是一种自然的生态权利。就生存的自然权利而言，包括人类在内的所有生命形式，在进化过程中产生的多样化差别，并不说明其自然的生存权利上有差别，它们都是适应自己特殊的生存环境的结果，都具有平等的生存权利。科学研究表明，生命发展是不断演化的过程。它形成无数生命组织层次，从低等生命发展演化为高等生命，形成生命形态序列。各种生物在生态系统中占有特定的位置，利用特定的空间和资源，在生命系统的物质循环、能量转换和信息传输中起着特定的作用。这

种生命形态的多样性具有进化意义，但没有高低贵贱之分。人们心目中的地球生命的高低贵贱之分是一种主观性，是人类意识赋予这种区分的。实际上，正是所有物种的综合作用创造和维持地球适宜生命生存的条件，维持地球基本生态过程，维护生态系统的生产力以及它的稳定性和整体性。因此，地球上所有生命形式具有平等性。所有生命的生存都应当受到尊重。

第三，利益与义务一致性。道德权利与道德义务总是相关的。这种相关性在生命世界以生存表现出来。例如，植物作为地球上生态系统中的生产者，它是把太阳能转变为地球有效能量的转化者。它通过光合作用，利用太阳能把水和二氧化碳等资源转变为碳水化合物。在这里，它的利益是享有生存基本需要，阳光、水、空气和土壤；同时，它的生存为其他生命的生存创造条件，它的产物提供给其他生物利用。地球上包括人和其他所有生物都靠植物转化的太阳能维持。这是它的义务。这里权利和义务是统一的。实际上，地球上所有生物关系都是这样。任何一种生物的生存，既是它自身的存在，又是为其他生物的生存提供条件，为其他生物而存在。生存是所有物种的目的。为了生存必须具有权利。权利是一种利己性。它要求受到尊重。同时，它的生存作为其他物种的存在条件，它为其他生物的生存服务。这是它的义务。义务是一种利他性。这里权利与义务的一致性，表现为生物的利己性与利他性的统一。这是生存的基本规律。

确立新的伦理观，实施可持续生存的道德准则的意义在于，它使我们意识到，环境污染和生态破坏是自然价值的损失或破坏，我们在实践上保护环境，就是保护自然价值，保护地球上生命和自然界。因此，环境伦理或生态伦理的确立与其说是理论上的要求，倒不如说是现实的需要，是解决生态问题的需要。正是人们在解决生态危机的过程中认识到，除了技术的投入、法律的约束、经济杠杆的调控外，人们价值观念的改变对于解决生态问题更为重要。因为只有在思想观念层面上真正生态化、绿色化，人们的生产生活方式和发展模式才会发生根本的改变。伦理的生态向度的开辟，不只是人类对人与自然关系的道德觉悟，更是整个人类伦理文化的进步；不仅是世界环境保护战略思想的新发展，而且是人类社会发展的新途径。

第三节　建立可持续发展的生活方式

一、工业社会的生活方式

生活方式是指在一定的社会条件制约下，在一定的价值观指导下，所形成的满足自身需要的生活活动形式和行为特征的总和。从古至今，人类社会生活方式的变迁可分为四个阶段：远古社会生活方式、农业社会生活方式、工业社会生活方式、生态型生活方式。目前，世界绝大多数国家追求和盛行的是工业社会生活方式，这种生活方式是传统发展观的产物。传统发展观仅关注如何发展得更快，而对于"为了什么发展"和"怎样才是合理的发展"这样一个目的论、价值论问题却毫不关心。因此，建立在这种发展模式基础上的生活方式，消费不是为了满足人们的基本需要，而是为了追求享受，带有明显的奢侈、浪费性，完全超出了人类健康生活的需要，是一种畸形的生活方式。

第一，精神生活与物质生活相脱离，物质生活的无比丰富与精神生活的极端空虚形成了极大的反差，对社会的可持续发展构成了严重的影响。发端于英国的工业革命用物质生产的全面变革在人类历史上创造了奇迹，魔幻般地唤呼出巨大的生产力，从而为丰富和扩大人们的物质生活需求及满足需求的手段与方式创造了前提。但是在 20 世纪大机器的工业生产方式创造出巨大的物质财富，极大地满足了人类的物质生活需求的同时，与大机器文明相联系的物质主义却把人和人的生活方式"物化"了，出现了物质与精神生活相分离的现象。特别是在发达国家，尽管人们不愁吃不愁穿，想要什么就有什么，但是由于受到"物"的支配，人们的精神生活却变得十分空虚，大量不道德、反体制、反文明、暴力、社会犯罪、吸毒和艾滋病等严重社会问题不断发生，给整个人类社会的可持续发展带来了极大危害。

第二，以西方发达国家为代表的"多生产、多消费、多抛弃"的高消费、高浪费的生活方式极大地破坏了自然环境和生态系统，大大加速了各种不可再生资源枯竭的速度和加重了地球的负担。20 世纪占主导地位的西方工业文

明模式是：追求最大效率、最大生产、最大开发和最大消费。表现在生活方式上所刺激起的消费模式是："多买、多用、多扔"，高消费和高浪费。消费文化泛滥，"为消费而消费是美德，而爱惜物品成了恶行"。因此，温哥华大学教授比尔·里斯得出的结论是："如果所有的人都这样生活和生产，那么我们为了得到原料和排放有害物质还需要 20 个地球。"这种"不知惜物"的浪费型的生活方式，大量地消耗着地球上不可再生的稀缺资源，污染着生态环境，是一种破坏性的、反文明的、不可持续的生活方式，已经对整个人类的生存和发展构成了极大的威胁。正如一位未来学家所言：如果人类再如此毫不顾忌地消耗自然财富，那么地球将在一代人的时间里流尽最后一滴血。[①]

第三，广大贫穷的发展中国家在被迫消费不足和发达国家高消费生活方式的示范作用下，急于赶超，同样严重破坏了自然环境，造成了严重的生态问题。在发达资本主义国家享乐主义盛行，大量挥霍和浪费资源，严重破坏自然环境和生态系统的同时，广大贫困地区和欠发达国家却被迫消费不足。1991 年英迪拉·甘地发展研究所发表的研究报告《消费方式：环境压力的驱动力》，用大量数据说明了两个世界的消费水平。这种消费差距是惊人的、畸形的，也是不公平的。特别是对于目前还处于绝对贫困线以下的十几亿人来说，一方面为了保持自身的生存他们不得不把自己的环境资源（包括土地、渔场、森林、草原、物种和矿产等）作为基本的经济资产，用过度开发环境和资源作为基本谋生手段，取得可怜的生存资料；另一方面，在西方发达资本主义国家高消费生活方式的诱惑和示范带动下，也尽可能地、无限度地滥用环境和资源，以期向发达国家看齐。这样，在各种因素的共同作用下，广大贫困地区的人们同样不断加剧对自然的索取，对资源的滥用从而导致了生态环境的破坏和人类生存环境的不断恶化。

二、可持续发展的生活方式

以可持续发展道德价值观为准则，是人们生活观念的一次觉醒、革命，表明人们开始从根本上改变以往仅以开放或封闭，传统或现代等社会结构特征、经济发展水平作为生活方式的评价标准，开始重新审视以往的生活方式，

---

①　转引自余谋昌：《创造生态学哲学美好的环境》，中国社会科学出版社 1997 年版，第 150 页。

以新的标准，以有利于经济、社会的持续、协调、全面发展为生活准则；不但追求物质生活条件改善，更追求高质量的精神生活，自觉兼顾当代人的需要与后代人的需要，兼顾眼前利益与长远利益、局部利益与整体利益，在生活活动中要对未来发展、整体发展负责，鄙视追求当前物质享受而不顾及未来发展的短视行为；不但把消费个性化、高档化、能力多级化、取向多元化等"现代型"作为评价生活方式的标准，更要以发展的可持续性作为评价的标准来衡量生活方式进步的程度。这种生活价值准则的内容可概括为三个方面：一是满足生活需要不能以破坏生态平衡为代价；二是生活过程是否合理，应以资源利用的可持续性作为检验的标准；三是以人与经济、社会的持久、全面发展作为生活价值的最终体现。

具体说来，与可持续发展战略相适应的生活方式应该具有以下几个特征。

第一，提倡适度消费。消费中的"过"与"不及"均对环境具有压力。过量消费是超过人的基本需要的消费。过量消费既不合理，也不必要，更不公正。说其不合理，是因为它造成了地球巨大的压力——"描述消费者社会的增长轨迹的上扬消费线，是环境危害高涨的指示剂"[①]；说其不必要，是因为高消费与幸福之间不能画等号；说其不公正，是因为在资源有限的地球上一个地方消耗过多必然意味着另一个地方的资源减少。同时，它也剥削了同辈人乃至后代人生存和发展的基本需求，是不公正的。罗尔斯顿正确地指出，G－7 国家（欧美发达国家及日本）的过度消费问题与 G－77 国家（现已达 128 个国）的消费不足问题密切相关。我们既要提高生活水平，满足健康生存所必需的一切消费，又不应过度奢侈，挥霍自然资源。既要反对超出了人自身正当需要的过度消费，也要反对降低生活水平、抑制生活情趣的过分节约和消费停滞。既要保证生存，又要保证发展，适度消费是指摒弃"消费和拥有更多物质财富就更幸福"的价值观，把满足生存的基本需要作为消费标准。同过度消费相比较，适度消费以节俭为特征，它不反对随经济发展不断提高消费水平，只是反对"为地位而消费"的过度消费的挥霍和浪费。目前，我国人民总体消费不足，但是部分富有阶层和中产阶层的形成使高消费群体已然出现。虽然这一消费群体只是少数，但对广大中低消费水平的消费者的

[①]　艾伦·杜宁：《多少算够：消费社会与地球未来》，毕聿译，吉林人民出版社 1997 年版，第 15 页。

示范效应是不容忽视的，这一消费群体的环境意识薄弱值得重视。高消费群体通过消费来显示其地位和自身的价值，诱导其他群体的价值观偏离可持续发展的价值观要求，甚至出现日趋严重的奢侈性消费、糜烂性消费。社会消费相互攀比，浪费十分严重，对此，必须加以正确引导和控制。

第二，崇尚绿色消费。绿色消费主要包括：消费无污染的产品，消费过程中尽量避免环境造成污染，自觉抵制和不消费那些破坏环境的产品。绿色消费需求的产生是生态危机对人的生存造成威胁后的选择，也是人们对过度消费、奢靡消费渐趋厌恶的结果。艾伦·杜宁说，"绿色消费主义的兴起是一个有希望的征兆"。而且，随着生活水平的提高，人们对美好生活环境质量的需求日益增加，渴望青山绿水、蓝天白云和生机勃勃的自然环境。因此，人们的消费观从个人健康消费观向环境保护消费观转变，绿色消费观念悄然形成，并转化为直接的消费需求。人们开始反对有损于生态、浪费资源的企业行为，拒绝有害于环境的产品和服务，兴起了绿色消费的浪潮。现在贴有"环境标志"或"绿色标签"的商品成为消费者的消费目标，绿色消费作为一种全新的生活方式，正逐渐成为人们追求的时尚。通过绿色消费可推动企业对生态技术的需要以及绿色生产的发展，形成有利于保护环境的经济转变。目前，我国公众的绿色消费状况与发达国家相比有一定差距。因此应采取措施，提高公众的环保意识，引导人们树立绿色消费观念，引导企业及时抓住绿色需求及其产生的巨大市场机遇，加速我国企业绿色营销和公众绿色消费的进程，以缓解我国环境资源恶化的趋势。绿色消费能够也必须取代过去的有害消费，这不仅是说它是改变消费模式的最佳选择，而且也是拯救地球的长远之策。

第三，注重精神文化消费。人们在满足基本物质需求之后，还会追求精神价值与自我的充实和完善。追求精神需要，是人们生活的一个更高层次目标。合理的生活结构，能更好地满足人们精神方面的需求，保证主体身心的健康发展。合理的生活结构有着丰富的内容，从大的方面讲就是认识和处理好物质生活和精神生活的辩证关系。一定的物质保障是完善生活方式必不可少的条件。贫穷不是社会主义，也不是社会主义生活方式的特征。但我们在提高物质生活水平的同时，也应当不断提高生活方式的"文化"含量，追求一种"全面的生活方式""平衡的生活方式"，提倡"终身学习"，对人们需求的满足要不断地由单一向多样化发展，由低层次向高层次递进。用健康向上、格调高雅、丰富多彩的精神生活充实自己，使物质生活和精神生活协调发展。当人们有了闲暇时间，不只是进行一些娱乐活动，也注重丰富自己的精神文化生活。如，参加科学文化知识学习，提高自身的文化素质；参加科学和艺术活动，从事科学和艺术的思考、写作和创造；参加旅游、参观历史文化古迹，感受大自然的美好和盎然生机，接受古代文化遗产的熏陶等。这些活动不仅可以激发人们的思想、意志和丰富的感情，而且还能启迪人的智慧、潜能和提高精神境界。因此，注重精神文化消费，可使人们获得更大的创造能力和更全面发展。在我国经济快速发展，人民生活水平不断提高的情况下，更要避免只重追求物质消费，而忽视充实精神世界的倾向。只有提高人们的精神文化消费力，才能真正促进社会进步和经济繁荣，使整个社会向健康的方向发展。

环保是一种理念。可持续发展生活方式是一种比传统高消费的生活更丰富和更高级的生活结构，是一种更符合人的本性，从而更适合人类需要的生活。因此，这是一种有更高生活质量的新的生活。如果大家都能把环保理念变成自己现实的生活方式，那么环保目标的完成就会轻松、顺畅许多，我们的家园就将更加美丽，我们的生活就将更加美好，我们生活的地球就不会走进一个"寂静的春天"。

第九章　生态价值的回归

——价值哲学分析

近代以来，随着人类认识自然与改造环境能力的日益增强，人与自然之间的关系逐渐变得紧张，自然对于人的价值也出现了严重异化：环境污染、水土流失、土地沙化……在此背景之下，一些有识之士开始对传统的价值观进行深刻反思，人类中心主义生态价值观逐渐被非人类中心主义的生态价值观所取代。新生态价值观的确立为生态环境的保护提供了价值哲学上的基础。

第一节　传统价值观的偏颇与生态价值的回归

一、人类中心论与非人类中心论

人类对于自然环境恣意破坏的一个重要原因，就是过于强调人类自身的价值，漠视乃至否定生态价值。当然，这又与人们对于价值的模糊认识有着紧密的关联。长期以来，在伦理学领域，界定价值范畴的主流导向如下：价值是关系范畴，是客体满足主体需要的属性；而价值的主体又被严格地局限于人，人以外的任何事物都不能充当价值主体。在我国学术界，较为代表性的表述为："所谓价值，是特指主客体关系的一种内容，这种内容就是：客体是否满足主体的需要，是否同主体相一致、为主体服务。肯定的答案，就是我们所说的'好'，即正价值；否定的答案，则是我们所说的'坏'，即负价值。"①

在传统意义上对价值的界定中，关于自然是否存在价值的问题，主要体现为人类中心主义的价值观。人类中心主义者坚持以人为中心，在人与自然的关系中，人为主体，自然为客体；因而人的需要和利益是确定生态价值和评价标准的来源与唯一根据。人类中心主义强调人类自身的价值，认为它高于自然的价值，非人类的世界只具有外在的工具性价值，若离开了人的需要，生态环境便无所谓权利和价值，对于非人类的动物、植物乃至整个自然界的关切，完全是从人的利益出发，自然对人来说只具有工具价值。可见，人类中心主义表现出典型的单一主体价值论或片面的以人为中心的价值论。

客观而言，人类中心主义有着其存在的历史必然性。近代以前从人类历史发展的长河来看，最初是原始人类时期。在这一时期，由于生产力水平低下，人类使用的工具主要是石器，居住方式是穴居，主要从自然界直接采集食物、捕猎来维持生活。总的来说，此时的人类"对环境的干预和影响极弱，主要还是靠自然的恩赐度日"，对环境是一种依附的关系，对自然界是一种崇拜心理，原始社会中的图腾崇拜便是最佳之例证。尽管后来随着劳动工具的产生，人类对自然环境的改造能力随之加强，而且为了拓展生活的领域，人类开始大量砍伐森林、毁林开荒。尤其是铁器的使用和推广，使人类对自然环境的改造能力大大增强，同时使生活方式也发生了极大转变。一方面，人类为获取食物而在其居住的周围地区开垦土地，与此同时，人类的这些活动也给环境带来了一定的不利影响，但人类对环境的影响并未超出自然环境本身的调节能力，人与环境的关系在总体上是平衡的。到了工业革命时期，由于科学技术的发展，人类找到了对付自然的有力武器，机器劳动逐渐替代了人类劳动，人类改造自然的能力迅速提高，工业出现而且分工越来越细，人类对自然的开发、利用能力达到了空前的水平。对自然的改造和利用的成就使人类盲目自信起来，人类不再惧怕自然，并俨然成了自然的主人。此时的主流观念便是"人是万物的尺度""人定胜天"等等，尤其是培根提出"知

---

① 李德顺：《价值新论》，中国青年出版社 1993 年版，第 34 页。

识就是力量"这一著名口号之后，西方在认识论方面总体上沉浸于乐观主义气氛之中，虽间或偶有个别哲学家发出悲观主义的低吟，但其微弱的声音完全被乐观主义的喧嚣所湮没。人们确信：人类可以凭借自己的理智力认识自然规律，更可进而依据所得的真理性认识在实践中改造自然、驾驭自然，从而迫使自然臣服于人类，为人类提供越来越舒适的生存环境。在这样一种偏颇价值观的指导下，人类开始对自然资源进行掠夺，疯狂地向自然界进军，并开始毫无顾忌地向自然排放废弃物，而且一切有助于征服自然的行为都被奉为正当的、善的，此时生态环境遭到了前所未有的破坏。

20世纪以来，科学技术飞速发展，科学技术体系不断完善，使得人类财富猛增，同时也使人类的野心与欲望膨胀，造成了人类对自然的巨大威胁，反过来加快了自然对人类的报复。生态环境的恶化迫使人类不再盲目的掠夺自然资源，而是开始自省和反思，开始逐渐认识到自己在自然界中的真实地位与作用，认识到自己与自然唇齿相依，一荣俱荣，一损俱损，维持万物的生存权利同维护自己的自然生存权利是一致的。正是在这种背景下，传统意义上的价值观开始逐渐瓦解，非人类中心主义则应运而生。非人类中心主义高举反人类中心主义的大旗，认为人类以外的存在物都具有内在价值，自然应像人类一样负有道德义务和伦理责任。美国学者 R. T. 诺兰指出："生态意识中所包含的道德问题属于我们这个时代中最新颖的，富于挑战性的道德困境。这些问题之所以最新颖，是因为它们要求我们考虑这样一种可能性，即承认动物、树木和其他非人类的有机体也具有权利；这些问题之所以富有挑战性，是因为它们可能会要求我们抛弃那些我们所长期珍视的一些理想，即我们的生活达到了一定的水准及为了维持这种水准应该进行的各种各样的经济活动。"[①] 非人类中心主义的价值观主要有四种。其一，动物权利主义生态价值观。这种观点认为动物拥有在一个自然的环境中过完整生活的天赋权利，剥夺他们的生命及其权利都是不道德的。其代表主要是辛格，他认为人的利益和动物的利益同等重要，尤其是他的《动物解放：我们对待动物的新伦理》被视为动物权利运动先驱的著作；雷根则主张像对待人类一样给动物平等的幸福，人类应当尊重和关心动物的权利和价值。其二，生物平等权利的价值

---

① R. T. 诺兰：《伦理学与现实生活》，姚新中等译，华夏出版社1988年版，第435—436页。

观。其代表主要有施韦泽和泰勒，认为人只是地球生物圈自然秩序的一个有机部分，人类与其他生物不可分，都是一个相互依赖的系统的有机构成要素。尤其是施韦泽的"敬畏生命"伦理，要求人类向敬畏自己生命那样敬畏所有的生命意志。其三，生态整体主义价值观。其中最著名的是美国人利奥波德的大地金字塔模型，在这样一个高度组织化的结构体系中，每一生物物种都有自己的生态位置，发挥保证整个生态系统的养分循环和能量流动的作用，以维持整个自然界的生态系统本身。其四，可持续发展环境价值观。这种新型的环境伦理观强调人与自然和谐统一，承认人类对自然的保护作用和道德代理人的责任，以及对一定社会中人类行为的环境道德规范加以研究。

二、"生态价值"的概念

应当承认，人类中心论和非人类中心论从各执一端的所谓中心的角度来谈论价值问题，思维方式都是失之偏颇的。事实上，用满足需要作为价值界定的充要依据，将面临如下的理论困惑：首先，这样的价值界定，基本属于经济学的价值范畴，在此，价值主体专指人，价值客体是满足价值主体需要的对象（物或人）。于是，价值也就成为可以确切计量的对象，是实然的固定存在。其次，这样的价值界定难以摆脱"主客二分"的思维传统，从而把价值主体的内在价值与价值载体的工具价值置于对立的两极。再次，这样的价值界定难以在"主体间性"思维下，把内在价值、工具价值和系统价值有机统一起来，于是，在当代难以探寻到摆脱生态危机的有效出路。最后，以主体需要的满足与否来界定价值，把满足需要与价值彼此等同起来，隐含了逻辑的和事实的错误，因为满足需要本身并不一定就有价值——需要有高级需要与低级需要、正向需要与负向需要、积极需要与消极需要之别，那些低级的、负向的、消极的需要的满足，不仅难以称得上是有价值，而且往往是反价值的。[①] 实际上，价值作为关系范畴，主体和客体具有对等性，而不存在何为中心。价值是主客体之间的一种互益性关系。价值的有无、大小，主要体现在主客体的互益性状况和程度上。主体与客体之间存在着互益性，就体现出价值；主体有益而客体无益，或者相反，就是无价值或者负价值甚至反价

---

① 参见崔永和等：《走向后现代的环境伦理》，人民出版社 2011 年版，第 62 页。

值。一般而言，主客体之间互益性程度越大，价值也就越大，否则就越小。从价值是主客体的互益性关系这一点出发，我们不难发现，价值存在于和内隐于主客体双方，价值的实现在于主客体双方的获益。人总是生活在特定的生态环境之中，人要在与生态环境的关系中获得自己的价值，就必须承认生态环境的内在的和固有的价值。否则，就没有自身的价值可言。因此，承认生态环境的价值与承认主体自身的价值具有一致性。

我们可以从三个方面对"生态价值"这一概念加以论证：其一，生态价值概念的对象性含义或作为资源的含义。这样，生态价值拥有正的和负的两个方面的意义：当表示自然事物对某一主体（人和其他生物）的利益的肯定时，它是正值；当表示自然事物对某一主体（人和其他生物）的利益的否定时，它是负值。这是自然界以他物为尺度的、作为客体或他物的工具的价值。其二，生态价值概念的主体性含义。这是表示主客关系的主体性概念。在此，生命和自然界自主存在，表示它是生存主体，追求自己的生存，这是"善"，是有价值的。生态价值，表示生命和自然界自身生存的意义，它的创造性，创造了地球上适宜生命生存的条件，创造了地球基本生态过程、生态系统和生物物种；同时，表示了生命和自然事物按客观自然规律在地球上的生存是合理的、有意义的。其三，生态价值的哲学层面的含义。亦即自然价值的真、善、美统一的概念。自然价值作为自然事物的客观性质，它是真实存在的；这种存在表示了它的"善"，即它自身生存的意义，它的创造性以及这种生存对他物的意义；这种"真"和"善"的统一就是"美"。生态价值便是这种真、善、美的统一，即它的内在价值和外在价值的统一。这是生态价值的最基本的性质。西方环境伦理学的兴起正是基于全球生态危机的严酷现实基础之上，它在理论上批判"人类中心主义"的价值观，重新找回自然的价值，重修人和自然的和谐关系。换言之，非人类中心主义强调生态价值，在某种意义上使得生态价值在人类价值中重新得到重视，在肯定人的价值的同时，不忽视生物和动物的价值，对于人们完整地理解价值范畴是有帮助的。生态价值的回归直接催生了伦理学的转向。生态伦理学主张要把对人类的道德原则和道德关怀推广到人与自然的关系上。新的生态价值观的确立改变了人在自然中的地位，认为人对自然既有权利又有义务，这对于生态环境的保护而言无疑具有重要的意义。一方面，人有权利用自然满足人自身的生存需要，但这种权利必须以不改变自然界的基本秩序为限度；另一方面，人又有义务尊重自然的存在事实，保持自然规律的稳定性，人类的经济和社会发展必须维持在资源和环境的承受范围之内。无疑大大拓展了传统伦理学和价值哲学的范畴，对于现实中的环境保护的意义也是不言而喻的。

第二节 生态危机的凸显与价值哲学的转向

一、全球范围的生态危机

近代以来，由于科学技术水平的发展，人类认识自然、改造自然的能力大大提高，人类实践范围的不断扩大，人类在征服自然、利用自然取得巨大成果的同时，对自然均衡状态的破坏也达到了相当严重的程度。尤其是随着资本主义生产方式的产生，人类文明出现了第二个重大转折，即从农业文明转向工业文明。在工业文明时代，社会生产力飞速发展，短短四百年的时间内，人类在开发、改造自然方面取得的成就，远远超过了过去时代的总和。与此同时，人与自然之间的关系也发生了根本的改变，人类开始以"征服者"的姿态自居，并一度沉湎于改造自然和征服自然的狂热之中。历史进入了20世纪，曾经陶醉于征服自然的辉煌胜利的人们才开始意识到，工业文明在给人类带来优越的生活条件的同时，也给自然造成了空前的伤害，温室效应，物种灭绝，森林锐减，能源短缺，大气、水和土壤污染，有毒化学品污染等等，日趋严峻的环境问题已经威胁到人类的生存和发展。在21世纪的今天，"生态危机"已经不仅仅是一个为科学家和学者所讨论的名词，而且成为每个人在现实生活中可以直接接触和感受到的事实：清洁的水源、干净的空气、安全的食品、适宜的气候、充足的能源、可爱的动物等都离我们越来越远；而地震、干旱、洪水、冰灾等自然灾害却似乎越来越频繁。人类变得越来越孤独，生命也变得越来越脆弱。历史的教训和现实的警示都呼吁着人类重新审视自然的价值，确立自然价值的合法地位，同时促使人们积极思考生存与发展方式以及如何善待自然，改变以往在人与自然关系上的思维方式与实践方式，有效探求人类家园的重构和人类文明的重建之路。

事实上，全球生态危机的产生，乃是诸多经济、社会、意识和政治因素汇集之结果。而究其根源和实质，生态危机的产生，在于人们忽视人与自然关系，无节制地膨胀人类单方面的利益。换言之，生态危机是人与自然的关系问题，而且主要是人类对自然的信念、态度的失误和行为的失范造成的。在此背景之下，人类道德、价值关怀向自然界的扩展，价值哲学开始转型，成为一种历史的必然。其结果便是新价值观的确立和生态伦理学出现。

二、生态伦理学的确立

生态伦理学之父 A. 莱奥波尔德指出："大地伦理扩大社会的边界，包括土壤、水域、植物和动物或它们的集合：大地。"他还指出："大地伦理学改变人类的地位，从他是大地——共同体的征服者转变到他是其中的普通一员和公民。这意味着人类应尊重他的生物同伴而且也以同样的态度尊重大地共同体。"[①] 这实际上是一种非人类中心的生态伦理学。非人类中心的生态伦理学并不否定人类的价值和利益，但是，要改变过去只强调人类价值并认为人类有唯一价值的传统观点。事实上，人类不可能脱离自然环境生存，更不可能在没有非人类生物的自然状态存在。非人类的生物及其进化的价值，是不以人类的意志为转移的。生态伦理学从生态道德关系的角度承担协调人与自然关系的任务。生态伦理学提倡对自然环境、生态系统，对动植物物种的关注，把价值、权力和利益的概念扩大到非人类自然界及其过程，不但要承认人的价值、权力和利益，而且也包括要承认自然的价值、权力和利益。在人与自然的生存层次上，承认自然与人类具有平等的关系，承认自然具有生存和发展的权利，同时承认当代人与未来人在共享基本生态资源方面的平等关系。

可见，新的价值哲学——环境伦理学逐渐扬弃传统哲学的二元论范式，牢固确立价值是主客体之间的互益性关系的观念，改变传统的主客体两极对垒的二元结构和价值无法兼顾的偏颇，把人、社会、自然视为一个整体。针对人与自然分离、对立，人高于自然的传统观念，首先强调人是自然界的产物，自然界是人类社会产生的前提，人以及人类社会与自然是不可分割的。

---

① 莱奥波尔德：《大地伦理学》，叶平译，载《自然信息》1990 年第 4 期。

一方面，人类的生命活动与地球生态系统的生命活动息息相关，自然界的持续发展是人类社会存在和发展的必要条件。另一方面，人类的活动以直接的或间接的方式影响着地球的生态系统，人类社会的发展构成了整个自然进化的一个组成部分。环境哲学不仅把自然、人、社会视为一个整体，而且把它们看作是一个辩证发展的整体，把同等的关注给予自然。确立价值是主客体互益性的观念，有助于人们充分考虑发展的连续性，实现代际之间的互益，自觉地把追求当代人的价值与兼顾下代人的价值结合起来。人是有责任的主体，对下代人或者说对未来负责，是人应尽的责任。自觉保护生态环境，进行适度消费，就是人作为责任主体表现出来的具体行动。要确保人类代际之间互益的价值观，就应该及时地变革人类的实践方式和生活方式。①

总之，全球生态恶化既是危机，也是契机和转机。只要我们高度重视生态价值，处理好人与自然、当代人与下代人、本地区和本民族与别的地区和别的民族等多种价值关系，理性地发展和利用科技的力量，就可能渡过这一次危机，开创充满绿色和生机盎然的生态文明的新时代。

第三节 生态文明的提出与环保责任的确立

一、新生态价值观的确立

当代愈演愈烈的生态危机已经成为影响到人类生存和发展的全球性问题。从根本上来说，生态环境问题实质上是人的问题，是人类的生存方式和实践方式问题。可以说，人类是生态危机的始作俑者。为此，我们必须清醒地反思并进而矫正传统的价值观，自觉地协调好人与自然的关系，保证人类社会的可持续发展和人类能够生存得更好。尽管非人类中心主义依然存在理论上的疏漏之处，但我们不得不承认，生态价值观及其相应的生态伦理学改变了人在自然中的地位，认为人对自然既有权利又有义务，这对于生态环境的保护而言无疑具有重要的意义。一方面，人有权利用自然满足人自身的生存需

---

① 参见方世南：《环境哲学视域内的生态价值与人类的价值取向》，载《自然辩证法研究》2002年第 8 期。

要，但这种权利必须以不改变自然界的基本秩序为限度；另一方面，人又有义务尊重自然的存在事实，保持自然规律的稳定性，人类的经济和社会发展必须维持在资源和环境的承受范围之内。新生态价值观实际上是强调人类对于自然的责任，即人类对大自然担负有环保使命，这种环保使命要求实现如下几个方面的平等目标：其一，实现代内公平，它意味着在分配环境利益方面今天活着的人之间的公平；其二，实现代际公平，它主张代际之间尤其是今天的人类与未来的人类之间的公平，以维系世代间利益的平衡；其三，实现种际公平，即人类与其他生物物种之间的公平。在这三方面的目的之中，更为关键的是后两者，它们是生态价值首要的也是最基本的目的。

新生态价值观的确立不仅仅改变了人类对于自然的认识，同时也直接促使了生态文明建设的提出。20世纪60年代，自从卡逊的《寂静的春天》发表以来，生态环境问题成为令人瞩目的重大问题，并为反思现代工业文明，寻找"另外的道路"开创了先河。1972年，联合国人类环境会议在斯德哥尔摩召开，这标志着世界各国从此走上了共同保护和改善生态环境的艰难而漫长的历程。1983年联合国成立了世界环境与发展委员会。1987年，该委员会在其长篇报告《我们共同的未来》中，正式提出了"可持续发展"这一概念，回应了卡逊的"另外的道路"。1992年，里约热内卢环境与发展大会通过了《里约环境与发展宣言》（又名《地球宪章》）和《21世纪议程》这两个纲领性文件，"可持续发展"理念被各国广为接受。2002年8月，约翰内斯堡可持续发展世界首脑会议再次深化了人类对可持续发展的认识，确认经济发展、社会进步与环境保护是可持续发展的三大支柱。随着人们认识的深化和共识的增加，世界各国（特别是发达工业国家）都开始采取措施，克服现代工业文明所带来的生态危机，为走向新型的生态文明积极探索道路。2007年，胡锦涛在十七大报告中，提出了实现全面建设小康社会奋斗目标的新要求，其中一个重要方面就是"建设生态文明"，要基本形成节约能源资源和保护生态环境的产业结构、增长方式、消费模式。这是我们党首次把"生态文明"这一理念写进党的行动纲领，是对以往处理人与自然关系的思想和理论的总结和提升，必将在建设中国特色社会主义的过程中产生重大影响。

二、生态文明的四个维度

作为一种后工业文明，生态文明是人类社会一种崭新的文明形态，是人类迄今为止最高的文明形态。生态文明是"人类在改造自然以造福自身的过程中为实现人与自然之间的和谐所做的全部努力和所取得的全部成果，它表征着人与自然相互关系的进步状态。"① 生态文明建设是一场涉及生产方式、生活方式和价值观念的整体性事业。因此，生态文明包含着四个维度：即生态意识文明、生态行为文明、生态产业文明和生态制度文明。

在思想观念上，生态文明要求牢固地树立尊重生命，顺应自然，保护自然的生态文明观，即生态意识文明。生态文明观念的价值核心就是"和谐"——即实现人与自然之间关系的和谐。工业文明带来的严重生态危机使人类陷入了深深的困惑之中，在对自身进行深刻的反省之后，人们终于清醒地意识到：人与自然都是生态系统中不可或缺的重要组成部分，人与自然不存在统治与被统治、征服与被征服的关系，而是彼此依存、和谐共处、互相促进的关系。人类的发展应该是人与社会、人与环境、当代人与后代人的协调发展。人类的发展不仅要讲究代内公平，而且要讲究代际之间的公平，亦即不能以当代人的利益为中心，甚至为了当代人的利益而不惜牺牲后代人的利益。生态文明的理念认为：人类是自然生命系统的一部分，不能独立于复杂的生态网络之外。人类与自然界的其他生命形式相互依存，相互制约，不可分离。人类在尊重自身发展权利的同时，也要尊重自然界和其他生命的权利，实现人与自然的和谐相处，保证环境与发展的统一。

在行为方式上，生态文明要求以保护环境为原则，以适度消费为特征，自觉选择绿色的生活方式，即生态行为文明。生态文明的崛起既是一场涉及价值观念和生产方式的世界性革命，同时也涉及行为方式和生活方式。工业文明后的人类生活方式呈现出以下一些弊端：贪欲无限、消费无度、缺乏理性、远离自然、迷茫空虚。② 生态文明观认为，盲目地高消费并不利于人的身体健康，而且浪费资源，污染环境。生态文明理念下人类的价值观念应当发生转变，人需要敬畏自然，亲善自然，选择一种健康、适度消费的绿色生活方式。20 世纪 90 年代以来，反对浪费、保护环境、追求简朴、回归自然的绿色生活开始成为一种新的时尚。倡导生态文明，就是要使生态文明成为民众生活的价值准则，让保护环境成为广大民众的一种行为习惯，追求基本生活

---

① 俞可平：《科学发展观与生态文明》，载《马克思主义与现实》2005 年第 4 期。
② 参见樊小贤：《用生态文明引导生活方式的变革》，载《理论导刊》2005 年第 10 期。

需要的满足，让绿色生活方式成为社会普遍接受的一种生活方式。

在物质生产上，生态文明要求广泛运用现代科学技术，大力发展绿色产业，即生态产业文明。如果说以工业生产为核心的文明是工业文明，那么生态文明就是以生态产业或生态产业化为主要特征的文明形态。生态文明要求在生产方式上，转变高生产、高消费、高污染的工业化生产方式，以生态技术为基础实现社会物质生产的生态化，使生态产业在产业结构中居于主导地位，成为经济增长的主要源泉。目前科技进步对经济增长的贡献率已远远超过资本和劳动力的作用，必须从根本上摆脱快速经济发展所带来的大量资源的消耗和生态环境的破坏，实现经济与资源、环境的协调发展。世界各国的发展证明，在一个人均资源相对不足的国家，以资源的过量消耗和环境生态破坏为代价来推进工业化，不仅有限的资源难以支撑，而且工业化和经济发展也难以维持，最终必然会破坏生态环境，造成环境污染，影响人民生活水平的提高。我国的生态文明建设，必须大力发展信息产业，以信息化来带动工业化，发挥后发优势，实现生产力的跨越式发展。必须依靠科学技术，及时地调整产业结构，改变落后的生活方式和生产方式，逐步实现人口的零增长、资源消耗速率的零增长、生产生活废物排放的零增长，走一条依靠科技，合理控制人口增长，保护生态环境，使人口、经济、环境与资源相协调的可持续发展道路。

在制度建设上，生态文明建设要求加强生态法制建设，完善生态立法，严格生态司法，规范生态执法，即实现生态制度文明。生态制度是指以保护和建设生态环境为中心，调整人与生态环境关系的制度规范的总称。生态制度文明，是生态环境保护和建设水平、生态环境保护制度规范建设的成果，它体现了人与自然和谐相处、共同发展的关系，反映了生态环境保护的水平，也是生态环境保护事业健康发展的根本保障。[①] 为此，有必要健全和完善与生态文明建设标准相关的法制体系，重点突出强制性生态技术法制的地位和作用，为生态文明建设打造有力的法治保障。要把资源消耗、环境损害、生态效益纳入经济社会发展评价体系，建立体现生态文明要求的目标体系、考核办法、奖惩机制。建立国土空间开发保护制度，完善最严格的耕地保护制度、

---

① 参见姬振海：《生态文明论》，人民出版社 2007 年版，第 182 页。

水资源管理制度、环境保护制度。为此，我们应遵循环境伦理维护生态的长远利益，维护人与自然的和谐平衡，尊重生态环境价值和发展规律的要求，改变原有的立法指导思想，以新的生态价值观来指导现行环境立法。①

在生态文明建设的过程中，要加强生态文明宣传教育，增强全民节约意识、环保意识、生态意识，形成合理消费的社会风尚，营造爱护生态环境的良好风气。生态文明建设要求个体、企业、社会与政府共同树立起环境公益意识和环保使命的观念，承担起环保责任。个体应遵守已经确立的环境法规，在公共生活与私人生活中主动实践生态文明的各项规范，自觉养成绿色的生活方式；企业应强化自身的环保责任感，在生产过程中注重经济效益与环保效益的结合，确保做到生态产业化；社会上应加强并推行环境宣传与环保教育，形成"生态文明、利益相关、匹夫有责"的社会主流风气；政府则应确立环境保护在执政理念中的基础和核心地位，形成环境友好型的执政观、政绩观，以实际行动推动生态文明建设。

总之，生态文明的提出无疑是现代文明的一次重要转向，人与自然的关系问题再度引起人们的高度关注和深刻反思。环保使命实际上就是贯穿于生态文明过程中的环保责任，只有认识环保责任，确立环保使命，② 个体、企业社会与政府共同承担起环保责任，才能真正做到生态意识文明、生态行为文明、生态产业文明和生态制度文明。我们不得不承认，人类的智慧曾经并正在创造经济上的奇迹，但人类的无知与贪婪也留下了极为可怕的后患。今天，人类已渐渐从噩梦中觉醒：确立新的生态价值观，树立环境保护的意识，认清人类应当承担的环保责任，以实际行动促进环境保护，使人与自然得以和谐共处，乃是保护我们赖以生存的共同家园，过上幸福美好生活的唯一出路。

---

① 参见谢青松：《生态文明建设的道德支持与法律保障》，载《苏州科技学院学报》（人文社科版）2008 年第 6 期。

② 从某种意义上来说，环保责任与环保使命是一致的，但环保责任带有被动的意义，而环保使命则包含有更多的自主性。

第十章 套住科学技术这匹烈马
——科技哲学分析

美好的生活无论是对于一个社会还是对于个体而言，都是一个最基本的、正当的目标。人们相信，对于达到这一目标而言，科学技术可以发挥重大的推动作用。正是基于这样的共识，世界各国都或先或后地对科学技术给予了重视。虽然科学技术取得了令人惊叹的发展，但是，它所发挥的实际效用已经偏离了我们的预期，我们的家园遭到了严重的毁坏。为了过上美好的生活，我们必须审慎地对待科学技术，努力避免其失范状态。具体而言，我们要突破人类中心主义，反思理想主义的科学观和现实主义的科学观，对科学同时作出认识方面和价值方面的评价，注重科学技术的人文价值定位，并发展绿色科技。

第一节 现代科学技术是一把双刃剑

一、科学技术带来的进步

科学技术是第一生产力，是强大的物质力量。在科学技术发展水平较为低下的人类社会早期，人们受到了落后生产力的桎梏，只能屈服于自然的淫威。对各种自然灾害无能为力，经常遭受物质匮乏的痛苦。火的出现、新石器的出现、铁器的出现，极大地增强了人类改造自然的能力，为人类的生活提供了无数的便利。科学技术在一定程度上解放了人，使人真正成为自然的主人，能够创造出空前强大的物质文明，使社会产品得到极大的丰富。科学技术所发挥的作用是大家有目共睹的。

西方世界科学技术的发展主要是发生在近代早期文艺复兴和人文主义运动前后。在那个时代，出现了许多科学巨人。1543年，哥白尼《天体运行论》出版，标志着人类的思维能力进入到了实证科学的思维方式阶段。在哥白尼之后，又出现了布鲁诺、第谷、开普勒、伽利略、帕斯卡、牛顿、莱布尼茨等伟大科学家。培根、笛卡尔努力研究科学方法论，鼓吹科学技术，对科学技术促进社会发展的能力充满信心。近代科学对人们把目光投向以自然为代表的物质世界，使人摆脱经院哲学和封建神学的束缚，解放人的劳动、改善人的生活状况方面发挥了极其重大的作用。笛卡尔的二元论把主体和客体分离开来，使二者处于相互对立的地位，上帝的地位受到了质疑。科学技术已经取代了上帝在人们心灵之中的位置，成为新的主宰者。自然作为客体，彻底成为人类的改造对象，其主要使命就是为人类提供服务。科学技术逐步成为社会变革的主要力量，决定着人类精神和社会的状况。近代科学的发展或进步对于人类社会和人类自身的存在与发展所具有的肯定性价值是非常明显的。

二、科学技术对自然的反作用

科学技术为人的幸福奠定了某些物质基础，但这仅仅是事情的一个方面而已。只要有科学技术，它对自然的侵扰就必然会伴随而来。人类对自然的影响虽然自古有之。但是，古代的自然是强大的，而科学技术力量是非常有限的。自然有自动恢复的功能，其平衡不会被人类所打破。所以它对自然的侵扰并不为人所在意。科学技术在近代取得重大发展之后，它在人类心中获得了神圣的地位。与古代技术相比，现代技术具有新的特质。古代技术只是达到某种目的的工具，现代技术不只是达到某种目的的工具，而且变成了集体的实践事业。它驱动着我们无止境地投入技术的生产、发展、运用之中，以强制性的方式不断加速发展。

随着科学技术的进步，人类利用自然资源的能力和手段突飞猛进。科学技术对自然的渗透是前所未有的，地球上的整个生物圈正在受到过度的侵袭，地球越来越容易受到伤害。人类在创造了极大丰富的物质财富的同时，人类与自然的平衡已被彻底打破，现代科学技术对我们周围的自然界造成了难以恢复的创伤。从 20 世纪起，人类对地球所造成的破坏比过去 20 万年还要严重。人类号称自己具有高级的智能，它一手导致了自己无法控制的危机局面。科技发展、人口猛增、城市膨胀和大规模的经济开发导致土壤沙化、草场退化、森林锐减、河水断流、环境污染、生物多样性遭受威胁，生存其中的人类一步步迈向死亡之域。这是每天都发生在我们面前、威胁人类生存与延续的严峻事实，绝非耸人听闻。

以追求利润为唯一目的的大规模生产，无尽地消耗着自然资源，同时排放出大量危害人类的废弃物。任何国家的最大污染源，都是来自资本家和政府，而不是家庭垃圾或个人破坏行为（例如随手丢垃圾、砍树等）。资本家所经营的工厂，没有采取足够有效的环保措施，因而污染了空气、饮水和土地。为了追求经济效益，它们置大众的安危和社会整体的福利于不顾，干下了丧尽天良的事情。例如：1908 年，在日本熊本县水俣建立了日本氮肥工厂。该厂在生产过程中使用了汞催化剂。这种剧毒的汞催化剂转化为甲基汞等毒性更强的有机汞连同生产废液一起排入水俣湾。水俣湾中的鱼，通过生物链在体内聚集了有机汞。食用水俣湾鱼的沿岸居民手脚痉挛，步履维艰以至死亡。水俣地区的这种怪病就称为水俣病。这就是日本近代工业发展史中的四大公害之一。

又如：从 18 世纪、19 世纪直至 20 世纪中叶，伦敦的工业生产迅速发展，不少工厂的技术设施非常落后，每天都有大量废气排放到空中，造成伦敦上空黑雾浓密，生存的环境极其恶劣。1952 年，伦敦最终发生了举世震惊的烟雾事件：仅 5 天内就有 4000 多人死亡。

人之伟大在于他能反思自己的问题，认识自己的不仁，从而致力于改过自新。人类社会和谐发展的希望寄托在生物生存的平衡状态。正如北美印第安人的哀歌："只有当最后一棵树被刨，最后一条河中毒，最后一条鱼被捕，你们才发现，钱财不能吃。"

1962 年，蕾切尔·卡逊（Rachel Carson）的《寂静的春天》（*Silent*

Spring）一书的出版；20 世纪 70 年代初，罗马俱乐部的研究报告《增长的极限》的发表，敲响了人类的全球生态危机的警钟。为了唤起公众的环保意识，联合国于 1972 年在瑞典斯德哥尔摩召开了首次人类环境会议，发表了《人类环境宣言》，呼吁各国政府和人民努力维护和改善人类环境，提高环保意识，造福子孙后代。又于 1988 年、1992 年、1997 年多次召开会议，提出并签署了诸如环境污染治理、保护臭氧层等多项决议。1982 年，我国把环境保护作为一项基本国策，代表着发展中国家开始重视环境保护。现代科学技术的负面效应引起人们的高度关注。

第二节　树立正确的科学技术观

持续不断的环境灾害时刻提醒着人们，科学技术是一匹野马，它对提高我们的生活水平起到了很大的推动作用，但人类也为生态环境的严重破坏付出了沉重代价。换言之，科学技术在为人类造福的同时，它也在作恶，甚至对人类的生存安全造成了威胁。在对于自然环境所受破坏程度的估量和伴随而来的我们的行动问题上，我们需要具有正确的认识。最近一百多年来，面对无处不在的科学技术及其渗透性影响，任何一个有责任感的思想家和学术流派都不得不思考与科学技术有关的问题。思想家们对科学技术的负面效应进行了猛烈的批判，如以法兰克福学派为代表的西方新马克思主义和以罗马俱乐部为代表的未来学流派。另外，属于现象学传统中的海德格尔、福柯等人也对科学技术进行了深入的批判。这是一股强大的思潮。

人类对环境的破坏非常严重，二者之间的矛盾非常突出，我们必须关注环保问题，反思自己对于自然的所作所为，探寻人与自然和谐相处之路。我们必须给科学技术这匹野马套上缰绳，使其创新与运用具有审慎性，只有这样，它才能在人与人、人与自然的关系中扮演适当的角色。具体来说，突破人类中心主义、反思理想主义的科学观和现实主义的科学观、对科学同时作出认识方面和价值方面的评价、注重科学技术的人文价值定位和发展绿色科技是套住科学技术这匹野马、根治其脱缰状态的重要举措。

一、突破人类中心主义

世界不会自动满足人的需要，人类面临太多的困难和不如意。这便需要人努力奋斗，克服一切困难，建构一个适合人类和自然生存的世界。这世界不论是叫"乌托邦"，叫"理想国"，或是叫"桃花源""人化世界""艺术世界"都可以，目的皆是要满足人诗意地栖居，满足人更高的精神物质需求，以安抚人类永不满足、永远追求人生意义的灵魂。海德格尔说：人要"诗意地栖居"。"诗意乃是一种尺度"，"诗意的尺度乃是人用以衡量自身的神性"，"神性是人衡量它居住、居于大地之上天空之下的尺度。只是因为人以此种方式运用它所居住的尺度，它才能与它的本性相当。"① 这些都告诉我们，人虽然生活在大地之上，但他却怀抱崇高的理想，渴望超越凡俗，直达天际。

科学技术的不适当发展导致了人的异化。科学技术不仅剥夺了大自然，而且也剥夺了人的自由，它成为新的统治力量和独裁力量，使人成为它的奴隶。科学技术对人类的控制已经使生命处于危险的状态，已经从根本上改变了人与自然的关系。科学技术能力的恐怖潜能在现代世界不断被显示出来。我们面临的形势是严峻的，我们正在以生命作赌注，把生命置于危机之中。我们必须深思人的本质，深思人在宇宙中的位置。

古希腊的普罗泰哥拉提出了"人是万物的尺度"这一命题。它集中体现了长期以来对社会进步具有重大影响力的人类中心主义思想。人类中心主义认为，我们比其他一切生物都强，我们能够认识和运用自然规律。我们的力量保证了我们对自然界享有统治地位。与人类中心主义相对抗的则是非人类中心主义。在这种二元对立框架的背后，涉及人的地位、人是被看作处于自然之中还是自然之外的问题。在许多人看来，人是自然的异类，人为是自然的反义词；而另一些人将人无条件地视为自然范围之内，从而使得自然这个词失去了本来的超越性和批判性的含义。

人类中心主义的来源，主要是没有把人与其他事物共处于一个生态圈之中。恩格斯对人类中心主义提出了质疑："……我们不要过分陶醉于我们人类对自然界的胜利。对于每一次这样的胜利，自然界都对我们进行报复。每一

---

① 海德格尔：《诗·语言·思》，彭富春译，文化艺术出版社1991年版，第192页。

次胜利，起初确实取得了我们预期的结果，但是往后和再往后却发生完全不同的、出乎预料的影响，常常把最初的结果又消除了。美索不达米亚、希腊、小亚细亚以及其他各地的居民，为了得到耕地，毁灭了森林，但是他们做梦也想不到，这些地方今天竟因此而成为不毛之地，因为他们使这些地方失去了森林，也就失去了水分的积聚中心和贮藏库。……因此我们每走一步都要记住：我们统治自然界，决不像征服者统治异族人那样，决不是像站在自然界之外的人似的，——相反地，我们连同我们的肉、血和头脑都是属于自然界和存在于自然之中的……"①

事实上，人是生态系统中的因子，是生态系统中的寄生生物，其行为有着各种生态后果。从能量分级来看，人处于异养生物的地位，必须要靠其他生物和组分为生。人类活动既会损害多样性，也会增加多样性。正因为人是寄生生物，人不能无法无天以至伤害作为其寄主的环境。人类在开发自然界以发展生产力时要考虑到可能的反作用。地球上的自然资源是有限的，人类在利用自然界为自己服务时如果急功近利将适得其反。

现代技术的增长引起了环境危机，环境危机的发生日益威胁着人类在地球上的生存。通过对自身行为的反思，我们不难看到，环境危机不仅是一个技术问题，更是人的价值观和人生态度问题。宇宙间的一切生命都各有其存在的价值，它们同人的生命一样，都应得到重视和保护。不仅人与人之间应该建立平等的伦理关系，人与自然之间也应该建立一种合理的伦理关系。人类只是自然界中的一种生命体，我们不仅对自己，对他人有义务，我们对所有生命的存在均有义务。我们必须承担起延续未来生命的责任。致力于科学技术的发展，并尽可能地将科学技术运用于自然界，是人类中心主义的最高形式。人类中心主义在历史上曾经发挥了积极的作用，但今天，我们必须突破人类中心主义，建立无中心的或非人类中心主义的观念。在采取行动的时候，我们必须考虑到未来的利益，保证我们的行为所导致的后果不会摧毁未来生命的可能性。只有这样，我们才能珍视生命的价值。

二、反思理想主义的科学观和现实主义的科学观

英国著名科学家、科学社会学英国学派奠基人之一贝尔纳（J. D. Bernal）

---

① 《马克思恩格斯选集》第 4 卷，人民出版社 1995 年版，第 383—384 页。

说，"存在着两种截然相反的观点，我们可以称之为理想主义的科学观和现实主义的科学观。在第一种观点看来，科学仅仅同发现真理、关照真理有关，它的功能在于建立一种中立的、同经验事实相吻合的世界图景……另一种观点则认为，功利是最主要的东西，真理似乎是有用的行动的手段，而且也只能根据这种有用的行动来加以检验。"① 理想主义的科学观认为，科学技术的主要目的就是求真，就是追求客观世界的本质和规律性，科学技术工作者的主要目的就是通过提出问题、研究问题来预见科学事实，发现科学事实，从而建立科学理论，以及不断发展科学中的数学理性、实验理性、逻辑理性和技术理性，推进人对世界的认识等等。爱因斯坦说，"一切科学陈述和科学定律都有一个共同的特征，它们是'真的或者假的'，对于科学家，只有'存在'，而没有什么价值"。② 理想主义科学观具有积极的价值：它强调了人类理性在科学认识中的巨大作用，强调了科学的认识功能及其所反映规律的价值的中立性。但是，理想主义科学观完全忽略了科学作为人类越来越重要的社会活动的特征与功能，它仅仅看到了科学技术的认识功能，却没有看到科学技术作为人类活动的重要方式，对人自身及其周围环境产生的重大影响。

现实主义科学观又被称之为功利主义科学观。在理想主义统治科学界的同时，另外一种思潮即现实主义和技术理性至上的思潮则在技术应用领域日益占据主导地位。现实主义科学观继承了近代哲学大师笛卡尔（1596—1650）提出的主客二分思想以及近代哲学倡导的人类征服自然的传统观点，把客体（自然界）仅仅看成是与主体（人类）对立的纯粹外物，看成是人从外部进行实验操作并使之"招供"的对象，而科学不过是人类把握自然以至征服自然的手段或工具。培根的"科学就是力量"这一名言表达的就是现实主义科学观。尽管这种观点确认了主体认识并改造客体的能力，并且使人类第一次把物质生产过程变成科学在生产中的应用，但是在它的影响下，人们仅仅强调科学造成的物质后果、经济后果，完全忽视它们本来应有的其他效应。由此导致技术理性成为科学理性结构中决定性的甚至似乎是唯一的要素。科学界占主导地位的科学观是理想主义的科学观，这产生了非常严重的负面效果。

我们必须反思现实主义科学观和理想主义科学观的片面性，反思它们对

---

① 贝尔纳：《科学的社会功能》，陈体芳译，商务印书馆1982年版，第37页。
② 阿尔伯特·爱因斯坦：《爱因斯坦文集》（第3卷），商务印书馆1977年版，第280页。

我们的误导。无论是现实主义科学观还是理想主义科学观都缺少终极价值的关怀。事实上，科学技术不是价值的最终根源。只有人才有资格成为价值的最终根源。只有人的最优发展，而不是科学技术的发展和生产的最大化才能成为我们一切活动的准则。人才是目的，其他任何事物都只是工具和手段。

三、对科学同时作出认识方面和价值方面的评价

从巴门尼德和柏拉图时代起，哲学家和科学家就一直试图证明科学是一个寻求真理的事业，即真理是科学的合理性目标。"科学史之父"萨顿（George Sarton）对科学、伦理和艺术的目标进行了比较，他认为，科学是追求真的，伦理是追求善的，艺术是追求美的。也就是说，伦理关注的中心主要是有关求善的价值判断，艺术关注的中心主要是有关求美的审美判断，而科学关注的中心主要是有关事实真假问题的判断。科学进步表现为原有的旧理论不断被融入内容更加丰富的新理论体系之中；新理论由于比旧理论提供了更加精确的说明和预言，从而日益朝着真理的方向前进。当代著名学者米勒（David Miller）也认为，科学的目标就是真理。科学既然是寻求真理的活动，那么科学的进步也就主要体现在向真理的接近上。

科学是人为了满足自身需要而运用自己的体力和智力认识对象世界的活动，满足需要是科学存在的根据和前提，运用体力与智力是科学实现的中介和手段，认识对象是科学的指向，就此而言，科学是一种系统性存在。我们对科学既要作出认识方面的评价（即对它的真理价值和一般认识价值的评价），还要作出价值方面的评价（即对它的创造性价值、社会价值等等的评价），将这两个维度统一起来。人类科学活动的任务和宗旨从来都不只是认识世界，科学活动是人类特殊的智力创造活动和特殊的社会活动，而且科学创造及其产物的社会应用既可能对人类产生肯定性后果，也会产生否定性的甚至是反人类的后果。因此，必须突破以往科学哲学关于科学评价的认识论界限，从实践论领域进入价值论领域，对科学活动及其产物进行全面的价值评价。

我们不仅要关注获得新的科学成果的认识程序、机制与规则，还要关注在设计、创造和运用科学成果的全过程中的价值预测与价值评价的程序、机制和原则。"对环境造成负面影响（没有影响）的产出，创新可能比没有创新

（产出）更加糟糕，因为不仅浪费了纳税人的钱，挤占了科技研究资源，而且通过对环境的负面影响而造成社会与经济发展的障碍。……科研成果对下一环节增殖或对社会有没有重大影响不完全取决于科研人员是不是勤奋工作，在很大程度上取决于这项科研工作究竟该不该做。"① "科技活动是在整个经济与社会的大系统中进行的，科技创新能力不仅体现在创造科学知识、发明新技术的能力，还应体现在利用科学技术解决当前所面临的社会发展问题和生态环境退化问题的能力上，也就是体现在适应和推动自然、经济与社会复杂系统协同演进的能力上，它包括潜在的、现实的和决定性的作用与影响力。"② 对科学技术价值评价的注重，已经超越了单纯认识论的领域。

从根本上说，科学技术应当朝着对人类的终极关怀的方向发展。科学的每一次进步，每一种新理论、新学科的产生、发展及其应用，都是不断向绝对真理逼近，都能够部分地解决自身遇到的理论问题和事实问题。但这还远远不够。我们应当使科学的认识价值、创造性价值、物质价值、经济价值、社会价值等彼此和谐不悖、共同发展，从而使科学能够给人类以最大限度的终极关怀。

可持续发展时代，人类的科学技术行为必须遵循人与自然协调发展的规律。作为有理性的物种，人类能够主动地发现社会自身以及社会与自然之间的不平衡，并主动地进行调整使科学技术行为与道德法则实现平衡。人类的现实利益与理性智慧、科学态度与道德精神必须相结合，这就要求我们在实现科技现代化的过程中，注意协调人与自然的关系，把考虑直接现实利益同人类的长远利益统一起来；既要考虑人的物质利益，又要重视人的精神文化需求；既要追求物质方面的进步，又要促进人的全面发展，使人与自然、人与社会达到和谐统一，实现科学技术行为与道德法则的统一。

四、注重科学技术的人文价值定位

从古希腊开始，西方人就具有重视理性的传统。西方人在近代理解理性的时候，出现了严重的偏差。事实上，理性可以分为两个方面，即工具理性

① 李国杰：《提高科研效率要看"产出"影响》，《光明日报》2004年2月6日。
② 中国科学院可持续发展研究组：《2002中国可持续发展战略报告》，科学出版社2002年版，第129页。

和价值理性。但大多数西方人只看到了工具理性，他们把工具理性发挥到了登峰造极的地步。工具理性的突出体现者就是现代科学技术。科学技术作为理性的化身，具有睥睨一切的优势地位，它的权力没有受到任何限制，科技万能的思想和片面增长的观念忽视了科技、经济、文化、自然生态的协调发展。我们不仅是现代技术的使用者，同时更是现代技术的奴隶。在近代少数科学家看来，科学是以谋求全人类的自由与解放为初衷的。这无疑是非常正确的。可惜，这个初衷已被当今的人们遗忘。工具理性强调"真"，强调"效用"，而价值理性则重视"善"，重视"目的"。在工具理性蓬勃发展时，涉及终极关怀的价值理性则萎缩了。

　　显然，人类对任何工具和手段的运用必然承载着相应的伦理价值。我们不仅要求真，还要求善。在运用科学技术时必须要考虑到伦理问题。考虑到科学技术所能导致的负面效果。臭氧层破坏、全球变暖和酸雨被称为全球的三大问题。它们都是由于人们长期以来盲目地运用科学技术为经济发展服务所导致的。我们既要考虑到经济发展对科学技术提出的要求，但我们同时也要考虑到环境对科学技术提出的要求。科学技术的发展是无限的，人的经济欲望是无限的，但环境的承载能力却是有限的。这二者之间的矛盾现在越来越突出，它们之间的冲突必须得到缓和。

　　人类运用科学技术的最终目的是为了追求人生的幸福。但如果我们运用得不够恰当的话，我们只会迎来灾难。回顾历史，我们会发现早在一百多年前，马克思已经提醒我们注意科学技术的人文价值。在《政治经济学批判大纲草稿（1857—1858）》中，马克思在论述了资本主义生产利用科学技术开发自然界将取得生产力的大发展之时，也揭示了资本把自然界作为其牟取利润的手段的实用主义态度："只有在资本主义制度下自然界才真正是人的对象，真正是有用物；它不再被认为是自为的力量；而对自然界的独立规律的理论认识本身不过表现为狡猾，其目的是使自然界（不管是作为消费品，还是作为生产资料）服从于人的需要。"① 马克思的理论论述已含有这样的思想：资本主义生产不仅是剥削工人，而且是剥夺自然界。在《资本论》中，马克思写道，"大工业和按工业方式经营的大农业共同发生作用。如果说它们原来的

---

① 《马克思恩格斯全集》第30卷，人民出版社1995年版，第390页。

区别在于，前者更多地滥用和破坏劳动力，即人类的自然力，而后者更直接地滥用和破坏土地的自然力，那么，在以后的发展进程中，二者会携手并进……"① 因此，"资本主义农业的任何进步，都不仅是掠夺劳动者的技巧的进步，而且是掠夺土地的技巧的进步，在一定时期内提高土地肥力的任何进步，同时也是破坏土地肥力持久源泉的进步"。② 马克思很早就注意到了人类对环境的破坏问题，这是难能可贵的。

爱因斯坦看到了科学与价值之间的矛盾，对工具理性的弊病有着清醒的认识，他不倦地教诲科学事业的后来者："我们时代为其在人的理智发展中所取得的进步而自豪。……当然，我们一定要注意，切不可把理智奉为我们的上帝；它固然有强有力的身躯，但却没有人性。……理智对于方法和工具具有敏锐的眼光，但对于目的和价值却是盲目的。""关心人的本身，应当始终成为一切技术上奋斗的主要目标；关心怎样组织人的劳动和产品分配这样一些尚未解决的重大问题，用以保证我们科学思想的成果会造福于人类，而不致成为祸害。"③

思想家马克思和科学巨匠爱因斯坦的忠告发人深省。今天，人类和环境之间的矛盾如此突出，我们必须要处理好科学技术的创新、运用与它的人文价值定位问题。所谓科学技术的人文价值定位，就是指：在现代科技迅猛发展的今天，积极面对现代科学发展中价值理性的缺失和人文精神的失落，严肃而正确地评价西方反科学主义思潮和技术批判理论，汲取其合理内核；认真研究科学知识创新中价值的发生、形成、实现、确认与评价的过程和机制；确立价值理性在科学理性结构中主导的和决定性的地位；同时，从人文主义精神出发，特别是从对人类的终极关怀出发，以高度的社会责任感对种种新兴的科学发现及其应用后果进行超前预测研究并加以合理而适度的社会控制，不仅在科学创新与应用活动的开始阶段、而且在活动的全过程中始终关注它的全部效应及其对于人类生存与发展的现实的与潜在的、直接的与间接的、近期的与长远的影响。

① 《马克思恩格斯全集》第 46 卷，人民出版社 2003 年版，第 919 页。
② 《马克思恩格斯全集》第 44 卷，人民出版社 2001 年版，第 579—580 页。
③ 阿尔伯特·爱因斯坦：《爱因斯坦文集》（第 3 卷），商务印书馆 1979 年版，第 349 页。

五、发展绿色科技

正如前面所说，由于我们不能正确地认识生态平衡的重要意义，在技术所带来的物质利益的诱惑下，盲目地听从了技术力量的呼唤，仅仅看重科学技术的认识价值和经济效益却忽视了它有可能带来的对人文价值和生态效益、社会效益的负面效应，忽略了科学技术的强制性运行状态对生命造成的威胁，把获得物质利益作为运用科学技术改造自然这一活动的主要目的，一味地应用科技武器向自然索取。

科学技术能否造福于人类，关键取决于掌握科学技术的人，取决于人类对科学技术的应用和合理控制。20世纪30年代，贝尔纳呼吁"在大自然的世界里，我们面临着如何替人——作为一个生理学单元，找到和创造最优环境的问题。这就牵涉到全部具体技术和其背后自然科学的全部内容，还牵涉到建立在比我们目前拥有的深刻得多的生物学知识基础上的生物学技术。"①

自20世纪五六十年代以来，兴起了要求保护地球生态平衡的绿色环保运动，如禁止剧毒农药、发展生态农业、严禁破坏森林、防治工业"三废"等。这一切，均预示着历史对科技绿色化的时代呼吁。"绿色科技"概念正是源于西方工业化国家的一系列绿色环保运动。

科学技术可以为我们的社会转变传统发展模式，走上人口、资源、环境协调发展良性循环的轨道作出贡献。为了缓解社会进步与生态发展之间的矛盾，创造一种全新的技术，实现科学技术绿色化是人类所能采取的积极对策之一。和一味追求高需求、高利润的传统科技相比，绿色科技是一个全新的概念，主要包括：加深对生态环境本质认识的各项科学和技术，为防治环境问题的出现及危害的各项科学和技术，以及为保护环境所采取的政治、经济、法律、行政及教育等各项专门知识和手段。它强调生态和技术的和谐发展，追求高效低耗和无污染，以可持续发展作为指导原则，并着眼于全人类的幸福，体现的是科学技术对人类的终极关怀。绿色科技追求的是经济发展与生态平衡的双重目标，可以说，它代表了未来技术发展的新方向。在绿色经济时代，我们要用绿色科技塑造传统产业，用绿色文化塑造传统市场，从根本

---

① 贝尔纳：《科学的社会功能》，阿体芳译，商务印书馆1982年版，第43页。

上改善生态与经济的关系。由于各国对环境污染的问题高度重视，高新技术日益广泛地被采用，一些新兴的生态科学技术将代替传统技术，这些生态科技在开发时就改变了传统技术掠夺自然资源的技术目标，而以人与自然协调为目的。这些技术组成了有益于环境和可持续发展的高新技术体系，这将有助于解决经济发展和环境污染这对矛盾。

我们只有一个家园——地球，保护环境，就是保护自己。科学技术的研究和运用不仅受自然规律的制约，而且受社会经济、民族传统、文化背景、社会制度、集团利益等因素的制约。环境保护是一项长期性的艰巨任务，它不可能只靠某一个人或一个组织得到完成，而必须靠全人类的觉醒。我们虽然相信环保成为全球人的普遍共识并因而采取统一举措的一天不可避免地要到来，却不相信这一天会迅速地到来。我们切不可犯急性病。对于处在现代化进程中的云南，我们有着一个重要的任务，即认识中国传统文化和少数民族文化对套住科学技术这匹野马，使其创新与运用体现出审慎性所具有的意义，防止西方现代化和沿海地区发展经济过程中产生的种种弊病，保障科学知识创新与社会应用活动的健康发展，防止科学自身在社会运行过程中的异化。处理好这个问题，对中国的现代化进程都具有非常重大的现实意义。

总之，科学技术既可以为人类造福，也可能给人类带来灾难，其负面效应与正面效应一样，都会对人类的生活造成巨大的影响。科学技术的发展使人类认识世界和改造世界的能力得到了增强，但与此同时，科学技术的发展促使科技理性过度膨胀，从而导致价值理性与人文理性的日益萎缩，导致我们的家园遭到了严重的毁坏。为了建设美丽的家园，过上美好的生活，我们应当给予科技理性以必要的"生态"补充，寻求"生态理性"的道德合法性，使"科技理性"与"生态理性"在人的发展中，在生态伦理道德教育中，以及在真、善、美的生态伦理实践中保持适度的张力，从而推动生态文明建设，最终使我们栖居于美丽的家园中。

第十一章 独具特色的少数民族生态文化

——民族学分析

俗话说，"一方水土养一方人"；反过来说，"一方人也适应、利用和养护一方水土"。博大精深、丰富多彩、源远流长、持续发展的中华民族文化中，很早就形成了"天人合一"这一人与自然和谐相处的核心文化理念；而作为中华民族重要组成部分的我国各民族，也早就在水土养人和人适应、利用和养护水土这一人与自然的复杂互动过程中，形成了各具地方与民族特色的生态智慧、生态知识和生态文化。对少数民族的生态文化进行深入地发掘与展现，是建设美丽家园、过上美好生活的重要内容之一。这里，我们以云南少数民族的生态文化为例进行阐述。

第一节 少数民族的生态文化

世所公认，中华文明是全世界所有文明中唯一一个持续发展数千年而从未中断过的文明，之所以能够如此，中华文明从肇始之初就形成的"天人合一"的生态文化理念和一整套人与自然相和谐的生态文化，当是一个非常重要的原因。我国各民族是中华民族多元一体格局的重要组成部分，在长期生存与发展的实践中，各民族通过与各自所处自然环境的互动与调适，创造形

成了丰富多彩、各具地方与民族特色的生态文化，不仅有力地保证了数千年的持续发展，而且极大地丰富了中华民族"天人合一"的文化理念，为中华文明的长期延续作出了独特的贡献。

一、藏族的生态文化

早在远古时期，藏族先民在适应高寒缺氧的严酷生存环境的过程中，形成了万物有灵的原始宗教——苯教，其中就包含有神山崇拜和人与自然和谐共处的朦胧意识。佛教传入后，佛教的行善、惜生、因果轮回等观念，与藏族的原始宗教信仰相结合，就形成了以神山崇拜为核心的生态文化。这种文化认为：动植物都是有生命的，狩猎、砍树是杀生行为，要进行严格的控制。动植物多了，家畜与人的疾病将大大减少。这是因为，如果疾病将要流行，山上的动植物首先是一道屏障，它们为人类和农作物挡住病菌和污浊的空气，因此，不能乱砍滥猎。砍了不该砍的树，打了不该打的鸟，就不得好报。相反，如果保护动植物，例如收一个捕猎用的扣子，就是救一条生命；收两个扣子，就是救两条生命，终有好报。在这种观念指导下，中甸和德钦两县约80%的山脉，便被赋予了神性而成为藏族人民家家户户、村村寨寨都崇拜的神山；每一座藏传佛教寺庙及其周围地区，亦被赋予了神性而成为必须保护的地方。神山上的一草一木、一鸟一兽，均不能砍伐和猎取；以寺庙为中心，方圆10多公里只要能听见寺庙钟鼓声的地方，也不能砍一棵树，打一只鸟，否则便会受到神灵的惩罚。据东竹林寺管委会主任设孜活佛说，20世纪60年代以前，东竹林寺周围几十里，古树参天、百鸟争鸣。3月份上山放牛，一棵树的浓阴可以遮二三十头牛。小河以上的山坡长满了香柏树，粗大的要三四个人才能围过来。此外，每年正月初一至十五，所有的藏族人都要种树，因为老人们告诉晚辈说，种一棵树，可以延长五年寿命；反之，损一棵树，就要折寿五年。生孩子时请喇嘛取名，人生病时请喇嘛祛病，喇嘛都会叫你去种树，并且规定你必须种多少棵树。藏族甚至也很少有人愿意当木匠，因为藏人们相信万物有灵且灵魂会相互转化，人会变成树、树会变成人，当木匠注定要砍很多树，但砍倒的这些树中就难免有人变成的树，因此木匠死后就会有人用锯子来锯他的脖子，等等。正因为藏族人民具有以神山崇拜为核心的包括寺院周围地区的生态保护意识和生态保护行为，才使中甸和德钦的大面积森林植被，幸免于新中国成立后由于经济建设和林权变动引发的几次毁林高潮而得以保存下来，也才使迪庆州至今仍然是生物多样性的富集地和云南省生态环境保护得最好的地区之一。

二、纳西族的生态文化

纳西族的生态保护文化主要由人与自然是同父异母兄弟的生态文化观，以村社为载体的护林管林制度和保护环境的乡规民约，以及人人遵守的生态道德等三个方面的内容所构成。

纳西族先民在长期的生产生活实践中，经过总结人与自然关系的正反两方面的经验教训，从自然崇拜意识中概括出一个代表整个自然界的超自然神灵——"署"，并形成了大规模的"署谷"仪式。"署"是草木鸟兽、山林川泽、风雨雷电，即整个大自然的总称；"谷"意为力之正反双向运动，略同于汉语的曲、往来、交会等意思。纳西族神话说：洪荒时代，自然（即"署"）与人类是同父异母的亲兄弟，人即自然，自然即人，他们彼此不分，同枕共食。两兄弟长大成人后，分家析产时发生争执，反目为仇。人有猎具，肆无忌惮地捕杀兽类；人还有铁制农具与火，疯狂地毁林开荒。大自然却不慌不忙，后发制人。暴雨骤降，电闪雷鸣，山洪狂泻，吞没田舍，野兽奔腾，追捕人畜。人类在大自然的报复面前是如此之弱小，他们不得不求助于天神帮忙。在天神的帮助下，人与自然（"署"）坐到谈判桌前，签订了条约。条约大意是：

人类应遵守：勿射玉龙山的鹿，勿捕金沙江的鱼，勿猎林中熊，勿毁高山树，勿污江河水……

自然（"署"）应遵守：不让狂风卷冰雹，不让山崩洪流起，不让天响炸雷地震荡，不让人畜遭病难生存。

条约还规定：

"署"神适量地让人们狩猎、放牧、开荒及采伐树木；而人与自然要想永远保持互利互惠、和谐共处的良好关系，就必须定期举行"谷"这种祭祀仪式来与自然相互对话和交流。

自然不会说话，但人可以通过自我检讨、自我约束并承担义务来实现与自然的和谐共处。"署谷"仪式有的地方每年2月举行，有的地方每年2月和

8 月各举行一次，每次都由东巴主持，全民参与，历时 3 天，人要沐浴斋戒，整个村寨场地要除秽，仪式用东巴经书 120 种，法物数百种。经书内容主要有三：一是人与自然同源异流及其矛盾、和解的形象描绘。二是在人与自然相互关系中人应承担的义务，诸如不得在水源之地杀牲，以免让污血秽水污染水源；不得随意丢弃死禽死畜于野外；不得随意挖土取石；不能在生活用水区洗涤污物；不得在水源旁大小便；不得滥搞毁林开荒。特别是立夏一过，不得在山上砍树，整个夏季不得砍一棵树，等等。三是讲述人类侵犯掠夺自然，遭受报复损失而醒悟赔偿的故事。

除了"署谷"仪式外，在丽江县塔城乡，还有另外一种反映纳西族生态文化的祭祀仪式，名叫"字若寸若"，意为砍一棵树还一棵树。神山上的树不能砍，但不懂事的小孩随手砍了，痛病便会随之而来，于是便要请大东巴帮忙举行"字若寸若"仪式。届时，要把小孩带到神山上，供上酒、茶等祭品，烧香磕头，东巴念经祷告，然后由家人帮助小孩在砍树的地方种上一棵树，浇上水，才能保佑小孩身体康复。

在用超自然神灵的不可冒犯性威慑民众，用宗教信仰统一民众认识的基础上，丽江纳西族各村寨都制定了保护生态环境的乡规民约和护林管理制度；并且通过村民大会公推德高望重的老人组成老民会，督促乡规民约和护林管林制度的实施。每个村寨都有自己的护林员和巡山员，其权威比乡、保长还大，其生活费用由全村农户分担，是普通农户的三倍。各村寨每年都统一安排一天组织村民集体到林中修枝打杈做烧柴，各户能砍多少量的枝杈有统一规定，砍好后要先堆放在一处，经护林员过目验收没有过量砍伐后，方可背回家。由于护林员的威望足以慑服民众，一般人绝不敢以身试法，乱砍山林。

超自然神灵的威慑、宗教信条的规范和乡规民约管理制度的约束等外部禁律，久而久之便自然内化为纳西人心目中根深蒂固的环境保护意识和生态道德。少年儿童自小就由上辈人谆谆告诫，不能做任何污染破坏生态环境的事，长大以后即使再有权势，也都能谨守这一传统道德，从而为丽江赢得了山清水秀的良好生态环境，直到 20 世纪 50 年代初，丽江还保持了达 53.7%的森林覆盖率。

然而，自 20 世纪 50 年代以来，由于国家建设对木材的需要，丽江也未能幸免对森林的大规模采伐；特别是在市场经济的利益驱动下，纳西族群众的生态保护意识已日趋淡薄，传统的人与自然和谐共处的生态文化正处于危机之中，亟须纳入规划进行保护与开发。

三、白族的生态文化

白族人民开发利用森林资源已有久远的历史，同时也养成了植树护林、保护环境的优良传统，形成了自己的生态文化，主要内容如下：

一是定期植树，封山禁伐。相传古代白族人民每年都有植树的节日，如插柳节、缀彩节、祭山节等；进入农历七月，各地便相继封山，禁止任何人进山采伐、放牧。

二是本主崇拜和佛道教信仰中所包含的生态保护意识。对于生态环境保护，白族人民普遍认为人手不如神手、人管不如神管。因而凡是在有神"居住"的地方，诸如鸡足山、巍宝山等佛、道教名山和遍布白族村寨的众多本主庙，以及有龙"居住"的众多的龙潭水系，便成了白族地区大大小小的"自然保护区"，至今仍保有葱郁的树木和清澈的流水。在白族庞大的本主神灵体系中，就有许多"龙"神，而且，在同一水源和水系中的本主，往往被人们赋予了父子、兄妹、亲戚等血缘和亲缘关系，他们共同保佑着这条水系长年不断和畅通无阻。

三是用传统的村规民约和习惯法来约束村民，加强森林和水源管护，违者将被处以重罚。例如，剑川县把森林分为公山林和家族林两种，各派有护林员常年居住在林区管护，护林员的生活由全村每家付米麦 1 升予以供给。为了切实保护好公山特别是老君山，于清乾隆四十八年（1783 年）在金华山麓立下保护公山碑记一块。碑记指出，"剑西老君山为全滇山祖……安容任意侵踏。如敢私占公山及任意砍伐、过界侵踏等弊，许看山人等扭禀（即扭送官府）"。接着还规定了一系列禁令，如禁止在岩场出水源头处砍伐活树；禁放火烧山；禁砍伐童松；禁挖树根；禁各村边界侵踏；禁贩卖木料等。在今剑川县沙溪乡石龙村本主庙中，有一块清道光年间所立的乡规碑，上面详细规定了对违规者的处罚：凡山场自古所护树处及水源不得乱砍，有不遵者，一棵罚钱一千；凡童松宜禁砍伐，粪潭、田中不得捡粪，不遵者，拿获罚银五钱，等等。在洱源县牛街中学院内，也有一块清光绪年间立的护林碑，碑文规定不能砍伐松柴，剪获松枝，违者，马驮松柴，每驮罚银五两；肩挑背负，

每棵罚银四两；刀砍松枝，每人罚银二两等。在鹤庆县，民国十七年由县长亲自颁布六禁，并勒石成碑，立于县城。这六禁是：禁宰耕牛；禁烹家犬；禁卖鳅鳝；禁毒鱼虾；禁打春鸟；禁采树尖。

正因为有这套生态文化的保护，才使 20 世纪 50 年代初大理州的森林覆盖率仍高达 64.8%。以后，在国家工业化、现代化建设的推动下，大理州的森林和水源也受到了很大破坏，传统生态文化的影响在白族人民的心目中日趋淡薄。

四、彝族的生态文化

小凉山彝族传统的游牧游耕生产生活方式对生态环境的破坏较大，但分布在云南省其他地州的彝族，有的也形成了保护生态环境的传统生态文化。2000 年 2 月，我们来到位于大理市市郊乡的吊草村调查，发现这里虽位于楚雄—大理、大理—巍山两条大公路之间，但村寨周围和山前山后全都种满了树，显得郁郁葱葱，生机勃勃。村党支部书记瞿金标告诉我们说，吊草村共有 1465 人，其中大多数是彝族。全村人均有林达 10 亩以上，早就形成了"山上种两松（云南松、华山松），山腰种果木，山脚种粮草，户户养猪鸡"的经济发展格局。为什么这个村子的彝族会有如此清晰的造林护林意识呢？调查后发现，早在历史上，这个村的彝族就形成了保护生态的优良传统。吊草村彝族是从大麦地村搬来的，迁徙的路上全是茫茫的林海，领头的人为使跟随的人不至于迷路掉队，便在沿途的树枝上拴上一根根醒目的稻草，于是跟随的人群就在这些吊在树上的稻草的指引下，来到了现在这块地方定居下来，并将村子命名为吊草村。从村名就可看出，这是一块森林茂密、生态环境良好的地方。定居下来之后，村民们逐渐意识到，这些树木是全村的财富，必须严加保护才不致被毁，遂于清咸丰元年（1851 年）经全村公议勒石立下了《永远护山碑记》，碑记全文如下：

> 尝思国以民为本，民以食为天。食也者，出于地而成于人也。吾先代自梅地迁此，名吊草村，又名尖隆村，居依山林，则所得者林木也。上而国家钱粮出其中，下而民生衣食出其中，且为军需炭户，则军需炭，亦出其中，所关诚大也，讵得不为之轻心哉。今有远近之人不时盗砍，若不严守保护，恐砍伐一空，不惟国课民生无所。故垂之贞珉以图永久。

是为记。

立此碑 50 多年后，清光绪三十年（1904 年），全村又公议立下了《尖隆村初草砍树牧养水利序》碑。碑序全文如下：

　　盖自天生水来，原以养人。水也者，源之远者流自长，必有得天时之善者也。不然岁序之推迁靡定，天时之失运无期，或遇天乾有几年，遇雨水有几岁，则水之不平，迹人事之不明。特恐因水以起其事也。迄今自于光绪丙午年，尖隆村绅耆老幼人等，好意大存，公同妥议，言振起以水利，非但有益于一家，而在益于一邑，免前后以口舌相争，永断祸害之根也。是故水利议定：每年到栽插之天，尊举三人挖巡，工价送定叁仟。自栽插一开，守水三人昼夜招呼。须上潢下流自首以至于尾。勿得私意自蔽，不可纵欲偷安，要存大公无私之间。倘有护蔽，不论何人，见者报明，齐公加倍重罚。自一夯栽毕后，添苗水者，须从目前乾伤反转还至，守到十五日满为挖息焉。自议水利后，各人听其自然。水利不准私家大小男女来偷挖，各顾自己也。水利一严，人人各宜凛遵，莫到临时异言，倘有不遵纪者，守水三人拿获，速还村报明村中头人绅老，齐公重罚银两，究治不贷。勿谓言之不先也。兼有论居深山者，以树木为重，以牧养为专自，树林一律不准以连根砍抬还家。牧养马诸物，自收获准放十日。其余诸物之类，通年永不准滥放。自议数项之后，各人谨守牧养，如有不遵者，一再齐公重罚，勿得抗教乡规也。近因世道浇漓，人心险阻，恐口无凭，遵请先生采择，故垂碑勒石，永为万古不朽云云，是为序。

然而，20 世纪 50 年代以来，由于国家经济建设的需要和以粮为纲生产指导方针的影响，吊草村的生态环境也受到了很大破坏。80 年代以后，在国家政策的倡导下，吊草村群众又恢复了植树造林、保护生态的传统。他们把上述两块碑石供奉到村子的土主庙中，使其披上了"神"的外衣变成了"神灵"的意志。村党支部则年年组织村民植树造林，经过近 20 年的努力，使吊草村又恢复了前述四处绿阴、生机勃勃的景象。良好的生态环境也开始给吊草村群众带来了相应的经济收益。目前，吊草村已成为大理市民外出休闲踏青所选择的地点之一。

五、傈僳族的生态文化

在 20 世纪 50 年代以前，怒江州的森林覆盖率达 60% 左右，江边以上 400 米范围内很少有人居住，除一些台地已被辟为水田外，全为参天大树和芦苇、竹子所覆盖，在山上根本看不到江水。当时之所以能够保持这样良好的生态环境，主要有两个原因：一是人口稀少对资源需求量不大；二是傈僳族传统有一套以鬼神崇拜观念为核心的原始生态文化在发挥作用。傈僳族的传统信仰是万物有灵的原始宗教，在这套信仰体系中，山有山神，树有树鬼，山岩有岩子鬼。凡是山神、树鬼、岩子鬼所在的地方，里面的森林、野兽都是不能乱砍乱打的。即便是确实需要砍一棵树去盖房子，也要先行祭祀才能砍，砍了以后要留下树桩，并在树桩上压一块石头，以使将来树鬼生气了不要来惩罚砍树的人，而去惩罚那块石头。正因为有这套对各种鬼怪与神灵的信仰和崇拜体系，才使许多地方的森林树木得以保存下来。然而，20 世纪 50 年代以后，一方面由于医疗卫生条件的改善而使人口急剧增多，对资源的需求量大大增加；另一方面破除迷信的无神论宣传打碎了傈僳族传统的鬼神崇拜，当地村民至今还记得，正是"天上没有玉皇，地上没有龙王"的口号，鼓舞着他们向鬼岩上的树木举起了砍刀，很快就将其砍伐殆尽了。由于上述两方面的原因，才导致今天怒江州出现了严重的生态危机。

六、普米族的生态文化

普米族堪称是"森林的朋友"，凡是有普米族居住的地方，周围必定有大片保护完好的森林。究其原因，一是他们喜欢选择森林环抱的地方定居；二是他们有一套保护森林的文化。两方面的原因结合起来，就使每一个普米族村寨都是一个人与自然互为朋友、和谐共处的乐园。

兰坪县通甸乡的锣锅箐村坐落在一个海拔 3000 多米的高山草甸上。背靠葱郁的山林，面对开阔的草甸，左右两边亦为森林所环抱，现已被列为省级风景区。该村村长和国臣说：普米族保护自然生态环境的办法，主要是神山神树和动物神灵崇拜。在锣锅箐村，全村有一座保护全村人的神山。每逢正月初一，全村家家户户都要去祭拜，去时每家人带 3 炷香、1 瓶酒、1 团茶和一点豆腐，到神山上烧香磕头，唱普米族祭龙调，祈求山神保佑全村五谷丰登、六畜兴旺，山长青、水长流。神山上的树不能砍，否则手脚、身子都会生疮。除了全村共有的神山外，每户人甚至每个人又有自己的神树。普米族有一个独特的习俗，就是孩子出生后，都要将其拜寄给一棵粗壮的大结树或某种强悍、灵敏的动物，以求得人与动植物的相互保佑并希望人像动植物一样生机勃勃、强壮敏捷。例如，拜寄给松树的人，就取乳名叫"信新祖"，寄寓孩子长大后像松柏一样长青；拜寄给栗树的人，就取乳名叫"夸信祖"，拜寄给野猪的取名叫"查利珠"，拜寄给老熊的取名叫"温珠"，拜寄给山鹿的取名叫"字字珠"，拜寄给麂子的取名叫"施珠"等。人拜寄给树木，要由家长给孩子换上干净衣服，将其抱到选定的大树下，在树边洒上一点酒，让孩子向大树磕头。拜寄仪式结束后，要在树周围编上栅栏，从此这个孩子及其家人，就与这棵树形成了相互支撑、相互保佑的关系，村中任何人看见树旁边的栅栏，就没有人再动这棵树。与此相类似，人一旦拜寄给某种动物，他一生中就不能再猎取这种动物，因此，尽管历史上普米族就是从事狩猎的民族，但通过拜寄方式客观上就减少了对动物的猎取量。也正因为每户人、每个家庭、村寨以至整个民族，都有自己的神山，才使普米族聚居地区的森林得到了较好的保护，因为人们相信，如果对神山上的树施加过破坏，那么你非病即死。也因此，普米族居住的地方至今仍然保持着林中有人、人中有林，人与森林互为朋友的绝妙景观。

七、独龙族的生态文化

独龙族主要聚居在独龙江流域，江东为高黎贡山，江西是担当力卡山，高山峡谷相间，形成明显的垂直气候带谱和生物带谱。这里年平均气温16℃，无霜期达280多天，年降雨量2900—4000毫米，年均空气相对湿度达90%以上，平均日照不足4小时。长期以来，因山高谷深、交通不畅，使这里成为一个封闭的地理单元。在这块近2000平方公里的地区，生息繁衍着几千个独龙族兄弟，按人均占有资源的比率来看，独龙族居住的地区可以说没有生态环境退化的隐忧。然而，独龙族人民在长期的生产实践中，仍然创造形成了自己的生态保护文化，其主要内容有：

（一）人工植树恢复地力。独龙族长期依靠刀耕火种的生产方式维持生计。《永昌府文征》卷三十说："球夷……种植无农器，刀耕火种一如野人，所种惟荞麦、高粱、小米、玉米、稗子、芋头之类，间产旱谷。"1933年李生庄在《云南第一殖边区域内之人种调查》中提到，"曲子因无农器，故栽植法甚简陋，大抵平常栽植，不同锄耕，惟新树木茅草砍伐晒干，焚之成灰，散灰于此，厚约数寸，于是以竹锥地成孔，点种玉米。若种荞麦牧黍之类，则只播种于地，用竹帚扫匀，听其自生自实，名为刀耕火种，然无不成熟。今年种此地，明年种彼地，将住屋前后左右之土地轮流种完，则将住房弃而之他，另觅新地栽种，因土地既一度栽种，则地力已竭，势非休息十年或八年，俟草木再行畅茂后，可以砍伐燃烧成灰时，即不能再种也"。李生庄在这里所说的，只是土地地力自然恢复的办法，但他却忽视了或没有了解到独龙族还有另外一套即人工植树恢复地力的办法。

据调查，独龙族的生产方式中早就形成了农林混作的传统方法。新开辟的火山地，第一年砍树烧光后，灰烬多、肥效高，种植产量较高的玉米；第二年肥力减退，只能种苦荞，同时便间种水冬瓜树，形成混农林系统；第三年在水冬瓜树苗间再间种一年小米或稗子；第四年补种水冬瓜树苗后便不再种粮食，土地进入丢荒休闲期。五年以后，水冬瓜树高可达8米，直径可达15厘米，新一轮的刀耕火种又可以进行了。水冬瓜树对生态环境的保护和人们的生产生活具有很多优点：一是生长速度快，7—10年便可成材。二是水冬瓜树属于非豆科固氮植物，其根部瘤菌有较强的固氮作用，能改良土壤；加之水冬瓜树是落叶乔木，落叶量大，可以增强土地的肥力，即使是较为贫瘠的土地，也能在不长的时间变得肥沃。三是再生萌发力强，树枝可以作薪柴；树干可以做建房材料等。四是具有经济价值，可以做提炼烤胶的原料，还可参与治疗菌痢、腹泻、水肿、肺炎、漆疮等疾病。总之，水冬瓜树易于繁殖，易于管理、耐贫瘠、蓄水能力强。独龙族大量种植后，克服了刀耕火种的弊端，制止了水土流失，保护了独龙江一带的生态环境。

（二）适度狩猎。历史上，由于经济社会发展滞后，独龙族人体所需要的动物蛋白大都靠猎取野生动物来获得。独龙江峡谷两岸的担当力卡山和高黎贡山上，生长着野牛、野猪、岩羊、麂子、马鹿、老熊等种类繁多的野生动物；独龙族生产水平不高，对野生动物的需求比其他民族更多也更为急迫。充足的供给与急切的需求相合拍，本应该会造成独龙族对野生动物的滥捕滥猎。然而，独龙江水土养育的独龙族对此却有着超乎寻常的理智，或许他们在思想观念上并没有可持续利用的认识，但在其狩猎行为中却充分体现了"适度"和"可持续"的原则。在独龙族的狩猎活动中，野牛是主要狩猎对象。在担当力卡山和高黎贡山上，有多处含有盐分的卤水大盐场，野牛在每月中旬月亮圆时，便成群结队来饮卤水。凶猛的公牛在前面开路，小牛居中，母牛在后面保护，依次饮水，然后离开。弩弓手射牛，每人只许放一箭，不能射杀前面的牛，以免造成牛群惊恐，下次就不再来；更为了避免牛群骚乱而互相抵挤滚落悬崖，造成无谓的牺牲，故只能射杀最后面的牛，牛中毒箭后慢慢倒下，不会惊动前面的牛群。由于独龙族在狩猎中把握"适度"原则，注意防止大量伤害动物，就保持了人与自然的平衡，既保证了动物的生长繁衍，又为人类提供了丰富的动物蛋白。

八、拉祜族的生态文化

拉祜族的生态文化主要由其传统生态观、原始宗教信仰、社区资源管理机制和村规民约所构成。

"公母对称，阴阳和谐"，是拉祜族认识自然规律的基础，也是拉祜族对待大自然的一种态度。在拉祜族的宇宙观中，世界万物都是成双成对、密不可分的，天宇和大地是一对、男人和女人是一对，人类和自然万物是一双。在这种观念指导下，拉祜族先民历经千辛万苦，辗转东西南北，历史上不断从甘青高原南迁，为的就是寻找一块人与自然和谐相处的好地方。在拉祜族迁徙史诗《根古》中，描述了这样的地方是"马鹿角上缠灵草、蹄里夹黑土，大树大如囤箩样，九十九枝伸四方，蜜蜂酿蜜如雷响，鸟儿天天唱着歌，地上落叶三尺厚，水里鱼儿成群游"。定居滇南后，拉祜族对找寻到的好环境主动加以养护，民间流传着"养树就是养金养银""养树养森林就是养鼠养小雀养动物""没有森林就没有村寨可建，没有树成不了家"等谚语，都是养护行为的反映。

拉祜族的传统生态观还渗透在其原始宗教信仰中。在万物有灵的影响下，拉祜族认为世上万物皆有生命，而人和万物（包括土地）的生命，都是拉祜族至高无上的神——厄莎赐予的。树和草是厄莎的头发，土壤是厄莎的肉，水是厄莎的血液，大象、老虎、猴子是厄莎的宠物，岩羊是厄莎的坐骑……因此，人类对植物资源和动物资源的利用必须适度，不能乱砍滥伐。

在这种观念指导下，拉祜族村寨形成了自己的社区资源管理机制。其主要内容是由村寨头人"卡些"充当资源管理者，由他来监督村民执行保护自然资源的村规民约和传统习惯法。例如，在澜沧拉祜族自治县南段村，传统村规民约就规定：砍薪柴时不许砍小树，以利于小树长成大树；采摘野果时不砍果树大枝，必须由人爬上树去摘；不许砍神山、水源林和佛事圣地的树木；不可随意放火烧山……违者将受到处罚，如罚款、罚其打扫村寨卫生，严重的甚至赶出寨子。因此，尽管经过了1958年大炼钢铁的破坏，南段村至今还保留下了一大片森林茂密的神山。[①]

九、怒族的生态文化

历史上怒族地区盛行"万物有灵"的自然崇拜，认为自然界中的日月星辰、山川河流、怪石异树等一切现象和事物都有神灵，并影响、支配着人们的行为。人们一旦触犯了有神灵附着的自然物，就会受到惩罚，而对神灵的谦恭与敬奉则可消灾祈福。每一个怒族村寨周围，都有一座被认为是庇护木村祖先灵魂的神山，如福贡县匹河乡老姆登村后的"雀地"山，贡山县丙中洛乡茶腊村的"南木葱"山，以及重丁村的北面、西北面和西南面的三座神山等。村民禁忌在神山上砍树、采石、狩猎，外村人更在严禁之列。而村寨周围的奇树异木也往往被奉为神树而得到保护，如老姆登村的多棵秃杉树被认定为神树后，得以躲过了多次毁林高潮的劫难，至今仍然枝繁叶茂、苍翠挺拔，为村寨添了几分秀色。

怒族生态文化的另一个特点，是通过人工火烧杂草来更新牧场，防止森林火灾以保护生态。茶腊村怒族有每年放火烧山的传统方法。畜牧业在怒族的生产生活中占有一定比重，每年放火烧山是为了使林地中的草来年生长得更好。每年秋冬时节，森林中便堆积了枯草、落叶和大量残枝，形成了可燃物，若此时放火烧山，由于堆积的可燃物相对较少，过火快，火在一个局部燃烧的时间相对较短，火势较弱，它所起的破坏作用也较小，一般不会烧到树木，还可防止森林病虫害。反之，如果长时间不烧，林地中的枯枝落叶就会越堆越厚，形成大量的易燃物，极易由雷电或人为因素引发森林火灾。由

---

① 参见苏翠微：《森林资源保护与社区传统文化》，许建初等主编：《中国西南生物资源管理的社会文化研究》，云南科技出版社2001年版，第53页。

于可燃物充沛、燃烧时间长、火势强，大小树木都将被烧毁。然而，自1998 年实施"天保工程"以来，地方政府严禁放火烧山，大量堆积的可燃物质终于在 2001 年 1 月引起了延续数日、难以控制的森林大火，最后采用人工降雨才将大火扑灭，但已造成了难以挽回的物质财产损失。由此可见，土著居民经长期实践积累的生态保护知识虽然看似粗陋，但却是因地制宜的有效方法。

十、基诺族的生态文化

基诺族的生态文化，主要集中反映在其森林保护和刀耕火种生计方式对生态环境的调适上。基诺族根据对自然条件的认识，将各村社所属的森林资源划分六种林区，每一种林区都有特定的用途。

寨神林。基诺话称之为"左米生巴"，位置一般在寨子背靠的大山，面积几百亩上千亩不等，视各寨地形及森林资源而定，因是村社祖先居住的地方，严禁砍伐。为求祖先保佑村社人畜兴旺，四季平安，风调雨顺，五谷丰登，每年还要以猪牛作牺牲，定期祭祀。

坟林。基诺族各寨都有坟林，面积几十亩至百亩不等，为本寨公墓林，实行木棺土葬。坟林内禁忌很多，归纳有九不准，即：不准伐木做材，不准修枝砍柴，不准开荒种地，不准狩猎打鸟，不准积肥铲草，不准拾菌摘果，不准大小便，不准唱歌吼叫，不准谈情说爱。均自觉遵守，没有人敢犯禁。

村寨防风防火林，守护神名"司巴"。村寨周围的森林，既是村寨的防火防风林，也是私人的茶园、柴胶园、建材林及薪炭林，谁家种植归谁家所有，世代相传。林地自己管理，每年刈草一次；茶叶每年自采三次；林中成材的树养起来，留着盖房子，不成材的杂木砍作柴烧。

山箐水源林，守护神名"勒司"。基诺族认为，凡山箐两边森林 100 米至200 米内为山区和坝区共同的水源林，要严加保护，因此，1958 年以前均系原始森林。

山梁防火林。基诺族主要从事刀耕火种农业，一般冬季砍树，春季 2 月烧地，正值风高物燥，为了防止烧地之火越界，距山梁 100—200 米以内的森林不能砍，必须留作防火林带。而且还要在地头 10—20 米内，清除已砍倒、晒干的树木、树枝，甚至连草地铲光，做好拦火道才能烧地。

　　轮歇耕作林。这才是基诺族从事刀耕火种的林地。在这类林地中，基诺族又根据对自然条件的科学认识，将其依海拔高低、土壤肥瘠、坡度大小等指标划分为三种类型，一类地叫"折岗"，二类地叫"折交"，三类地叫"迭它"。一类地多为海拔较低、气候炎热、坡度平缓、团粒土壤结构，土层深厚，保水力强的肥沃林地；三类地是分布海拔较高的土地，一般气候较冷、坡度较大、土壤瘠薄；二类地海拔、气候、坡度、土壤大致介于一、三类地之间。根据对土地类型的科学划分，基诺族在条件较好的一类地中实行长期轮作制，一般可持续耕种五六年然后休闲；在条件稍次的二类地中实行短期轮作制，一般连续耕种两三年然后休闲；在条件较差的三类地中严格实行砍种一年便休闲的无轮作刀耕火种。这样，既使各类林地都能地尽其力，又保证了各类林地中的植被都能尽快恢复以维持生态平衡，所以尽管基诺族的刀耕火种已历时数百年之久，但直至 20 世纪 50 年代基诺山的森林覆盖率仍高达 65%。[①] 此外，基诺族还有五种树不砍的规矩。

　　　　一是大青树不砍。大青树可以寄生紫胶，收获可卖钱，并有守护神"牛泽阿梅"守护，据说谁砍了会使其脚跛、手疼、发肿，需杀鸡祭保护神才会好。砍懒火地不砍大青树，因此寨旁、箐边、茶叶地中大青树最多。

　　　　二是野果树不砍。野果子可供人充饥，允许摇树、采摘，但不许修枝或砍伐，砍伐野果子树，如杀鸡取卵，不道德，传说谁犯禁，将断子绝孙或生病死亡。

　　　　三是路边树不砍。路边树为行人遮阴，为疲倦者纳凉，砍路边树缺德，要罚款。

　　　　四是棕树不砍。可作棕衣、棕垫褥、棕垫牛鞍子，并有守护神。

　　　　五是雷打树不砍。雷打树不吉利，谁砍了将有雷劈之灾。

　　按基诺族风俗，凡村社 13—14 岁男性，必须参加村社青年组织，为村社服务，锻炼办事本领，服务满五年，达 18—19 岁始退出。各村青年组织，小寨十多人，大寨二三十人，从中推选年龄稍大、能说会讲、办事公道、敢于

　　① 尹绍亭：《基诺族刀耕火种的民族生态学研究》，杜玉亭主编：《传统与发展》，中国社会科学出版社 1990 年版，第 166 页。

领导者为头，领导青年定期巡视本村山林地界，发现谁犯禁忌，则视情节轻重加以处罚，或罚酒 10—20 碗，或罚半开 1—5 元。如若不服青年组织裁决，报到村社长老头人处，则加倍处罚。[①]

十一、景颇族的生态文化

在景颇族的超自然信仰观念中，认为力量最大的鬼魂是天鬼、地鬼、太阳鬼、山林鬼和水鬼。这些鬼不仅对个人会有所危害，而且对整个村寨的五谷丰登、人畜平安都有巨大的支配作用，人们对这些鬼魂尤其不敢怠慢。在20 世纪 50 年代前，山官所在村寨或山官辖区的主要村寨要道附近都有一片树林，其中建有一个祭坛，用于供奉上述鬼魂和对本村本地作出过特殊贡献的氏族和家族首领的灵魂，这片树林由此而成为一片神圣的祭林。除祭祀时间外，任何人不能随意出入祭林；不能在林子里放牧、砍树，捡枯枝也被禁止；不能在祭林附近大小便；路过这里不能大声喧哗；骑马路过祭林要下马步行。因此，这片祭林便成为古木参天，藤蔓、荆棘密布，人要进去都很困难的传统"自然保护区"。与祭林相类似的还有一片非正常死亡者的坟山。在景颇族的观念中，非正常死亡者不能抬回村寨，尸体必须在外火化，其灵魂只能送到偏僻的山凹中去做孤魂野鬼。因此，每一个景颇族村寨都有专门焚烧、埋葬非正常死亡者的洼子，村民们因为害怕，都不敢去砍柴放牧，使其保留着茂密的森林，成为又一块村寨自然保护区。

此外，在长期的生产生活实践中，景颇族还总结了一些可持续利用植物资源的知识和方法。例如，砍薪柴时，一般不能连根砍倒，而必须留下砍树人膝盖高的树桩，这样，有些树木来年便会重新发出枝叶。椿树是景颇人制作家具和棺材的重要材料，枇杷是景颇族的重要辅粮，因此景颇族对这两种树都备加爱护，很少砍伐。草顶竹楼是景颇族的传统建筑，为了确保建筑材料可持续供给，景颇族村寨还专门划出一片竹山和森林作为建房基地加以保护。在竹山中，任何人不准进去砍竹笋，如果有人偷砍竹笋被抓住，要罚其出两罐酒、两只鸡招待全村家长吃饭；违反两次，就要拉走其饲养的猪、牛。

① 高立士：《西双版纳山区民族历史上的传统生态保护》，许建初等主编：《中国西南生物资源管理的社会文化研究》，云南科技出版社 2001 年版，第 234 页。

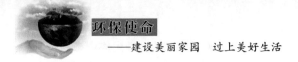

在建材林地中，只能砍建房木料而不能砍薪柴，违者也要受到处罚。①

十二、德昂族的生态文化

居住在潞西三台山的德昂族信仰南传上座部佛教中的"多刊"教派，该教派教规特严，严禁杀生，见杀不吃，闻声不吃。其戒律"五戒"中的首戒便是要求信徒"不杀生"。在这种宗教生态道德戒律的长期规范与引导下，形成了德昂族"人与鸟、虫、鱼、兽都是平等的生命体，不论伤害任何生灵都是一种罪过"这样一种生态文化观。南传上座部佛教都有佛化自然的传统。受其影响，三台山德昂族村寨的佛寺一般多建于村头寨门外林木苍翠、环境幽雅之处；佛寺周围常见栽培的具有宗教意义和实用价值的植物多达60多种，如佛祖"成道树"菩提树、榕树、缅桂、樟树、石樟、作为佛经载体的贝叶树、构树及赕佛用的水果、香料、花卉植物等，佛寺庭园成了名副其实的植物园。这种"佛教植物园"既为南传上座部佛教徒从事赕佛活动提供了必要的赕品，又美化了村寨及佛寺环境，并作为植物的种质基因库保存了很多珍贵的植物种类，可以说是当地佛教信众保护生态环境的一种宗教与道德实践。

德昂族群众在信仰南传上座部佛教的同时，还保留着对原始自然神的崇拜，例如对大青树（系榕属常绿乔木，德昂族称为"达恩肖"）的崇拜等。大青树是德昂族心目中的神树，是一种吉祥的象征。三台山乡的每个德昂族寨子里均有大小不等的几十棵大青树，有的树身粗得要数人合抱方能围拢，足见其存活年代的久远。德昂族认为，有了大青树和竹子，才会有村寨和人家，大青树勃发的枝叶象征着村寨的昌盛，它枝繁叶茂，蓬勃生长，就意味着子孙满堂，村寨兴旺。村寨不能没有大青树，人的生活也不能没有大青树。因此，每当新建一个寨子时，都要栽种一些大青树。种树时，要举行仪式，构筑高台并用竹栅围之，以确保植树成活。在德昂族的观念中，大青树是绝对不能砍伐的，即便是被风吹倒或是被雷击倒的大青树，也绝不能拿回家用，而要恭恭敬敬地送到佛寺去，否则便会带来灾难。为了表示对大青树的尊崇，每年春节，当地德昂族群众都会选择村寨中心或村口的一棵大青树来行祭礼。

---

① 参见金黎燕：《景颇族社会生活中的植物文化利用及植物保护行为的调查研究》，许建初等主编：《中国西南生物资源管理的社会文化研究》，云南科技出版社2001年版，第3页。

是日，全村男女老少均停止生产劳作，不出远门；各户要备上红糖、米糕等祭品放到神树前，由寨中长老祈祷。

此外，各德昂族村寨均有大片水源林及风景林，这些具有涵养水源、调节地方小气候、保护生物多样性等多重功能的公有林木更是严禁砍伐，违者将由村寨头人按乡规民约严加惩处。早在 1928 年，当地土司就曾刻石立碑，明令保护公有森林。铭文曰："照得森林重地，宜各爱惜宝祝，不得偷砍践踏，徒（纵）火焚烧尤忌，倘敢任意故违，拿获从严究治。"在上述生态文化的作用下，三台山上的森林覆盖率直至今天仍保持在 50% 左右，且山间林中能常常见到绿孔雀、麂子、穿山甲等珍稀野生动物。[1]

以上十二个民族的案例，不仅反映出云南少数民族文化的普遍特点，也揭示了世界各地土著居民和少数民族文化的一个普遍特点。联合国世界文化与发展委员会的报告指出：

"土著人口世世代代生活在自然之中，通过与大自然的亲密接触，他们积累了丰富详尽的关于自然环境与自然资源的知识。因为世代繁衍在这个复杂的生态系统中，他们摸透了这个生态系统的功能以及其中的动植物特性，也学会了利用、管理这个生态系统的办法。对于生态环境的关心，自始至终贯穿在他们为争取生存、文化身份、民主权利和自治而拼搏奋斗的历程之中。"[2]

第二节 生态文化的复兴与环境保护和可持续发展

如前所述，在科学技术和生产力不发达的情况下，各民族基本上是通过人与自然浑融一体的宇宙观、原始宗教信仰中的万物有灵观以及人为宗教信仰中的行善、惜生、因果轮回思想和神话传说、神山、神树、圣境、龙地、龙泉、祖先坟地等等的信仰和崇拜，适应特定自然环境的生产方式、生活方式以及村规民约、习惯法、社区管理等传统习俗和民间组织来保护生态环境，实现人与自然和谐发展的。然而，随着全球化、现代化浪潮的冲击，科学技

---

① 李韬、李蔬君：《德昂族的传统生态情结》，《今日民族》2001 年第 8 期。
② 联合国教科文组织、世界文化与发展委员会编：《文化多样性与人类全面发展——世界文化与发展委员会报告》，张玉国译，广东人民出版社 2006 年版，第 140 页。

术的推广和市场经济的发展，各民族传统生态文化不可避免地出现了时代性式微，其主要表现有：

第一，在宇宙观这一核心问题上，随着国家占主导地位的唯物主义世界观的不断普及，各民族传统人与自然混融一体的宇宙观、原始宗教信仰中的万物有灵观遭到了严重冲击，无神论思想、人与自然相对立和人类有能力改造自然、征服自然等观念和意识，借助国家主流意识形态的威力，在各民族心目中占据了主导地位，致使传统生态文化的核心产生了根本的动摇。

第二，在生产方式上，随着科学技术的推广，经济结构的调整和市场经济的利益驱动，各民族传统的适度多样化地利用资源以维持低水平的可持续发展的模式，正在为单一化大规模地开发资源以追求高水平的富裕生活的模式所取代。

第三，在生活方式上，随着外来文化的冲击，各民族为适应特定自然环境而形成的民居建筑、服饰文化、饮食文化等，也正在为外来单一的钢筋混凝土建筑、西装革履和流行方式所取代。

第四，在风俗习惯、社区管理和民间组织等方面，也不同程度地存在着日趋式微的情势。

面对这种情势，各民族生态文化的现代命运究竟如何？是逐渐衰亡，还是在新的条件下复兴？我们认为，消亡的前景是不可接受的，而复兴的前景则是光明的。这一判断的主要依据是：

第一，多样性是世界的本质。从自然界来讲，生态环境多样性和生物多样性的存在，有利于生命支持系统功能的保持及其结构的稳定；① 从人类社会来说，民族文化多样性确保了人文世界的丰富多彩和生机勃勃。联合国教科文组织指出："各种复杂系统从其多样性中汲取力量：一个物种从基因的多样性中汲取力量；生态系统从生物的多样性中汲取力量；人类社会从文化的多样性中汲取力量。"② 美国人类学家基辛说："文化的歧异多端是一项极其重要的人类资源。一旦去除了文化间的差异，出现了一个一致的世界文化——虽然若干政治整合的问题得以解决——就可能会剥夺了人类一切智慧与理想

① 林文棋：《从国家公园建设的角度看滇西北地区生物多样性保护》，吴良镛主编：《滇西北人居环境可持续发展规划研究》，云南大学出版社 2000 年版，第 540 页。

② 联合国教科文组织编：《世界文化报告——文化、创新与市场》，北京大学出版社 2000 年版。

的源泉，以及充满分歧与选择的各种可能性。演化性适应的重要秘诀之一就是多样性；这不仅是指个人与个人之间的多样性，也是指地域族群与地域族群之间的多样性。去除了人类的多样性，可能到最后会付出持续的意想不到的代价。"①

第二，伴随着中华民族及其文化的复兴，少数民族文化（其中当然也包括生态文化）也必将得到复兴。全球化、现代化进程是伴随着15世纪末的航海大发现，西方国家对亚非国家的殖民掠夺和资本原始积累的扩展而开始的。马克思指出："美洲金银产地的发现，土著居民的被剿灭、被奴役和被埋葬于矿井，对东印度开始进行的征服和掠夺，非洲变成商业性地猎获黑人的场所：这一切标志着资本主义生产时代的曙光。"② 随着资产阶级登上历史舞台，不断扩大产品销路的需要，驱使资产阶级奔走于全球各地，它必须到处落户、到处创业、到处建立联系。因此，"资产阶级，由于开拓了世界市场，使一切国家的生产和消费都成为世界性的了……过去那种地方的和民族的自给自足和闭关自守状态，被各民族的各方面的互相往来和各方面的互相依赖所代替了。物质的生产是如此，精神的生产也是如此。""资产阶级，由于一切生产工具的迅速改进，由于交通的极其便利，把一切民族甚至最野蛮的民族都卷到文明中来了……正像它使乡村从属于城市一样，它使未开化和半开化的国家从属于文明的国家，使农民的民族从属于资产阶级的民族，使东方从属于西方。"③ 正是在这样一个特定的世界历史进程中，以帝国主义侵略中国的鸦片战争为标志，中国也被卷入全球化的世界体系之中。然而，此时的西方国家已经进入工业化高速发展时期，而中国却仍然滞留在农业社会。因此，中国从被卷入全球化的世界体系之日起，就是一个弱势国家和边缘国家。为了振兴中华，在全球化世界体系中争得中华民族应有的地位，一百多年来，中国开始了急剧的社会转型和社会变迁，以不断加快现代化进程；中华民族的无数仁人志士亦进行了可歌可泣的奋斗与抗争。中国共产党作为中国人民和中华民族的先锋队，从成立之日起便肩负着振兴中华的历史使命，经过七十多年的奋斗，今天，中国共产党所领导的中国人民和中华民族，已在全球化

① 罗杰·M.基辛：《当代文化人类学概要》，浙江人民出版社1987年版，第283页。
② 《马克思恩格斯选集》第2卷，人民出版社1995年版，第265页。
③ 《马克思恩格斯选集》第1卷，人民出版社1995年版，第276—277页。

世界体系中初步崛起。与此同时，全球化世界体系在经历了西方主导的英国霸权和美国霸权之后，从20世纪70年代以来已开始进入第三个阶段。这个历史时期最突出的特点，是霸权受到强有力的挑战并在事实上将逐渐淡出中心地位，全球化进程的参与者以及驱动力呈现多元化局面。许多曾经被压制的力量和众多的新兴力量纷纷登场，走向前台，在全球化进程中积极强化自身的角色分量和参与权利。在这种多元格局中，许多问题的产生和解决已经超出国界。目前，全球化进程正在摆脱由单一中心为主导的局面，正在形成多元推动、多元共存、多元发展的强大趋势。这是包括中华民族、炎黄文化在内的当今世界各地不同民族、国家和文化共处的历史阶段。① 在这个历史阶段中，中华民族的完全崛起一定能够成为现实。因此，党的十六大报告明确指出："当人类社会跨入二十一世纪的时候，我国进入全面建设小康社会、加快推进社会主义现代化的新的发展阶段。国际局势正在发生深刻变化。世界多极化和经济全球化的趋势在曲折中发展，科技进步日新月异，综合国力竞争日趋激烈。形势逼人，不进则退。我们党必须坚定地站在时代潮流的前头，团结和带领全国各族人民，实现推进现代化建设、完成祖国统一、维护世界和平与促进共同发展这三大历史任务，在中国特色社会主义道路上实现中华民族的伟大复兴。这是历史和时代赋予我们党的庄严使命。"②

中华民族的伟大复兴必然包含着中华民族文化的伟大复兴。中华民族是由中国疆域内56个民族组成的多元统一体，因此，中华民族文化的复兴亦必然包含着56个民族文化的复兴。社会主义时期是各民族共同发展、共同繁荣的时期，各民族共同繁荣的核心就是各民族文化的繁荣。因此，伴随着中华民族伟大复兴的进程，我国各民族文化的多元发展必将进入一个更为活跃、更加生机勃勃和异彩纷呈的新的历史时期，用费孝通先生的话来说："中华民族将是一个百花争艳的大园圃。"③ 而在这个大园圃中，各民族的文化及其生态文化，必将是其中璀璨夺目的奇葩。因此，少数民族生态文化复兴的前景是光明的。

第三，环境保护与可持续发展已成为全球共识，成为中国发展战略的指

---

① 费孝通：《经济全球化和中国"三级两跳"中的文化思考》，《光明日报》2000年11月7日。
② 《江泽民文选》第三卷，人民出版社2006年版，第528—529页。
③ 费孝通：《中华民族的多元一体格局》，《北京大学学报》1989年第4期。

导思想，而少数民族的传统生态文化，正是民族地区实施可持续发展战略可资利用的宝贵财富和重要资源。因此，如果说，在传统的不惜牺牲生态环境多样性、生物多样性和民族文化多样性为代价，而追求经济增长单一目标的非持续发展模式下，少数民族生态文化不可避免地出现时代性式微的话，那么，在以保护和发展生态环境多样性、生物多样性、民族文化多样性"三多一体"互动平衡为重要指标、人与自然相和谐，推动整个社会走上生产发展、生活富裕、生态良好的文明发展道路的可持续发展模式下，少数民族的生态文化必将复兴，这既是时代的要求，更是实现永续发展的要求。

既然少数民族生态文化的复兴既是时代要求又有光明前景，那么，怎样才能实现这种复兴呢？这其中的关键，是将各民族传统生态文化中的古老智慧和行为方式，与现代化的科学技术、组织形式和全球化的市场体系紧密结合起来，创造一种传统与现代相结合的新型生态文化。这一新型生态文化的基本内容包括：

第一，在宇宙观和世界观层面，唯物主义的世界观和无神论思想，与各民族人与自然浑融一体的宇宙观和万物有灵信仰，应在尊重自然、礼敬自然、顺应自然规律、实现人与自然和谐的生态理性和生态伦理的基点上整合起来。具体而言，就是不要非此即彼地人为制造甚至激化两种宇宙观和世界观的根本对立，而是在生态环境保护和可持续发展的共识上，实现两种宇宙观和世界观的相互尊重和优长互补。江泽民同志指出："我们处理同宗教界朋友之间的关系的原则是政治上团结合作，思想信仰上相互尊重。"① 这一原则也应成为在处理人与自然关系上两种不同甚至对立的宇宙观的信仰人群之间相互尊重、团结合作的基石。

第二，在生产方式上，关键是要让各民族传统的多样化地利用资源的生产方式，能在全球化市场体系中获得较高的经济利益，以满足各民族群众既要保护自然与文化，又要尽快脱贫致富的要求。为此，一是要大力开辟新的生产方式，如利用良好的生态环境和丰富多彩的民族文化，大力发展生态旅游和民族文化旅游；利用高新科技开发独具特色的生物资源产品、开发民族传统工艺文化等。二是通过绿色产品认证，使各民族按照传统模式生产的产

---

① 江泽民：《保持党的宗教政策的稳定性和连续性》，《新时期宗教工作文献选编》，宗教文化出版社 1995 年版，第 210 页。

量较低、规模较小但却是绝对无污染、无公害的农、林、牧、渔产品，得到较高的经济回报。而无论是传统的还是新兴的生产方式，要达到可持续的快速发展的双重目标，都必须得到现代化科学技术和全球化市场体系的支撑。因此，新型生态文化在生产方式层面所要创建的主要内容，就是将科学技术和市场经济与各民族传统生产方式紧密结合起来。

第三，在生活方式层面，各民族传统生活方式的式微，与各民族在现代化进程中的自我认同淡化和缺乏文化自觉有关，也与外来生活方式的简便、舒适有关。其中的关键，还是在现代化进程中经济社会发展滞后，对本民族文化信心不足所致。因此，随着各民族传统宇宙观和思想信仰的被尊重，随着其传统生产方式的转型、提升及由此而来的经济收入的提高，各民族的自信心、认同感必将恢复，其文化自觉意识必将得到提升，一种传统与现代相结合、既保留鲜明的民族特色和适应不同自然环境的地域文化特点，又具有现代化内涵的生活方式亦将随之而自然形成。因此，新型生态文化在生活方式层面所要创建的主要内容，就是通过依靠自己的文化带来的经济社会发展，增强民族的自信心和认同感，唤醒其文化自觉意识。

第四，在风俗习惯、社区管理和民间组织等层面，新型生态文化所要创建的主要内容，就是坚决贯彻落实党和国家尊重少数民族风俗习惯的政策和法律、法规，在国家的统一领导下实行村民自治。

我们相信，包括上述主要内容的新型生态文化创建成功之时，就是云南民族地区全面恢复重建生态环境多样性、生物多样性、民族文化多样性良性互动、高度融合的"三多一体"格局、全社会走上生产发展、生活富裕、生态良好、文化繁荣的文明发展道路之日。

综上所述，从民族学视角来认识环境保护，其基本的理论就是人类普同论和文化相对论。一方面，人类是普同的。现代智人种自形成以来就是一个统一的物种。不论是白种人还是黑种人，是欧洲人还是亚洲人，是爱斯基摩人还是美国人，都是人。所有的人类成员，都是用双足直立行走，具有发达的大脑，能够创造各种文化事物，且能通过性繁殖生育出健康的子孙等——这些最基本的特点上是完全一致的。[①] 人类主要靠文化而不是躯体来适应环

---

① 参见林耀华主编：《民族学通论》（修订本），中央民族大学出版社1997年版，第54页。

境，所以遍及全球和多达 60 多亿的人类没有生殖隔离，说明人类掌握和运用文化的能力是普同的。①

另一方面，文化又是相对的，是因民族而不同的。60 多亿人分布在地球上不同的地区，自然环境的千差万别，生态和生物的多种多样，就决定着分布在不同地区的人群必须创造独特的地方性文化来适应不同的环境，久而久之，就自然形成了不同的民族文化；而不同的民族文化在相互接触、交流和竞争中又因不同的历史遭遇而形成不同的历史命运，从而进一步强化了不同的民族文化的特殊性，形成了丰富多彩的民族文化多样性。尽管民族文化是多样而不同的，多种多样的民族群体作为人类的一员，在面对人类共同的问题时所追求的理想愿景却是相同的。当今世界，在生态环境日趋恶化这一全人类共同面临的生存危机面前，建设美丽家园，过上美好生活，就成为全人类亦即世界上所有民族的共同追求。而且，这种追求，在东方世界的中国和中国的少数民族中，表现得更为强烈。这是因为，保护生态环境，保护自然天成的美丽家园，在绿水青山中诗意地生活，从来就根植于他们的传统文化之中，也因此而必将延续在他们的未来追求和理想愿景中，从而自然成为他们自觉保护生态环境，建设美丽家园，过上美好生活的现实行动。

党的十八大将生态文明建设放在突出地位，确定了中国特色社会主义经济建设、政治建设、文化建设、社会建设和生态文明建设五位一体的战略布局，并首次提出了建设"美丽中国"的理想愿景，这与少数民族建设美丽家园、过上美好生活的愿望不谋而合，必将成为民族地区建设社会主义生态文明的强大动力。展望未来，在党的十八大精神指引下，在已确立为党和国家全部工作指导思想的科学发展观指导下，充分发挥少数民族有利于生态环境保护和资源节约利用的生态文化的积极作用，民族地区一定能在建设美丽中国的进程中成为美丽中国最绚丽的篇章，而各民族也必将在自己美丽的家园和美丽的国家中过上更加美好的生活。

---

① 参见国际人类学和民族学联合会：《关于种族的声明》，《都市人类学会通讯》1995 年第 9 期。

第十二章 "泡沫跟着波浪走，傣家跟着流水走"

——云南少数民族生态伦理思想分析

居住在云岭大地上的傣族、哈尼族、白族等25个少数民族在漫长的历史进程中，深刻认识到与大自然和谐相处的重要性，他们在探索和认识自然规律，适应和改造生存环境，实现与周围自然生态系统和谐相处的实践中，与其所处的自然环境不断调适，寻求人与自然的和谐发展，并形成了朴素而独特的生态伦理智慧。这些生态伦理资源为"建设美丽家园，过上美好生活"提供了有益的启示与借鉴。

第一节 云南少数民族文化中的生态伦理智慧

从云南少数民族宗教信仰、习惯法、文学艺术中，我们均能够感受到他们建设美丽家园的美好愿望，过上美好生活的决心和努力；在少数民族生活方式及物质文化中，也能够读到他们征服自然、与自然和谐共处的独特生态伦理智慧。

一、宗教信仰中的生态伦理意识

宗教信仰是人类一种重要的信仰形态。在有浓厚宗教文化传统的社会或信仰宗教的民族里,信仰本身既是一种宗教现象,也是一种道德信念。宗教信仰与道德信念的牢固结合使得人类的道德在宗教中找到归宿,成为社会道德维系机制中的重要方式。云南大多数民族都有自己的宗教信仰。宗教信仰对少数民族的社会生活、心理结构、价值取向等产生了重要影响,各种宗教所反映的生态意识也深深根植于各少数民族的价值观念之中。这里仅以云南少数民族地区流行的原始宗教和佛教为例进行简略的论述。

(一) 原始宗教

原始宗教是云南大多数民族中普遍流行的宗教信仰形态。原始宗教主要表现为一定民族的自然崇拜、图腾崇拜、祖先崇拜和神鬼崇拜等形式。以傣族为例,在南传上座部佛教传入之前,傣族先民就已存在原始宗教,他们坚信万物有灵,山川草木之神支配着人们的命运。傣族的自然崇拜主要有:水崇拜、土地崇拜、稻谷崇拜、山林崇拜("垄林")、牛崇拜、象崇拜等。西双版纳傣族认为植物有植物魂,如果乱砍滥伐,会伤及神灵,得到报应。正是由于有了这种敬畏感,在傣族居住的地方,虽有大片茂密的森林,但从不乱砍滥伐,生活所用的柴薪或建筑用材都是自己种的铁道木和龙竹。确实需要建房木料时,都必须自觉地进行相关宗教仪式之后进行少量的间伐,决不允许连片砍伐。对于动物,傣族认为动物也有魂,不能胡乱加以杀害。在傣族原始宗教中,傣族有象崇拜、孔雀崇拜等,这就使大象、野牛、孔雀、雉鸡等各种珍禽异兽受到较好保护。自然物一旦都被赋予了神的意旨和色彩,人们就会对其充满敬畏和崇拜,这从客观上能够很好地起到保护生态环境的作用。严格说来,原始初民对于自然界的某些事物充满畏惧、感恩乃至企盼,只是一种原始的朴素生态伦理意识。由于原始先民不懂得自然的本性,他们只是出于"惧怕受到自然的危害而将自然物作为崇拜对象来加以保护"。[①] 因此,这种原始的生态伦理意识"是盲目的、不自觉的和有限的"。[②] 尽管如此,这种原始的生态伦理意识从客观上起到了保护自然环境、维持生态平衡、协调人与自然之间关系的作用。

(二) 佛教

佛教也是我国各少数民族中最为普遍的一种宗教信仰。佛教又分上座部

---

① 高力:《原始宗教与民族道德》,《思想战线》1994 年第 3 期。
② 高力:《原始宗教与民族道德》,《思想战线》1994 年第 3 期。

佛教、汉传佛教、藏传佛教三派，分别于公元 7 世纪、公元 8 世纪、11 世纪传入云南。上座部佛教主要在傣、布朗、阿昌、德昂等民族聚居的西双版纳、德宏、思茅、保山等地区传播；汉传佛教主要在汉、白、彝等民族居住的昆明、大理、红河等地区传播；藏传佛教主要在藏、普米、纳西等民族聚居的迪庆、丽江等地区传播。佛教传入云南少数民族地区（特别是西双版纳、德宏等地傣族）后，对当地少数民族群众的生活方式与道德观念产生了极为深远的影响。

佛教本身就蕴含着极其丰富而深刻的生态思想，深刻地影响了信仰者的生态价值观念。佛教认为，众生平等、万物平等，一切众生皆有佛性。不仅一切生命都有平等的地位，就是草芥、瓦砾、山川、大地等没有情识的事物，也有佛性，必须予以尊重。可以说，尊重生命、珍惜生命，是佛家的根本观念。佛教因果报应说和善恶报应原则也认为，善恶都是因缘所起，不论对人还是对物乃至整个自然界都必然有善恶果报，只不过是现世报还是来世报的问题。因此，傣族自古以来就有尊重自然、珍视自然界一切生命的思想。作为一种宗教，佛教还具有知行合一的品格。它不仅蕴含着深刻的生态伦理观，还有丰富的生态实践观。佛教的生态伦理观不仅仅止于纸上谈兵，而是有着相应的伦理规范，通过千百万佛教徒的日常实践，落实到行动中去。在漫长的历史发展中，佛教提炼出一整套独特的生活方式，以今天的生态文明视角视之，仍然不失其价值。这集中体现为戒杀、素食、放生、佛化自然等行为。从禁止的否定性角度看，可以说佛教的不杀生和素食是一种对生命的消极保护，从倡导的肯定性角度看，佛教的"放生"，则是一种对生命的积极保护，是对戒杀和素食的发展。素食对保护动物的多样性所起的积极意义不言而喻。总之，佛教理论和实践中所蕴含的关爱生命、保护自然的生态伦理意识深刻地影响了傣族人民，对傣族地区生态环境的保护产生了积极而深远的影响。①

二、法律制度中的生态伦理思想

栖居在祖国西南边陲的云南各少数民族自古以来就存在许多世代相传的习惯法，作为评判是非的标准和维护社会秩序的行为规范。在少数民族地区，

---

① 李兵等：《生存与超越——中国少数民族文化的哲学考察》，云南民族出版社 2007 年版，第176 页。

风俗与习惯法同人们的日用常行有着更为切近的联系,它们往往以潜移默化的方式制约着社会成员的行为,因此也成为云南少数民族生态伦理思想的重要体现方式。

从乡规民约、习惯法的角度来看,哈尼族很早就有了对生态环境进行保护的规定。尽管哈尼族没有自己的传统文字,但从现存的用汉文记载的有关法律文物资料和口头传承的法律规约中,仍可看出其乡规民约的生态价值取向,即追求人与自然的和谐发展,如哈尼族"分寨"的习俗、村寨选址原则"惹罗古规"、用水管理"木刻分水"、森林管理"分区育林"等。所谓分寨,是指当村寨新开挖的梯田与村寨的距离超过一天的路程时,也可认为当增加的人口从原有的梯田内得不到足够的食物时,一部分哈尼人便从村寨中分出形成新村寨,即母寨分出子寨。这种人口主动适应自然环境而采取的分寨对策,使特定环境的人口被分散,从而保证了哈尼梯田生态系统的长期稳定。"惹罗古规"具体规定了村寨选址时要有茂密的森林、充足的水源、平缓的山梁、山谷等条件,坐山向水向阳背风等。哈尼族确定村址和建村立寨的传统标准,与现代生态文明的理念不谋而合。村寨建成后,全村森林的管理、水源的配置、自然灾害的抵御、生产过程都等均有严格的规定。哈尼族不成文的管理用水的水规——"木刻分水",规定梯田用水量根据田地数量共同协商,按水流域的顺序,在耕地与水沟的接合部设置一横木,其间刻定各份田地应得水量标志,让水自行流淌到田地,这种古老法规对于水的合理利用和梯田的稳定发展起到了良好的作用。在森林管理统筹方面,哈尼族有"分区育林"与"种子孙树"习惯。历代哈尼人从实践中认识到有林才有水,他们根据森林的不同功能,将其划分为六大功能林区:即寨神、勐神林区,公墓坟山林区,村寨防风防火林区,传统经济植物林区,传统用材林区,边境防火林区。其中,传统经济植物林区和传统用材林区可以适时封育,定期开放和开发;其他林区的主要功能是祭祀、护寨和维护村寨环境等功能,一般不能进入上述四类林区内进行伐木和樵采等,违反者将受到严惩。特别是"寨神、勐神"林区和公墓坟山林区更是神圣不可侵犯,人畜未经许可一律不准进入,更不准伐树和垦殖。在哈尼族群众聚居地,这两类林区是历代保存最为完好,至今仍处于原生状态的森林,几乎无人犯禁。此外,哈尼族群众在历史上就有"立寨植树""为子孙种树"的传统风俗,凡栽植藤、茶、竹、

树者，历来是谁种谁有，永久继承。① 一般是父辈甚至祖辈种下的林木，儿子、孙子成家立业时已成为大宗财富。云南各少数民族通过制定一些乡规民约来保护生态环境，这比一般的宗教戒律和宗教禁忌更为规范，对生态环境的保护更具体而有效。

三、音乐和舞蹈中的生态伦理意蕴

云南各少数民族皆能歌善舞，一些民族甚至声称自己"会说话就会唱歌，会走路就会跳舞"，可见歌舞在云南少数民族地区之普及程度。事实上，民族歌舞已经成为外省人了解云南的一个窗口。傣族舞蹈家刀美兰的《水》《金色的孔雀》《小卜少》和杨丽萍的《雀之灵》《月光》《雨滴》等作品，风靡全国，征服了亿万观众，成为民族民间舞蹈的经典之作。除了艺术本身，我们还可以从生态文明的视角对其进行重新解读。

傣族就是云南擅长歌舞的诸多民族之一。据说其音乐就是源于大自然的启发。史诗《巴塔麻嘎捧尚罗》中就有"滴水传音"的传说。成书于300多年前的傣族艺术理论专著《哇雷麻约甘哈傣》（《论傣族诗歌》），系统论述了傣族诗歌的产生以及与佛教的关系，总结说"我们的傣歌，正是按照水流声和诺嘎兰托鸟的叫声而成歌调的。所以，自古以来，傣歌总是清脆高低、缠绵柔软、婉转动听，波浪式进行的"。② 以傣族音调写成的《有一个美丽的地方》《竹林深处》和《月光下的凤尾竹》便是其中的代表，加上傣族民间乐器葫芦丝、巴乌的伴奏，更显傣族音乐的清脆而高远，婉转而缠绵之特征。有文章写道："傣族音乐的产生，源于傣家人自古就有一系列热爱自然、尊敬自然的传统并注重在生活中倾听自然，爱护自然，与自然和谐相处，共同发展的理念。只有这样，傣族音乐才能在艺术舞台上尽显出它的艺术生命力，傣族感悟自然，与自然和谐发展的思想是傣族音乐的翅膀。"③

傣族舞蹈，更是具有浓郁的民族风情，展现出独特的文化魅力。傣族舞蹈形式丰富，大多与自然界各种动植物有关，如《孔雀舞》《象脚鼓舞》《蝴蝶舞》《鱼舞》等。孔雀是傣族人民崇拜的吉祥鸟，傣族地区孔雀较多，傣寨

---

① 赵嘉文、马戎：《民族发展与社会变迁》，民族出版社 2001 年版，第 390 页。
② 枯巴勐：《论傣族诗歌》，岩温扁译，中国民间文学出版社 1981 年版，第 27 页。
③ 刘垚：《傣族的生态环境思想研究》，云南师范大学 2006 年硕士学位论文。

素有"孔雀之乡"的美名。孔雀舞傣语叫"嘎洛诺"，原意为"跳孔雀"，是傣族地区最古老的民间舞，也是傣族人民最喜欢的舞蹈，源于他们对孔雀展翅飞翔、饮泉戏水、漫步林中，以及托翅行进、亮翅抖翅、追逐游戏、抖翅展翅、晒翅开屏、高低旋转等动作的模仿。除孔雀舞外，傣族还有许多舞蹈都源于对当地常见动物的模仿，如鱼舞、蝴蝶舞、鹤舞、鹿舞、狮舞、豹舞、蛇舞等，都表现了傣族人民热爱大自然的民族禀性。如象脚鼓舞便未脱离动物的特征，舞者在雄壮的象脚鼓声中，双膝微屈，上步退步，弓步跪步，掏掌绕腕，完成"鹭鸶攒脚""孔雀扒灰""猴子倒退"等舞姿。可见，特定的生态环境孕育了精彩纷呈的傣族舞蹈，由傣族舞蹈传达出来的是人与自然万物和谐相处的意蕴，人与自然界融为一体，人在自然中自由徜徉，自然在人的呵护下透露出勃勃生机，这就是傣族舞蹈所显现出来的生态伦理意蕴。

哈尼族民间舞蹈亦堪称异彩纷呈。各地哈尼族有代表性的舞蹈有：祭祖先神灵的舞蹈、丧葬舞蹈、节日庆典舞蹈、婚嫁舞蹈、自娱情爱舞蹈、游戏舞（儿童舞）、巫舞等。其他舞蹈如玉溪市的"拾菌舞"、峨山县的"烟盒舞"、普洱县和易门县的"葫芦笙舞"等，在当地哈尼族一些村寨中也有流行。白族人民对歌舞也十分热衷，白族所唱的民歌，包括"白族调""对口山歌""小调""本子曲"等几大类，一般用三弦、四呐或树叶伴奏。各地的唱腔和音律都有不同的风格，大理的高亢响亮，剑川的委婉流畅，洱源西山的优美动人。古代白族先民创造出诗歌和舞蹈紧密结合的"蹈歌"，后来发展成为富有地方民族特点的舞蹈，著名的有"霸王鞭""八角鼓""双飞燕""龙灯舞"和"狮子舞"等。这些歌舞都不同程度地反映了白族人民与自然和谐相处的美好愿望，蕴含着丰富的生态伦理思想。

四、物质文化中的生态伦理智慧

社会生产实践是人类生存和发展的物质基础，也是人类道德意识和道德观念得以产生或形成的基础，耕作和居住作为生产和生活中最重要的活动，也是最能够体现少数民族生态伦理智慧的文化形态。

（一）哈尼族梯田和蘑菇房

在云南南部、哈尼族聚居区的崇山峻岭之间，分布着一片片梯田，这些梯田气势磅礴、蔚为壮观。从地理位置上看，哈尼梯田集中分布的区域包括

元江、李仙江流域南部、藤条江流域全部在内的哀牢山南部广大山区，尤其以元阳、红河、绿春三县境内最为集中。从垂直高度上看，梯田一般分布在海拔高度为700—1700米的中山地带。其年均气温15℃—20℃，年降水量为1000—2000毫米，属于亚热带湿润气候。哈尼族人民根据当地的地貌、土壤、气候、水利、植被等自然条件构筑与之相适应的生存空间和农业生产系统。在气候较寒冷的高山，保留森林，保障了水源和自然环境的总体平衡；在气候温和的半山区建村落，便于人居和生产；在气候较热的下半山垦殖梯田。在长期的梯田经营中，逐渐形成并严格遵循刻木分水、神林崇拜等一系列生态保护、水利管理、乡规民约、宗教祭祀等措施或习俗。哈尼族人民对高山森林的保护十分重视，这是农业的命根子。而水则是农业的命脉。在哀牢山区哈尼族的梯田农业中，水以奇特的方式贯穿于农业生态循环系统中，高山森林孕育的溪流水潭被哈尼族引入盘山而下的水沟，流入村寨，流入梯田，梯田连接，水沟纵横，泉水顺着块块梯田，以田为渠，由上而下，长流不息，最后汇入谷底的江河湖泊，又蒸发升空，化为云雾阴雨，贮于高山森林。这种农业生态系统，和哀牢山区的自然生态系统密切吻合。哈尼人世世代代建构起来的"森林、村寨、梯田、江河"四位一体的梯田良性农业格局，既是哈尼"梯田文化"的核心，也是哈尼民族尊重自然、适应自然、利用自然的生存准则的具体体现。哈尼梯田凝聚着哈尼族悠久的历史，反映着哈尼族对自然生态环境的把握。可以说，尊重自然、善待自然、适应自然，是哈尼梯田文化的秘密所在，也是人类与自然和谐共存的必然选择。

云南元阳、绿春等地哈尼族的蘑菇房更是独具一格，并具有玲珑美观、冬暖夏凉之特征。蘑菇房外形酷似蘑菇，由土基墙、竹木架和茅草顶构成。蘑菇房集中了干栏式建筑、土掌房建筑和封火楼建筑的特点于一身。屋顶为四个斜坡面。蘑菇房分三层：底层关牛马，堆放农具等；中层用木板铺设，隔成左、中、右三间，中间设有一个常年烟火不断的方形火塘；顶层则用泥土覆盖，既能防火，又可堆放物品。房屋建筑以土石为主要墙体材料。屋顶有平顶的"土掌房"和双斜面四斜面的茅草房。因地形陡斜，缺少平地，平顶房较为普遍，既可防火，又便于用屋顶晒粮，空间得到充分利用。正房的一侧和厢房的顶部建成平顶，符合山区梯田稻作民族晾晒谷物的实际需要，正房顶部采用草顶和土顶重复叠加的形式，有利于防火和防雨。蘑菇房具有冬暖夏凉的特点，即使是寒气袭人的严冬，蘑菇房屋里也是暖融融的；而赤日炎炎的夏日，屋内却十分凉爽。元阳哈尼蘑菇房犹如破土而出的蘑菇，与元阳巍峨的山峰，迷人的云海，多姿的梯田，构成了一幅奇妙的哀牢山景观，同时成为哈尼族人与自然和谐共处的典范之作。

（二）傣族村寨和竹楼

傣族一般都选址在依山傍水之处筑寨，寨内房屋密布，错落有致，与自然条件相适应的高脚栏杆式的竹楼，是傣族建筑文化的代表。西双版纳傣族的传统住房形式，多系竹木结构的两层楼房。柱、梁为木质，椽及楼板、楼壁为竹料，以编织的"草排"盖顶，俗称竹楼、草楼，史称"干栏"。傣族"干栏"式传统建筑，与其地理环境、生态环境相适应。居住在西双版纳、德宏州、红河州等地区由于气候炎热，因此傣民族自古皆近水而居，但地气潮湿，容易积水，且瘴气严重，又有毒蛇、猛兽、虫子等侵扰，住干栏式建筑之上层可避潮湿，又可防止野兽侵害，相对安全、舒适，而且具有通风凉爽的特点。据学者高立士说："傣族居住区一般海拔低，气温高，雨水丰富，湿度大，易霉腐，易虫蛀，临江河，水患频。而竹楼则离地高，通风好，既凉爽，又避湿，既防霉，又防兽，防白蚁蛀，看得见，疾病少，又安全。还具有超强的抗洪能力。"① 傣族先民之所以选用竹木、茅草来建造干栏式住所，还因为其分布区域盛产竹木、茅草，丰富优质的竹木、茅草为傣族先民建筑住所提供了便于使用的物质材料。傣族干栏式民居没有围墙，一般只以竹篱或花木为障，充分体现了傣族人强调空间，注意人与生存环境有机联系、相互融合的观念。可以说，傣家的竹楼通风透气，既适应热带雨林炎热而潮湿的气候，方便而实用，又有一种质朴、自然的韵味，体现了傣族人民的建筑与自然环境互相和谐的生态审美情趣。傣族竹楼是人与自然调适的结果，更是人与自然和谐的典范。另外，傣族喜欢种植竹子和铁刀木，形成了大片的竹林和薪炭林。这样，龙林、坟林、佛寺园林、薪炭林、竹林和各家各户的花果园相映成趣，别有一番与自然和谐相处的意蕴。园林化的傣族村寨，以及浸透着浓郁田园风味的傣家建筑，本身就是傣族生态伦理意识的一种物化体现，更是傣家人对与自然和谐共处的一种自觉追求。

---

① 高立士：《西双版纳傣族传统水利灌溉与环保研究》，云南民族出版社1999年版，第66页。

(三) 白族的"三坊一照壁""四合五天井"

白族建筑最典型的模式是"三坊一照壁""四合五天井"。"三坊一照壁"是大理白族建筑文化特有的典型代表，这种建筑将合院式建筑去其一坊改为一壁，这样既减弱了建筑的压抑感、拥挤感，同时也体现了建筑与自然之和谐关系。"三坊一照壁"的布局为一正两厢一照壁围合成院落，在围合的庭院中都种植花木，增加居住环境的优美。平面形状方正规矩，主次分明，因此既不失中原文化"中正无邪、尊者居中"的"礼"制思想，又较汉式住宅布局灵活，适应性强，较合院式建筑在采光、舒适、灵巧等方面更胜一筹。[①]"四合五天井"建筑规模较大，它由四坊房屋围合而成，无照壁，但和北京四合院相比又有不同之处：除当中有一个正方形的大院子外，四坊交角处各有一个小院，亦称"漏角"天井。大小共有五个庭院天井，故称"四合五天井"。它更注重人与自然的天然关系，故有"漏角"这一有别于汉族建筑的特点。受汉文化中"天人合一"思想的影响，白族对人与自然有着深刻的认识；即人与自然不应该相互隔绝，相互敌对。而是应该相互容纳、和谐相处。因此白族建筑不是高耸入云，指向神秘的上苍观念，而是平面铺开，引向现实的人间联想；不是可以使人产生某种恐惧感的异常空旷的内部空间，而是平易的，非常接近日常生活的内部空间组合。在建筑和所处的环境方面，则是尊重自然，希望所居的建筑能与自然融为一体。从布局上看，"四合五天井"显示了明显的理性思想。最能反映这一点的就是"方""正""组""圆"的建筑形态。"方"即以方形为母题。"正"即整齐、有序、中轴对称。"方""正"概括了中国建筑根深蒂固的正统形式观念。"组"指由简单的"个体"沿水平方向铺展出复杂丰富的建筑群体。"圆"则代表天体宇宙，日、月、星、辰（"四合五天井"的大院中常有一圆形的花坛）。上述理性观念的形成，分明受到中国传统哲理及社会文化伦理的影响，尤其与儒、道学说不无关系。而通过建筑与自然、房屋与庭院、室内与室外的有机结合，表现出人与天地自然的无比亲近。这种建筑确实创造出某种"我以天地为栋宇"的融合境界。"四合五天井"建筑布局由于较好地体现了儒家"天人合一"的哲学理念，蕴含着丰富的生态伦理思想。

---

① 参见张汝梅：《白族民居建筑的文化意蕴》，载《边疆经济与文化》2007年第8期。

第二节　云南少数民族传统生态伦理观念

前面从云南少数民族文化的角度阐述了蕴含于其中的生态伦理智慧，事实上在长期的生产生活实践中，云南少数民族还形成了朴素的生态伦理观念。这些生态伦理观念主要包括人与自然彼此依存的理念，对自然的尊重与敬畏之情，尊重和珍惜生命的意识，自觉节制人类欲望的观念。这里主要以在云南少数民族中最具代表性的傣族为例加以阐述。

一、人与自然彼此依存、和谐共生

我国大部分少数民族依赖自然环境而生存发展，也形成了他们重视自然、认为自然与人类同根的意识。众多的少数民族，都有着对山、水、林、树以及动物等的原始崇拜。在他们看来，自然界是一个泛神的、万物有灵的世界，为此，他们对自然界心存敬畏，不敢对自然为所欲为，而是世世代代地顺应所生存地区的生态系统、善待自然、善待非人类的存在物，与自然和谐共存。例如佤族、彝族、布朗族等民族认为山与本族有亲缘关系，山上有自己的树神，佤族称神林为"龙梅吉"，彝族称神林为"密枝林"，布朗族称神林为"色林"。少数民族原始宗教"万物有灵"的观念在客观上对保护大自然，保持生态平衡有着积极作用，同时也体现了他们与自然界和谐共生的关系。还有一些少数民族形成了天人一体的观念。如四川凉山彝族先民认为，"人是天所生，生人天之德"。人道应该服从天道，并以天道作为人类社会运行之准则，不得违反，否则就是逆天理、违人伦。

傣族人民在长期的生产生活实践中，也认识到了人与自然是一种彼此依存、和谐共生的关系。在傣族看来，大自然先于人类而存在，人是自然的产物，有了大自然的存在，人类才会从大自然中产生，没有大自然就不会有人类。大自然中包括动物和植物，人类和其他生物是相互依存的。不管是毒蛇猛兽，还是其他微小的动物，都是相互依存和相互制约的。只要有一种动物被灭绝了，受其制约的一方就会泛滥成灾，与其相互依存的另一方则会随之灭绝，这不利于人的生存。在傣族谚语、歌谣和贝叶经典籍中，有许多关于

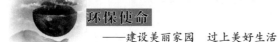

人是自然的一部分、人与自然和谐相处内容。在西双版纳流传着这样的谚语："泡沫跟着波浪漂，傣家跟着流水走。"这句话形象地反映了傣族先民滨水而居、择水而徙的习性，同时也表明傣族已清楚地认识到水同他们生活的密切关系。傣族群众将人与自然的关系概括为："有了森林才会有水，有了水才会有田地，有了田地才会有粮食，有了粮食才会有人的生命。"这个说法形象地体现了傣族对于人与自然关系的朴素认识，即先有森林，再有水源，再有田地和粮食，最后才有人，人类是自然的产物，与大自然彼此依存、和谐共生。傣族先民认为"森林是父亲，大地是母亲，天地间谷子至高无上"。一旦没有适宜的生态环境，人类将失去自己的"父母"，彻底失去赖以生存的基础。因此，人类应当保护好森林、水源和动物。[①]

二、对自然的尊重与敬畏之情

远古时代，原始初民的生活必需品直接地依赖着"自然界"，其生存与生命时刻受到"自然界"的威胁，只有顺从与顺应才能维持自己的生存与发展，于是外在"自然界"成为一种难以理解和制约的异己性存在。这时的人们还不能理解和解释"自然界"的各种具体现象，更不用说其背后蕴含的"所以自然而然"之理了。"自然界"在人们的心目中便具有了令人恐惧却又神圣而崇高的地位。作为一种摆脱异己束缚、祈求庇护的情感和心理，这种人类最初的"敬畏自然"就表现出各种各样直接的、非理性的、蒙昧的迷信形式。上至各路神仙与天、帝，下至山神、水怪，各种超人间的力量都成为人们卑躬屈膝、盲目敬畏的对象。从少数民族各种神话传说和现代族的一些风俗中，我们至今仍能够找到这种盲目地"敬畏自然"的种种踪迹。

傣族先民在漫长的生产生活中，自然而然地萌生了对自然的尊重与敬畏之情，形成了对自然恩赐的感激情怀。傣族群众将大自然作为生人养人的双亲，将动植物作为自己的兄弟姐妹，因此人类没有理由不去像亲人一样地尊重自然、保护自然，关爱身边的一草一木、一鸟一兽。与此同时，傣族群众把与人类生存密切相关的自然物神化，再依靠神的力量来保护自然。他们认

---

① 与傣族不同的是，在云南山地民族布朗族看来，衣食住行的主要来源是森林，有森林就有地种，就有猎物可取，就有野菜野果可采集。所以，他们排列的等级顺序是：森林——野生动物——野生食用植物——粮食——人。

为万物皆有灵，因此人们必须尊重它们、爱护它们，只有与这些神灵和睦共处，才能在神灵的保佑下获得生存和幸福；如果对自然物施加破坏，就将触犯神灵，不仅会受到自然的报复，还会受到神灵的惩罚。傣乡素有"孔雀之乡""天然动物园"之美称，这和他们世世代代保护自然环境分不开，也和傣族敬畏自然的生态伦理意识有着密切的联系。

三、尊重与珍惜生命的意识

傣族群众历来尊重生命、珍惜生命。在佛教传入前，主要是体现为原始宗教对自然界万物的尊重，这其中就包括对生命的尊重。从傣族古歌谣中可知，此时的人们已经认识到了"生命比早晨的光阴还珍贵"[1]"它比五砣金子还要贵重"[2]。

佛教传入后，傣族群众对于生命的认识有了更为广泛的含义。佛教对生命的理解十分广泛，佛教所说的众生平等不仅是不同个体、不同人群、不同人种的平等，而且超越人的范围，包括了宇宙间一切生命的平等。佛教众生平等的思想在具体实践上便体现为"不杀生"，不仅要求不得杀伤人，还要求不得杀害动物。佛教对生命的关怀，集中体现为素食、放生等行为。素食即以食用植物为主体的饮食方式，这也是落实不杀生戒的有力保证。在佛教看来，"凡杀生者多为人食，人若不食，亦无杀事，是故食肉与杀同罪"。不杀生是佛教的首戒，是指不杀人、不杀鸟兽虫蚁，还指不乱折草木，也就是善待一切有生命的东西，这成为约束佛教徒的第一大戒。在佛教那里，诸罪业之中，杀罪为重；在诸功德中，救生第一。用史怀哲的话来说，"善是保持生命、促进生命，使可发展的生命实现其最高的价值，恶则是毁灭生命、伤害生命、压制生命的发展。这是必然的、普遍的、绝对的伦理原则"[3]。南传佛教告诫信徒要珍惜世间的一切生灵，因为"生命人人能屠杀，但是无人能给予，一切动物爱生命，竭尽全力图保存"[4]。可以说，佛教理论和实践中所蕴含的关爱生命、保护自然的生态伦理意识深刻地影响了傣族人民，对傣族地

① 岩温扁：《傣族古歌谣》，中国民间文艺出版社1981年版，第271页。
② 岩温扁：《傣族古歌谣》，中国民间文艺出版社1981年版，第267页。
③ 史怀哲：《敬畏生命》，陈泽环译，上海社会科学院出版社1992年版，第9页。
④ 吴平：《名家说佛》，北京图书馆出版社2003年版，第10页。

区生态环境的保护产生了积极而深远的影响。

四、自觉节制人类欲望的观念

受南传上座部佛教的影响，傣族重视对欲望的克制，视节制为一种美德。佛教极力强调贪欲的危害，教人制止贪欲、远离贪欲，"离欲""断欲""无欲"，为佛教经论中出现率极高的词语。否定人欲，被看作是佛教的重要特点。流传于西双版纳的《佛教格言》即提倡人们克制欲望："人的欲望能持久不变的，在人间是没有的。在这世间对于欲望，没有人会知足。没有对于欲望会知足的，即使天降金银也不会知足。没有任何的痛苦，比欲望的苦更厉害。贪婪不会像河流那样平稳安静。人间最难舍弃的是欲望。欲望没有尽头。贪婪，是一切众生的祸源。贪婪，是真正的罪恶。没有什么网，比愚痴的网更厉害。有物欲的人，欲望之火便不断攀升。有占有欲的人，最终舍弃了自身。"① 因此，做人要懂得节制自己的欲望。在傣族传统社会，老人常教导年轻人做事说话不要绝对，而要留有一定的余地。《布栓兰》就教导人们"肚里的话不要说完，袋里的钱不要花光"；② 《佛教格言》也告诫人们既使"说好的话，亦不要无休无止"。③ 这些思想反映在生态方面则是要控制人类自身无尽的欲望，对自然界万事万物适度开采、合理利用。

在西双版纳，傣族将人生存的空间看成是一个由多元成分构成的自然整体，在这个整体中，人只处于依附地位，因此人在向自然索取时，就必须有所约束，这样才能消灾避祸，与自然和谐相处。因此，尽管傣族聚居地有着大量的森林，但他们从不乱加砍伐，必须砍伐木料或竹料时，必须严格地遵守相关习俗，仅做少量的间伐，绝不连片砍伐。傣族群众编织所需要的竹子，也要按照规定只砍当年生的竹子，并且一篷竹子的砍伐量最多不超过20%。④ 他们相信："砍竹留根笋会发，砍山留顶山不塌。"⑤ 傣族群众在采食花草时，也十分注重节制合理的原则，遵循"独花不采，正发芽的野菜不摘"的规矩。

---

① 本书编委会：《中国贝叶经全集》第 10 卷，人民出版社 2006 年版，第 464 页。

② 《中国少数民族社会历史调查资料丛刊》修订编辑委员会：《傣族社会历史调查》（西双版纳之九），民族出版社 1988 年版，第 202 页。

③ 本书编委会：《中国贝叶经全集》第 10 卷，人民出版社 2006 年版，第 479 页。

④ 胡绍华：《傣族风俗志》，中央民族大学出版社 1995 年版，第 105 页。

⑤ 西双版纳州民委编：《西双版纳民族谚语集成》，云南人民出版社 1992 年版，第 456 页。

另外，在西双版纳，傣族群众在捕获昆虫时也有一定的规矩，即只能适度捕取，不可一次端空。这些日常行为都体现出傣族群众自觉节制人类欲望、保护自然环境的朴素生态伦理观念。

第三节　云南少数民族地区生态文明建设之路

云南作为我国少数民族分布最多的省份，既拥有丰富的自然资源，同时也处于经济社会相对落后、贫困人口分布集中的状态。尽管由于历史文化等诸多因素的影响，云南少数民族地区的人们得以比生活在大都市的人们更多地亲近自然，与自然和谐共处。但是，随着少数民族地区人口增多和工业经济的发展，一些少数民族地区的生态环境已经开始遭到破坏，环境污染加剧，生态系统恶化，野生动植物数量锐减，部分种群濒临灭绝，生态多样性也遭到了一定程度的破坏。民族地区环境负担的不断加重，使得环境修复能力逐渐衰退，生态环境越来越脆弱，环境保护和社会发展之间的矛盾逐渐突出。再加上云南地震等自然灾害频发，贫穷和环境破坏形成恶性循环，已经开始危及祖国西南边陲的生态安全与经济安全。在这样的背景之下，全面推进云南少数民族地区生态文明建设，加强少数民族地区的生态环境保护，对于保护和强化云南省生物多样性优势，传承少数民族优秀文化遗产，构建社会主义和谐云南，不啻具有极为重要的现实意义。[①]

一、环境伦理：少数民族地区生态文明建设的道德支持

人类社会发展的历史表明，生态危机的出现，并非出于科学上的无知，而主要是源于道德上的沦丧。生态危机的实质是人性危机，"正是人性处于危机之中以及人对自然界的恶，才最终导致了人对自然生态环境的恶行为和生态危机的恶结果"。因此，加强生态道德建设，成为云南少数民族地区生态文明建设的内在要求和重要环节。只有加强生态道德建设，唤起人们对生命的敬畏、对大自然的良知、对生态义务的自觉担当，才可能有效地遏制生态环

---

① 参见谢青松：《生态文明建设的道德支持与法律保障》，《苏州科技学院学报》（人文社科版）2008 年第 6 期。

环保使命
——建设美丽家园　过上美好生活

境的恶化，才能够在更深层的意义上拯救人类自身，建设好人类共同的家园，从而实现人与自然之间的和谐相处。

一方面，要加强生态道德宣传，让社会公众树立起尊重生命，善待自然，与自然和谐共处的生态伦理观。生态伦理的本质就是尊重生命，善待自然，实现人与自然和谐相处。而生态道德教育能够唤起人们对生命的尊重、对大自然的敬畏，唤起关爱生命、善待生命的道德良知，使人们树立崇尚自然、热爱生态的道德情操，为生态文明的发展奠定坚实的基础。生态文明建设的当务之急就是要加强生态道德教育，让人们真正意识到"善是保存和促进生命，恶是阻碍和毁灭生命"，使敬畏生命，善待自然，与自然和谐共处的观念深入人心。云南各少数民族的生态伦理观虽然没有形成系统的理论，但是，无论是原始宗教的"万物有灵"观念，还是耕作和居住文化中人与自然的和谐关系，都折射出这样一种生态智慧，即：人、自然、动植物是一个相互支持、彼此依存的生命整体。这种认识实际上表现为一种朴素的或者超前的敬畏生命的思想。现代伦理学把道德所规范的行为延伸到人同自然的关系中，不仅强调人与人和谐相处，而且也强调人同自然的和谐相处。而生活在云南的各少数民族早在几千年前就已存在并充分运用这种道德理念。为此，在云南少数民族地区进行生态道德教育，有必要结合各少数民族生态伦理，唤起少数民族的这种生态意识，以增强道德教育的实际效果。

另一方面，积极倡导环保节能的生产方式和绿色文明的生活方式。生态文明观的确立不仅要求人类生产方式的变革，而且对人类生活方式提出更高的要求，即消费模式开始由享乐型消费向绿色消费转变，为实现人的全面发展提供生活基础。建设生态文明，人们的追求应不再是对物质财富的过度享受，而是一种既满足自身需要又不损害自然生态的生活。为此，要建立完善的生态教育机制，利用各种新闻媒体广泛宣传绿色产业、绿色消费、生态城市、生态人居环境等有关生态文明建设的科普知识，使人们自觉地树立起生态文明观，自觉地培养与自然和谐相处的意识和能力，将生态文明的理念渗透到生产、生活各个层面，倡导以适度消费与环保消费为特征的绿色消费理念，摒弃盲目追求过度消费的腐朽生活作风，形成人与自然和谐相处的生产方式和生活方式。就云南少数民族地区而言，在农业生产中，要积极引入和采用生态可持续的适用技术，这样既可以让民族地区的人们享受到技术进步带来的舒适和高效，又可以使其经济行为保持生态亲和力。如在生产中大力发展生态农业，减少化肥、农药的使用，鼓励清洁生产，减少污染物排放；在生活上，积极建设新型环保节能的新农居，推广沼气使用，减少木材消耗，提倡绿色消费。

二、环境法治：少数民族地区生态文明建设的法律保障

法律和道德是构成人类社会规范的两个重要的维度。如果说环境伦理为生态文明建设提供价值引导和道德支持，那么生态法治则是生态文明建设的重要标志和最终得以实现的制度保障。云南少数民族传统生态智慧也启示我们，除了依靠作为"自律"的道德约束，还需要作为"他律"的法律制度（乡规民约和习惯法）来进行生态环境的治理和保护。为此，生态文明建设不仅需要环境伦理在价值理念上予以引导和支持，同时也需要政府机关制定相关的法律法规和必要的政策加以规范和约束。在建设生态文明的过程中，除了加强生态道德的教育，还要充分重视法律在建设生态文明中的作用，建立和健全生态法律制度体系。

第一，环境立法亟待以生态伦理的理念为指导，将生态伦理的精神渗入到环境立法之中。在生态文明建设中，立法者应当积极转变生态立法观念，将生态伦理精神渗入法律规范之中，让环境伦理的理念成为蕴含在环境法治中的主导价值理念。生态伦理的基本理念是：人与自然是一个密不可分的整体；地球是我们唯一的家园；我们的生存和发展一刻也离不开地球。因此，保护地球，维护自然的生态平衡，是我们唯一的选择。这意味着，我们不仅要关心他人，关心后代，为他人和后代留下一个可生存的环境，而且还要超越狭隘的人类中心主义，将伦理关怀扩展到自然界，关心动物的命运，热爱所有的生命，尊重大自然，对养育人类的地球心存感激。在环境立法过程中，要使"敬畏生命""非人类中心主义"等生态伦理的核心理念同时成为环境立法的指导理念。在必要的时候，将一些生态伦理的规范上升为环境法治的规范。良好的法律制度本身就承载着人们的道德价值追求，具有坚实的道义基础，这样的法律制度才能够获得最广大社会成员的尊重和认同。从这个意义上来说，也只有蕴含生态伦理精神的环境法治才能够真正地镌刻在公众的心中并具体落实为人们的自觉行动。

第二，建立和健全生态环境补偿机制，实现经济社会的可持续发展。云南少数民族地区多为贫困地区，贫困与生态恶化形成恶性循环，导致了一系列的生态和社会问题的产生，这将严重影响生态文明建设的进程。为此，有必要把民族地区生态保护与脱贫致富相结合，国家应制定明确的生态效益补偿法，使民族地区生态效益与经济效益得以最大限度的实现。事实证明，一个地区越贫困，对自然环境的依赖性就越强，对生态环境的破坏力也越大。贫困是生态及其他社会问题的根源。人们在基本生活没有得到保障的情况下对生态环境的保护是没兴趣的。云南少数民族地区人口与贫困压力过大，远远超出生态环境的承载能力，为此，只有处理好生存原则与生态原则的关系，充分考虑当地人民的切身利益和发展要求，才能调动人民生态建设的积极性，也才能达到生态补偿的最终目的。

第三，将少数民族乡规民约、习惯法和国家相关政策法规结合起来。乡规民约、习惯法作为启蒙、培养少数民族群众法律意识和法制观念的传统手段，在维护少数民族地区的生产、生活秩序、维持生态平衡中产生过十分重要的作用，到今天，乡规民约仍然在一些少数民族聚居区产生影响。在云南少数民族地区生态文明建设的过程中，可以因地制宜，将少数民族乡规民约、习惯法和国家相关政策法规结合起来，使其成为少数民族地区环境法制建设的一种有益补充。少数民族乡规民约、习惯法中所包含的丰富的生态治理经验，能够弥补国家环境法制的疏漏和不足，生态治理中的正式制度和非正式制度的良性互动，能够对国家环境法治产生积极的影响。当然，有必要剔除少数民族传统乡规民约、习惯法中不合时宜的成分，修订乡规民约、习惯法中与国家现行的法律法规相抵触的内容，使其在今天的生态文明建设中继续发挥作用。

总之，云南少数民族地区的生态文明建设既有自己的优势，也存在诸多的困难。在云南少数民族地区生态文明建设进程中，必须依靠道德和法治的双重力量，一方要面加强生态道德教育，倡导环保节能的生产方式和绿色文明的生活方式；另一方面要建立健全我国的生态法律制度体系，将生态伦理的理念转化为制约和影响人们决策和行为的制度结构和法律规范，为生态文明建设提供有力的法律保障。唯有如此，彩云之南才能够天更蓝、水更清、山更绿、人与自然更加和谐。

第十三章　文化如水
——文化学分析

文化是人类独有的生存方式。文化可分为广义和狭义两种。广义的文化概念指人类所从事的社会历史活动，以及在这种活动中所创造的全部成果。它实质上包括了人类社会的各个方面，既包括物质生产和物质产品，也包括精神生产和精神产品，而且还包括各种社会现象、社会过程和社会事物，从总体上反映人类在不同历史时期的发展水平。狭义的文化概念则是指与精神生产直接有关的精神活动、精神现象、精神过程，是相对于物质文化的一种精神文化，仅仅指人们的精神生活领域。

文化虽包罗万象、庞杂无比，但长期以来得到公认的内容无非包含思想、制度、物质、习俗四个方面或四大要素，其中思想观念无疑是处于最核心、最本质的地位。

第一节　文化是人类对美好生活的追求

一、文化的内涵

当我们对"文化"这个语词进行追溯时，各种来源便会指示它的本义。

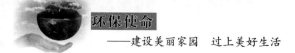

《说文解字》中称"文，错画也。"《辞源》释"文"云："会集众彩，以成锦绣也。"《易经》里说："物相杂，故曰文。"《礼记》中则说："五色成文而不乱。"显然，"文"就是把各种颜色聚集一块，使之杂而有序，多而不乱。依照此义，将"文"推而广之，文而化之，或者说"以文化之"，无非都是让自然物、自然人变成"美"的、好的，变得"美好"起来。这是文化最原始的本义，也是它最重要的本质。

文化是一个极其重要的概念，这概念从它一产生起就对人类的认知、思想、情感、历史和社会产生过重要而广泛的影响。英国哲学家泰勒说："文化是一个复合的整体，其中包括知识、信仰、艺术、道德、法律、风俗以及人作为社会成员而获得的任何其他的能力和习惯。"① 他认为，文化与社会生活的许多方面是学而知之，为人们所共同享有的。他的这一定义概括得非常精辟，至今仍被人们视为经典而不断引用。因为这一定义能够满足人们理智与道德的需要，人们总在依据时代和生活的变化，赋予它一些新的含义，对它作出某种补充或修正。

梁启超在《什么是文化》中称："文化者，人类心能所开释出来之有价值的共业也。"这定义更为简练，它将人类所创造的一切有价值之事业全部涵盖，其实也便间接阐明，人是文化的动物，文化使人脱离蛮荒，超越于动物之上，而趋向无限发展，日臻伟大。

文化像个精灵，仿佛无所不在，可又难以捉摸。既寄居于城市、乡村、王宫、茅舍、国家与民族中，与建筑、服饰、工具、武器等一切人类生产的物质直接相连；它又活跃于人身上，与知识、思想、观念、语言、情感、精神密不可分。它一头通往纷纭万状的大千世界，一头通往精细入微的人类心灵。它既结晶在书籍、电影、电视、录音、录像、碟片等一切艺术作品和文字产品上，又凝聚在人类的生产生活之技能、技术、能力和习惯中。譬如中国春秋战国时期的诸子百家，其思考与学说，离我们很远，又离我们很近；他们的肉体生命早已变为尘埃，但他们的思想学说和文化生命已经化为我们的血液，成为一种代代相传的文化基因、民族精神。因此研究诸子百家就是研究我们自己，研究"内在的自我"，研究我们从何而来，我们是谁，我们又

---

① 克莱德·克鲁克洪等：《文化与个人》，浙江人民出版社 1986 年版，第 3 页。

将走向哪里。

显而易见，文化这一概念可大可小、可软可硬。大起来铺天盖地，几乎要囊括一切，比如我们平时说的人化自然、文化世界，差不多就已涵盖了整个地球；小起来精细入微，看不见其行踪，找不见其身影，比如它进入到人的思想、举止、言行中，匿形隐迹，你根本就抓不到它。软起来如水如风，任随你怎么摆布它都无声无息，不会反抗；硬起来其坚如钢，如法律如规则如程序一字不易，无法通融，不可改变。

文化如长江大河，从古到今一刻不停地流淌，文化是连贯发展的。这既有传统文化的历史连贯，又有语言文字的一脉相承，还有道德谱系的连绵传承，以及社会制度的破旧立新与前后更替。连贯让我们能继承前人的创造业绩，避免错误重犯，汲取智慧，弃旧图新，一代比一代有更高的起点和更好的基础。文化又是变化多端、流动不居的，这既使每个人都拥有发展创造、利用享受的机会，也使每一种概括都显得笨拙，每一个定义都嫌片面，犹如盲人摸象，每个人只说对了它的部分特征，却遗漏或忽视了其他特性。

二、文化是人类对美好生活的追求

文化是一种生存样式，各个民族有各个民族的文化，每个民族都有自己独特的生产、生活方式。熟悉民族文化的人，仅从不同的穿着服饰就能准确地区分这个人是苗族，那个人是纳西族，而这一个人是傣族，因为他们的服饰、肤色、语言、举止都有一定的区别。

文化又是一系列规则、规矩，掌握好它你会被人赞为"文雅""高贵""有教养""懂礼貌"，掌握不好会被别人轻慢斥责，认为是"粗俗""没教养""没礼貌"。动物饿了张口就吃，困了随地便睡，完全随性随需要而定。人却不行，饿了要等到开饭时候才吃，困了也要等到回卧室去睡，一般不能乱来或马虎的。打喷嚏乍看是一种纯生理反应，鼻痒难耐，只能一吐为快。但发展成在公共场合，面对别人却要掩口捂鼻、连忙躲避，或道歉声称"对不起"。此时，打喷嚏已裹上一层文化外衣，令你必须注意外界影响，不能为所欲为肆无忌惮。

文化具有时代性。进入博物馆，从古到今每一时代的器物无不凝结着那一时代的特殊风采而迥异于其他时代。从远古时代的简单、粗糙、朴拙，到近现代的日趋复杂、细腻、精致，由简陋到繁复，那都是触目可见十分明确的事实。中国古代的文化概念是与封建统治的文治和教化相关的理念，因此书本典籍、戏曲演出、仪式活动颇多礼仪，充满宣传"仁、义、礼、智、信"之类的东西。西方古代或中世纪的文化则受制于宗教神学体系，其书本典籍、绘画诗歌、音乐、建筑、饮食起居基本就离不开宗教内容，各式各样的基督教堂、圣徒使者、礼拜受洗的内容画面连篇累牍，避也避不开。

一切思想、观念、理论或主义都生长于某一特定的文化土壤之上，文化是民族精神的沉淀与表现。儒家、道家学说、天人合一理论和总体偏于静的理论，诸如盖天说、浑天说、炼丹术之类的学说，只会产生于农业文明昌盛的中国大地。与此相关，中华民族静的文化求稳定、求平安，即使生活与娱乐也偏于舒缓与慢节奏，缺乏狂欢、狂热、冲决一切的情绪与劲头。一代又一代含辛茹苦饱经磨难的中华民族较为缺乏娱乐细胞，没有那么多冒险激情，也不喜欢张扬、狂放的运动，尤其是汉族，甚至把它视为是有失教养、不够庄重的表现。人们喜爱的是咏诗、联句、灯谜、酒会、下棋、养鸟、看戏、打麻将、蹲茶馆、听评书、赶庙会、培植兰花菊花，适应的是太极拳与气功——即把体育、娱乐与修身养性结合起来，相对静态的、文雅的娱乐占压倒的地位。西方人动的文化则崇尚变化，不断进取，喜好自由、浪漫奔放，他们创造了摇滚乐、摇摆舞、霹雳舞、街舞等狂歌劲舞，他们偏好冒险与刺激，常从事高速汽车赛、拳击比赛、赛马、滑雪、冲浪、漂流、斗牛、单人驾机、徒手攀岩、横渡大洋、极地与火山探险等许多以"力""速度"和"超越极限"为突出特征的惊险运动，险象环生的景象，令人头晕目眩。

如果我们将文化看成是由人的自由意志和目的精神所创造的一切，则各个民族、各个地域文化的功能基本都是双向度的：一个向度是维持人的生命存在，提供日常劳作的规范与程序；另一个向度是超越日常劳作的规范与程序，为人的存在提供意义、价值和美感。这也意味着，当人解决了衣食住行等生活问题后，便向着发展进步，向着美好生活迈进。

文化如水，滋润万物，协调着人与人、人与自然、人与社会之关系。文化的魅力在于文，文艺、文雅、文治、文明等，无不是让人以美好的思想、道德、礼仪、举止来教育民众，提高民众的素质；文化的可贵在于化，即沁润人心，化为行动，引导民众自觉服膺社会规范，使之向着奉公守法、安居乐业的方向发展。综合起来说，文化是人类对光明、幸福和美好的追求与创造，它展现的是真，是善，是美，是人的美好的心灵、才智和劳作。文化能营造一种让每个人身入其间，便得到心田滋润、灵魂净化、素质提升、人格锻造的氛围，让你乐不思蜀。所谓"国民之魂，文以化之；国家之神，文以铸之"说的就是文化对人、对民族、对国家的引导、陶冶、铸造作用。总之，文化作为历史文明的积淀，对社会发展起到了重大的引领功能。

可以肯定的是：一切文化皆是人之所为，是相对于自然而言的，是人针对自然而采取的劳作、努力、加工、改变或改造。换言之，任何一种不同存在形式和不同发展程度的文化都不是自然物，而是人的创造物，是人本质力量的对象化。不妨说一切文化其实都是人化，是人对自然的开发、利用或改造。一部人类的历史，其实就是人类开发、利用、改造自然使之适合自己生存需要的历史。因此，我们说文化的时候，其实也就是在说人化；说人化时，其实也就是在说文化。文化与人化名异实同，融贯统一。将文化定义为人化，既包含着人按照自己的需要开发改造自然，使之为人服务，也暗含着人的开发改造，必然造成自然的破坏与异化，使自然陷于灾难毁灭之中。比如，人为了果腹，就要采摘植物的果实、猎杀飞禽走兽、掘地垦荒、张网捕鱼，哪一样不是对自然和动植物的损毁伤害？哪一件不得对环境四邻大开杀戒？因此凡人化、文化者，无不是对自然环境的开发与改造、征服和破坏。人得益获利了，自然环境肯定要受损，动物、植物难免要遭灾。因此，当人类开始直立行走，开始劳动，与猿类告别，既意味着文化创造活动的开始，也实际踏上了破坏或改造、利用自然环境之途，而且永不回头。

论天生禀赋，人类强壮不如狮虎、速度不如猎豹马、嗅觉不如猫狗、灵巧不如鸟蛇，但人类正是由于有了文化，会利用工具，通过教育，发展出文明，将前人积累的智慧、经验、知识、技能继承并发扬光大。同时传承的，还有人类安身立命、立于天地之间最根本的道和理，以及对生命意义和终极价值追求的认同，这些无不得益于人类有文化，文化保证了人类一代胜过一代，一代强于一代。

第二节　文化与自然环境的对立演化

文化说到底就是人化，是人改造自然使之朝着有利于自己的方向发展，因此我们说文化时，常常就是说人化，或者直接就是在说人、人类。我们在说文化与自然的关系时，其实也就是在说人与自然的关系，二者基本是一致和相通的。

人类常爱自诩为自然之子。的确，人来自大自然，是大自然的一分子。大自然为最早的人提供了一切可能的需要。自然生态环境为人类及其文化的形成提供了形式多样、数量众多的材料、资源和广阔舞台。人类在这一过程中生长繁衍，文化在这一过程中形成凝聚，这当然不是个自然而然的过程，而是人类按照自己的心意——天性、本能和目的愿望加以选择，自然环境又依据自己的内蕴潜力，受到生物学和自然属性限制而不断冲突、斗争，不断摸索，不断适应与接受的漫长演化，一切皆来之不易。

人与自然的关系是源与流的关系，自然生态环境也是一切文化、文明诞生与发展的根基。自然生态环境越好，越有利于人类及其文化的生存发展，先民的逐水草而居，选择有利于耕种、垦殖的地方安家立业、筑城建房，图的就是地肥水美，有利于长远的发展。自然生态环境越差，越不利于人类及其文化的生存发展，人们就会迁徙、撤离与逃避。古人说的"皮之不存，毛将焉附"，讲的就是这样一个道理。

良好的自然生态环境曾孕育了许多令人赞叹的古人类文明，如古埃及文明、古印度文明、古巴比伦文明、玛雅文明等，创造了无数令人叹为观止的人间奇迹。而人类对自然生态环境的破坏却导致了不少古文明的衰败消亡，只遗留下一些断垣残壁，像我们今天在看到古巴比伦、古埃及、玛雅遗址、楼兰古城、古格王国时，那种城毁屋败、唯余废墟的景象，着实让人不胜嘘唏。

考虑到人与自然不光有相亲相爱、共存共荣的一面，也有矛盾对立、尖锐冲突的另一面；考虑到人类本性中不光有人性、神性好的一面，还有兽性、魔性的另一面，我们还应当说人是自然之敌，从人开始直立行走，学习使用工具，有意识地谋食谋利，人对自然的掠夺、破坏也就开始了。当人挥舞着石刀石斧、锄头刀剑扑向森林、草木、土地与河流时，他便自觉不自觉地站到了自然的对立面，将其当作索取、抢劫、压榨对象，开始了人与自然或者说文化与自然的持久战争。过去人们常爱说世界几千年的历史就是一部"人类的文明史"，其实不对，完整的应说是"人类的文明野蛮史"，才能比较完整地概括人类迄今为止的历史。因为战争与和平、野蛮与文明、蒙昧与进步、退化与进化、矛盾与斗争从来就伴随着人类，哪一刻也不能幸免。

从历史的角度着眼，稍微梳理一下，大体可以说人类文化、文明与自然的关系经历了这样几个大的阶段。

一、原始文化

人类的早期，由于蒙昧无知、缺食少衣，初民穴居野处，钻木取火、结绳记事。面对广阔无边的森林、山野、海洋、沙漠，以及成群结队的凶猛野兽，人显得非常渺小孱弱。他们既不知道天上为何会刮风下雨、电闪雷鸣，也不知道大地为何寒来暑往、时序更替，更不明白人为何会做梦、生病，会中风产生幻觉，会莫名突然死亡等。面对变化莫测、神秘无比的世界，每走一步都可能遇到许多突如其来的不可理解的现象，因而他们基本是臣服在大自然的威力之下，被动无助地接受大自然的雷霆风雨、地震山洪等一切灾祸。此时人类与自然的关系，基本处于对立或归依的状况，人对自然万物充满恐惧、惊慌、无知或被动地适应，文化自然也就充满万物有灵、巫术崇拜、神话传说。初民们信奉鬼魂神灵，迷信巫术占卜，以为有一种超人的、能左右祸福的力量寄寓其中。因此碰到问题和不明白的神秘现象，要么贡献牺牲，乞求神灵帮助，要么寄希望于用巫术、符咒、舞蹈仪式去控制自然，企求让风雨雷电、气候以及动物禽兽遵从自己的旨意，不再作祟降祸，以保全自己的平安无事。此时的"人类"既少且弱，基本不能构成对自然生态环境的实质性威胁。

二、农业文化

经过无数的曲折磨难，经历许多的摸索探究，人类学会了捕猎、饲养动物和种植稼禾，开始进入农耕时代。我们的祖先开始使用一些简单的农业生

产工具，手工业也开始产生。随着生产力的提高，人类进入"铁犁牛耕"的农业社会。农业社会长达数千年，建立了牢固的城池家园，掌握了节令气候，建成了初步的排灌系统，甚至修筑长城、开挖运河，创造了让人赞叹的人间奇迹，同时也产生了光辉灿烂的农业文化。以中国为例，不论是春秋战国时期的诸子百家，还是令人广为传诵的唐诗、宋词、元曲、明清小说，都是农业文明的代表，也是贯通中国文化的内在血脉，呈现出农业文化博大精深的包容力和智慧丰满的生命气象。农业文化和文明相对于原始文化，是一次很大的进步、飞跃和提高，但它仍属人类社会发展的较低阶段，生产力水平总体较低，加上人口不多，所以它对自然生态环境的开发利用范围有限，伤害不大，自然有能力修复还原，人与自然的关系基本协调，当然只是较低水平的协调。

三、工业文化

从18世纪80年代开始，由英国的科学家瓦特发明了蒸汽机，标志着工业革命正式拉开序幕，人类在蒸汽机、火车、铁路、航海的带动下快速进入了工业社会。工业社会采用了新的生产工具、新的能源、新的劳动对象，这就大大推动了物理学、化学、冶金学、地质学等各种知识的研究、推广和运用，加上文艺复兴与宗教改革的胜利，扫荡了封建落后的生产力，科学技术高度发展，社会财富迅速增加，人类创造了灿烂的工业文明。工业文明是与资本主义制度一道诞生的，它依靠强大的科学技术使被压抑的人的智慧和生命力、创造力迸发出来，使人类在很多领域和很大程度上掌握了自然之奥秘。于是人便骄傲地发出"人是自然的主人""人是天地之精华，万物之灵长""天地万物，唯我为大"等气壮山河的宣言。由于发明了飞机、轮船，操控了大型机器，掌握了多种先进武器，人对自然的改造便轻而易举，人对自然的开发、破坏、掠夺与压榨就变本加厉，且日甚一日。加上西方哲学强调人与自然的主客二分、二元对立，将人视为征服自然的主体，将自然视为被改造利用的客体，中国等东方国家也狂热地信奉"人定胜天""改天换地""不怕做不到，只怕想不到"这一类思想，还有消费主义在采用花样翻新的手段刺激人们无止境的、超前的、奢侈的物质追求，加剧了资源的浪费和环境的破坏，人与自然的关系便迅速恶化。因此大量的森林被砍伐，大量的土地被过度垦殖，大量的江河湖海被污染，天空变得阴霾密布，地球被挖掘得千疮百孔，人与自然的关系处于严重对立和尖锐冲突的状态，于是严重的生态环境问题被提到了议事日程，引起全世界各个国家、各个民族的高度重视。

四、生态文化

工业社会的突飞猛进一方面推动着生产力的调整发展，社会财富的快速增加，另一方面却大量消耗着自然资源，严重毁坏着地球的自然生态环境。许多有识之士开始觉醒，人们开始反思人类对自然的态度、人类与自然的关系，很多人开始醒悟道，过去那种只知掠夺，只考虑经济发展，而不管破坏，不问自然生态环境的做法是不可能长久的，是吃子孙饭，断子孙路的短视之举，也是将自己带入灭绝之路的荒谬之举，因此必须痛改前非，重新寻找一条能够持续发展的道路。既要寻求经济的发展，又能协调人与自然的良好关系；既要建设美好家园，过上美好生活，又要保护自然生态环境，使之千秋万代不衰败不变质。于是，"绿色发展""绿色经济""绿色技术"以及生态文明等众多的新思想、新概念、新创意被提出来并开始实施了，诸如"清洁生产""生物工程""生物技术""环保规划""节能技术""低碳经济""低碳生活"等理念和技术得到重视与推广。"生态文化""生态文明"成为最响亮，最得人心的口号，在引导着人们的生产与生活。"绿色技术"是当代新的生产力的代表，是时代前进的方向，它代表着人类觉醒后新的理性追求，正孕育和推动着一场新的革命，前途无量，前景广阔。只有沿着环境保护、生态文明，人与自然在高水平和谐的道路上前进，我们才能永远立于不败之地。目前，生态文化、生态文明的观念已经在全球范围内逐步推广普及，生态建设、生态平衡的努力已经在许多国家和许多地区开展实施，人类终将进入一个崭新的生态时代，生态文化终将超越和取代工业文化，将人类带进一个更加公平合理、幸福美满的世界。

以上对几个不同文化发展阶段的简略勾勒与描述，大致能看出人类的文化从诞生伊始便与"自然""生态""环境"紧密相连，须臾不可离分。也能看出人类社会文化的发展是如何通过人的艰辛努力，与自然保持一致，携手并进、共促共荣的。同时，每一种文化的发展变化皆是通过不断的积累，不断地修正或淘汰旧有文化而开拓前进的。在这一过程中，人类经历了最早的

人与自然的和谐相处（低水平和谐），到发展之后的相互对立冲突，不断斗争，相互伤害，导致资源枯竭、环境破坏、空气、土地、河流污染，生态危机严重。今后能否通过反思，深刻认识人类过去的错误，改变破坏环境，违反自然的生产、生活方式，顺利进入一种新的更高水平的和谐状态——生态平衡、生态文明的时代，用科学合理的，可持续发展的生态文化取代弱肉强食的丛林法则，尚需考验人类的抉择和智慧。若能改弦更张，反思调整，破除迷雾，另辟新路，才能求取生态文明的美好前景。

第三节　保护环境，建设生态文明

20世纪中期以来，日趋严重的生态危机催生了环境文化，人们对环境问题和生态保护的重要性愈来愈关注。环境保护部副部长潘岳在《光明日报》发表《环境文化与民族复兴》一文，指出："环境文化是人类的新文化运动，是人类思想观念领域的深刻变革，是对传统工业文明的反思和超越，是在更高层次上对自然法则的尊重。"环境文化的核心是生态文明，即用生态学的理论和基本观点观察现实事物、处理问题，使人类的认识和实践符合生态平衡要求，绿色环保、生态文明正在成为一股新的世界潮流。

1992年6月14日，联合国环境与发展大会通过了《关于环境与发展的里约宣言》（简称《地球宣言》），其中指出"和平、发展和保护环境是互相依存、不可分割的"，明确把环境保护当作人类社会整体发展进程的一个不可或缺的部分。"保护自然生态环境的美好，就是保护我们人类自己。而破坏自然生态环境，就是毁灭人类自己"，正在成为越来越多当代人的共识。

人类是既能创造文化又能运用文化为自己谋福利的高级生命体，他既可以顺应与保护自然环境，也可以破坏与毁伤自然环境；既可以放纵无度欲望去掠夺自然，也可以克制欲望，约束自己的行为，在过去经验的基础上改变自己的思维模式、行动方式，更有效地利用自然环境，以自己创造积累出的财富来创造美的生存环境，从而迈向更高的境界。善恶一念间，生死一念间，选择的对错直接关乎人类的前途。"生年不满百，常怀千岁忧"，人就是这样的，想不忧愁是很难的。人就是爱思考，会忧虑，也好谋划。因此我们便要充分发挥人的这一优点，趋利避害、择优汰劣、撷英建华，发展与创新人类文化，将人类之舟驶往幸福的彼岸。

泰戈尔早在 1921 年的《真理的召唤》讲演中就说："在世界觉醒的早晨，如果我们民族的奋斗不和宇宙的理想相呼应，那就反映了我们精神的贫乏……当小鸟在黎明觉醒，它并不全神贯注寻找食物，它的翅膀不知疲倦地在天空翱翔，它的喉咙歌唱着新的曙光的欢畅。全世界人类今天在向我们发出号召。"这诗意般的描述一是强调人类的奋斗要和宇宙的理想相呼应，其实就是天人合一、生态和谐、生态文明；二是让我们要永远追寻美好，向美好生活进发。两者皆是统一的，是引导我们走向光明之境的标准、方向和目的。

中国目前正处在从农业文化向工业文化、生态文化和生态文明的过渡期，社会加速发展，各种矛盾复杂多变，人心浮躁而焦虑。在当今市场经济条件下，我们究竟是要把社会建设成一个美好的人类世界，还是要把它变成一个尔虞我诈的热带丛林？这就不是个任其自然发展的小问题，而是一个必须用文化、思想和价值来引导的重大问题。

文化基本的核心由两部分组成：一是传统，即从历史上得到并选择的思想；二是其追求的价值。从传统方面来说，我们最需要继承和发扬的是中国文化中"为天地立心，为生民立命，为往圣继绝学，为万世开太平"的思想，这是一种真正的社会价值理想。这种思想认为"人为天地之心"，或者说人必须为天地"立心"。天地本无心，无知觉、无感情，有了人后，人便能用大心去"恤物"，用"恻隐之心"去推己及物，用"仁心"去为天地立心。张载认为："天无心，心都在人之心。"① 王守仁说："心者，天地万物之主也。"② 当今学者也认为，"人以爱心对待人与万物，完成自然界的'生生之道'，就是为天地'立心'"；"其核心是'人心之仁'"，即"不断培养、完善自己的仁性，成为真正的德性主体，实现自然界的生之目的。这就是'为天地立心'的真正涵义"。③ 他们都强调人之行为要依乎天理，顺乎自然，因为它是人不能推卸必须承担的文化责任和历史使命。恩格斯也认为，人的头脑是地球上最美丽的精华。他在《自然辩证法》中概述自然界的自我生成过程时指出，

① 张载：《经学理窟·诗书》，转引自《中华文化论坛》2011 年第 3 期，第 106 页。
② 《王文成公全书》卷六。
③ 蒙培元：《人与自然——中国哲学生态观》，人民出版社 2004 年版，第 420 页。

"在这些脊椎动物中，最后又发展出这样一种脊椎动物，在它身上自然界获得了自我意识，这就是人"。① 他强调，自然界是通过人而获得自我意识的。因此人类就应该永远与自然和谐相处，努力体认自然界自我生成的规律，懂得自己的职责与地位，使自己成为具有各种生态智慧和能力的人，从"自然界的自我意识"的高度，去"为天地立心，为生民立命""为万世开太平"。

从价值方面来说，我们需要树立和倡导的是"各美其美，美人之美，美美与共，天下大同"。世间的各种文化虽类型、特征、路径及其发展模式有别，但最终为的是要建设美好家园，追求美好幸福生活，在这一点上是万变不离其宗，因而也毫无异议的。人类文化是由不同时期、不同民族、不同国家的文化所组成，各种文化依靠对话、交流、相互学习而发展推进、不断提高。因此文化的发展，一是要尊重一切文化，二是要强调文化自觉，三是要提倡文明对话，让各种不同的文化相互补充完善，促使人类文化从工业文化向生态文化转变。联合国教科文组织认为："文明对话是人类可持续发展和平等发展的必然步骤。它使全球化更具人性，它是持久和平的基础，孕育着不同历史传承和传统的人类共存的良知意识。"新儒家的代表人物杜维明教授也指出："不同文明对话之时，我们追求的应该是研习自己所不知的、倾听与己不同的见解，敞开心扉接受多种的观点，反思自己的想法，分享不同的洞见，寻求彼此之间的默契，求得最有益于人类繁荣昌盛的最佳行为方式。只有那时，对话双方才能建构一种互惠互敬的关系。"②

很显然，要推进社会文化的文明进步需要突出文化理想对文化现实的引导作用、批判、建构功能，更需要我们发扬中华文化天人合一的自然观、协同礼让的社会观、兼容并包的文化观，去促进社会文化系统的要素互补、结构均衡、功能协调、健康发展。同时也深刻影响着在环境污染、资源枯竭和战争威胁中岌岌可危的世界文明的可持续发展态势。

总之，文化是人类进化、演变与发展的一个缩影，是人类由愚昧状态进化到文明状态的进步标志，也是具有高级智慧的人类理应享有的重要精神生活。文化推动了历史的进步，启迪了科学的发展，丰富了人的精神生活与物质生活，引导着人类文明的希望和理想。人类要进步发展就必须求真崇善、

---

① 《马克思恩格斯选集》第 4 卷，人民出版社 1995 年版，第 273 页。
② 转引自《新华文摘》2011 年第 11 期。

除邪斗恶。要使文化永远具有无限的生机活力，越来越远大的前程，我们一是要认识到文化生态环境的保护与优化，关系到人的全面发展、文化多样性状态与格局；二是要遵循"建设美丽家园，过上美好生活"的正确指向，牢记环保使命；三要正确处理人类与自然生态环境之间、社会与自然之间的关系、矛盾和问题，增进对自然生态环境规律、价值、效益和伦理的自觉认识、把握和理论阐释，建构科学生态观，指导生态文明和两型社会建设，大步行进在通往光明幸福的康庄大道上。

第十四章 可持续的生活方式的要素
——人类学分析

　　"建设美丽家园，过上美好生活"体现了人类对人与自然的和谐、对幸福的向往与追求。分析人类社会发展与生态环境的关系，了解生态人类学的相关理论及对当代环保问题的思考，探讨关乎人类幸福的主要因素等问题，有助于从人类学视角对"建设美丽家园，过上美好生活"的诠释和理解。

第一节　人类社会与生态环境

一、人类与环境

　　人类自从诞生之日起，就与周围的自然环境有着密切的关系。美国著名生态人类学家内亭曾说过，人类与自然的相互关系肯定是人们最永久关心的实际问题，人类最初的知识也是用于处理人与自然界的关系。① "建设美丽家园，过上美好生活"首先要探讨的是人类与自然环境的关系。环境是一个外延丰富和广泛的概念，在不同领域有不同的侧重点。从环境保护出发，一般

---

① 付广华：《生态人类学的理论来源述论》，来源：http://blog.sina.com.cn/fuguanghua536。

认为，环境是指以人类为中心，一切与人类生存、发展和享受有关的，一切外界有机和无机的物质、能量的总体。陈静生等在《人类——环境系统及其可持续性》中指出，"人类——环境系统"是一个极其复杂的综合体，它包括人类对自然环境和资源的开发利用活动，包括形形色色的自然环境和自然资源的组成成分及其相互作用与结果，也包括人类与环境和作用的相互关系。①人类的生存需要不断地从周围环境获取物质和能量，人类通过自身的生产行为和生活（或消费）行为又影响和制约着环境的构成、质量和变化，而环境的客观属性与发展过程却并不会因人类的主观需求而改变，环境作为物质基础和前提影响和制约着人类的生存、进化和发展。

人类社会发展至今，经历了原始社会、农业社会（农耕游牧社会）、工业社会的历程。人类诞生以后，长期地过着采集与渔猎生活。在采集渔猎社会，人类精神尚处于萌芽阶段，人类思维是直觉的。早期的人类已懂得猎取食物、取火、制衣、穴居，在各种环境中进行着生存竞争，并使用一些极为简单的劳动工具从事生产。这一时期的生产主要是直接地收获大自然的赐予，而不是采用间接的方式去改变自然物，其实践活动是典型的自发的重复性实践活动；人类主要利用环境中的自然生物资源，环境对人类的发展有很大的约束性，而人类对环境的影响微乎其微。这时，人类同环境之间的矛盾尚不突出，人们的努力目标仅是适应环境、利用环境，而很少有意识地改变环境。随着人口的增长和因无知而滥采滥捕，也会出现可用生物资源匮乏的环境问题，但是环境会因为人类的频繁迁移而得到恢复。

在经过漫长的历史时期后，人类终于发明了一系列高于采集、渔猎活动的农业技术，创造出了新的农业生产方式，进入了农业社会。此时社会尚未发展起先进的社会化大生产，但生产力水平得到了极大的提高。人类不仅由简单地利用生物资源，扩大到利用气候、水力和土地资源，而且由单纯地利用环境资源到利用和改造环境资源，人类进入了有意识、自觉的文明时代。人类逐渐把自然景观转变为人文景观，把原野转变为农田和牧场，把自然植被转变为人工植被，大大改变了动植物种群的组成、结构和空间分布状况。农业的发展日益加剧地把自然生态系统转变为人工生态系统，大大提高了土

---

① 陈静生、蔡运龙、王学军：《人类——环境系统及其可持续性》，商务印书馆2001年版。

地的人口承载力，复杂了人类与环境的关系。

人类将大片的荒山、草地辟为良田。水利事业的发展，为农业的丰收提供了保证。但是，随着人类活动的增加，由于不节制地毁林垦荒，引起严重的水土流失，草原的毁灭招致荒漠的扩张，使土地越来越贫瘠，原有的生态环境遭到破坏。在发展的背后，人类与环境的矛盾却显得突出起来。繁荣一时的巴比伦文明古国变为一片沙荒；玛雅人经受不住干旱、洪水、风沙的侵袭，不得不丢弃自己亲手创造的文明，离开故乡；中国的楼兰古国也曾一度辉煌，但考古发现，楼兰古国消失的根本原因是生态灾难；中华文明的摇篮——黄河流域也是由于过早地开发，无节制地垦荒，使上游生态遭到严重破坏。人类与环境矛盾的激化，造成了早期的环境问题。当时，人类生产力尚不发达，环境问题尚未达到危及人类生存的地步，人类也没有意识到问题的严重性。

二、工业时代后的人类与环境

蒸汽机的发明代表着工业文明的到来。在工业社会里，科技为人类装上了腾飞的翅膀，生产空前社会化，人类社会以前所未有的速度发展。由于科学技术的高度发展，劳动生产率的迅速提高，在发达的现代化工业社会，人类社会的生产力、人类的数量、生活范围和规模等已是今非昔比，人类利用自然、改造自然的能力空前巨大。现代工业使大量埋藏在地下的矿产资源被开采出来，投入环境之中，并随着产品的生产与消费，又把废气、废水、废渣排放出来，其中许多废弃物难以处理、同化，使之对人体及生物造成难以忍受的危害。随着这些有害废弃物的不断累加，造成了环境质量的逐步恶化，使生态平衡遭到了破坏。现代工业还带来了人口问题、城市化问题，农业现代化也派生出来许多方面的环境问题。人类在发挥其积极作用，创造高度物质文明之时，也给环境带来了消极的副作用，人类对资源、环境掠夺式的开采利用导致了严重的环境和生态后果，如历史上著名的几次环境公害事件。从1934年美国的"黑风暴"到我国大跃进年代内蒙古的"人造荒漠"；从20世纪60年代的伦敦烟雾事件、洛杉矶光化学事件、比利时马斯河谷事件，以至当今世界性的人口的剧增、森林锐减、臭氧层出现空洞等等一系列的环境问题，无一不是大自然对人类的报复。人类与环境对立关系的具体体现及严重后果迫使人类重新认识环境及其存在的价值，追求人类与环境的和谐相处及可持续发展。1972 年 6 月 5 日，联合国在瑞典首都斯德哥尔摩召开的"人类与环境"会议，提出"只有一个地球"的口号，通过了《人类环境宣言》，并确定每年 6 月 5 日为"世界环境日"；1992 年联合国又在巴西里约热内卢召开了有各国首脑参加的"环境与发展"会议。[①] 人类开始行动起来，积极采取各种措施，不断协调人类社会与生态环境的关系。

第二节 人类学对于人类与环境相关问题的研究

一、生态人类学研究的主要问题

人类的生存一直同邻近的土地、气候、植物以及动物种群发生着密切的关系，并对其产生影响，环境因素亦反过来作用于人类。人类学的研究对于我们了解人们如何认识环境以及人们与环境之间的互动关系提供了独特的视角。人类与环境之间的互动关系，即是我们通常所说的"生态人类学"关注的焦点问题。生态人类学是用人类学的理论和方法研究人类、文化与生态环境之间关系的学科，是 20 世纪 60 年代出现的一门人类学的分支学科。在日本的百科全书中，生态人类学是研究人类对环境适应的学科，与人类学、地理学、社会学、人口学等也相关。具体是以个体群的生存为对象，对其进行生计方式、食物、人口学性质的侧面进行包括性的研究。

生态人类学对于人类与环境相关问题的研究主要包括环境决定论、环境可能论、环境适应论、生态系统论等。

一是环境决定论。环境决定论认为物质环境在人类事务中发挥着"原动力"作用；世界文化的诸形态都是自然法则下的结果，也是向自然条件适应的结果。环境决定论者始终认为，人类与自然环境之间存在着科学性的法则。人类社会和文化的特点可以由他们所处的环境来解释。人格、道德、政治和政体、宗教、物质文化、生物诸方面均与环境有关。希波克拉底的"体液论"

---

① 《论人类与环境的对立统一关系》，来源：http://www.wendian.com/1066 - 92684。

是最典型，也是最著名的环境决定论。他认为人体含有四种体液：黄胆汁、黑胆汁、黏液和血液，分别代表火、土、水和血四种物质，而这四种体液在人体中的比例影响着个体的体格、人格、个性及健康等。气候决定体液的比例，是形成体质形态、人格与个性的地域差异的原因。由于过度炎热和缺水，热带地区的人们不仅易动感情、沉溺于暴力，而且懒散、寿命短、轻浮和动作敏捷。亚里士多德也说过，欧洲较寒冷地区的国家居民是勇敢的，但是在思想和技术能力上稍感欠缺，因此他们比别人更长期地处于自由闲散的状态，也就缺乏政治组织和统治的能力。柏拉图也认为希腊的温和气候是民主政体和产生适于统治其他民族的理想气候；热带产生专制政体；寒带则没有形成完善的政体形式。

18世纪，法国启蒙运动代表人物孟德斯鸠提出，炎热的气候易于产生消极的宗教，印度的佛教就是一个很典型的例子。而在寒冷的气候下，会产生适应个人自由和活力的侵略性的宗教。18世纪中后期，英国"爱丁堡学派"成员之一的霍姆也同意气候、土壤、食物以及其他外部环境因素对人类种族的形成有重要影响。[①] 19世纪，人类地理学的创始人德国学者拉采尔认为人是地理环境的产物，人的活动、发展和抱负受到地理环境的严格限制。美国地理学家森普尔论述了地理环境对人类体质、思想文化、经济发展与国家历史的影响，强调了自然地理条件的决定性作用；指出地理环境对社会历史的影响，主要是通过人类的经济社会活动。美国地理学家亨廷顿把气候视为社会发展、国家强弱、种族优劣、经济盛衰的决定因素，认为热带气候单调，居民生活将永远陷于相对贫困，人类文明只能在具有刺激性气候的地区才会有所发展。美、英、德、日之所以文明比较发达，是因为它们位于气旋活跃、富于刺激性的地区。

19世纪中叶，达尔文的生物进化论思想在当时的自然科学和社会科学中影响广泛。人类学界也不例外，随着人类学研究的不断深入，尤其是博厄斯和马林诺夫斯基等人类学先驱的研究方法的应用，人们发现一些人类文化现象，如交易制度、婚姻规则、亲属关系术语、政治制度等，在地形和气候条件相似的不同地区却差异很大。不管环境因素在形成人类文化过程中的作用

---

① 夏建中：《文化人类学理论学派》，中国人民大学出版社2003年版。

如何，它显然不像早期社会思想家们所设想的那么直截了当。① 于是，以体液论为基础的环境决定论在 19 世纪末和 20 世纪初开始衰落，但环境决定论思想仍然影响着生态人类学理论的发展。

二是环境可能论。19 世纪末和 20 世纪 20—30 年代，人类学界对环境的解释由决定论转向可能论。该理论认为，自然界中的生物与自然环境之间不存在必然性，只是存在着由自然环境决定的诸多可能性，而人类只是巧妙地利用了这些可能。这一理论认为自然环境仅提供了一系列可能的机会，人类具有相当大的选择自由，是人地关系的一种理论。

法国地理学家维达尔认为在人与环境关系中，人是积极的力量，不能用环境的控制来解释一切人生事实，一定自然环境为人类提供各种可供利用的可能性，而生活方式则是决定人类集团选择哪种可能性的基本因素。法国历史学家费夫尔把维达尔的理论称为"可能论"，认为自然界没有必然性，但到处都存在着可能性，人类作为可能性的主人，才是利用他们的主宰。

历史特殊论学派的开创者博厄斯认为环境是限制和改变文化的相关因素，但环境对解释文化特征的起源无关。环境的重要作用在于解释一些文化特征为什么没有出现，而不是说明它们为什么一定产生。梅森指出，物质文化和技术的地理分布是由环境塑造的而并非由它引起。基于这一假说，他确立了12 个民族环境文化区。美国人类学家克鲁伯发现美国东部农业的出现，不是因温和的气候造成的，而是气候许可了农作物的生长期所需的必要条件。他还认识到与自然环境差异相对应而表现出的文化特征差异。他认为，文化源于自然，要彻底认识文化，只有联系其根源的自然环境；但是，像根植于土壤的植物不是由土壤制造或造成的一样，文化并不是由其根植的自然环境所造成的。文化现象的直接原因是其他文化现象。

环境可能论作为一种理论解释框架，它的解释虽然与我们观察到的实际情况没有矛盾，但环境可能论对于人类文化的大部分情况仍然无法明确说明，环境可能论也不是一个完满的理论解释框架，正如美国人类学家格尔茨所说：使用这样一种公式，人们只能最笼统地提出：文化受环境影响的程度如何？人类活动在多大程度上改造环境？答案只能是最笼统的——在一定程度上，

① 转引自凯·米尔顿：《多种生态学：人类学，文化与环境》，《人类学的趋势》，社会科学文献出版社 2000 年版。

但不是完全。①

三是环境适应论。环境适应论认为自然环境与人类活动之间存在相互作用的关系，地理学应当研究人类对自然环境的适应，是人地关系论的一种学说。英国地理学家罗士培于 1930 年首先创用"adjustment"一词，意为"适应"或"协调"。罗士培认为：人文地理学是研究人地之间的相互关系，而不是研究控制问题，就是说从不同的侧面论述人类活动对环境的适应能力。这样，人文地理学就必然包括两个相互联系的方向：一是人群对其周围自然环境的适应，二是居住在一定区域内的人群与其他地理区域之间的关系。与罗士培同时代的美国地理学家巴罗斯，主张地理学应当致力于研究人类对自然环境的反应，分析人类的活动和分布与自然环境之间的关系，从另一个角度提出了适应论的观点，这种人类生态学的观点又被称为"生态调节论"。

适应论的观点在人类学中得到了很大发展。自 19 世纪末以来，人类学者在研究中也逐渐认识到人类分布特性与环境分布特性之间存在一定的协调关系。直到 1955 年，人类学家斯图尔德才提出与人类生态学相近的"文化生态学"的观点，其研究的重点亦为人类社会如何协调与自然环境的关系。

四是生态系统论。20 世纪 60—70 年代，人类学理论的发展导致了生态人类学学者的分道扬镳。一部分着重研究人类自身概念世界的人类学家建立了称作"民族生态学"的新领域。还有许多人类学家仍然认为人类活动属于包括环境现象在内的更广泛的系统。他们仍然对解释这类系统如何运作感兴趣。人们更易于接受从生物学中借鉴的界定人与环境的关系的生态系统研究方法。

所谓生态系统，就是在一定空间中，栖居着的所有生物（即生物群落）与其环境之间，由于不断地进行物质循环和能量流动过程而形成的统一整体。在生态系统中，人类、其他生物及非生物互为环境、相互影响。地球上的森林、草原、荒漠、海洋、湖泊、河流等，不仅它们的外貌有区别，生物组成也各有其特点，并且其中生物和非生物构成了一个相互作用、物质不断循环、能量不停地流动的生态系统。人对环境有影响，也受到环境的影响。

生态系统论的研究开辟了与传统人类学不同的研究方法，它看重人类活动的物质后果，而把人们自己对周围世界的文化理解置于微不足道的地位。

---

① 任国英：《生态人类学的主要理论及其发展》，《黑龙江民族丛刊》2004 年第 5 期。

生态系统方法的优点和贡献在于：第一，它关注人口与环境之间的关系，强调人与环境的相互影响；第二，在研究方法上，它要求人类学家运用测量法研究人类与自然环境之间进行的各种物质和能量的交换。但是，由于生态系统方法具有浓厚的生物学色彩，倾向于将生态系统赋予生物有机体的属性，往往忽视了时间和结构的变迁，忽略了个体的作用，而过分强调了生态系统的稳定性。

五是对当代生态环境问题的人类学思考。由于人类对自然环境的破坏，人类生存的环境面临严重的挑战。近年来每年的自然灾害给人类造成的巨大损失远远超过经济的增长，人类对破坏自然环境已经付出了沉重的代价。因此保护生态环境已迫在眉睫、刻不容缓，否则"建设美丽家园，过上美好生活"将不可能实现。

二、人类学的作用

人类学在一定程度上能对当代环境问题的研究发挥作用。生态人类学除了提供与特定环境问题有关的知识以外，还可以在一个比较普遍的层面上寻找可持续的生活方式。米尔顿提出："生态学研究能够确定什么样的人类实践对环境有利，什么有害，而人类学的分析则足以揭示是些什么样的世界观支持良性的或有害的做法，而且有转而为后者所支持。所以人类学有助于我们理解可持续的生活方式所需要的是什么，不仅弄清楚应该怎样对待环境，而且弄清楚什么样的价值观、信仰、亲属结构、政治意识形态以及仪式传统会支持有利于可持续发展的人类行为。"在人类学视角下，积极应对当代生态环境问题，实现"美丽家园"与"美好生活"要着重做到以下五方面：

第一，走出人类中心主义，确立人与自然和谐发展的观念。在启蒙精神的导引下，人类过度张扬的理性惊扰了自然生态环境的动态平衡机理，人类的妄图妄作摧残了自然生态环境的自我修复能力，人类极度膨胀的欲求导致了珍贵物种的灭绝和恶性病毒的滋生。依据生态系统论的观点，在"人—社会—自然"复合生态系统中，各种事物相互联系、相互作用；人类、其他生物及非生物互为环境、相互影响。要维持整个系统的可持续发展，首先就要破除以人类为中心的观点，树立人与自然和谐发展的环保观念。

第二，针对地球生命体系构成的复杂性和多样性，不同的民族应立足于

本民族的文化特征，利用好自己最适应的那些生态系统。随着多元文化与多元生态系统的相互适应，全人类对生物资源的利用就可以随之而实现多样化。全人类对地球生命体系资源利用的压力才有望得到最大限度的缓解。

第三，尽可能避免实施生态的人为改性，即使要实施人为改性，也必须尊重相关生态系统的本质特征。不能靠牺牲整体的生态利益去满足个别地区短期利益的需要。实施生态改性，必须坚持文化相对主义原则，不能由强势民族说了算。人类的历史告诉我们，任何时期的强势民族都是短暂的。而生态安全却是全人类共同利益之所在。迁就强势民族的短期利益，无异于人类自掘坟墓。因此，应当赋予每个民族拒绝人为生态改性的最终决策权。

第四，应当借鉴各民族的传统生态智慧和技能。立足于这些地方性知识的文化特征，去筛选能够与之匹配的现代科学技术，推动地方性知识的升级和创新，就可以做到资源的高效利用和生态安全的维护相兼容，既能优化资源的利用方式，同时又确保相关生态系统的稳定。

第五，对那些因突发原因而导致的自然系统改性，不应当强行恢复原有生态系统，也不应当在没有充分准备的情况下急于加以利用。等到相关地区的生态环境定型后，借助生态人类学的方法，筛选出最能有效利用新生态系统的民族文化，去试行启用新生态系统，并不断总结经验、不断改进，才有利于新生态系统的稳态延续。①

第三节　人类实现幸福的相关因素

一、追求幸福是人类行为的根本动机

追求幸福是人类的终极目标，人类的一切行为，其根本动机都是对幸福的追求，人类的每一点进步、人类社会的每一步发展，都体现了人类对"建设美丽家园，过上美好生活"的向往和不懈追求。弗洛伊德、柏拉图、亚里士多德、霍布斯、穆勒、边沁等学者都探讨过人类幸福的相关问题。在他们

---

① 罗康隆：《生态人类学视野下的人类生态安全思考》，《三明学院学报》2009 年第 3 期。

看来，所有人都追求幸福，这是毫无例外的。不管人类采取的是哪种方式，其目的都是追求幸福。不管是去打仗的人，还是竭尽全力避免战争的人，其动机都是获得幸福的愿望，只是他们看待幸福的视角不尽相同。为了达到这个目的，人们的意志从来都是不可动摇的。这也是每个人每项行动的动机。

任何人获得的任何一个幸福都存在有一个前提，即渴求。渴求就是人们希望实现某个不太容易实现的事情的愿望。幸福就是渴求被满足后的结果。人的本性是不满足。正是人类不断增强的不满足本性导致了人类的渴求（求知）欲，以及实践欲不断增强，从而导致了人类自身的不断发展和进步，从而使人类能从一般动物种类中脱颖而出，成为现在的人类。所以人的本性是不满足。这也是人和动物的根本区别所在。根据马克思理论我们知道，物质决定意识。因此，关于"人"，我们就可以如此定义：人是具有不满足本性，且具有在特定环境下形成有特定意识的动物。因为追求满足就是追求幸福，所以，人类的最终追求就是幸福，追求"美丽家园"与"美好生活"。

人类最终追求的社会是和谐幸福社会。人类的最终追求是幸福，保持人类能持续繁衍也是第一要务，所以能给人类带来持续和谐幸福的社会才是人类最终追求的社会。人类的和谐幸福是检验真理的唯一标准。因为人类的最终追求是幸福，所以人类的任何一个实践都是手段，最终目的是为了人类的和谐幸福，为了人类子孙的和谐幸福。人类必须和谐发展，去寻求更广的、更远的和谐幸福。那些为了少数人的幸福而损害多数人的幸福，为了当代人的幸福而损害人类子孙的幸福的实践都是错误的，都不是真正的幸福。① 何为"人类的幸福"？马克思为我们作出了解答。从中学时代，马克思的志向，就是为"人类的幸福"而奋斗。抱着这一理想，马克思开始了自己的理论活动与实践活动。以"人类的幸福"为出发点，他形成了观察把握世界的"人类精神的真正视野"②。这个"人类精神"，是自文艺复兴以来反对神而弘扬人、关心人类命运、关心人类生存发展的人类学的而非神学的精神，马克思继承了人类发展的这一精神，并以这一精神为视野观察把握人类世界。从而形成了自己的人类学视野。所以，马克思所说的"人类精神的真正视野"，就是对

---

① 陈孟云：《中国幸福学概论》，来源：http://blog. sina. com. cn/s/blog_ 496f2fff0100cipr. html。
② 《从人类学视线下对人类世界哲学分析》，http://www. zhazhi. com/lunwen/zxsh/jjzx/16531. html。

他的哲学性的人类学视野的表述。

二、幸福需要完美的人性

人性的完美很重要，因为它同美好的社会环境一样，是人类幸福的源泉。哲学家叔本华甚至认为：人格所具备的一切特质是影响人的幸福与快乐的最根本、最直接的因素。人性的完美，人的全面发展，人的价值的实现，是人类追求的目标。人的本性，部分是先天遗传的，部分是后天获得的。环境与文化对人的本性有着重大的影响。因此，要培养完美的人性，必须创建优化的社会环境。改造社会是重要的。其中，开发人力资源既关系到社会的发展，也关系到个人的幸福。科学的教育是实现人性完美的重要手段。完美的人应当健康。叔本华说："健康是成就人类幸福最重要的成分。只有最愚昧的人才会为了其他的幸福牺牲健康，不管其他的幸福是功、名、利、禄、学识，还是过眼烟云似的感官享受，世间没有任何事物比健康，还来得重要。"① "在一切幸福中，人的健康实胜过任何其他幸福，我们真可以说一个健康的乞丐要比疾病缠身的国王幸福得多。"② 完美的人应有科学的头脑。我们应当有知识，对自己、对社会、对世界有科学的认识。人类需要有信仰，不是信仰上帝，而是信仰真理。正如莱布尼茨所说："没有任何东西比幸福更真实，也没有任何东西比真理更幸福和更可爱。"完美的人应有高尚的道德。应当尊重他人，尊重他人的生活方式，宽容待人。应当具有人道主义思想，这就是自由、平等、博爱的思想和追求最大多数人的最大幸福的动机目标，把增进人类幸福当作自己的职责。人道主义思想是促进人类善良的精神食粮。而专制独裁则是一种最邪恶的人性。完美的人应有激情和较强的实践能力，应当充满兴趣和爱好，能够创造和追寻快乐，能够实现自身的价值。人类需要理智，也需要激情，它们都是美好人生所需要的。我们应当有合理的生活目标和为之努力的能力，这关系到人们能否"过上美好生活"。

三、幸福需要完美的社会

人类的幸福离不开社会的完美。正如英国哲学家罗素所说："要过上最完

① 转引自《现代西方人生哲学》，学林出版社 1988 年版，第 1 页。
② 转引自罗素：《社会改造原理》，上海人民出版社 1959 年版，第 19 页。

全意义上的美好生活，一个人必须有良好的教育、朋友、爱情、孩子（如果他想要的话）、确保他不致贫穷和忧虑的足够收入、健康和不感觉乏味的工作。所有这些东西都不同程度地依赖于社会，并为政治事件所帮助或阻碍。美好的人生只能存在于美好的社会中，否则不可能十全十美。"[1] 人类的发展，人性的完美，有赖于社会提供的条件。自由与丰富的发展条件，是人类幸福的源泉。健康、自由、富有、成功、真理、美德、权力，这些都是幸福生活的组成要素。

美好的社会应当是富裕的。要发展经济，提高生产力，努力满足人们的需要。美好的社会应当是自由的、宽松的。只要不损害他人的利益，每个人都有权选择自己的生活方式，社会不应过多地干预。美好的社会应当尊重人权。"如果一个国家以一部分公民的道德标准来制定法律，并且用这些法律法规来惩罚持有另一种道德标准的公民，那就错了。"[2] 美好的社会应当是平等的。要消灭一切人压迫人、人剥削人、人奴役人的社会关系。美好的社会应当充满宽容与博爱。对人的问题的重视，对人权的重视，对人类幸福的重视，是不可抗拒的历史趋势。幸福是人类生存的最终目的，是人类实践的最高准则。[3]

此外，不同文明之间的对话是人类和平幸福的必要条件。在今天，不同文明间的对话是人类良知、人性之善的体现；唤醒人类古老的愿望和睿智、解剖当下、尽力运用人类幸福和平的必要条件以强有力地遏制乃至消除邪恶，为人类幸福与和平准备充足条件，则是进行不同文明之间对话的职责。不同文明间的对话，不应该只是被文明一元化所折磨的弱势国家、民族、地区和社群的需要，其实也是发达国家、霸权者、富豪和强势群体的内在需求。获得不同文明对话之益的，将是整个人类。

总而言之，我们相信，通过全人类的共同努力和坚持不懈的奋斗，热爱自然，保护环境，为人类的幸福积极创造各种条件，"建设美丽家园，过上美好生活"的目标就一定会实现。

---

① 转引自王晓林：《证伪之维：重读波普尔》，四川人民出版 1998 年版，第 164 页。
② 转引自李银河：《李银河说性》，北方文艺出版社 2006 年版，第 29 页。
③ 《幸福论——现代人类学》，来源：http://q.sohu.com/forum/20/topic/6521326。

第十五章　环境公平

——社会学分析

　　党的十八大报告指出"建设生态文明，是关系人民福祉、关乎民族未来的长远大计"。要"把生态文明建设放在突出地位，融入经济建设、政治建设、文化建设、社会建设各方面和全过程，努力建设美丽中国，实现中华民族永续发展"。"建设美丽家园，过上美好生活"既是对"建设美丽中国"实现"永续发展"这一重大战略部署的积极回应，也顺应了人民群众对美好生活的期待，符合人类追寻共同家园的价值诉求。在社会学语境中，"建设美丽家园，过上美好生活"就是实现社会的公平正义、和谐发展，即实现人与人、人与自然和谐共处。体现在环境上，就是在资源的使用和保护上，所有主体一律平等，享有同等的权利，负有同等的义务，即环境公平。

第一节　环境公平的内涵

一、"环境公平"的概念

　　"建设美丽家园，过上美好生活"是人类对未来社会的理想设计，人类对理想社会的设计往往离不开"公平"和"正义"，党的十八大报告中明确指出"必须坚持维护社会公平正义。公平正义是中国特色社会主义的内在要求"，要"努力营造公平的社会环境"。随着环境问题的日益复杂化，越来越多的环境问题演变成为社会矛盾冲突，在维系社会公平正义的层面上，环境公平尤为重要。所谓环境公平，是指在平等的原则下，社会成员享有平等的合理利用环境资源的机遇和权利，以达到最终环境资源分配上的公平。具体来说，一是指所有人都应有享受安全健康的环境而不遭受不利环境伤害的权利；二是指环境破坏的责任应与环境保护的义务相对称。

环境公平具有时间与空间这两个维度。在空间维度上，环境公平指代内公平；在时间维度上，环境公平则有代际公平；同时具有时间与空间二维属性的环境公平的是种际公平。代际公平是要求当代人应限制对不可更新资源的消费，同时还要对可更新资源进行保护。

目前，根据环境公平的性质，已经有人区分出了三种意义上的环境公平问题。首先是程序上的公平，这种公平强调同等待遇问题，也就是说各种规章制度和评估标准应当是普遍适用的，每个人在涉及自己社区的事务时，都应当拥有知情权和参与权。其次是地理上的公平，这种公平强调的是社区付出与获得的对称。不公平的现象表现为一些人或地区从工业生产中获得直接利益，如工作和税收，而废物处理和储存的成本则转嫁到另一些人或地区。容纳废物的社区几乎得不到产生废物的社区的经济利益。最后是社会意义上的公平，这种公平强调在整个社会中保障个体或群体应得之权益的重要性，即通过社会政策促进环境公平的实现，推动社会的发展。

二、"环境公平"的发展与传播

"环境公平"概念是在以美国黑人为主的环境运动发展到特定阶段提出来的。20世纪80年代，以美国黑人为主力军发起了一场新的民权运动，反对把黑人和少数民族社区用作污染严重的危险化学品工厂厂址和有毒废物填埋场。1987年，一本介绍华伦县居民示威活动的名为《必由之路：为环境正义而战》的书出版，该书首次使用了"环境正义"一词来称呼这场运动，并很快得到广泛的采用。1988年，纽约州立大学出版社出版《环境正义》一书，从环境法的角度阐释约翰·罗尔斯的正义理论，提出了环境领域的公平、效率和安全等问题。1990年美国国家环保局设立了"环境公平工作组"，1994年2

月，美国总统克林顿又发布 12898 号行政命令，要求联邦机构重视与少数族群和低收入者相关的环境公平问题，把维护环境公平作为他们工作的一部分。由此，环境公平（environmental equity）概念得以广泛传播，并很快成为全球范围内流行的概念。各种官方、非官方的研究一再证明种族、民族以及经济地位总是与社区的环境质量密切相关，与白人相比，有色人种、少数族群和低收入者承受着不成比例的环境风险。

这样，越来越多的人意识到，环境问题实际上是社会问题的延伸，如果不将环境问题与社会公平的实现紧密联系起来，环境危机就不会得到有效解决。环境公平的概念由此得以确立。人与自然的和谐是未来社会的核心价值，"环境公平"这一概念的提出打破了"人类中心主义"这一陈旧的价值体系，促使人类重新审视人与自然的关系，重新评估历史上对人与自然关系的认识，重新定义"美丽家园"和"美好生活"之意义。

三、"环境公平"与"美好生活"

从社会学的角度看，环境公平概念的提出反映了人们对于环境问题认识的深化。尽管从长远和整体来看，环境状况的持续恶化最终将使所有的人蒙难，但是从现实情况看，的确是有些人受益，有些人受损。实际上，当今环境问题不仅反映出人与自然关系的失调，而且越来越反映出人与人之间社会关系的失调。正如日本环境社会学家户田清指出："应该认真审视所谓'人类在破坏自然平衡'这种论调，并不是人类社会所有的人都在污染环境，那些为了经济利益而不顾环境的国家、企业和个人应该对环境问题承担责任。不应笼统地说所有的人类都在做着破坏环境的事。"[①] 事实上，当前环境问题不仅仅表现为人与自然关系的失调，而是越来越表现为人与人的社会关系的失调。在某种意义上说，人与人之间社会关系的失调已经成为环境问题迅速扩散和日益加剧的重要原因。马克思曾指出，"人们在生产中不仅仅影响自然界，而且也互相影响。他们只有以一定的方式共同活动和互相交换其活动，才能进行生产。为了进行生产，人们相互之间便发生一定的联系和关系；只有在这些社会联系和社会关系的范围内，才会有他们对自然界的关系"[②]，

① 户田清：《追求环境的公平》，日本新耀社 1994 年版。
② 《马克思恩格斯选集》第 6 卷，人民出版社 1995 年版，第 344 页。

"人同自然界的关系直接就是人和人之间的关系，而人和人之间的关系直接就是人同自然界的关系"①。因此，为了更好、更全面地理解人与自然的关系，应当关注人与人之间的社会关系。社会学对环境和环境问题有自身独特的认识。它与自然科学关于环境问题的研究的区别在于，社会学将环境问题的研究视角从客观转向了主观，即社会学中所谓的环境问题是否存在及其程度依赖于社会成员的认识水平，因此，社会学从人类社会结构和社会行为的角度探索环境问题的成因；从社会学角度研究环境问题与其他社会学科的区别在于，它提出了研究环境问题的独特理论和方法，既有对环境问题成因的宏观思考，又着眼于环境问题的实际解决。因此，环境公平的概念具有重要的社会学意义。它强调了从社会结构与社会过程的视角研究环境问题及其社会影响的重要性，而对于社会结构与社会过程的关注正是社会学的主流传统。因此可以说，在一定意义上，环境公平的概念正是社会学与环境问题研究的链接点。事实上，自从环境公平概念提出来后，越来越多的社会学家介入了环境问题研究。美国《社会问题》杂志在1993年的第1期发表了一些文章，从阶级、民族、性别和种族等各个角度对环境公平问题进行了探讨。20世纪90年代后半期的《社会科学季刊》几乎每年都要发表相关文章，这些文章不断深化了人们对于美国社会环境公平问题的认识。1993年著名社会学家费孝通教授在题为《对美好社会的思考》的演讲中，具有远见卓识地把文化平等、环境公平和社会公平的理念理解为美好社会。在某种意义上，要"建设美丽家园，过上美好生活"首先要实现环境公平，因此，在社会学角度上，"建设美丽家园，过上美好生活"也就是要实现环境公平。

第二节　环境公平问题的社会学表现及原因

"建设美丽家园，过上美好生活"首先要实现环境公平。当前，环境公平问题日益深化，并呈现出越来越复杂的趋势，严重影响了人们对美好生活的追求，对幸福家园的向往。鉴于此，对于环境公平问题的表现及其原因的探

---

① 《马克思恩格斯选集》第42卷，人民出版社1979年版，第119页。

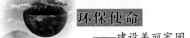

索，是实现环境公平、"建设美丽家园，过上美好生活"的先决条件。尽管环境公平的概念源于美国，但是它很快引起了当今世界的广泛关注，因此我们对于环境公平问题的探讨已经不仅仅局限于以民族或种族为切入点。从环境公平的一般理论而言，代内环境公平是指不同地域、不同人群之间的环境公平，可分为国际环境公平、区域环境公平和群体环境公平；代际环境公平是指当代人与后代人之间的环境公平。其中，群体环境公平包含了代内各群体之间以及代际群体之间的环境公平。因此，结合社会结构和社会过程的分析方法，我们从国际环境公平，区域环境公平和群体环境公平三个维度来探讨环境公平问题的社会学表现。

一、国际层次的环境公平问题

就世界范围来说，日益加剧的环境危机正在威胁着人类，但在解决相关问题方面所取得的进展却并不尽如人意。围绕着环境问题出现了各种纷繁复杂的矛盾与冲突，也随之产生了众多的环境公平问题。

（一）资源利用不公平

在世界发展的过程中，由于发达国家与发展中国家的经济发达程度不一样，这两大利益主体对自然资源的需求也就不一样。发达国家为了维持其富足的生活方式，占用了世界资源的大部分。在发达国家依靠无节制地消耗自然资源和能源，获得经济的高速发展的同时，发展中国家却过多地承受着环境的恶果，担负着过多的责任。发达国家在消费这些资源的时候还产生有毒废弃物，向大气层中排放温室气体。从谁受益谁负责、谁污染谁负责的原则出发，发达国家对全球环境恶化负有绝大部分责任。但是在实际生活当中，发达国家往往只关注自然资源如何分配，力图回避其历史责任。日本环境社会学创始人饭岛伸子针对国际环境问题的不公正现象指出："今天发达国家在发展中国家进行的大规模开发和工业建设的过程，也是发展中国家的居民的生活和健康受到损害，土著民族的原有生活方式遭受彻底破坏的过程。"①

（二）环境责任分担不公平

当今世界，全球性环境危机的日益加剧，气候变暖、臭氧层空洞和生物

---

① 饭岛伸子：《环境社会学》，包智明译，社会科学文献出版社 1999 年版。

多样性减少等问题越来越引起人们的关注。国际社会虽然在环境问题上已尽量考虑公平及公正原则，但实际上，发达国家与发展中国家这两大利益主体在环境问题上仍存在着很大的冲突，发达国家不能公平地承担与其责任相称的义务，总是过多地责备发展中国家，企图靠牺牲发展中国家的经济发展来解决问题。几乎所有的发达国家都倾向于把环境负担最大限度地加于发展中国家，而发达国家最大限度地享有环境利益。

（三）环境权利和义务不对等

随着环境问题的全球化，国际社会对环境问题的关注日益突出，从而制定了许多政策、法规来应对环境问题的恶化。发达国家是全球环境政策的制定者，而发展中国家只是被动的参与者，发达国家为了追求本国环境利益的最大化，在制定环境政策时更多的是考虑自身的利益，因此，现有的国际环境政策还不完善，对发展中国家很不公平。发达国家还主张把环境标准纳入国际贸易规则，实行严格的环境准入。一方面由于发达国家与发展中国家在经济发展程度上，科学技术水平和环境能力上都有很大差别。不加区别地采用同一标准，极大地影响了发展中国家保护环境的能力；另一方面一些发达国家以保护生态环境为名，制定严格的环保标准，以限制本国企业对环境的污染。这些无区别的环境政策环境标准对于发展中国家来说是极不公平的。

造成国际层次上环境不公平的主要原因，在于资本主义制度本身和资本主义文化模式和价值观。一方面，资本主义制度的出现，使人类控制和改造自然的能力迅速的增强，人类从自然攫取财富，以及消耗资源的速度也不断加大。施耐伯格认为，在资本主义制度下，在工业社会的市场中，持续的经济扩张成为社会进步的推动力。大量生产—大量消费—大量废弃的模式，成为维持资本主义市场经济的连环圈。在这个经济圈中，大量废弃这一末端环节的后果往往是由发展中国家来承担的。为此，发达国家凭借其经济霸权地位，在国际环境政策秩序上也实行霸权主义，用自己抢先制定环境规则的有利条件，从发达国家的环境利益考虑，不顾发展中国家的情况，制定环境法则，对发展中国家提出不合理环保要求，使发展中国家成为受害者。同时，他们还忽视各国在治理环境能力上的差异来制定国际经济政治秩序，这严重影响了发达国家与发展中国家在环境问题上公平、公正地分担责任和义务。另一方面，资本主义的文化价值观表现为狭隘的民族主义。基于狭隘的民族主义思想出发，发达国家考虑的只是本国的利益，对自然资源进行过度开发和利用，妨碍了其他国家享受良好的生态环境和使用自然资源的权利。为了本国的利益而牺牲全球利益，他们还把污染最严重的传统产业迁往发展中国家，有毒工业废料也往往通过合法或非法的渠道输往发展中国家。同时，以一种更隐蔽的手段掠夺发展中国家可贵的环境资源，使许多主要依赖原料和初级产品出口的发展中国家的自然资源状况更趋恶化，从而造成发达国家与发展中国家在环境领域内的不公平。

二、区域层次的环境公平问题

区域环境公平实质是在追求共同富裕的过程中，不同的区域在承担可持续发展责任和义务的对等性。具体来说，指的是城市与农村，一国的发达地区与不发达地区，流域的上下游在选择废物处置场所、资源使用方面等的不公平问题。

（一）东部与西部的关系上的环境不公平

对于资源收益占有的不公平以及环境保护负担的不平等，已经成为一个越来越严重的问题。"众所周知，我国西部是资源和能源比较富集的地区。在传统计划经济体制下所形成的产业布局是，加工主导型产业集中在沿海地区，资源开发型产业分布在西部地区。国家对煤、原油、棉花等产品实行统一定价，统一调拨，而在东部地区以此为原料的产成品的价格则有所抬高，这种不合理的价格体系形成了'剪刀差'，抽走了西部产业的利润，不仅使得西部无力投资环境保护，而且一直维持着较低的发展水平。"[1] 在市场经济体制下，由于国家对东部地区的政策倾斜，突出了东部地区的比较优势。三十多年来，东部与西部的差距仍然在扩大。与此同时，由于东部地区对于国家的财政供给不足，使得国家转移支付的能力下降，难以对西部发展给予必要的投入。这样，西部地区就处于急于发展但发展能力又不足的状况，这种矛盾导致不计后果的短期行为和进一步的环境破坏，甚至形成了某种程度上的环境恶化与贫困的相互循环。

---

[1]　洪大用：《环境公平：环境问题的社会学视点》，《浙江学刊》2001 年第 4 期，第 68 页。

（二）区域方面的环境不公平

最为突出的便是繁荣的都市地区人民的大量物质需求来自于对乡村生态资源的剥削，而所产生的各种垃圾与废弃物，却又多半都由相对贫困的乡村地区人民来承受。伴随着国家环保力度的加强和公民环境意识的提高，我国城市的环境状况已逐渐得到改善，但是农村环境状况的恶化却呈失控的趋势，畜禽养殖污染、农药化肥污染、生活垃圾污染和工业"三废"污染等环境恶化现象比比皆是。可以说，城市环境的改善是以牺牲农村环境为代价的。由于农民的生产和生活与自然环境密切相关，因而环境污染对农民所造成的损害也是无法逃避的，除经济损失外，还有无法计算的生产基础条件、生活的根基以及健康和生命本身。造成恶化的原因包括现代农业的发展、工业化和城市环境污染的扩散、转移等，其中最为突出的是乡镇企业发展所造成的环境问题。由于技术、资金和人才等诸多条件的限制，乡镇企业对农村环境造成了污染。许多局部地区的公害远远严重于城市。把城市发展、城市环境改善和乡镇企业发展建立在农村环境恶化的基础之上，显然是不公平的。

区域环境不公产生的原因，主要是东西部地区的环境政策和标准的巨大差异，以及政府在城市工业企业和乡镇企业发展上的经济导向，导致地区和城乡之间的污染转移。与东部沿海地区比较，西部最大亮点就是自然资源的禀赋和良好的环境容量。在东西部地区发展差距较大的状况下，政府实行西部大开发的战略，这将对西部地区环境造成巨大的压力。目前，我国的环境标准分为国家和地方两级，国家标准具有普适性。而地方标准只能在参照国家标准的前提下制定，根据《环境保护法》和《环境保护标准管理办法》的规定，省级人民政府对国家环境标准中未作规定的项目，可以制定地方标准；对国家标准中已作规定的项目，可以制定严于国家标准的地方标准。改革开放以来，我国东部地区取得了长足发展，为解决经济发展中所出现的各种环境问题，严于国家标准的地方标准不断完善。而西部地区至今绝大部分仍采用国家标准，少有地方标准建立，使得产品在东西部的生产成本具有较大差异，这为东部污染型企业西迁提供了条件。地方政府在发展城市工业和乡镇企业的过程中，以经济发展为导向，在 GDP 唯上的价值观念驱使下，想尽各种办法来增加自己的政绩。有人认为：人对经济利益的永恒追求推动了社会的发展，经济梯度的存在是人对经济利益的永恒追求的时空表现，而污染转

移则是人们在追求经济利益的过程中所作出的合乎经济理性的选择的结果。然而,这种经济上的理性却产生了解决环境问题上的非理性的结果,就是污染转移。同时,长期以来,我国的环保资金也大都投入城市,对农村环保基础设施的投入严重不足,也是造成城乡环境公平问题的重要原因。

三、群体层次的环境公平问题

群体层次上的环境公平问题,是关于各种社会因素,如种族、民族、阶级、政治权利等怎样影响和反映到环境决策上的问题。收入多、社会地位高者有机会和条件去影响决策、法令;而偏远地区及少数民族群体的民意代表较少,发展力量也相当微弱。因此弱势种族以及下层低收入人群常常成为环境破坏与污染的最直接受害者。实际生活中,一部分人或某个利益集团为了牟利而破坏环境,并使他人利益受损的事情也是经常发生的。在这里,我们主要关注两类群体层次上的环境公平问题。

(一)代内环境不公平

主要表现两方面:一方面,弱势群体承担着更大的风险。美国环境公平关注的主要问题是环境风险是如何分布的,一直从事土著民族权利恢复运动的上寸莫明指出:"地球环境问题"的影响并不是同时且平均的袭击所有的人,这反映在人类社会的差别和对社会弱者的压迫。在环境问题上,弱势群体往往承担着更多的环境风险。富裕人群的人均资源消耗量大、人均排放的污染物多,贫困人群往往是环境污染和生态破坏的直接受害者。"富裕人群凭借手中的财富,可以定期进行身体健康检查,他们会选择消费绿色食品,可以通过迁居获得较为洁净的环境,而将掠取财富过程中破坏的环境留给下层大众,贫困人群明知道自己居住的环境污染严重却无力扭转这种局面。"[①] 另一方面,社会上的富人在占有较多环境收益的同时,却没有承担相应的环境保护的义务和责任。富人的财富来源于对自然资源与社会资源的使用和转换,所以,尽管富人是通过自己努力和付出致富的,也应当以适当的方式对社会进行回报。同时,由于富裕群体的消费水平较高,所消耗的资源和排放的废物也比弱势群体多。所以,富人群体对于环境造成的压力要比弱势群体大。

---

① 潘岳:《朝着和谐公平的社会前进》,《新闻周刊》2004 年第 21 期,第 27 页。

相应地，从公平的角度来说，富人就应当对环境保护尽更大的责任。但现实生活中，富裕群体在在获得财富和享受舒适生活的同时，却往往没有承担相应的环保义务。在前面对城乡之间、东西部地区之间的环境公正问题的论述中已充分体现了这一点。

代内环境不公平的根本原因在于，社会经济发展所带来社会阶层的分化。改革开放以来，市场经济代替计划经济成为主角的时候，社会阶层的分化模式也随之改变，社会阶层的分化机制由原来的政治标准和逻辑构成转变成经济因素，经济因素或者说财富才是社会阶层分化的标准。关于我国社会分层的现实状况，有学者认为上层阶级逐渐成为"实体"，权力精英、财富精英、知识精英结成联盟。从社会资本的观点来看，即物质资本、文化资本和政治资本之间可以相互转换，经济上成功的人很容易进入政治领域获取政治权力，不少大权在握者也试图攫取物质财富，知识精英也不惜为经济精英摇旗呐喊。他们的利益已经纠集在一起，一个精英集团已经形成。与此同时，一个庞大的底层社会也已形成。这个底层社会在政治、经济、文化上都处于底层，他们只占有少量的社会资源，"最下层的20%的人口所占据的财富只有3%"①。精英阶层的联盟，使得他们越来越强大，他们占有更多的社会资源，如果周围环境污染了，他们可以轻而易举地选择一个更好的居住环境和生活环境，但是底层社会由于缺乏这些社会资源，他们没有选择的能力和机会，所以他们对于周围被污染的环境无能为力，他们在默默承受着因为污染而带来的疾病。这就造成了目前的群体层次的环境不公平。

（二）代际环境不公平

代际环境不公平是指当代人为了自己发展的需要，无节制获取资源，污染环境，剥夺了后代人公平享受自然的权力，削弱了后代人满足其需要的能力与条件。在当今世界，发展是时代的主题，可持续发展是社会发展的第一要务，因为只有可持续发展才能保证代际的环境公平。然而，现实中却存在着发展的不可持续性。改革开放三十多年来，中国的工业化进程突飞猛进，快速的经济发展有力地推动了中国现代化进程和市场经济体制的建设。但这样的消费速度，也迅速地危及了国内的环境资源。到今天，我们已经不可能

---

① 陈欣伟：《制度转型时期的社会分层》，《法制与社会》2008 年第 1 期，第 274—275 页。

依靠国内资源来支撑今后国民经济的发展。中国的环境更难以支撑高污染、高消耗、低效益生产方式的持续扩张。在一些地区，乡镇企业的发展对环境造成了毁灭性破坏。在城市，追求享乐性的大量消费成为时尚，由此产生的生活污水和垃圾已经对生存环境造成了严重损害，垃圾围城现象将日益严重。需要指出的是，环境污染及资源破坏所形成的危害在短期内是难以恢复的，有些甚至需要几十年、上百年才能恢复。当代人在追求繁荣发展的过程中，肆无忌惮地大力开发资源、利用资源，有限的资源储备恐怕到后代人手中已经所剩无几，后代人难免会因此而陷入"巧妇难为无米之炊"的困境。

代际环境不公平的原因。不可持续发展的一个重要原因就是当代人的及时行乐观念以及行为的普遍短期化，与短期行为相对应的长期行为甚至失去其合理性。人们在短期行为中，已经放弃对于未来，对于下一代人利益的考虑，因而毫不顾及环境破坏的后果。特别是，由于未来一代在现时的缺失，不能表达其自身的利益要求，这样更使得短期行为无所约束，肆无忌惮，从而造成严重的代际不平等。

《人类环境宣言》中主张"人类有权在一种能够过尊严和福利的生活的环境中，享有自由、平等和充足的生活条件的基本权利，并且负有保护和改善这一代和将来的世世代代的环境的庄严责任。在这方面，促进或维护种族隔离、种族分离与歧视、殖民主义和其他形式的压迫及外国统治的政策，应该受到谴责和必须消除"。因此，"建设美好家园，过上美好生活"是全人类共同的理想，而不是少数人的特权。环境不公的种种表现，是对大多数人，尤其是发展中国家、落后地区和弱势群体追求美好生活的权利的剥夺。其中垃圾倾倒、污染转移，生物多样性的损害等，不仅破坏了我们现有的家园，还阻碍了我们建设未来美好家园的步伐。而代际环境公平问题中表现出来的不可持续的发展状况，已经严重威胁到后代子孙的基本生存和发展，更不用说保证他们也享有美好的生活环境。发达国家环境标准和环境政策上的霸权，严重伤害了我们作为地球的一分子，对未来美好生活、美好社会向往的热情。

第三节　促进环境公平

环境不公平问题的种种表现告诉我们，漠视民族、地区、群体的大小、强弱、发达与否，片面地强调"共同责任"，以及借口民族、地区、群体的大小、强弱、发达与否，推卸每个民族、地区、群体所应承担的有差别的环境责任都是不现实的，这样的话，我们就没有"共同的未来"。环境公平强调的是人类是在同一性与差异性相统一基础上的差别共同体，强调区域之间、群体之间保有公平，正是为了使人们拥有"共同的未来"——"美好家园、美好生活"。因此，为了保障发展进程中的环境公平，社会应当有比较合理的制度安排。主要有以下几方面。

一、维护环境主权，警惕发达国家的环境霸权主义

生态帝国主义是西方发达国家凭借其在经济上的霸权地位，独享环境收益而输出环境污染，并以保护环境为借口，干涉广大发展中国家的一系列行径。

如前所述，发达国家弱化其在环境保护中应负的责任，不愿意放弃高消耗、高污染的生活方式，在向发展中国家转移污染的同时却过分强调发展中国家的环保义务。一些国家以及为这些国家所控制的国际机构，还以环境保护为借口，制造种种绿色贸易壁垒，增加发展中国家产品的成本，限制其进入国际市场以此打击发展中国家的经济。或者禁止销售有害产品，从而把这些产品转移到发展中国家生产或销售，使发展中国家变成污染密集型产品的加工厂，直接或间接地向发展中国家"出口"污染。西方有些人甚至赤裸裸地提出要进行所谓"环境制裁"，就是国际金融机构将取消一切援助和贷款，世贸组织将加强贸易封锁和禁运，不准进口发展中国家的产品，等等。此外还提出了限制发展中国家二氧化碳的排放量的"绿色条件"，不准发展中国家砍自己的森林，修筑水坝，兴建发电站，不准发展自己的工业，如此等等。世界自然保护同盟主席施里达斯·拉夫尔指出，这是"一些政府试图按照他们自己的主张去直接处理全球安全和环境威胁问题"[1]，是发达国家一种典型的无视别国主权的干涉行为。

对于发达国家以干涉别国内政为目标的生态帝国主义行径尤其需要提高警惕。作为发展中国家，有义务保护全球环境，但是义务与权利应该对称，

---

[1]　施里达斯·拉夫尔：《我们的家园——地球》，中国环境科学出版社1993年版，第227—229页。

首先应当尊重发展中国家的主权，保证发展中国家有人民的生存权和发展权。

二、建立新的国家绩效考核体系

应该说，当前的 GDP 国民核算体系是环境问题是主要原因之一。因为 GDP 只限于经济中那些货币化了的部分，因而环境与许多自然资源及社会资源的价值恰恰容易被 GDP 排斥在外。尽管 GDP 政绩没有正式列入考核各级政府和领导人的指标，但仍存在"GDP 至上"的现象，以致一些贫困落后的省份或地区由于受 GDP 排名落后影响而盲目批准开发天然资源，野蛮毁灭或降低利用资源，一些地方的招商引资甚至变成了不择手段出卖公共资源。究其原因，是部分干部存在"干部出数字，数字出干部"的观念，只对上级负责，不对广大老百姓负责，表现出短期政绩行为。由此可见，从社会学角度来说，GDP 不能反映社会贫富差距，不能反映社会分配不公，不能反映国民生活的真实质量，也不能反映以社会效益为主的地方官员的政绩。

党的十八大报告指出，要坚持"经济社会生态相统一的原则"。在社会发展过程中，经济危机可以通过宏观调控加以化解；社会危机需要付出巨大的政治成本才能平息；而环境危机一旦发生，将变成难以逆转的民族灾难。人民需要经济的增长，也需要一个良好生态环境，更需要一个公正和谐的社会。所以，建立新的国家绩效考核体系，建立绿色 GDP 核算体系，将资源环境因素纳入其中，通过核算描述资源环境与经济之间的关系，提供系统的核算数据，为可持续发展的分析、决策和评价提供依据，具有重要的战略意义。新的绩效考核体系，将以新的发展观与政绩观来调整单纯关注经济增长与过度消费的观念，为全社会的协调发展，为弱势群体的公共利益，为构建和谐社会提供重要支撑。

三、加强环境执法，落实污染者付费制度，维护公众的环境权益

法制宣传和环保宣传，使公众学法、知法，了解各种环境危害，享有知情权；而维护环境公正就是维护公众拥有良好的生存环境的权利。我国法律是保障公民环境权利的，《民法通则》《环境保护法》《刑法》等都有相应的法律规定，但存在一定的执法不严与不守法的问题。针对这一问题，当前一是需要加强宣传，包括加强执法，也就是做到"有法必依""执法必严""违

法必究"。对于制造环境污染的企业、部门等应予以严厉处罚，对于受害者应给予相应的补偿。确保污染者与受害者之问的环境公平。二是需要完善污染者付费制度。我国在1979年颁布的《中华人民共和国环境保护法（试行）》中明确规定了"谁污染谁治理"的原则。该原则实际上是对西方国家"污染者承担原则"的借鉴，具有维护环境公平的意义。该原则是在计划经济体制下制定的，随着经济体制和管理体制改革的深入，应当对这项原则进一步予以补充和完善，以更好地发挥其维护环境公平、促进环境保护的作用。不能只强调污染者的治理活动，还应该强调污染者应对污染损失予以补偿；不能只是强调污染者的个别治理，应当推动个别治理与集中处理以及区域综合治理相结合；应当改革排污收费制度，正确运用市场手段控制环境污染。

四、设立环境基金，实施环境救助

完善排污收费制度有助于更好地维护环境公平。但在实际生活中常有这样的情况：污染者在排放或处理废弃物时，不知道这种物质是否有害，而且整个社会也不知道它是否有害。只有在经过一段时间之后，损害才逐渐显露出来。而这时，或者难以确定真正的排污者，或者排污者自身已经破产或消失，无力赔偿，即使将能找到的有关污染者投入监狱，对于那些蒙受灾难的人而言也没有什么补益。在这种情况下，动用国家或者地方政府的环境基金进行补偿，可以在一定程度上补救无辜受害者的损失。此外，环境基金还有在污染者和受害者之间转移支付的功能。前面我们已经谈到，在我国发展过程中，东部与西部、城市与农村发展的不平衡，使得东部地区和城市占有较多的环境收益。在市场经济条件下，这些地区是不会自动将收益返还给西部地区与农村的。国家通过强制性地征收环境税费，建立环境基金，实行转移支付，不仅有助于环境收益在地区间的公平分配，而且能够有效地防止落后地区的环境破坏。环境基金还具有代际储存功能。在保证当代人与后代人合理占有环境收益，促进代际公平方面，国家环境基金也可以发挥重要作用。实际上，国家环境基金的建立是符合约翰·罗尔斯的代际储存原则的。罗尔斯指出，在每一代的时间里，储存适当数量的资金积累，对于维护代际公正是非常必要的。

除了环境基金外，环境的社会救助也是促进环境公平的一个重要方面。

传统的社会救助制度实际上是对社会低收入者和生活困难者实施资金、服务和物质的帮助，以维持社会整合，促进社会公平。在一些发达国家，社会救助资金的来源是多样化的，既有政府的财政拨款，也有慈善机构的捐款，随着环境问题的日益加剧，在全球范围内，环境难民问题越来越突出。在国内，由于大型开发活动、生态破坏以及环境污染，也使部分人的生活条件受损，甚至失去基本的生存条件，成为急需社会救助者。因此，有必要延伸传统的社会救助制度，扩大社会救助对象，与此同时，还应当大力鼓励民间环保组织和环保志愿者的发展，使他们在维护环境难民利益，传播环保知识和信息，为环境破坏的受害者提供社会服务等方面发挥积极作用，从而弥补政府单方面救助力量的不足。

"建设美丽家园，过上美好生活"的理念表达了人类一个梦寐以求的美好愿望，也是中国古代"天下大同"这一古老的社会理想在全球化条件下的新发展。如前所述，环境公平本身就是建设和谐社会的核心内容，环境公平是"建设美丽家园，过上美好生活"的核心价值。就社会学角度而言，"建设美丽家园，过上美好生活"理念揭示了环境公平的发展前景；"建设美丽家园，过上美好生活"实践搭建了环境公平理想与现实统一的平台。因此，促进环境公平与"建设美丽家园，过上美好生活"的前景是一致的，正如费孝通先生所言，是一种"各美其美，美人之美，美美与共，天下大同"的美好境界。

第十六章　人与自然和谐共生
——生态学分析

美丽家园和美好生活是人们对理想生活状态的诉求，对美好生活环境的主观要求，当然也是一种生活价值的评价。从客观的价值标准来说，美丽家园应该是生态良好的，美好的生活应该是生产发展、生活富裕的。党的十八大报告在作出"大力推进生态文明建设"这一重大战略部署时指出，要"不断开拓生产发展、生活富裕、生态良好的文明发展道路"。从生态学的角度来说，就是要在"尊重自然、顺应自然、保护自然"的基础上协调人与人自身所生存的环境之间的关系，使人与自然之间的关系达到一种动态的平衡，即人与自然和谐共生。

第一节　人与自然和谐共生与"建设美丽家园，过上美好生活"的契合

一、人与自然和谐共生的本质

人与自然和谐共生，是当代人类面对生态危机的理性回归，是对以往人与自然关系伦理观的继承与发展，是建立在对"共生""自然的价值"等概

念科学认识的基础之上的。马克思在《1844年经济学哲学手稿》中指出："社会是人同自然界的完成了的本质的统一，是自然界的真正复活，是人的实现了的自然主义和自然界的实现了的人道主义。"① 由此看来，在马克思主义创始人心目中所追求的人与人的关系和人与自然的关系的主要内容和理想目标就是"人类同自然的和解以及人类本身的和解"这两个方面，亦即人与自然的和谐以及人与人的和谐。所以说，人与自然的和谐共生是人与自然博弈的理想状态。"和谐共生"一词实则源于中国文化。在传统儒家文化里，万事万物都是相互联系、相互依存的。人和自然之间"和谐共生"的关系，意味着和睦相处。和谐共生以及"协调""统一""共处"。"共生"是相对于"异在"而言的。在生态学上，"共生是不同生物种类成员在不同生活周期中重要组合部分的联合"。作为生态学概念的"共生"决不排除"生存斗争"。地球各个角落都有人类居住，即使是气候极端地区，包括高寒地带、酷热地带等等，人都是在同自然的生存斗争中"共生"的。

人与自然和谐共生的本质在于以人为本、善待自然，人与自然和谐共生强调人与自然界的关系是对立和依存的辩证统一。从生态学角度来看，在人类与环境生态系统的关系中，人类是环境的主体，自然环境是人的环境，是以人为中心的，"人与自然和谐共生"归根结底还是为了人类能拥有美好的明天。"人是自然的人，自然是人的自然"，所以"人与自然和谐共生"要求人类从整体利益和长远利益出发来重新考虑人与自然的关系，调整人类的行为模式和实践活动，促使人类的行为准则和价值取向根源于并服从于生态环境系统协调平衡的生态规律，更好地实现人与自然和谐相处，社会经济有序、协调、健康、持续发展。

二、人与自然的和谐共生是自然界的客观要求

人与自然的对立导致了生态危机。在人与自然关系演变的历史进程中，科学技术在给人类提供根本改造自然的手段的同时，人借助于不断进步的科学技术，完成了从对自然的"敬畏"到对自然的"掠夺"的地位转变。人与自然彼此外在、相互对立，自然成为人类控制的对象。地球成为技术进攻的

---

① 《马克思恩格斯全集》第3卷，人民出版社2002年版，第301页。

对象，人类自信到了自负的程度，在改造自然、控制自然的成绩面前过分陶醉，以至于自以为凭借人类理性的发明和科学技术的力量可以掌握自然的一切奥秘、可以制服一切异己对象。人与自然的对立冲突，导致了人类遭遇到前所未有的生态危机。

所谓"生态危机"，主要是指由于人类不合理的活动，在全球规模或局部区域导致生态过程即生态系统结构和功能的损害、生命维持系统瓦解，从而危害人的利益、威胁人类生存和发展的现象。在生态学上，生态危机主要表现为生态失衡。人与人之外的自然界构成了生态系统，它是一种控制和反馈系统，在系统内部的变化将会影响整个系统。每个自然生态系统有着它自身的承载稳定的限度阈值点或阈值带。外部自然环境的承载能力集中体现在资源数量的供应能力和对于人类所抛弃废弃物的净化能力上。然而，自然物质资源和环境本身的自净能力都是有限的，须将生物与自然之间（包括人与自然之间）的物质变换控制在一个适度的范围内，使之不至于打破他们之间的相对平衡状态。当生态阈值被人类攻破了以后，生物与自然之间（包括人与自然之间）的物质变换就变得不再稳定，人类内部自然与外部自然之间的物质能量交换的不稳定必然招来外部自然对人类的惩罚——生态危机，人类肆无忌惮作用于自然的行为必然打破自然界原有的平衡，惹来自然报复性"行为"的爆发，这说明自然界自身、人与自然、人与人，人自身内与外，根本属性是和谐的，可见，人与自然的和谐共生是自然界本身发展的客观要求。

生态危机呼唤人与自然和谐共生。追寻更和谐更美好的未来是人类永恒的梦想，日益严重的环境问题已经昭示着自然的反抗情绪和行为。如果人们不再固执于征服自然、不再企图控制自然，而是转向对人与自然之间生死与共、和谐共进理想关系的追求，回归人与自然和谐共生的意识形态，那么人类美好的生活和美丽的家园就会变成现实。这不是向古人"天人合一"精神境界的简单复归，而是一种超越，是现代技术条件下的人与自然关系的现代升华和与自然和谐生活的现实选择。人类由过去对自然的顶礼膜拜，转变成要为所欲为对其支配和征服，再到人与自然的非压制性的双向解放，这是从古代"天人合一"的有机论自然观转变到近现代的"人控制自然"的机械论自然观，再到当代"和谐共生"的新有机论自然观的一个不断进步的过程。人与自然关系的历史演变是一个从和谐到失衡，再到新的和谐的螺旋式上升

过程。人与自然关系演变的历史，也是人们探索如何建设美丽家园，过上美好生活的实践历程。如果自然界的生态平衡崩溃了，那么人与自然和谐共生就不可能实现，人类美好的生活和美丽的家园也不可能真正建立。

"人与自然和谐共生"的理念使人类对自然的理性认识与对待自然的伦理态度有机地统一起来，是一种有机的、系统的、整体的、互利的生态思维方式，也是生态学对"建设美丽家园，过上美好生活"这一美好理想的本质要求。维护整个生态系统稳定，促进整个生态系统有序进化是人类和一切生命的共同利益之所在，保护生态系统的完整性，是"人与自然和谐共生"的最高道德命令，是"建设美丽家园，过上幸福生活"终极的价值。因此，在生态学意义上，"人与自然和谐共生"是与"建设美丽家园，过上美好生活"完美契合的理念。

第二节　人与自然不和谐对"建设美丽家园，过上美好生活"的影响

一、表现

在人类的长期进化中，人与自然之间已经形成了相对稳定的生命联系。人类是自然界的一部分，人类的起源是自然界通过对漫长的基因进化进行选择之后的结果，而不是自身主观努力的结果。即使今天掌握了高科技的人类，也无法预见、改变和决定自身的进化方向。人自身的活动完全被纳入自然的生态循环过程中，此时人尽管与其他动物不是处于完全相同的层次，但大体看来，可以说和其他动植物是一致的，都是进行一种利用物质和能量的流动的生活方式。生态系统从一种状态或快或慢地转变为另一种状态的承载限度，来自于某个或多个关键生态因子的强烈或微弱的附加改变，而"人的生产也不能置诸自然关联之外"，"即便人的最精巧的发明，也是由于其本身的可能性包含在自然基础里面"，就是说，"人们的实践只能顺应自然本身去行动，

即只能改变自然物质的形式"。① 多少年来，人类一直保持着相对稳定的生活状态，而且也适应了这种状态。人们对于阳光、空气、气温、湿度、水分、食物等都有一个"适应度"，即人自身的生态阈值。物质转换过程中若超出了阈值，打破了这种适应度，就会不和谐，不但自身的身体生理状况不协调（导致疾病甚至无法生存），和自然之间的关系也变得不稳定。人自身自然的生命过程就是不断调和人自身的自然与外部自然和谐的过程，也就是说，人的生命过程就是不断协调人自身与自然的关系和人类社会与自然界之间关系的过程。人与环境和谐共生的实践过程，正是人们如何建设美丽家园，过上美好生活的实践历程。

从人自身来说，要想在生物圈中生存下去，人自身就必须同周围自然界的物质进行交互转换。一方面是人类从自然环境提取自己所需要的物质材料以供养育自身的生命；另一方面是向自然环境反馈人自身的能量以供养自然环境，必然将产生的废弃物（包括由人的消费生活产生的废弃物和由生产过程产生的废弃物）排向自然环境，经过生态系统中的分解者所分解，以被其他生物吸收和利用、被自然环境所还原和吸收。只有如此两个过程——吸收与排放，才能真正形成人与自然之间的物质循环和物质代谢，这是人与自然之间相互作用的必然生态过程，也是人类参与自然活动的必然过程。理论和原则上这两个过程应该是等价的，人自身与自然界之间应该处于一种友好的平衡状态，但事实上的不友好和不平衡引发了自然界对人类的报复。

第一，丧失了有益于人自身安全生产的清洁环境。人类居住区环境的不良、不清洁已经威胁到了劳动者健康和持续发展这个严重的问题。马克思早就揭露过工厂中的大量不清洁的恶劣现象，并且指出这种现象直接损害着人自身的安全和健康。他曾引用一位医生的话写道："毫无疑问，伤寒病持续和蔓延的原因，是人们住得过于拥挤和住房肮脏不堪……这些住房供水不良，厕所更坏，肮脏，不通风，成了传染病的发源地。"② 他还写道，"人为的高温，充满原料碎屑的空气，震耳欲聋的喧嚣等等，都同样地损害着人的一切感官"③。这样一个生存生产环境下我们如何去建设我们的美丽家园呢？

① 施密特：《马克思的自然概念》，商务印书馆1988年版，第77页。
② 《马克思恩格斯全集》第44卷，人民出版社2001年版，第762页。
③ 《马克思恩格斯全集》第44卷，人民出版社2001年版，第490页。

第二，危及人类基本生存条件。每当能量从一种状态转化到另一种状态时，我们会"得到一定的惩罚"。这个惩罚就是我们损失了能在将来用于做某种功的一定能量。正如马克思在谈到人类最基本的生存条件——土地时说，"在一定时期内提高土地肥力的任何进步，同时也是破坏土地肥力持久源泉的进步"①，在人和土地之间的物质变换中，取之于土地的多，而还之于土地的少，损失了土地持续利用的能量。要想在生物圈中持续生存下去，在物质和能量方面就必须和其他生物处于同等的水平以达到均衡态。由于人类处处都在直接或间接地利用太阳能孕育的植物，于是从每个人的能量代谢来看，在数值上就完完全全和一头大象相等。在工业时代出现前的自给自足的社会中，人类排放的废弃物基本上都能够被自然环境还原到自然的循环中去，可是这么巨大而又继续膨胀的消费量，致使人自身自然与外部自然交互转换的两个过程失衡。进入工业时代后，人类一直在与自然之间进行的是一种单向性的价值交换，自然所消耗的价值量（包括质量和数量）都没能得到等量补偿，导致人与自然之间的物质循环发生了中断。人类生态圈的存在引起的环境问题、能源问题、粮食问题和人口问题等课题自然向我们的文明存在形式和现代技术工具投来疑问。人自身和自然外部世界之间的物质交换只有持续地进行并发展下去，人类才能永恒地生存在地球上。

从人类社会的角度来说，人的自然属性决定了人类同其他生物一样，人类要发展首先就要解决衣食住行等生存问题，以其地理位置的不断扩张和向自然索取获得更多的物质资源为其生存特征。通常人类对自然的作用能够刺激自然的发展，是有助于形成生态动态平衡的。但自然界内在的生态规律稳态机制暗示我们，在人类的索取权利和大自然的生态权力之间是存在一个标准的界限的。超过这个界限，人类的活动就要受到自然生态权力的惩罚。人类作为自然界的一个物种存在于地球之上，其生存和发展所依赖的基础当然就是自然界，如果自然界的生态平衡崩溃了，那么和谐的人类社会是不可能建立的。当今人类是地球大系统的一员，人口的发展就要受到地球空间的大小与能源、物质的总量的限制，涉及耕地与森林面积、可用水量与氧气量、能源与资源数量等许多方面。生态的平衡关系到人类社会有序发展的自然基

---

① 《马克思恩格斯全集》第 44 卷，人民出版社 2001 年版，第 579—580 页。

础，如果我们基本保持一个生态平衡的状态，那么我们就有可能继续在这个生态环境中生活和生产；如果我们失去了生态平衡的状态，那么人类及其社会赖以生存的自然基础就不存在了，乃至使得全人类能够达到一个共同文明高度的人类社会也将不存在了。

从整体来讲，只有从战略上和根本上把握了人和自然之间关系的和谐共生，在不超出生态服务功能提供给我们的服务价值的范围内，人类社会才有了坚实的自然基础和持续的发展可能。"建设美丽家园，过上美好生活"的愿景才能得到彻底的实现。

二、原因

一是对自然规律的违背。人们在为社会快速发展、经济突飞猛进、科技日新月异的同时，也面临严重的资源匮乏、能源危机、气候恶化、物种灭绝、臭氧层空洞等生态环境问题。产生上述种种的全球性环境问题，是因为人类以统治者、征服者的身份向自然界肆意索取、掠夺，结果违反了自然规律。这也是自然规律对人类限制的表现，是自然的惩罚与报复行为。其实，自然的"报复"只不过是一种拟人化的说法，去掉"报复"拟态的色彩，更确切意义上讲，描述的是人与自然之间的"因果反馈"，以此警示我们尊重客观规律、时刻注意调节人和自然的关系，为解决生态危机服务。

人在自然界中处于主动地位，而自然的结构、自身形式和功能是一定的、客观的，当人类非要违背自然规律去改变其结构和功能而为人所用、为人造福时，当对自然的索取超过自然的承载能力时，当人类的行为对自然的破坏程度进一步加深时，自然就会对人类施以报复，并通过改变人周围的环境达到平衡。这样一来，人在自然界中就转而处于被动的地位，只能被动地接受自然界还给人类的一切灾难。

二是对自然生态权力的漠视。自然的生态权力内在于地球生态系统中，是一种在整体水平上的生态平衡的调节机制。通常情况下，局部生态系统与环境输入输出的物质、能量和信息基本上保持平衡，建立在局部生态系统之上的自然调节机制所发挥的作用并不明显。但是，一旦局部生态系统内的动态平衡被破坏，经过食物链的快循环传递和地球化学的慢循环传递就会使局部生态破坏的效果被放大，使涨落超过自然阈限，这时局部系统内在调节机

制失灵，便触发更高层次的系统调节机制发挥作用。这种在整体水平上的生态调节机制往往表现出对破坏生态平衡的生物活动的制约甚至是强制。例如历史上恐龙的灭绝，有可能是恐龙种群失去天敌的控制导致种群大发展，最终因食物短缺引发疾病而受到自然生态权力的惩治。

自然本身是一个运转协调、平衡稳定的生态系统，在这个系统内，组成系统的各因子彼此能够保持良性循环的发展态势，从而不断推进自然的进化过程。人类属于自然界，人类的起源也受到自然规律的支配。但人类常常超越自然规律的支配，那么实际上就是否定了自然的协同进化过程。人类虽是另一动物物种，但本质上还是受自然生态权力的控制。歌德说过："大自然是不会犯错误的，错误永远是人犯下的。"不管人类出于好的动机还是坏的动机改造自然环境为己所用，只要没有超过自然机制界限，自然生态权力就不会对人类实施强制；而一旦超过界限，自然界一定会在适当的时候或重或轻地惩罚人类。

三是生态系统的自我调节。人为活动的人化现象是有自然限度的，当人类活动造成的排泄物超过了生态系统的同化能力，使环境被破坏得已濒临自我修复的极限之时，自然就反作用于人类给以报复。表现为身外自然的生态危机和身内自然的各种疾病和生死大限。SARS、禽流感的暴发，似乎都向人类昭示着对自然的破坏会惹来自身的毁灭。自然在用自己的方式寻求着平衡，表达着对人类的控诉。如我国新疆的楼兰古国，曾是水草丰美的美丽家园，由于当时的人们大量砍伐山林，使这块美丽的绿洲，变成了不适合人类居住的不毛之地，变为荒芜的沙漠。表面上看来是自然界对人类行为的报复与惩罚，实质性要旨是自然界通过多种物质力量的形式重新排列和结构重新组合进行的局部调整，使得这一地区的物质运动的方式和方向发生彻底性、根本性变化，风沙的出现本身其实就是一种新的结构的平衡。

自然界的如上这种调整，是必然的、合理的，是物质的整体性、规律性和动态性平衡所致，只是对于当地的人来说，是自然灾害，是一种严厉的自然报复与控诉。这种控诉又并非即时即地的显现，而是经过数年甚至数十年之后才发生，造成表面上似乎与人类这一活动无关的假象，需要人"后知后觉"。我们现在开始的行动需要很长时间，可能是40—50年后才会对未来的环境变化产生影响，同样，现在自然的变化也是人类之前的行动在经历了长久的时间后产生的影响。

　　基于人类活动对自然的影响在时间上有着滞后性，我们现在的行动乃至在今后 10 年、20 年的行为将对 21 世纪后 50 年和 22 世纪乃至更长时间以后的自然生态产生深远的影响，那么，为了避免在现在和未来数十年里产生非常严重后果的风险，尊重自然的生态权力，科学地利用自然，就必须被看成是一种投资成本，必须按照自然本质规律和平衡机制来谋求发展。这样，人类孜孜以求的美丽家园和美好生活画面就一定可以成为实景。

第三节　促进人与自然和谐共生

　　党的十八大报告号召人们一定要更加自觉地珍爱自然，更加积极地保护生态，努力走向社会主义生态文明新时代。"社会主义生态文明的新时代"是人与自然和谐共生，人类拥有美好家园和幸福生活的时代。作为观念的"和谐共生"，是人类实践的先导和奋斗的目标，这种理念的力量对于人类处理与自然的关系来说是必需的，也是有效的；作为实践的"和谐共生"是观念的展开与推进，本质上根源于道法自然的规律性，趋向于人类进步的理想性。可以说，"人与自然和谐共生"即是一种生态伦理观念，也是在生态学意义上建设美丽家园、过上美好生活的实践指南。因此，实现人与自然和谐共生，"建设美丽家园，过上美好生活"途径如下。

一、彰显生态文明，构建"和谐共生"的环境文化

　　环境文化是一个国家或民族的环境意识的总和，建立正确的环境文化，可以正确处理人与自然以及现在与未来的关系，建立正确的环境意识。建设"和谐共生"的环境文化，就要摒弃消费主义人生观，追求健康的生活方式。对于人类来说，追求精神世界的充实和对物质的需要也同样重要。

　　一是建立绿色消费观，协调人与自然的关系。所谓绿色消费观，指消费者弘扬高尚的消费道德，以健康、理智的消费心理，进行科学、合理的生活消费，能够实现人与自然的协调发展。这种绿色消费应该以"适度"为特征，以维持自然环境的生态平衡和人类的可持续发展为标准。在生产消费中，自

觉抵制消费破坏环境的商品；尽量避免对环境造成污染；尽量减少消费过程中产生的废弃物和污染物总量；尽量减少资源和能源方面的消耗；消费要使对消费者本人和他人健康的危害减到最小；消费的结果不能影响人类的发展以及后代人的发展需求等。另外，每个消费者都有享有安全与健康的权利，我们要以健康和安全作为消费的基本目的，建立以绿色消费方式进行消费、以绿色产品为主体的一种消费方式。大力倡导绿色产品消费、公平消费和适度消费。在城市与乡村有意识地开设绿色消费的网站，开展群众性的"绿色消费运动"，扩大绿色消费的社会影响；政府企业也要作表率，引导人们改变原有的生产生活方式、形成绿色消费方式、树立"和谐共生"的价值观念；不断深化配套教育，利用媒体的力量，使民众形成绿色消费意识。逐步激发正确的消费动机、维护正当的消费权力、追求高尚的消费境界、规范应有的消费行为。只有树立绿色的消费观，才能使人们在消费中不仅考虑个人，还能考虑到环境与他人，以及我们的后代子孙。

二是建设绿色生态文明，彰显人文关怀。随着科学技术的飞速发展，人类社会呈现出前所未有的繁荣与昌盛，但随之而来的是无法遏制的环境问题。"人们开始重新审视传统工业文明，反思它的种种弊端，以求摆脱它所造成的种种危机，以绿色取代黑色，以新型工业文明代替传统工业文明。因此说，生态危机产生环境文化，环境文化的核心是生态文明。"[①] 生态文明是指"以人与自然、人与人、人与社会和谐共生、良性循环、全面发展、持续繁荣为基本宗旨的文化伦理形态。"[②] 它是人们在满足自身正常生活需要的同时，协调环境保护与经济增长之间的矛盾，以实现自然的可持续性发展。

三是加强环境文明教育，培养良好环境道德素质。《21世纪议程》指出，教育对于培养人们的环境意识和道德意识、对于培养符合可持续发展和公众有效参与决策的价值观与态度是必不可少的。环境教育是对正确处理人与自然关系的行为规范教育，只有提高环境教育程度，才能对建设生态文明、环境保护、实现可持续发展战略起到积极作用。环境教育包括以下几种途径：（一）社会环境教育。在抓好各级领导干部对环境道德教育的同时，在群众中，进行环境道德和环境保护的宣传教育，深化道德意识，加强环境教育。

① 潘岳：《环境文化与民族复兴》，《中国国情国力》2003年第11期。
② 潘岳：《生态和谐观构建社会主义生态文明》，《世纪经济报道》2006年10月9日。

（二）学校环境教育。对学生环境道德素质的培养，是提高全民族环境道德观念的关键。开设与环境保护相关的课程，将环境道德教育纳入学校的教育体系，以提高学生的环境道德意识。（三）家庭环境教育。引导孩子从小接受环境道德教育，遵守行为规范，培养环境素养。比如：每年都可以参加"植树节""世界环境日"等宣传活动，使孩子们了解环境知识，培养良好的环境意识。

"和谐共生"的环境文化是以生态文明为核心，以尊重自然、保护环境、实现资源的可持续利用为基本特征，建立人与自然和谐发展的环境理念和环境意识。"和谐共生"的环境文化，教育和引导人们形成健康、合理的生活方式，建立节约高效的文明发展观，为实现人与自然的和谐共生，建设美丽家园，过上美好生活提供必要的精神动力和智力支持。

二、加强区域生态合作，加快生态文明建设

区域生态合作包括国内区域生态合作和国际生态合作两方面。

从国内区域生态合作来看。生态环境具有公共性、整体性的特点。当前的生态环境问题已经不是一个局部性问题和暂时性问题，而是一个整体性、全局性和长期性问题，必须突破"造福一方"和"守土有责"的狭隘观念，坚持"造福八方"和"合作守土"的区域生态共同体理念，进一步强化区域生态合作治理。

从我国存在的生态环境严重遭受破坏来看，与缺乏跨区域生态合作治理更是密切相关。近年，长江、淮河、黄河水质不断下降，滇池、太湖、巢湖等不断发生"蓝藻现象"。这些都充分说明，如果再不真正地确立和实践科学发展观、各区域不强化跨区域生态合作治理的共同体意识、不创新跨区域生态合作治理机制、不采取跨区域生态合作治理方式，生态危机还会持续地严重下去，其后果将不堪设想。必须按照科学发展观的要求，确立统筹协调的区域共同体意识，通过深入的体制和机制创新，建立多元联动的跨区域生态合作治理机制，采取多元联动的跨区域生态合作治理行动，才能不断推动我国的生态文明建设取得实效。

对于跨区域的生态环境治理，不能简单化、部门化和一刀切。要从整体性和全局性的高度，认真研究不同区域的生态状况和生态治理的要求，根据

不同地区资源环境承载能力和发展潜力，按照优化开发、重点开发、限制开发和禁止开发的不同要求，明确不同地区的功能定位和发展模式。按照生态环境状况和功能区域构建区域发展格局，做到既要有开发，又要有保护，引导经济布局和人口分布适应自然。针对我国不同区域生态环境与经济发展的实际情况，明确不同地区的功能定位，"构建科学合理的城市化格局、农业发展格局和生态安全格局"。

从国际生态合作来看。在全球化条件下，生态危机已经超越了国家的界限，成为需要全人类共同面对的重大生存问题。生态问题的解决已远远不是一个国家的事情，而是具有全球化的向度。一个国家或地区的生态维护，既要立足于其自身的实践条件，更要放到全球化的大视野中加以考察。从全球的角度看，温室效应、臭氧层稀薄、酸性降雨、荒漠化、生物多样性减少、海洋污染等现象都是人们共同面对的生态灾难。

在全球化条件下，发达国家生态现代化的代价是全世界更大规模、更深程度的生态破坏，广大发展中国家为此付出了巨大的环境代价。发达国家应该检讨并反省自己过度消耗资源和污染环境的历史与现实，在保护环境、维护世界可持续发展上承担起应负的责任。针对当前国际环境外交领域的矛盾与斗争，中国应当在承担国际义务的前提下，积极参与国际环境公约的协商、谈判，与发达国家的生态殖民主义斗争，坚决维护国际环境公平。中国可以为全球环境保护作出积极贡献，但不能承诺与我国发展水平不相适应的义务。要坚决维护国家的生态权益，同时支持发展中国家参与国际协约的制定并共同维护发展中国家的权益。只有这样，才能真正解决全球化的生态危机，实现人与自然的和谐共存。

三、以"和谐共生"为导向，加快社会法律体系建设，加强环境执法力度

"建设美丽家园，过上美好生活"这一社会理想的实现不仅需要道德约束和利益驱动，也离不开法制的建设来保障。和谐共生型社会的法律体系的构建对于保障人与自然和谐共生，实现经济可持续发展，具有重要的作用和意义。

一是完善环境立法体系，注重经济手段在环境法规中的合理运用。以我

国环境问题的多样性和地区间发展的不平衡性为基础，建立合理有效的环境立法体系。保证各个地区的环境法律法规相配套，并能够得以切实的贯彻和实施。在实施过程中要重视经济手段的运用，如：环境税、燃油税、环境损害责任险等，并以法律的形式固定下来。

二是拓展公众环境权益，推进环保公众参与制度。在实践人与自然和谐共生的过程中，我们必须充分认识到公众参与环境保护是国家法律赋予每个人的权利，我们要拓展公众的环境权益，因为"中国环境保护有法不依、执法不严，公众参与的民主法制机制不足是重要原因……好的政治理念必须依靠公众来响应，必须依靠公众参与来落实，必须依靠一套完善的机制来贯彻"。[①] 政府和有关部门有责任和义务来保护和落实环保的公众参与制度，扩大社会享有的环境权益，让人民享有环境的知情权、环境监督权、环境索赔权和环境议政权等。

三是采取措施加强执法力度，严格执法。环境法律法规的彻底落实依靠切实有效的执法，各级政府及相关部门的行动决定着环境执法的力度。首先，要提高各级政府领导的环境法制意识，认真实行依法行政，为严格执法提供保障。其次，在执法过程中，要秉公办事、铁面无私、严格执法、严于律己。再次，无论是什么样的企业和个人，只要是破坏了环境与资源，就要依法追究其法律责任。最后，还要加强执法部门的自身建设，严格要求自己，切实地提高环境执法能力。

四、实施生态修复，实现人与自然和谐

党的十八大报告指出，要"实施重大生态修复工程"。"生态修复"是指对生态系统停止人为干扰，以减轻负荷压力，依靠生态系统的自我调节能力与自组织能力使其向有序的方向进行演化；或者利用生态系统的这种自我恢复能力，辅以人工措施，使遭到破坏的生态系统逐步恢复或使生态系统向良性循环方向发展。主要指致力于那些在自然突变和人类活动影响下受到破坏的自然生态系统的恢复与重建工作。清华大学生态保护研究中心主任于长青指出：生态修复首先要修复它的功能，也就是恢复一个生态系统的健康。任

---

① 潘岳：《环境保护与公众参与》，《中国环境在线》2006 年 6 月 1 日。

何一个自然生态系统都有它特有的生态功能。二是恢复它的生态结构，也就是恢复一个生态系统的完整性，即恢复物种多样性和完整的群落结构。三是恢复可持续性，这包括两方面的内容：生态系统的抵抗能力和生态系统自我修复能力。四是恢复它的文化、人文特色。一个地方的文化源起于它的自然环境，文化遗产往往孕育于自然遗产。生物多样性和文化多样性是相辅相成的。

　　绿化不等于生态修复，"生态修复"也不仅仅是以稳定水土流失地域为目的种树，不仅仅是种植多样的当地植物。人类没有能力去还原出真的天然系统，恢复当地生物多样性、生态的完整性以及周围环境的协调性和生态系统自我维持性。但是我们可以对自然生态系统进行修复，在把握自然规律的基础上，对自然生态系统进行人为的干预，把一个地区需要的基本植物和动物放到一起，提供必要的条件，然后让它自然演化，创造良好的条件，从而促进一个群落发展成为由当地物种组成的完整生态系统。或者说目标是为当地的各种动物提供相应的栖息环境。生态修复是一个规模庞大、结构复杂、功能综合、因素众多的系统工程。发挥生态自我修复能力的主要对策是科学的退耕还林、还草，实行封禁治理，合理解决农村燃料、饲料、木材、生态移民等问题，积极营造适应生态修复的外部环境和条件；加强监督和管理，改变粗放落后的生产经营方式，禁止滥砍滥挖，防止过度放牧；科学合理安排生态用水，恢复植被；采取封育治理、能源替代、舍饲养畜，因地制宜兴修小型蓄排引水工程等措施，限制不合理的生产建设活动，减少对生态环境的人为破坏，促进生态自我修复。

　　生态环境可谓是影响人类生存和发展的一切外界条件的总和，从主观上来说，和谐的生态环境有助于人们的身心健康，并能给人们带来巨大的精神享受，是建设美丽精神家园的重要因素；客观上来说，和谐的生态环境有利于经济社会与自然生态系统协调发展，为建设美丽家园、过上幸福生活提供优质的生活环境和丰富的物质条件基础。因此，在生态学意义上，建设美丽家园过上美好生活需要人与自然和谐，即人与自然相共生。然而，在当代社会，人与自然和谐关系的构建绝不是某一领域内某一阶段的事，也不是某一领域能单独解决的问题，它有赖于人类自身的自由全面发展和社会的全面进步。相信只要我们在可持续发展方针的指引下，正确处理人与自然的关系，就一定能够把"美丽家园和美好生活"这一夙愿变为现实。

第十七章 "公地悲剧"的启示
——制度经济学分析

　　社会的发展离不开制度。"建设美丽家园，过上美好生活"需要制度作保障，环境问题需要从制度的视角加以探讨。事实上，随着新制度经济学在20世纪的兴起，及其理论观点和研究方法向其他学科的渗透，关于制度对环境保护和生态建设重要性的认识获得了人们普遍的认同。环境问题的产生和发展，从制度方面考察是由于在现有的制度安排下环境存在着强烈的外部性。而环境保护和生态建设则具有很强的正外部性，理解这一点，对于探求解决环境保护和生态建设的现实路径具有重要意义。

第一节　"公地悲剧"的资源财产问题

一、"公地悲剧"

　　1968年英国加勒特·哈丁教授（Garrett Hardin）在 "*The Tragedy of The Commons*" 一文中首先提出"公地悲剧"理论模型。他设置了这样一个场景：一群牧民一同在一块公共草场放牧。作为理性人，每个牧羊者都希望自己的收益最大化。在公共草地上，每增加一只羊会有两种结果：一是获得增加一

只羊的收入；二是加重草地的负担，并有可能使草地过度放牧。经过思考，牧羊者决定不顾草地的承受能力而增加羊群数量。于是他便会因羊只的增加而收益增多。看到有利可图。许多牧羊者也纷纷加入这一行列。由于羊群的进入不受限制，所以牧场被过度使用，草地状况迅速恶化，直至无法养羊，最终导致所有牧民破产，悲剧就这样发生了。

"公地悲剧"的更准确的提法是：无节制的、开放式的、资源利用的灾难。就拿环境污染来说，由于治污需要成本，个体或组织必定千方百计企图把企业成本外部化。公地作为一项资源或财产，有许多拥有者，他们中的每一个都有使用权，又都没有权力阻止其他人使用，从而造成资源过度使用和枯竭。过度砍伐的森林、过度捕捞的渔业资源及污染严重的河流和空气，都是"公地悲剧"的典型例子。之所以叫悲剧，是因为每个当事人都知道资源将由于过度使用而枯竭，但每个人对阻止事态的继续恶化都感到无能为力。"公地悲剧"可以解释当前环境污染的问题，为了追求个人利益，对自然环境等公共产物的过度使用和破坏所造成。然而，"公地悲剧"的发生，人性的自私或不知足只是一个必要的条件，公产缺乏严格而有效的监管则是另一个必要条件。所以，"公地悲剧"并非绝对地不可避免。

"公地悲剧"中，大家按照各自的最优放牧量来放牧牛羊，其结果是导致过度放牧。这就意味着亚当·斯密的看不见的手失灵了。单个人追求自己的最大利益，并没有带来社会福利的增进。罗纳德·科斯提出的一种观点，只要财产权是明确的，并且交易成本为零或者很小，那么，无论在开始时将财产权赋予谁，市场均衡的最终结果都是有效率的，实现资源配置的帕雷托最优。

二、解决之道

产权明晰是解决公地问题的方法。就是因为产权不明晰，所以权责不清晰，导致"搭便车"的现象。例如，公共地方谁可以用，就要分摊到谁的头上。如河流治理问题，上中下游企业哪个要往里面排污就要承担相应的治理费用。科斯定理的精华在于发现了交易费用及其与产权安排的关系，提出了交易费用对制度安排的影响，为人们在经济生活中作出关于产权安排的决策提供了有效的方法。

　　根据科斯的观点，要尽可能地将资源所有权明晰，并制定相应的政策法规，明确责任和义务。科斯定理证明，一旦产权明确规定，而各利益相关者之间的联络、谈判、签约等等的成本足够低，则无论将产权划归给谁，最终总能达到该资源的最优配置和使用。同样道理，只有做好企业的产权安排，才能避免"公地悲剧"的发生。对自然资源而言，应明确占有权、使用权、收益权和处置权。必须指出的是，产权稳定和产权明确同等重要。如果产权不稳定，即使产权明确，也会对资源进行掠夺性的使用。

　　当然，这只是一种制度经济学观点，并非真理。按照他的观点，我们有三种代表性的方法来解决"公地悲剧"。第一，把公共资源国有化，由国家统一根据资源的现状和可持续性来制订使用计划；第二，把公共资源卖给某一个自然人或组织所有，由其垄断；第三，把公共资源按照某种规则分配，产权界定给每一个参与人。很显然，这三种方案各有优缺点。第一种方案实际上面临后来公共选择学派所发现的政府失灵问题。市场存在失灵的情形，政府当然也存在失灵的情形，比如政府层级所带来的信息失真、官员寻租、激励扭曲、官僚组织的交易成本等。通常在现实当中会出现这样的状况，政府所拥有的公共资源仍会被过度使用，比如水资源的浪费、森林和矿产的过度开采、海洋和牧场的耗竭等等。第二种和第三种都属于私有化方案。假如公共资源被某个体拥有，虽然可以克服过度使用问题，但随之可能引发严重的不公平；假如公共资源被多个人分别拥有，由于这类资源很难进行切割，可能使得过度使用现象更严重。实际上传统产权理论带给我们的要么国有化、要么私有化的两分法思维方式根本无助于解决公地的悲剧。

　　要破解"公地悲剧"问题就不得不提诺贝尔奖获得者埃莉诺·奥斯特罗姆，她对制度分析理论、集体行动理论、可持续发展、公共资源等领域的研究在全世界范围内产生了很大的影响。她指出当前解决公共事务问题的或者以政府途径为唯一或者以市场途径为唯一的途径都是有问题的，她怀疑仅仅在这样两种途径中寻找解决方法的思路的合理性。随之，她从理论与案例的结合上提出了通过自治组织管理公共物品的新途径，但同时她也不认为这是唯一的途径，因为不同的事物都可以有一种以上的管理机制，关键是取决于管理的效果、效益和公平。在公共管理与可持续发展方面，正是奥斯特罗姆的研究冲破了公共事务只能由政府管理的唯一性教条，冲破了政府既是公共事务的安排者又是提

供者的传统教条，提出了公共事务管理可以有多种组织和多种机制（多中心主义）的新看法。这就是所谓的印第安纳学派或制度分析学派。

奥斯特罗姆的研究认识到政府—市场两分法的错误，她认为："许多成功的公共池塘资源制度，冲破了僵化的分类，成为'有私有特征'的制度和'有公有特征'的制度的各种混合。"[①] 她的研究告诉我们，在处理环境资源等公共事物问题中要摸着石头过河，逐步尝试着发现一些适合的机制，并通过对各种现实当中演变出来的具体机制进行分析，才有机会提炼出一些可供借鉴的元素。

根据以上"公地悲剧"例子及相关破解办法，我们看到合理制度是破解"公地悲剧"的关键。

第二节　制度经济学的方法论及特点

一、方法论

制度学派强调立足于个人之间的互动来理解经济活动，首先确立以人与人之间的关系作为研究的起点，反对以一个确定的、总量的标准对整个经济活动作出安排的研究思路。

制度经济学强调制度分析或结构分析方法，认为只有把对制度的分析或经济结构、社会结构的分析放在主要位置上，才能阐明资本主义经济中的弊端，也才能弄清楚资本主义社会演进的趋向。因此，制度经济学采取历史归纳方法和历史比较方法，强调每一个民族或每一种经济制度都是在特定历史条件下进行活动或发展起来的。

制度学派反对古典学派的孤立个人行为的分析方法，它认为只有把现代经济生活当作一个整体考察，才能更清楚地揭示经济运行的规律。这是制度经济学在方法论方面的第一个显著特点。制度经济学强调整体制度因素的分析。著名制度派经济学家加尔布雷思认为，宏观经济学只注意总需求水平的

---

① 埃莉诺·奥斯特罗姆：《公共事物的治理之道》，上海三联书店2000年版，第31页。

调节，微观经济学只注意成本和价格的形成，却恰恰遗漏或忽视了社会的制度结构问题，即权力分配问题。

应当说，整体大于个体的简单加总，这无论在哲学上、逻辑上还是事实上都是成立的。一般地讲，个体的特征是整体特征的集中反映，个体的性质决定了整体性质的主要方面或基本方面。因此，既要注重整体主义方法论，也不应当丢弃个体主义的方法论，对个体的研究往往可以构成整体研究的基础和前提。

二、特点

制度可以说是人类追求一定社会秩序的结果，人们力图通过这些制度为自己的生活构建一个稳定的空间。在正式制度的构建中，人类充分运用自己的理性来努力地把握未来。非正式制度可以说是人类社会的原发性规则。正是通过非正式制度，人们构建了法律出现以前的社会，在这个社会中人们依靠风俗习惯、道德、意识形态构建了社会秩序。法制社会与伦理社会相比，是后出现的。社会发展趋势是，人们尽可能地把原来属于非正式制度的社会规范转化为正式的法律规范，使其在规范人们的行为方面具有更大的强制力，使人们在实际生活中有更为明确的规则可以遵循。

新制度经济学认为制度就是规则，不是我们传统意义上所理解的政治或经济的制度，传统上所理解的制度是政治或经济体制意义上的。制度这一概念是在"规则"这一意义上被制度经济学家使用的。新制度经济学家把制度分为正式制度和非正式制度。正式制度是指人们有意识创造出来并通过国家等组织正式确立的成文规则，包括宪法、成文法、正式合约等；非正式制度则是指人们在长期的社会交往中逐步形成并得到社会认可的一系列约束性规则，包括价值信念、伦理道德、文化传统、风俗习惯、意识形态等。正式制度具有强制性、间断性特点，它的变迁可以在"一夜之间"完成。而非正式制度具有自发性、非强制性、广泛性和持续性的特点，其变迁是缓慢渐进的，具有"顽固性"。在生活中，正式制度只占整个社会约束的小部分，人们生活的大部分空间还是由非正式制度来约束的。用非正式制度可以解释我国社会生活中的许多现象，因为我国传统上是一个伦理社会，缺乏契约传统，伦理文化因素在社会生活中起着十分重要的作用，渗透在社会生活的各个方面。

第三节　环境问题的产生与对我国环境制度的反思

一、环境问题产生的原因

环境问题之所以产生并愈演愈烈，其根本的制度原因就在于在现有的制度安排下环境存在着强烈的外部性。环境污染与破坏具有很强的负外部性，污染者及破坏者所承担的成本远小于社会承担的成本，仅受自身成本约束的污染者及破坏者终将会使环境污染与破坏超出社会最优量，即超过环境的耐受值。而环境保护则具有很强的正外部性，保护者所获得的利益小于社会的收益，仅受自身利益激励的保护者不会有足够的动力去提供社会所需要的环境保护。因此在环境污染与破坏泛滥，环境保护严重不足的情况下，就出现了环境问题。资源与环境管理属于"公共物品"，存在着大量的"公共领域"，当前我国的资源与环境管理制度的基本取向是市场化和治理主体多元化。但是众所周知"公共物品"具有非排他性和非竞争性的基本特征，很容易出现"搭便车"的情形。

伴随着人们的努力，环境问题的众多病因被逐渐地发现，有政治因素、经济因素、技术因素、伦理因素、历史因素等。这些因素无疑都是存在的，它们的发现对"治疗"环境问题也起到了很大的作用。然而在制度经济学的背景下，这些因素都不是主要的，因为现代法治社会是"通过法律控制的社会"，这些因素对人们的行为只有有限的影响，起决定性作用的是国家制定的法律制度。环境问题之所以产生，源于人们不合理的生产和消费行为，而人的不合理行为之所以产生，根源于我们的制度没有很好地履行其规范人类行为之职责。因此，制度经济学认为，环境问题的根源在于制度的失败。在环境问题上，我们的制度最根本的失败就在于没有将这些外部性合理地内部化。当制度将这些外部性合理内部化之后，决策单位的私人收益率将等于社会收益率，进而其行为必将与社会利益一致，诸如环境污染及破坏等与社会利益相悖的行为将受到控制，环境问题也将逐渐被解决。

二、对我国环境制度的反思

长久以来，我国盛行的唯 GDP 论成败，使得众多的政府部门不惜一切代价发展经济，资源与环境的问题退居其次，实行的是先污染后治理甚至不治理的发展方式。很多地方对接了发达国家或地区的高耗能高污染的企业，GDP 发展了，但是这种竭泽而渔的发展方式也导致了资源的枯竭和环境的恶化。

政府环境制度需要反思的有以下几点。

（一）重污染防治，轻生态保护

与污染防治法规的纷繁复杂相反，生态保护方面的法规寥寥无几，且很少得到认真的执行。由于环境污染就发生在我们身边，比较受民众及政府的重视。生态破坏则由于远离人们的生活而被忽视。事实上，由于生态破坏在时间上的深远性、空间上的广延性以及后果的综合性、不可逆性，其危害要比环境污染严重、深远得多。对生态保护的忽视将造成难以挽回的损失。

（二）重点源治理，轻区域治理

自然界中物种的相关性及环境的整体性要求我们不能将各环境要素看作是孤立的，这是违背自然界的规律的。环境具有强烈的外部性，环境污染与破坏的成本很容易转移，也即其消极影响只是部分在当前由当地承受，而有相当重要的部分或转移给其他地区，或转移给未来社会。长江流域的生态破坏和淮河流域的环境污染，便是这一政策之失败的鲜活例证。

（三）重浓度控制，轻总量控制

这种污染控制政策，忽视了环境容量的有限性，造成资源的浪费和破坏，忽视了污染程度是由污染物总量决定的这一事实，忽视了污染的积累效应。结果非但没有有效地控制污染的扩散，反而造成了污染状况的恶化。

（四）重末端控制，轻全过程控制

末端控制是一种污染控制战略，因其将控制的重点放在污染物产生后的排放限制或废物产生后的处置方面而得名。我们将末端控制作扩大解释，使其涵盖类似的生态保护策略。我国虽在法律上确立了预防为主的原则，规定

了环境影响评价、"三同时"等一些预防性制度，但这些制度都不甚完善，且缺乏必要的支持系统，沦为软约束性制度。而直接体现末端控制的一些制度却有良好的执法依据和实施基础，具有很强的约束力，这种立法状况充分表明了立法者的末端控制思维模式。

三、亟须解决的问题

中国资源环境管理制度面临着困境。中国的资源与环境管理政策制度于20世纪70年代开始起步，并纳入了法治轨道。1978年的宪法中就有"国家保护和改善生产环境和生态环境，防治污染和其他公害"的规定；1989年审议并通过了《中华人民共和国环境保护法》；之后又推出一系列法律法规和政策措施。这使得我国的资源与环境管理制度初具体系，但是仍然存在很多问题。

在我国很多地方，存在产权主体不清晰、安排不尽合理以及制度缺位等问题，由此造成了哈丁的"公地悲剧"。我国在资源与环境管理主体方面，过度依赖政府。政府对资源与环境进行行政性的分配与监督，市场、社会主体、个人在整个体系中严重缺位。然而"全能型"的政府是不存在的。政府由于其本身固有的局限性，不可能将资源与环境管理做到面面俱到。因而，尽管运行成本不断增加，但运行的效率和产生的结果却不尽如人意。

此外，我国的环境产权状况也令人担忧。环境在我国是一种共有物，任何人都可以任意地取用，不具有排他性。随着经济的高速发展及生态的经济价值的提高，环境的净化能力及优美的环境已成了一种稀缺的资源，需要相应的产权制度来约束和引导人们的相关行为，以促进环境资源的有效利用。但我国至今还没有国家一级的环境产权立法。

一个国家要实现现代化最重要也是最根本的乃是实现人的现代化，资源与环境管理要呈现新局面新气象，必须首先在管理者甚至全体公民的思想认识上进行变革，任何制度的设计以及贯彻执行都需要政策执行者以及受政策影响的群体从心里认可和接受，否则阻滞力量将无比强大，政策的实施将举步维艰。

第四节 "建设美丽家园，过上美好生活"需要制度创新

一、观念转型

生态文明和科学发展观在党的十七大报告中作为一种战略的提出，标志着我们对发展方式和路径的一次认识转型。过去以对资源和环境掠夺式的索取和牺牲为代价的发展方式再也不能继续下去了，必须推动经济增长方式的转型，由粗放型向集约型转变。但是我们也应该深刻地意识到人们对于经济增长的欲求是不会中止的，甚至会越来越强烈，所以对于资源与环境的管理并不是说不开发不利用，而是应该统筹兼顾，全面协调、可持续地加以开发利用和保护管理。开发与保护、利用与管理是辩证统一的，并不是不可调和的矛盾，关键在于我们对资源与环境的管理必须首先从思想观念上进行革新，牢固树立生态文明的理念，坚持以科学发展观为指导。

科学发展观指导下的制度，不仅仅是政府制度，也不仅仅是个体制度，而是如奥斯特罗姆所提倡的多元管理模式，由多种组织、多种机制构成。而这种多个管理模式的建立就需要改革。改革既是一个矫正制度的过程，也是一个利益关系的调整过程。制度创新有两个层面；一是形式或技术层面，也就是制度本身；另外一个是利益关系的调整过程。由于不同产权制度、法律制度及文化传统等方面的差异，利益关系调整过程是一个错综复杂的利益博弈过程。

二、制度创新

"建设美丽家园，过上美好生活"归根结底就是要走可持续发展道路，建立环境友好型的和谐社会。在此意义上，为了创设可持续的环境制度，要实现以下转变。

（一）由偏重污染防治，转向全面环境保护

在完善污染防治法的同时更要加强生态保护方面的法律，尤其应加强自然资源法的生态化。改变目前自然资源法以资源权属制度为核心，以充分实

现自然资源的经济价值为目标的物权立法模式，对自然资源的生态价值给予应有的关注，在自然资源法中严格贯彻自然保护思想，将开发与保护统一起来。改变目前自然资源法分散立法模式，制定一部综合的资源法典，以便遵循生态规律对自然资源进行统一的管理。

（二）由点源防治，到区域综合治理

区域控制着眼于区域系统整体，从区域系统的整体目标出发，以区域环境容量及资源承载能力和分析区域环境、人类环境行为及两者之间的相互作用、相互影响，采取多种措施并合理组合以最经济最有效地控制污染与生态破坏。区域控制并不排斥点源控制，而是将其作为区域控制的一部分并使之服从于区域控制。区域控制的核心是维护整个区域生态系统的完整性并维持和提高整个区域的环境质量。它以总量控制及区域环境补偿机制等制度为支撑。

（三）由浓度控制，到总量控制

总量控制以建立污染物排放量与环境目标之间的定量关系为基础，以便控制并逐步改善区域环境状况，是区域综合治理的一项重要措施。

（四）由末端治理，到全过程控制

针对末端治理的缺陷，出现了一种以可持续发展思想为指导的环境治理新机制——全过程控制。这种新机制强调在工业生产、资源开发的各个方面、各个环节实现能源、原材料配置最优化、废物量最小化、环境效益最大化，这理应是我国环境治理机制的发展方向。我们在采纳清洁生产制度的同时，还应将全过程控制机制扩展到资源开发领域，建立可持续的绿色开发制度，即将自然保护始终贯彻于资源开发的各个环节，将资源的开发与保护统一起来。

为了更好地解决环境问题、"建设美丽家园"，利用各种制度手段是必要的，这是我们"过上美好生活"的基本保障。目前，我们环境制度设计理念还相对滞后，对于自然资源与环境的价值认识不够深刻，对于权责的规定也不够明确。许多法律、法规、政策、措施的更新速度过于缓慢，无法适应形势的快速发展。需要进一步指出的是，我们部分相关制度和措施缺少对人的考虑。换言之，我们的制度设计还没有按照制度经济学的分析方法着重考虑人的因素，没有考虑利益分配的复杂性，没有为人们的行为提供有利于环境的激励，反而在很大程度上助长了危害环境的行为。实际上，制度经济学的研究方法就是从人与人之间的关系开始，综合分析制度，把对合理或不合理制度的分析放在主要位置，从而归纳总结出历史经验，以改革现有制度。因而，我们要从人的角度出发，着重研究相关的制度是否为人们的环境行为提供了适当的激励及正确的引导。缺乏社会激励，公众不愿意为资源与环境管理作出贡献，资源与环境管理的担子就只能压在政府的身上。

第十八章　资源的视角

——资源经济学分析

"建设美丽家园，过上美好生活"的目标是建立在自然资源的基础上的，任何一种社会的建立，美好生活的规划都必须要有充裕的资源作后盾和良好的环境作保证。资源和环境是经济社会可持续发展的基础。我国人口众多、自然资源相对短缺，改革开放以来，在经济高速增长的同时，资源和环境的压力不断加大。人口数量的持续增长和传统粗放型的经济增长方式，使得资源短缺与环境恶化对可持续发展的制约日益凸显。因而，对资源环境进行经济学分析就显得尤为迫切。

第一节　未来环境挑战与经济学的作用

一、增长的极限

《增长的极限》自罗马俱乐部于 1972 年发表以来，四十多年过去了。但它所提出的全球性问题，如人口问题、粮食问题、资源问题和环境污染问题（生态平衡问题），依然是当前世界各国热烈讨论和深入研究的重大问题。对各国政府和世界人民来说，这些问题都不容忽视。这些"世界性的问题"有着三个共同的特征：某些问题在所有社会里面都出现了；问题包含技术的、社会的、经济的和政治的因素；最重要的是它们相互作用。

　　增长是存在着极限的，这主要是由于地球的有限性造成的。人口、农业生产、自然资源、工业生产和污染五个基本因素将最终决定和限制我们星球的增长。其中，人口、经济属于无限制系统，按照指数方式发展；粮食和资源环境属于有限制系统，按照算术方式发展。这样，人口爆炸和经济失控必然会引发和加剧粮食短缺、资源枯竭和环境污染等问题，而这些问题反过来就会进一步限制人口和经济的发展。由于这五个问题之间存在着这样的反馈环路，使得这些问题越来越严重，因为这是一个封闭的线路。在这种环路中，一个因素的增长，将通过刺激和反馈连锁作用，使最初变化的因素增长得更快。全球系统无节制地发展，最终将向其极限增长，并不可避免地陷于恶性循环之中。未来社会将同时面临资源稀缺和环境污染不断累积的双重挑战，包括气候变化问题（污染问题）、水资源获得性问题（资源稀缺问题）等。

　　我们必须相信所面临的短缺，我们必须正视人口增长和经济发展所带来的问题，但是我们还是希望社会能够通过改变行为，适应不断减少的资源供给；我们也愿意相信人们一旦认识到问题的严重性，会自动去做这种善意的应对。

二、积极面对

　　目前，我们已经意识到人类活动对环境和地球生命系统的严重影响，会使其子孙后代不能继续享受其已经习惯拥有的生活质量。由于在过去未能作出可持续的发展选择，这意味着当代人不得不在更少的选择中作出更艰难的选择。这些选择将考验我们解决问题的创造性能力和社会制度的弹性。根据盖亚假说（Gaia Hypothesis），地球环境是一个复杂的负反馈系统，在一定限度内，有自我修复和自限性过程。因此，我们的经济和政治体制对于我们地球系统所显示出来的环境问题的强化或者限制的程度就显得尤为关键。

　　社会如何应对这些挑战和所作出的响应在很大程度上依赖于人类的个体或者是群体行为。经济学分析提供了极其有效的一系列工具，可以帮助理解或调整人类行为，特别是在稀缺性存在时。生态/环境/自然资源经济学，都不仅仅为了识别导致环境退化的原因，也为了更清楚地了解这些原因是如何

以及为什么会导致环境退化的。继而，我们根据这些研究知识和基础，设计新的激励机制，调和经济与环境间的关系。限制市场力量，或者是允许市场力量为可持续环境目标提供服务。环境与自然资源经济学流行已经成为应对地球资源稀缺和环境恶化困境的重要知识源泉。

　　未来的地球环境会怎么样？存在着悲观主义和乐观主义两种观点。悲观主义认为随着人口和经济活动水平的不断增长，超出地球承载力是不可避免的，也就是说人类行为的结果强化了环境压力；而乐观主义认为初始阶段的短缺，一方面会引发足够的和大幅的人口增速放缓，另一方面会导致技术进步的步伐不断加快，未来将是富足的，而不是持续加重的匮乏。也就是说，人类的响应可以减少环境的压力，或者人类经过改变可以减少环境压力。我们认为，在经济学背景下，"建设美丽家园，过上美好生活"就在于通过积极有效地响应以及必要地改变，减少环境压力，走可持续发展道路。

第二节　资源、环境问题是我国经济社会可持续发展的核心问题

一、可持续发展的核心问题

　　资源、环境是经济社会可持续发展的两大基础条件，实现经济社会可持续发展需要有充裕的资源作后盾和良好的环境作保证。我国是一个人口众多，自然资源相对短缺，经济基础和技术水平分布不均的国家。改革开放以来，在经济高速增长过程中所承受的人口、资源和环境压力是巨大的。在我国经济社会发展过程中，伴随着经济高速增长和世界制造业中心的形成，人均资源占有率偏低和粗放型经济增长方式的作用，使得资源短缺与环境恶化对可持续发展的制约日益凸显。突出表现为土地、水、能源、矿产等资源供应和生态环境承载能力不足与经济社会可持续发展的矛盾加剧。

二、资源、环境问题与可持续发展矛盾的具体表现

（一）土地资源的约束

　　中国目前土地开发利用中主要存在两个方面的问题：一是大面积土地质

量退化；二是土地浪费，优良耕地减少。前者包括水土流失、土地沙漠化、盐碱化、潜育化以及土地污染等；后者是指土地利用不合理，乱占滥用耕地等。

（二）水资源的约束

我国水资源总量达到25500亿立方米，居世界第六位，但人均水资源占有量仅为1945立方米，不到世界平均水平的1/4，居世界第121位，是严重贫水国家之一。在水资源严重短缺的同时，水污染问题日趋严重。我国水污染已从河流蔓延到近海水域，全国将近63.1%的河段失去了饮用水功能。水污染进一步加剧了水资源短缺局面，对工农业生产的约束越来越明显。

（三）能源供应的约束

目前，我国已经成为全世界第二大能源消费国，能源消费总量约占世界能源消费总量的12%。经济增长呈现依赖能源高投入、高消耗的特点，而且能源消费增长势头依旧。能源对外依存度越来越大，随着全球市场能源价格的飙升，局部地区能源供应不足问题显现，给我国经济、能源安全甚至是国家政治安全带来了影响。

（四）矿产资源的约束

矿产资源是不可再生资源，是人类社会赖以生存和发展不可缺少的物质基础。目前我国大部分一次能源、工业原料和农业生产资料来自矿产资源。虽然我国属于矿产资源大国，但是人均拥有量不足，且大宗矿产储备不足，贫矿较多、富矿少，开发利用难度大，矿产资源分布相对不均。随着国家工业的快速发展，供需矛盾日益突出，某些矿产资源的对外依存度还将长期居高。

（五）生态环境资源的约束

由于人类生产活动的加剧，社会生产过程中所排放的废物迅速倍增，生态环境自净能力难以驾驭这一增长速度，生态环境恶化就不可避免。目前我国生态环境形势日趋严峻，污染已经涉及土地资源、水资源、空气资源，直接威胁到居民生存环境和身体健康，并导致全国生态系统整体功能下降，抵御各种自然灾害的能力减弱。

第三节　人类社会与环境资源的关系

在进行资源经济学理论分析前，有必要通过两个现阶段比较流行和权威的物理学、经济学定理解释人类社会与环境资源之间的关系，为我们更深入地了解环境资源特点及其与人类的互动提供依据，也为后面解释在资源经济学背景下建设美丽家园过上美好生活奠定基础。

一、熵定律解读：地球资源有限，人类需要进行优化调整

人类和环境资源的关系服从于热力学第二定律，即熵定律。熵是不能用于做功的能量总数，运用到能量的转化过程中，意味着从一种能量到另一种能量不存在完全效率的转化，并且能量的消耗是一个不可逆的过程。在转化过程中会消耗掉一些能量，而其余能量一旦使用之后，就不可能用于进一步的工作。我们的地球系统，近似于一个封闭的系统，我们从太阳获得能量，但是熵定律告诉我们，太阳的能量存在一个可以持续获得的上限，一旦储存的能量（化石燃料）被用尽，将不可能获取其他能量。从长期来看，能量增长的过程受限于太阳能的可获得性和我们转化利用太阳能的能力。

第二次工业革命以来，人类在疯狂地开采使用矿物能源（尤其是发达国家），使矿物能源日趋减少，总有一天要枯竭待尽，怎么办呢？人们通常认为有如下对策：从小的方面讲，我们要节约能源，减少不必要的能源浪费，尽量使用可再生能源；从大的方面看，要研究使用长久不衰的能源，如太阳能（还有几十亿年的寿命），原子能尤其是核聚变能（以海水为原料，足够人类使用几十亿年），采取上述综合措施，人类就能被动地逾越能源贬值的灾难，而人为主动改变能源贬值的趋势是做不到的。

因此，熵定律的世界观认为，只有认识到地球的资源极限，人类才能作出对其继续生存最有利的调整。人类以及其他生物的生存，都取决于人类与自然和平相处的决心。如果人类毫无顾忌地为所谓的经济发展和社会进步而去消耗资源，等待人类的最终还是惩罚。熵定律实质上是向人类昭示一种可持续的生存发展方式。构建能源节约和环境友好型社会，走可再生能源和新

能源的能源开发道路，将是符合熵定律发展的最佳道路。

二、库兹涅茨曲线假说解读：不能躺在曲线上等拐点，杜绝先污染后治理

库兹涅茨曲线假说是 20 世纪 50 年代诺贝尔奖获得者、经济学家库兹涅茨用来分析人均收入水平与分配公平程度之间关系的一种学说。研究表明，收入不均现象随着经济增长先升后降，呈现倒 U 型曲线关系。

当一个国家经济发展水平较低的时候，环境污染的程度较轻，但是随着人均收入的增加，环境污染由低趋高，环境恶化程度随经济的增长而加剧；当经济发展达到一定水平后，也就是说，到达某个临界点或称"拐点"以后，随着人均收入的进一步增加，环境污染又由高趋低，其环境污染的程度逐渐减缓，环境质量逐渐得到改善，这种现象被称为环境库兹涅茨曲线。即在工业化的过程中，伴随着人均 GDP 的增加，环境污染的程度将呈现上升的趋势；随着人均 GDP 的进一步提高，环境污染程度会逐年呈现下降的趋势。从我国环境污染情况来看，根据统计资料，没有经过处理或不达标的废水、废气、废渣等三废的排放量一直呈现上升趋势。我们的总体判断是环境污染还处于倒 U 曲线的左侧，且离拐点还有一定距离。

几十年以前，人们曾一度认为环境质量下降是工业经济社会特有的问题。因为工业发展的同时出现了一系列环境问题，如空气污染、水污染、利用化学试剂及其景观破坏等。所以人们推断发展中国家的环境问题应该不太严重，因为这些国家的技术水平比较落后、人民的生活方式比较淳朴。但是现在人们不再持有这种观点。现实证明，发展中国家也存在大规模的环境恶化情况，如农村地区土地流失严重、水质变差、森林被过度开发、单位土地产量下降、城市地区空气和水质量大幅度下降。发展中国家环境恶化问题不仅仅影响到自然风景的美观或人民的生活质量，还导致了更严重的社会问题，如国家生产力降低、社会动荡不安。富裕国家或地区之所以享有更洁净的城市空气和更清洁的水源，在于制定了更严格的环境质量标准并对环境保护法律的严格执行。

库兹涅茨曲线需要特定时期的经济、政治和技术条件，它不是一成不变的，而是有一个动态变化的过程，随着环保意识的提高和清洁生产技术的发

展，完全有可能在比预期更低的收入水平上实现环境质量的改善。当前我国环境保护与经济发展的严酷现实是，一些企业和地方的领导者，漠视国家建设方针和法律规定，一味追求 GDP 增长，而不顾环境保护的要求，致使环境污染和生态破坏不断加剧。这种"先污染后治理"的推论，无疑给了这样的企业家和领导者难得的"理论"依据，会鼓励他们更加理直气壮和肆无忌惮地去污染和破坏环境。

第四节　资源经济学重要理论分析

资源经济学最贴近的基础科学是资源科学和经济科学。资源经济学的基础理论既包括自然科学理论，又包括社会科学理论。属于自然科学理论的除了资源科学体系中的有关理论外，常用的有物质平衡理论、再循环理论、热力学定律、环境污染理论、资源（环境）承载力理论、多种数学理论和计算机应用理论等。属于社会科学的主要有伦理学、微观经济学、宏观经济学、制度经济学（含产权经济学）货币与金融学等学科中的一系列理论。其中最重要的是价值理论、价格理论和产权影响（作用）价值运动的理论。这些理论当中，社会科学类理论与我们所要分析探讨的主题联系最为密切。前面我们已经提到，在经济学背景下，建设美丽家园过上美好生活就在于通过积极有效地响应以及必要地改变，减少环境压力，走可持续发展道路。在资源经济学背景下分析，就必须利用和依靠其相关理论知识，解析应对影响、实施改变的必要途径，以减少对于自然环境的压力。

一、价值理论分析下的家园建设和美好生活

价值理论是关于社会事物之间价值关系的运动与变化规律的科学。人对于客观世界的认识分为两大类：一是关于客观世界各种事物的属性与本质及运动规律的认识；二是关于客观世界各种事物对于人类的生存与发展的意义（即价值）的认识。前者就是一般的科学理论，后者就是价值理论。价值理论是人类的科学理论体系中的重要组成部分。由于"对于人类的生存与发展的意义"本身也是事物的一种特殊属性，因此，价值理论也是一种特殊的科学

理论。

在环境经济学背景下，环境被视为能够提供一系列服务的综合资产，为我们提供了维持生存的生命保障系统，但是它仍然是一种资产。如同其他资产一样，我们希望环境资产增值或者至少避免不当的贬值，使其可以持续地为我们提供美学上的愉悦和维持生命的服务。环境为经济提供了原材料和能量；为消费者提供了服务，比如我们呼吸的空气、食物中的营养等等。当然，过多的废物会使环境资产贬值；当废物超出自然的吸收能力时，废物会减少环境资产提供的服务。比如大气污染可能会引起呼吸系统疾病；污染的饮用水会导致癌症；气候变化会导致海平面上升等。

资源环境经济学普遍认为，人类应该赋予环境以经济价值。人类环境具有自身的内在价值，该价值独立于人类的利益之外。与内在价值相对的工具性价值则指取决于民族人类期望的环境有用性。环境价值超过它对于人类而言的直接使用价值的观点与现代经济学价值评估技术的观点是相当一致的，因此环境价值的经济学评估有利于表明环境对现代社会所产生的巨大价值。即使我们从有限的拟人化视角出发，环境自身无法感知环境退化，而经济价值评估是表明环境价值的一种非常有用的工具，很多环境学者都越来越支持这一观点。

价值理论下，建设美丽家园和过上美好生活的具体实施就在于是否能够成功评估环境价值。在制定政策过程中，很多时候环境价值可能被认定为缺省价值为零。环境零价值很大程度上为环境退化提供了合理的解释，然而，如果对环境进行恰当的经济估价，环境退化也许会得到遏制。对于经济学者和政策制定者来说，计算环境损害远不像计算一道数学习题那么容易，目前资源经济学家已经开发了一系列特定的方法来计算环境改善带来的效益，或者反过来计算环境退化造成的损失，并且还在不遗余力开发某些已经不适用于当前环境资源中的特定方法。

我国资源价格长期低于世界平均水平，企业通过技术进步和改善管理来节约资源的成本要高于购买资源的成本。根据经济学边际成本理论和追求利润最大化的本质，企业当然会选择去更多地购买和使用资源，而不是花更多的钱去改进技术和管理。另一方面，低估的资源价格和环境成本会成为推动扩大投资需求的诱导性因素，反过来又会刺激对资源的更大需求，造成更大

的资源浪费，其直接结果就是破坏环境。只有形成反映资源稀缺程度价格制度，才能把资源节约和环境压力转化为企业转变发展模式的经济驱动力，杜绝资源浪费和环境污染。

目前最常用的方法就是成本效益分析方法，在环境问题背景下如何进行成本效益分析，是资源经济学研究的重点。利用经济学保护环境的各种策略中，成本效率分析已经成为指导污染控制政策的非常重要的方法。这一方法的普及由于其实用性，即使在不能得到可靠的价值估值时，它也是政策程序中一个非常有价值的组成部分，有助于认清环境问题并提出解决环境问题的具体实施方法。

二、"产权制度""外部性"理论分析下的家园建设和美好生活

在价值理论中估计了环境资产后，资源环境经济学家们又提出这样的问题：如何使资源环境系统与社会经济系统相协调，并将资源环境纳入到经济运行分析框架中？为了解决这些问题，我们有必要引入产权概念，并通过有效地市场配置，发挥效率原则，最优调解资源环境系统与社会经济系统之间的协调性。

资源环境作为公共资源具有稀缺性。也就是说一个主体的行为浪费资源和污染环境，是以别的个体或整个社会不能再享有符合要求的资源环境为代价的，人们及整个社会损失的资源环境代价就是这个个体（企业）的机会成本。除此之外，资源环境的公共物品属性使其还具有很强的外部性。外部性就是指某个主体（厂商或家庭）的福利不仅取决于其自身的活动，而且受制于其他主体的活动。比如，钢铁厂排放废弃污染物到河流，共享河流的酒店却需要利用河流资源吸引游客，这时河里增加的废物对酒店造成了外部成本，而钢铁厂在决定倾倒废物数量时并没有对此进行考虑。稀缺性和外部性特征为理解环境资源的分配和权利义务提供了很好的解释，也为分析和制定环境政策提供了良好的基础。因此，在资源经济学中，要引入产权概念来规范权责。生产者和消费者使用环境资源的方式取决于支配这些资源的产权。经济学的产权指的是使用资源的一个权利约束，用来明确所有权、特许权和权利限制。通过考察这些权利和他们影响人类行为的方式，我们能够更好地理解政府和市场的资源配置中为什么会产生环境问题。

谈及产权就要提及科斯定理（Coase's Theorem），这是以1991年诺贝尔经济学奖获得者科斯命名的。他认为，在某些条件下，经济的外部性可以通过当事人的谈判而得到纠正，从而达到社会效益最大化。也就是说一旦产权明晰，若交易费用为零，市场交易可以确保有效率的结果，产权分配方式不影响经济效率，仅影响收入分配。科斯定理强调市场具有一定自我调节的能力，因此政府的干预应当建立在市场调节的基础上或应当进行两者的结合。在这种理论的影响下，美国和一些国家先后实现了污染物排放权或排放指标的交易。科斯定理的魅力在于它将政府的作用限定在最小范围之内。政府只不过是使产权明晰，然后是交由私人市场去取得有效率的结果。

因此，"产权制度""外部性"理论分析下具体实施"建设美丽家园"和"过上美好生活"就在于如何探索建立适合中国的资源环境产权制度，包括资源环境的产权界定制度、产权配置制度、产权交易制度和产权保护制度。由于我国目前资源环境价格形成机制还没有体现资源和环境的产权属性，而资源环境价格需要资源环境产权制度的支撑，因此根据资源经济学的分析，首先探索建立相关产权制度极为重要。目前我们大家对产权的理解还局限在企业产权这一层面上；而在资源环境学中，产权制度要扩展到资源领域和环境领域。根据科斯定理，建立科学明晰的资源环境的产权界定制度、产权配置制度、产权交易制度和产权保护制度，资源环境问题将会通过市场机制由"外部性"转为"内部性"，通过经济制度的变革与完善，市场配置资源的基础性作用会得到更好的发挥，资源节约和环境保护就会成为企业自觉的行动，并给企业带来利益。

第五节 资源经济学原则

一、完全成本原则

根据完全成本原则，每一个环境资源的使用者都应该完全支付其造成的成本。人类有权利拥有一个安全和健康的环境，由于这种权利在大气平流层和公海也共同存在，因此没有一个行政实体既有责任又有权利来保护这种权

利。结果自然而然形成了一种无偿使用、先到先得的规则。要过渡到一个更可持续的经济系统，需要依赖于新技术的发展和达到比目前高得多的能源效率水平。家园建设和美好生活的出发点是节约资源、保护环境，在完全成本原则作用下，"建设美丽家园，过上美好生活"的过程显得更为清晰。具体为：经济制度改革中，适当引入激励机制，确保以完全成本来定价边际的消耗量；法律体系制定中，遵循完全成本原则，受到污染的地方应该得到最大程度的恢复，而且可以证实到的受害人也应该得到相应的赔偿。

二、费用有效性原则

如果一项政策能够以最低的可能成本实现政策目标，那么它就是费用有效，也就是说，要减少支出浪费。费用有效原则应当被当作我们"建设美丽家园，过上美好生活"一系列政策的首要目标，虽然它并非完美，但的确是一条理想道路。

三、产权原则

环境问题中明显的效率损失，部分来源于产权界定不清带来的不合理激励。经济学背景下，家园建设和美好生活的实施要遵循产权原则。按照产权原则，如果当地人能够拥有所在区域内资源的产权，这种产权就能够给他们带来保护这些资源的收益。确保当地人对资源有明晰的产权并且遵守相关的法律法规制度，可以使得当地人在很大程度上分享使用这些资源带来的全球收益，也能够提高环保使命的有效实施水平。

四、可持续性原则

按照可持续性原则，所有资源的使用都必须考虑到后代人的需要。如果说前面三种原则很大程度上为环保使命的实施提高了效率，那么这些提高效率的措施就是要促进向可持续性结果的转变。因此，美丽家园建设和美好生活的真正实施，除了提高效率还不够，还要采取其他政策来满足可持续性原则。

五、信息原则

其实大多数情况下，无论社会环境如何，公众都会关注环境并且愿意承诺保护环境。然而，为了强调和激励这种良好的愿望，有必要确保公众对环境现状有所了解。认识到这一点，建设美丽家园过上美好生活的过程中，就要遵循信息原则，制定一系列新策略以提升环境政策中公众的参与性。这可以有很多方法：增加媒体报道环境事件的自由度；通过政府公开水和空气中污染物数量和种类信息；第三方认证方式公布有机食品、渔业和森林采伐资源等。在缺少传统监测和强制执行系统的条件下，设计恰当的信息策略，一定程度上，可以实现污染的监管从而得以有效控制。

在资源经济学的理论、方法、范式模型的解释下，市场这双无形的手对资源的最优配置有一定的功效。但是，高效的市场也未必能产生可持续发展。因此政府干预显得必要。事实上，"建设美丽家园"和"过上美好生活"目标的实现，不仅需要经济体制和政治体制的共同推进，还需要在努力保持经济增长的同时，引入新的办法进行相关规划。

第十九章　资源节约、环境友好
——节能减排分析

人类社会的发展，都以"建设美丽家园，过上美好生活"的追求为目的。在不同的历史时期人们对美丽家园、美好生活的理解和追求手段是不一样的。面对环境污染和资源短缺的现状及困境，建设资源节约型、环境友好型社会就成为必然的选择。节能即是资源节约，减排是减少环境污染物的排放即环境友好。因此，从节能减排的角度来说，对"建设美丽家园、过上美好生活"这一目标的追求，也就是对"两型社会"的探索和实践。

第一节　"两型社会"分析

"两型社会"包含资源节约型社会和环境友好型社会两个主体部分。其中，资源节约型社会，是指资源节约对整个经济社会发展具有基础性作用，以节约资源为核心，综合考虑经济、行政和法律等措施，并积极运用于生产、流通以及消费等领域，提高包括人在内的全部生产要素的综合利用效率，力求经济利益增长与资源消耗呈现反比态势，达到低成本高产出的目的，满足人民群众日益增长的多元物质文化需要，推动发展方式的可持续化，达到人与自然和谐共赢的经济形态。环境友好型社会，即人与自然和谐共生的社会形态，其核心内涵是人类社会的生产和消费活动必须与自然生态系统协调可持续发展。也就是说，要立足于人与自然的和谐，综合运用经济、行政和法律手段，积极开发应用旨在改善和保持环境的科学技术，充分发掘现有资源和能源利用效率，避免粗放使用而诱导出新的环境问题，使大自然在满足人类必需的合理的利益诉求的同时，能有效实现自我修复和更新，构筑零排放的绿色生产和消费体系。

一、"两型社会"的内涵

所谓"两型社会"建设，就是要加快发展方式转变，努力实现资源循环、低碳发展，将人口、资源和环境等因素有序纳入经济社会发展进程中，达到人与人和谐发展，人与社会和谐共融，人与自然和谐共生的社会发展状态。构建"两型社会"的本质就是追求自由、进步，在"资源节约，环境友好"的基础上促进和实现经济社会的全面协调有序发展。"两型社会"强调"资源节约"和"环境友好"，意指在生产、流通、消费等社会各个领域内，通过采取经济、技术、法律以及行政等综合性措施，提高资源的利用率，减少资源浪费，形成对环境有利的生产和生活方式，以尽可能少的资源消耗和尽可能小的环境代价，获得最大的经济效益和社会效益，实现经济又好又快发展，最终促进人与自然友好和谐相处，是"建设美丽家园，过上美好生活"的一种社会发展模式。

"两型社会"建设是在反思传统经济发展模式基础上发展起来的一种解决资源和环境困境，促进资源节约和环境友好的新型经济社会发展模式。它要求经济社会各个方面的发展都要遵循生态规律，达到资源节约和环境友好的目的。这也是可持续发展的具体表现形式，是在生态文明理念的指引下，最终达到人与自然和谐发展，人与人和谐共生的社会。

资源节约型社会和环境友好型社会各有侧重，互为补充，二者完整地涵盖了社会经济系统中物质流、能量流、废物流等物质代谢的全过程。资源节约型社会的核心目标是降低资源消耗强度、提高资源利用效率，减少自然资源系统进入社会经济系统的物质流、能量流的流通量强度，实现社会经济发展与资源消耗的物质解构或减量化；环境友好型社会的核心目标则是将生产和消费活动规制在生态承载力、环境容量限度之内，通过生态环境要素的质

态变化形成对生产和消费活动有效调控的关键性反馈机制，对生产和消费全过程进行有效监控，最终降低社会经济系统对生态环境系统的不利影响。与资源节约型社会相比，环境友好型社会更为强调生产和消费活动对于自然生态环境的影响，强调人类必须将其生产和生活强度规范在生态环境的承载能力范围之内，强调综合运用技术、经济、管理等多种措施降低经济社会的环境影响。无论是"资源节约型社会"还是"环境友好型社会"，实际上都是人类在深刻反思人与自然关系的基础之上提出来的，反映了人类重构人与自然关系，实现资源节约和环境友好的迫切愿望。可以说"两型社会"理念既是一种伦理观念，也是指导经济社会发展和环境保护的实践指南。

二、建设"两型社会"的重要性与迫切性

人类有资源之争，更有资源之忧。有资料表明，发生在原始社会后期的人类最早的战争，其诱导的第一因素是资源。氏族部落对土地、河流、山林等天然财富的争夺，演变成原始的战争。在历经数千年的当今时代，虽然领土资源、民族宗教、政治意识等已成为引发战争的诸多因素，但在最近六十年的世界战争中，直接或间接由能源和资源诱发战争的比例高达80%，现代战争是为能源和资源而战。从20世纪上半叶的国土资源争夺战，到20世纪下半叶的石油争夺战，再到21世纪的水资源争夺战，战争的根源始终围绕资源和能源展开。另一方面，人类在二百多年的工业化进程中，创造了令人瞩目的工业文明、经济文明与社会文明，与此同时，人类活动与资源环境之间的矛盾日益激化，资源短缺、环境污染、生态失衡等问题已成为世界经济社会发展的瓶颈。为了破除这个瓶颈，1992年，联合国里约环境与发展大会通过的《21世纪议程》首先提出"环境友好"的理念。此后，环境友好技术、环境友好产品得到大力提倡和开发。在20世纪90年代中后期，"环境友好"这一口号影响的范围不断扩大，国际社会又提出了实行环境友好土地利用、环境友好流域管理、建设环境友好城市，发展环境友好农业和建筑业等。2002年召开的世界可持续发展首脑会议把环境保护、经济发展和社会进步作为可持续发展的三大支柱。会议多次提及环境友好材料、环境友好产品与服务等概念。2004年，日本政府在其《环境保护白皮书》中正式提出，要建立环境友好型社会。2005年10月，中国共产党十六届五中全会通过的《中共中

央关于制定国民经济和社会发展第十一个五年规划的建议》明确提出，加快建设资源节约型、环境友好型社会。所以，从根本上说，"两型社会"提出的最直接背景是资源能源的短缺和生态环境的恶化，同时也可以说，资源能源的短缺和环境的日益恶化是建设"两型社会"的最大障碍。为此，必须找到建设"两型社会"的有效方法，就是以资源节约、环境友好为目标的节能减排。

人类只有一个地球，地球资源是人类赖以生存的基础，人类的生产生活，社会的进步发展都是以消耗资源为前提的，资源是有限的，人们只有科学合理地开采资源、节约利用资源，地球才能为我们建设美好生活提供源源不断的物质基础；环境是资源的载体，也是人类生产生活的场所，人类的栖息地。只有生态良好的环境才能给人类提供美好的生活和美丽的家园。从节能减排的角度来说，建设"两型社会"与"建设美丽家园，过上美好生活"是一致的，具有同一性，它们都需以社会经济效益和生态环境效益的均衡为前提，都以"生产发展、生活富裕、生态良好"为特征，都体现了人类社会的共同追求与发展方向。

第二节　资源环境问题的影响

资源环境是人类赖以生存和发展的物质基础，美丽家园美好生活都离不开经济的发展和良好的生态环境。当前，资源环境问题不断恶化，严重制约了经济的发展、社会的进步，威胁到了人类基本生存环境的安全，严重影响人类对美丽家园美好生活的追求。其主要表现在以下两方面。

一、对社会经济发展的影响

（一）资源在经济发展中的作用

自然资源是经济增长的物质基础和条件。人类要生存，就必须有维持生活的物质资料，而要取得这些生活资料，就必须对自然资源进行开发和利用。自然资源是一切劳动资料和劳动对象的第一源泉，是自然界提供的生产前提和再生产前提。可以说，离开了自然资源，任何社会的经济增长都会成为空

话。美国工业化的成功，很大程度上要归功于国家充分发挥了范围广大的矿产资源的作用。David Wright（1997）认为，在 19 世纪的下半段和 20 世纪的上半段里，美国比其他国家更密集地开采其矿产，而且这种开采的范围非常广。自然资源丰裕度会影响社会劳动生产率。劳动生产率反映的是人与自然、人与物的关系，是反映人们在生产过程中认识和利用自然界能力的一个综合性指标。劳动生产率的变化取决于自然条件。一般说来，在其他条件相同、自然资源优劣不同的情况下，人们即使花费了等量劳动，劳动生产率也是不同的。许多资源丰裕的国家，其社会劳动生产率往往都比较高，能有力地促进其经济增长。如同刘易斯指出的，在其他因素相等的条件下，人们对丰富资源的利用会比贫瘠资源的利用更好。一些资源丰裕的国家的经济发展的确比其他国家好，甚至有些国家已经相当富裕。自然资源利用能促进技术进步。随着人们对劳动对象的利用由初加工向深加工方面深化，大大促进了技术的进步，改变了生产对自然资源的依赖程度。对于不可再生资源，技术能促进资源系统的承载能力、维持能力、资源要素特性的维持，以及资源配置能力的提高；对于可再生资源，技术能提高资源潜在利用效率、促进生态系统的稳定、促进生产要素量的增加和可再生资源系统的产出率提高、促进生产效应等。

自然资源还影响产业布局。一个国家和地区的产业结构首先要受制于这个国家和地区的自然资源状况。没有矿产资源、林业资源，发展采掘业和林业的可能性就小。一国的生产力越不发达，自然资源对其产业结构影响越大。因而，不发达国家的产业布局主要取决于自然资源的状况；发达国家不但能有效利用本国资源，而且能利用不发达国家的廉价资源。当自然资源的运输成本较高时，资源的物质效用成为了一个新产业得以发展的关键。

（二）生态环境恶化对经济增长的负面影响

生态环境恶化破坏了生态资源，影响和破坏经济生产力。一是减少了对社会经济活动资源的供应，如原材料、燃料等。二是造成自然生态资源所具有的调节功能的丧失或减弱，从而造成自然灾害面积的加大和遭灾程度的加重，造成经济损失。例如，森林生态系统遭破坏后，一方面会降低其为社会生产提供原料等生产要素的价值；另一方面，森林植被遭破坏后引起的水土流失的加重，会造成耕地生产力丧失或下降等直接经济损失。三是由于生态资源的不可逆性，生态资源的破坏影响后代人对资源的利用，实质上就是影响经济的可持续发展。

自然生态的破坏会影响经济发展的环境。自然生态系统作为社会经济系统存在和运行的环境基础，除直接影响经济生产力外，还对经济发展的环境施加巨大的影响。也就是说，自然生态环境的恶化，除了造成生产力下降等看得见的经济损失外，还会影响到地区产品的市场竞争力和投资环境。

首先，生态环境恶化会影响到地区生产力的提高。自然生态环境的状况不仅是确保某些产品质量（如绿色食品等）的必备条件，而且会对经济发展的类型、规模、速度以及生产效率施加影响。有资料表明，在我国生态环境破坏较为严重、生态比较脆弱的地区，自然生态环境的恶化，一方面会对农业生产施加负面影响，使其脱贫难，另一方面，由于遭遇自然灾害的概率大，即使脱了贫，也极易返贫。所以，自然生态环境的恶化会制约农业生产力的提高，农业生产力低下造成的贫困又反过来诱发出一系列导致自然环境恶化的行为，将进一步制约农业产力的发展，从而使地区更加贫困，造成恶性循环。不打破这样的恶性循环，既无法发展贫困地区的生产力，也无法保护和改善该地区的自然生态环境。

其次，生态环境的恶化会影响产品质量进而影响产品的市场竞争力。由于农业生产所依赖的自然生态环境条件的恶化，各种病虫害泛滥，会造成传统优质农产品的质量下降，农产品质量大幅度滑坡，影响到我国农产品的国际竞争力，甚至国内市场也受到国外农产品的巨大挑战。再次，生态环境的恶化会影响到地区的投资环境。例如非洲的马达加斯加、埃塞俄比亚和象牙海岸等，过去因拥有丰富的资源而成为非洲国家中少有的对外资有吸引力的地区，许多发展项目得到了外部资金的支持。然而，由于不注重自然生态环境的保护，许多珍稀濒危物种相继灭绝了。随着自然生态的不断恶化，外部投资者失去了投资兴趣。

最后，环境恶化影响城市化。一是阻碍甚至逆转城市化，区域生态环境恶化通过"劣币驱逐良币效应"，把具有良好经济实力和文化素质的居民"驱逐"出区域，并使技术和资金也随之流失，最终造成区域经济的衰退；二是改变城市空间结构，城市中心一般人口密度高，生态环境压力大，一些有钱有车居民纷纷到郊区寻求适宜的生活环境。

二、对人类生存环境的影响

（一）环境对人类的作用

1. 环境为人类提供生存空间。人类进行一系列的生命活动，离不开一个适宜的外部环境。外部环境各组成部分间不同的数量比例关系、空间位置配置关系以及不同的联系内容和方式，都导致人类呈现不同的分布状态和生存状态。人类与环境具有明显的三维空间结构。由于各处光照温度及其他环境条件的差异，使人类群落在空间上有明显的垂直分布和水平分布。人类生存的外部环境，通过稳定的物质能量流动网络以及彼此关联的变化规律，给人类创造了一个良好的生命活动场所，在人类社会行为作用下，环境结构与状态所发生的变化不超过一定的限度时，环境系统通过特定的自我调节功能，使这些变化逐渐消化，结构和状态得以恢复，从而使人类生存生活在一个相对稳定的空间。

2. 环境是人类的能量和物质来源。人类生存不仅需求一个适宜的场所，而且需求一个丰富的外部物质资源，以及以物质为载体的能量资源。人类的繁衍和发展都是环境对之不断提供物质和能量的结果，也就是说环境是人类生存发展必不可少的投入。我们生活的自然环境，是地球的表层，由空气、水和岩石（包括土壤）构成大气圈、水圈、岩石圈，在这三个圈的交汇处是人类生存的生物圈。这三个圈在太阳能的作用下，进行着物质循环和能量流动，使人类得以生存和发展。外界环境中太阳将能量供给植物、藻类和光合细菌等进行光合作用合成有机物。光能被转化为化学能而贮存在植物体内，能量再通过食物链进行转移到动物体内，最后直接或间接转移到人体内，能量在流动中不断消耗，并由外环境因素不断地补充和更新。据科学测定，人体血液中的 60 多种化学元素的含量比例，同地壳各种化学元素的含量比例十分相似。这表明人是环境的产物，人类是依赖于环境而存在的，人体通过新陈代谢与自然环境不断地进行物质交换。人体通过新陈代谢，吸入氧气，呼出二氧化碳；喝清洁的水，吃丰富的食物，来维持人体的发育，生长和遗传。环境为人类的发生、成长、繁殖提供了必要的条件，人类通过新陈代谢不断从外界索取物质和能量，从而完成个体的历程及种族的延续和发展，实现环境中物质和能量的转化，这是一种人与自然之间的相互平衡状态，如果这种平衡关系破坏了，将会危害人体健康。

（二）环境污染的加剧，影响人类生存环境

人类通过生产生活转换消费能源，同时也排放了大量的废弃物。每年排放的大量废物污染物直接进入到大气、水体和土壤，污染和破坏着生态环境，进而危胁着人类的生存和发展。

1. 大气污染对人类的影响。大气污染通常是指由于人类活动或自然过程引起某些物质进入大气中，呈现出足够的浓度，达到足够的时间，并因此危害了人体的舒适、健康和福利或环境污染的现象。清洁的空气是维持生命的基本要素，它取决于个体的敏感性和大气中有害物质的性质、浓度、种类和持续时间。例如，飘尘对人体的危害作用就取决于飘尘的粒径、硬度、溶解度和化学成分以及吸附在尘粒表面的各种有害气体和微生物等。有害气体在化学性质、毒性和水溶性等方面的差异，也会造成危害程度的差异。另外，呼吸道各部分的结构不同，对毒物的阻留和吸收也不尽相同。又如，一氧化碳进入人体后与血红蛋白结合成碳氧血红蛋白，能妨碍人体血液中血红蛋白的输氧能力。大气污染中还包括二氧化硫、烟尘等各种污染物，对人类健康都有着影响。

2. 水污染对人类的影响。人类的活动会使大量的工业、农业和生活废弃物排入水中，使水受到污染。水污染物的主要来源包括未经处理而排放的工业废水和生活污水；大量使用化肥、农药、除草剂而造成的农田污水；堆放在河边的工业废弃物和生活垃圾；因过度开采产生的矿山污水等。水体污染影响工业生产、增大设备腐蚀、影响产品质量，甚至使生产不能进行下去。水的污染又影响人民生活，破坏生态，直接危害人的健康，损害很大。工业废水或生活污水未经处理或处理不当排入水体后，一旦数量超过水体的自净能力，就会形成水体污染而危害人体。其体现在：一方面它会引起急、慢性中毒。当水体受化学有毒物质污染进入人体，便可能造成诸如甲基汞、镉和多氯联苯中毒等；另一方面当砷、铬、镍、铍、苯胺以及其他多环芳、卤代烃等具有致癌、致畸和致突变作用的化学物质污染水体进入人体后，就可能诱发癌症或引起胎儿畸形、行为异常等；再一方面人畜粪便等生物性污染物污染水进入人体后，可能引起伤寒、痢疾和肠炎等传染病。

3. 固体废弃物污染对人类的影响。固体废弃物是指人类在生产、消费、

生活和其他活动中产生的固态、半固态废弃物质（国外的定义则更加广泛，动物活动产生的废弃物也属于此类），通俗地说，就是"垃圾"。主要包括固体颗粒、炉渣、污泥、废弃的制品、破损器皿、残次品、动物尸体、变质食品、人畜粪便等。固体废弃物包括城市生活固体废弃物、工业固体废弃物和农业废弃物。城市生活固体废弃物即城市生活垃圾，主要包括居民生活垃圾、医院垃圾、商业垃圾、建筑垃圾（又称渣土）。工业固体废物是指在工业、交通等生产活动中产生的采矿废石、选矿尾矿、燃料废渣、化工生产及冶炼废渣等固体废物。农业废弃物主要来自粪便以及植物秸秆类。未经处理的工厂废弃物和生活垃圾露天堆放，不仅占用土地，破坏景观，而且废物中的有害成分会对水体、大气和土壤造成污染。固体废物未经无害化处理随意堆放，会随降水或地表水流入河流、湖泊，长期淤积，使水面缩小。固体废物的有害成分如处理不当，会随降水浸入土壤，污染地下水，再通过食物链进入人体，影响人体健康。我国个别城市的垃圾填埋场周围发现，地下水的浓度、色度、总细菌数、重金属含量等污染指标严重超标。固体废弃物中的干物质或轻质随风飘扬，会对大气造成污染。焚烧法是处理固体废弃物目前较为流行的方式，但是焚烧将产生大量的有害气体和粉尘，一些有机固体废弃物长期堆放，在适宜的温度和湿度下会被微生物分解，同时释放出有害气体，对人类健康产生严重影响。

资源和环境都是人类社会生存和发展的基础，又是人类社会可持续发展的前提，两者缺一不可，资源是环境的构成要素，环境亦是资源的载体。人类只有一个地球，地球资源是人类赖以生存的物质基础，人类的生产生活，社会的进步发展都是以消耗资源为基础的。资源是有限的，人们只有科学合理地开采资源、节约利用资源，地球才能为我们建设美好生活提供物质基础。

第三节　建设"两型社会"

一、积极创新促进节约资源、保护环境的机制和政策

要改革现行环境执法体制，理顺环保部门和其他有关职能部门的职责权

限。解决环境执法主体过多、执法权力过于分散、环境执法比较混乱的问题。最大限度地统一环境执法主体，整合环保行政资源，把分散于各职能部门的执法权尽量集中到环保职能部门。同时，赋予环保部门以必要的行政执法权，如责令排污单位停产、限产、限期治理和限量排污、禁止排污，拆除违法企业，以及查封、扣押、冻结等权力，使环保局局长"既顶得住，又站得住"，使环保政策和执行力像钢铁一样坚硬，而不是像豆腐一样软弱。在控制机制上，现行政绩制度与经济发展方式转变和可持续发展的要求存在明显冲突。为体现政绩，不少干部在任期内把 GDP 增长放在第一位，而生态环境往往成为政绩攀比的牺牲品。要探索绿色国民经济核算方法，将发展过程中的资源消耗、环境损失和环境效益纳入经济发展的评价体系，建立绿色 GDP 政绩考核机制。要加快建立资源型产品的价格形成机制，完善环境保护投入机制，运用市场机制推进污染治理。健全有利于环保的价格、税收、信贷等政策体系，按照谁开发谁保护、谁受益谁补偿的原则，加快建立生态补偿机制，促进经济社会环境协调发展。

二、发展循环经济，推进经济增长方式的根本性转变

生产方式属历史唯物主义的基本范畴，是人类向自然界谋取必需的物质生活资料的方式，是人们创造使用价值的生产过程。社会文明的发展有赖于社会生产方式的进步与发展，人类的每一种经济形态都是在一定社会生产力的基础上形成的，根据社会生产力发展的要求，在各个不同发展阶段创造出与之相适应的和有利于推动其发展的经济模式。生态危机的源头在于传统工业化生产方式，解决人类危机要求生产方式的变革，而人与自然和谐共生理念的基本要求就是要消除传统意义上的工业化的生产方式在环境上的消极后果。在这一要求下，生态要素被一步步融入生产领域，自然因子被始终作为在生产中人类及其社会发展的基础和前提。人与自然和谐共生思想为最终实现"人—自然—社会"全面均衡发展，形成人与自然和谐、经济与环境协调的生态化生产方式提供了内在构架。循环经济便是在人与自然和谐共生思想引导下彻底实现生产方式的生态化转型的经济模式。

循环经济倡导一种基于不断循环利用资源以达到与生态环境相协调的发展模式，循环经济是从经济活动流程对自然环境影响的角度考察，针对传统

经济在处理人类与环境的关系时由"资源—产品—废弃物污染排放"单向流动的线性开放式过程而言的。"减量化、再利用、再循环"是循环经济最重要的实际操作原则。它要求遵循生态学规律把经济活动组织成一个"资源—产品—废弃物污染排放—资源"的环式反馈型流程，使整个经济系统被作为自然生态系统的特殊情况纳入到自然生态系统的普遍物质循环过程中，在经济社会活动中实现资源的减量化、产品的重复使用和再循环使用，最终实现"最佳生产，最适消费，最少废弃"。循环经济模式为可持续发展提供了有效的技术支撑，是实施可持续发展战略的重要实践方式。

第一，循环经济是促进人与自然和谐共生的创新范式。循环经济的早期萌芽是20世纪60年代美国经济学家鲍尔丁提出的"宇宙飞船理论"。他指出，地球要靠不断消耗和再生自身有限的资源而生存，如果不合理开发资源，肆意破坏环境，就会走向毁灭。日本和德国是循环经济的先驱，其他发达国家循环经济发展也各具特色，形成了以美国为代表的企业内部循环（杜邦）模式，以日本为代表的社会循环立法推进模式，以德国为代表的废弃物双元回收系统（DSD）模式，以丹麦为代表的生态工业园（卡伦堡）模式，以法国为代表的行业协会配合模式等典型模式。这些发展模式都是从"经济优先"走向"环境优先"，将与地球环境和谐相处当成政府、企业乃至全社会的重要经营理念之一，都是为促进本国经济可持续发展和优化生态环境采取的积极方案，都是想实现改造环境并达到人与自然和谐发展而合理利用自然资本的特定方法。

第二，循环经济是保障人类经济活动持续稳定健康有序发展的最佳形态。循环经济追求经济发展和环境保护的"双赢"，强调在生态界阈内合理利用自然资本，从传统经济的仅重视人力生产率的提高转向推动资源生产率的提高，使"财富翻一番，资源使用减少一半"；从生产过程末端治理模式的仅注重在结尾处尽量处理已经排放出的废弃物转向着重从源头上防止破坏环境因素的出现和在过程中改进技术设备和转变能源利用方式以开发新能源和有效利用现有的常规能源。在这样防微杜渐而又标本兼治的循环经济模式庇佑下，人类经济活动发展才有了最优保障。

三、大力发展和应用资源节约、环境友好的科学技术，加快科技进步

加大科技投入力度发展高技术产业。以推进经济增长方式从高消耗高排

放型向资源节约型和生态环保型转变为主要目标，走新型工业化道路，促进先进制造业和现代服务业发展；积极发展新兴产业和以信息产业为龙头的高技术产业；运用现代信息技术和先进适用技术加快改造提升一批优势传统产业。提高资源节约和新能源开发的技术支持水平，尤其是加大国家对能源资源技术开发资金的投入。

加快科技成果的转化利用。紧紧围绕资源节约，制定科学研究和技术创新规划，集中解决制约资源节约的关键技术、重大装备、工艺流程，运用高新技术和先进适用的节能、节约原材料、节水等技术。推动企业与高校科研单位开展多层次、多形式的产学联合，开展国际经济技术合作交流，引进、消化、吸收国外先进的高科技资源节约设备和技术，不断提高我国企业资源节约技术含量和水平；坚持引进技术与消化、吸收、创新相结合，加强资源节约和循环利用技术的科技攻关和产业化。通过技术进步改造传统产业和推动结构升级，尽快淘汰高能耗、高物耗、高污染的落后生产工艺。

充分利用节能专项资金等激励措施。安排好节约能源项目，将节约能源新工艺，新产品作为重点方向加以扶持，组织实施好重大节能、节水和资源综合利用项目。推广先进、成熟的节能、节水和综合利用技术，以及新技术、新工艺、新设备和新材料的应用。加大对节约资源、发展循环经济的重大项目的技术开发、产业化示范项目的支持力度。

四、提倡低碳生活、绿色消费

（一）节约利用资源，减少污染物排放

地球的环境容量是有限的，必须把消费方式限制在生态环境可以承受的范围内。因此，必须节制消费，以降低消耗，减少废料的排放，以减少污染。其中最重要的是：节约用水。地球表面的 70% 是被水覆盖着的，但其中有 96.5% 是海水，剩下淡水中一半以上是冰。江河湖泊等可直接利用的水资源，仅占整个水量的极少部分。水是珍贵的资源，不能浪费。其次，要减少废水排放。应当加强废水管理，工业废水、城市污水都应及时处理，防止直接排入自然水体。除了水，空气污染也应重视，要减少废气排放。大气所受的污染，主要来源于燃烧煤所产生的烟尘，汽车、机动车尾气等。应当采取治理措施，污染物排放超过国家规定的排放标准的汽车，不得制造、销售或者

进口。

（二）提倡环保选购

在消费过程中要带着环保的眼光去评价和选购商品，审视该产品在生产过程中会不会给环境造成污染。看哪种产品符合环保要求，就选购哪种产品；哪种产品不符合环保要求，就不买它，同时也动员别人不买它，这样它就会逐渐被淘汰，或被迫转产为符合环保要求的绿色产品。由此引导生产者和销售者正确的走向可持续发展之路。

（三）循环利用

为了节约资源和减少污染，应当多使用耐用品，提倡对物品进行多次利用。20世纪80年代以来，一次性用品风靡一时，如"一次性筷子""一次性包装袋""一次性牙刷""一次性餐具"等。一次性用品给人们带来了短暂的便利，却给生态环境带来了高昂的代价。现在，许多人出门自备可重复使用的购物袋，以拒绝滥用不可降解的塑料制品；许多宾馆已不再提供一次性牙刷，鼓励客人自备牙刷以便减少"一次性使用"给环境所造成的灾难。

（四）垃圾分类，循环回收

人类每天都在制造垃圾，垃圾中混杂着各种有害物质。随着城市规模的扩大，垃圾产生的规模也越来越大，垃圾处理的任务也越来越重。填埋是现在处理垃圾最主要的方法，这种方法侵占土地且污染环境。而将垃圾分类，循环回收，则可以变废为宝，既减少环境污染，又增加了经济资源。

党的十八大在提出"要在十六大、十七大确立的全面建设小康社会目标的基础上努力实现新的要求"时，特别指出"资源节约型、环境友好型社会建设取得重大进展"。可以说，"两型社会"建设是全面建成小康社会必不可少的要素，全面建成小康社会不仅需要实现经济的倍增，也需要良好的生态环境，让人民有一个生态良好的美丽家园，过上生产发展的美好生活。因此，"建设美丽家园，过上美好生活"是建立在良好生态环境之上的，是以生产力的高度发达为基础的。"建设美丽家园，过上美好生活"需要社会经济利益与环境生态利益之间达到一种平衡状态，"节能减排"的提出为这种平衡提供了可能，"两型社会"为这种平衡状态做了具体的诠释。

第二十章 坚持可持续发展
——可持续发展分析

　　胡锦涛曾经强调:"牢固确立和认真落实以人为本,全面、协调、可持续的发展观,对于提高党领导经济工作的水平和驾驭全局的能力,实现全面建设小康社会的宏伟目标至关重要。可持续发展是科学发展观一项重要要求,树立和落实科学发展观,就要统筹人与自然和谐发展,处理好经济建设、人口增长与资源利用、生态环境保护的关系,从而推动整个社会走上生产发展、生活富裕、生态良好的文明发展道路。"[①] 党的十八大指出:"必须更加自觉地把全面协调可持续作为深入贯彻落实科学发展观的基本要求,全面落实经济建设、政治建设、文化建设、社会建设、生态文明建设五位一体总体布局,促进现代化建设各方面相协调,促进生产关系与生产力、上层建筑与经济基础相协调,不断开拓生产发展、生活富裕、生态良好的文明发展道路。"[②]"建设美丽家园,过上美好生活",必须着力加强生态建设和环境保护,增强可持续发展能力。

---

　　①　胡锦涛:《在中央经济工作会议上的讲话》,《人民日报》2003 年 12 月 11 日。
　　②　胡锦涛:《坚定不移沿着中国特色社会主义道路前进为全面建成小康社会而奋斗——在中国共产党第十八次全国代表大会上的报告》,人民出版社 2012 年版,第 9 页。

第一节　全面准确地理解可持续发展的科学内涵

一、可持续发展的由来

可持续发展概念的提出，是对人类几千年发展经验教训的反思，特别是对工业革命以来发展道路的总结。

1972年，在瑞典首都斯德哥尔摩召开了有114个国家代表参加的人类环境大会。这次会议通过了著名的《人类环境宣言》（也称《斯德哥尔摩宣言》），它标志着人类开始正视环境问题。《人类环境宣言》强调保护环境、保护资源的迫切性，也认同发展经济的重要性。虽然人们在当时对环境与发展的关系的认识还不是很成熟，但这份宣言标志着人类已经开始正视发展中的环境问题。

1980年，由国际自然资源保护联合会、联合国环境规划署和世界自然基金会共同出版了《世界自然保护大纲：为了可持续发展的生存资源保护》一书，第一次明确将可持续发展作为术语提出。该书指出："持续发展依赖于对地球的关心，除非地球上的土壤和生产力得到保护，否则人类的未来是危险的。"

1983年，联合国任命挪威首相布伦特兰夫人为主席，成立了世界环境与发展委员会，负责制定世界实现可持续发展长期环境政策，同时将对环境的关心变为在发展中国家间进行广泛合作的方法。该委员会于1987年2月在日本东京召开的第八次委员会上通过了一份报告《我们共同的未来》（即"布伦特兰报告"）。该报告明确指出，环境问题只有在经济和社会持续发展之中才能得到真正的解决。

1991年，国际自然联合会等三家机构又联合推出了一份题为《关心地球：一项持续生存的战略》的报告。该报告从保护环境和环境与发展之间关系角度，对建立可持续发展的社会的主要原则和行动做了详细的分析与论述。

1992年，联合国在巴西里约热内卢召开环境与发展大会，把可持续发展由理论和概念推向行动，制定了实现可持续发展的行动纲领《21世纪议程》，提出了人类社会发展和改善环境所要达到的目标。《21 世纪议程》是将环境、经济和社会关注事项纳入一个单一政策框架的具有划时代意义的成就。其中载有 2500 余项涵盖领域极广的行动建议，包括如何减少浪费和消费形态、扶贫、保护大气、海洋和生物多样化以及促进可持续农业的详细提议。后又经联合国关于人口、社会发展、妇女、城市和粮食安全的各次重要会议予以扩充并加强。至此，"可持续发展"概念在世界各国广为流传，达成共识。联合国诸多环境公约相继生效，各国政府将可持续发展纳入本国经济和社会发展战略。

2000 年联合国千年首脑会议上，大约 150 名世界领导人签署协议，确定了一系列有时限的指标，包括将全世界收入少于 1 天 1 美元的人数减半、将无法取得安全饮水的人数比率减半等。2002 年召开的南非约翰内斯堡可持续发展首脑会议是自里约热内卢会议以来最重要的一次会议。会议要求各国采取具体步骤，更好地执行《21 世纪议程》的量化指标。

2001—2002 年间，全球筹备委员会为制定这次会议的议程及为其成果达成共识，先后举办了四次会议，第四次是在印尼巴厘的部长级会议。约翰内斯堡可持续发展从概念到行动，是人类认识地球和自然的一个重大转折点，是对人类发展经验教训的反思。从斯德哥尔摩到约翰内斯堡，可持续发展从概念到行动整整走了三十年，这是人类理性又一次觉醒和复苏的三十年，是工业文明走向生态文明的三十年。

二、可持续发展的科学含义

"可持续发展"一词在国际文件中最早出现于 1980 年由国际自然保护同盟制定的《世界自然保护大纲》中，源于生态学，尔后被广泛应用于经济学和社会学范畴，并加入了一些新的内涵。1987 年世界环境与发展委员会在其题为《我们共同的未来》报告中，首次给出了"可持续发展"的定义："既满足当代人的需求又不危害后代人满足其需求的发展。"[①] 可持续发展是一个涉及经济、社会、文化、技术和自然环境的综合的动态的概念，这一概念从理论上明确了发展经济同保护环境和资源是相互联系、互为因果的观点。

---

① 世界环境与发展委员会：《我们共同的未来》，吉林人民出版社 1997 年版，第 52 页。

可持续发展包括以下主要内容：一是肯定发展的必要性。只有发展才能使人们摆脱贫困，提高生活水平。只有发展才能为解决生态危机提供必要的物质基础，才能最终打破贫困加剧和环境破坏的恶性循环。因此，承认各国的发展权十分重要。二是显示了发展与环境的辩证关系。环境保护需要经济发展提供资金和技术，环境保护的好坏也是衡量发展质量的指标之一。经济发展离不开环境和资源的支持，发展的可持续性取决于环境和资源的可持续性。三是提出了代际公平的概念。人类历史是一个连续的过程，后代人拥有与当代人相同的生存权和发展权，当代人必须留给后代人生存和发展所需要的必要资本，包括环境资本。保护和维持地球生态系统的生产力是当代人应尽的责任。四是在代际公平的基础上提出了代内公平的概念，这是在全球范围内实现向可持续发展转变的必要前提。

可持续发展是人与自然的协调发展。江泽民强调指出："实现可持续发展，核心的问题是实现经济社会和人口资源环境的协调发展。"人与自然的协调发展，就是要做到社会生产力与自然生产力相和谐，经济系统与生态系统相和谐，"人化的自然"与"未人化的自然"相和谐，在自然界涵容能力和更新能力允许的范围内，实现人类经济社会的持续健康发展。

可持续发展是人与社会的协调发展。人的发展是社会发展的基础，社会发展是人的发展的前提。要把人的发展与社会发展统一起来。我们进行的中国特色社会主义建设，既要着眼于人民现实的物质文化生活需要，又要着眼于促进人的素质的全面提高。实现人的全面发展，就应不断进行理论创新、体制创新、科技创新以及其他各个方面的创新。社会生产力和经济文化的发展水平是逐步提高、永无止境的过程，人的全面发展程度也是逐步提高、永无止境的过程。这两个过程相互结合、相互促进。人越全面发展，社会的物质文化财富就创造得越多；物质精神生活条件越充分，人就越能得到全面的发展。

可持续发展是经济、政治、文化、社会和生态的协调发展。中国特色社会主义经济、政治、文化、社会和生态是有机统一、协调发展的。经济发展是政治发展、文化发展的基础，政治发展是经济发展、文化发展的保证，文化发展是经济发展、政治发展的动力。促进中国特色社会主义经济、政治和文化的协调发展，是社会主义初级阶段的主要任务，是全面建成小康社会的必然要求，也是中国共产党人的庄严使命。中国特色可持续发展观以经济繁荣、文化昌盛和最广大人民根本利益的不断实现为目的；同时，先进生产力、先进文化的发展和最广大人民利益的不断实现，必将成为推动可持续发展战略实施的强大动力。

第二节　坚持可持续发展的重大意义

所谓可持续发展，即是说，要在发展经济的同时，充分考虑环境、资源和生态的承受力，保持人和自然的和谐关系，实现自然资源的永续利用，实现社会的持久发展。

可持续发展问题是在人口、资源、环境等诸多因素已经危及或有可能危及人类的生存和发展的情况下，人们对于以往由于经济的快速增长而带来的人口的过度增长、自然资源的过度开发与消耗以及生态环境的严重破坏等问题的一种反思，是一种新的追求人、社会与自然、资源的持久协调发展的战略思想。我们既要为当前的生存和发展着想，同时也要为子孙后代的生存和发展着想。可持续发展，已经成为当今世界各国普遍认同的发展理念，对于我国的发展更是具有特殊重要的意义。

一、坚持可持续发展是从中国国情出发所作出的唯一选择

自然资源是经济发展的物质基础，是进行社会生产的必备条件。任何生产活动，或是工业、农业或其他部门的经济活动，都是自然资源的开发利用过程。经济发展的历史和现实充分证明，富饶的资源宝藏是一笔天然财富，是自然对人类社会的"恩赐"。自然资源分为再生资源（如森林和草原）和非再生资源（如矿山）两大类。随着工业化和人口的增加，人类对自然资源的巨大需求和大规模开发，已导致资源基础的削弱、减少甚至枯竭，进而影响了环境和生态平衡，中国也不例外。长期不合理的资源开发，使我国已成为世界上环境污染最为严重的国家之一。我国 1/3 国土被酸雨侵害；被监测的 343 个城市的 3/4 居民呼吸着不清洁的空气；污染更使日益短缺的水资源雪上加霜，七大江河水系中劣 V 类水质占 41％；城市河段 90％ 以上遭受严重

污染；我国沙漠和沙化总面积达 174.3 万平方公里，每年还在以 3436 平方公里的速度扩展，一年等于损失一个大县的面积；我国水土流失面积占国土面积的 37%。我国以世界 9% 的耕地、6% 的水资源、4% 的森林资源养活了 22% 的世界人口。而膨胀的人口和粗放型的经济增长方式，早已超过自然环境合理的承载能力。空气、水、土地、生物等环境要素遭到破坏，维持生命系统的功能退化，造成自然灾害频发，资源支撑能力下降。所以，要想妥善解决资源、环境与发展问题，唯一可选择的是实施可持续发展战略。这一战略不仅必需而且可以实施，是保证经济、社会发展安全的重要举措。

二、坚持可持续发展是对经济社会发展规律深刻认识的必然结果

三十多年来经济的高速增长，使我国的经济社会发生了深刻变化。但经济社会的进一步发展却面临着许多矛盾和问题：经济高速增长而社会发展相对滞后；城乡差距、区域差距、居民收入差距持续扩大；城乡失业和贫困问题严重；资源短缺和生态环境破坏等。这些矛盾和问题，有些是在中国发展现阶段难以完全避免的，有些则是由于发展观的偏差所导致或者加剧的。科学发展观，正是针对我国社会经济发展中实际存在的不全面、不协调、不可持续的问题提出来的。1994 年，我国政府在世界上率先推出《中国 21 世纪议程》，对实现可持续发展作出庄严承诺。从党的十二大到十四大，都对人口、资源和环境问题给予高度关注。党的十五大明确提出实施可持续发展战略。党的十六大确定的全面建设小康社会的重要目标之一就是：可持续发展能力不断增强，生态环境得到改善，资源利用效率显著提高，促进人与自然的和谐，推动整个社会走上生产发展、生活富裕、生态良好的文明发展道路。党的十六届三中全会提出，坚持以人为本，树立全面、协调、可持续的发展观，促进经济社会和人的全面发展。这标志着我们对经济社会发展规律认识的进步，也是对发展观的丰富和升华。

三、坚持可持续发展是全面建成小康社会的现实要求

党的十六大报告把促进人和自然的协调发展作为全面建设小康社会的奋斗目标之一。全面建设小康社会，重在全面，就是要把低水平的、不全面的、发展很不平衡的小康，建设成为经济更加发展、民主更加健全、科教更加进

步、文化更加繁荣、社会更加和谐、人民生活更加殷实的惠及十几亿人口的更高水平的小康社会。这个宏伟目标绝不仅仅是一个经济发展目标，同时也是包括政治、文化、生态等社会各个领域全面发展的目标。只有树立和落实科学发展观，才能真正实现全面建设小康社会的宏伟目标。党的十八大根据我国经济社会发展实际，在党的十六大、十七大确立的全面建设小康社会目标的基础上提出了全面建成小康社会的新要求，指出要在转变经济发展方式取得重大进展，在发展平衡性、协调性、可持续性明显增强的基础上，实现国内生产总值和城乡居民人均收入比 2010 年翻一番；资源节约型、环境友好型社会建设取得重大进展，森林覆盖率提高，生态系统稳定性增强，人居环境明显改善。根据国家统计局财政、卫生、教育等 12 个部门组成的联合课题组所制定的《全国人民生活小康水平的基本标准》，人民生活只有达到规定的经济发展、物质生活、人口素质、精神生活与生活环境 5 大类 16 项具体指标的要求，才能称得上实现了小康。这些小康的基本标准与《中国 21 世纪议程》所确立的"建立可持续发展的经济体系、社会体系和保持与之相适应的可持续利用的资源和环境基础"的可持续发展目标要求是一致的。因此，可以说，全面小康建设是实现可持续发展的基础和前提条件。但可持续发展的内涵与外延要比全面小康的内涵与外延宽泛和深入得多，其指标要求是一项宏大的系统工程。因此，在全面建设小康社会的过程中，实施可持续发展战略，能够开阔全面建设小康的视野，使全面建设小康不仅仅着眼于当前，更着眼于长远，提高全面小康建设本身的可持续性。

四、坚持可持续发展是谋求社会全面进步的根本保证

实施可持续发展战略，就要从人口、经济、社会、资源和环境相互协调中推动经济发展，并在发展的进程中促使社会全面进步。统筹经济社会发展的实质，就是在经济发展基础上实现社会全面进步，提高全体人民的生活水平。随着温饱问题的解决和改革的深入，经济发展中的一些社会问题日益凸显出来。只有统筹经济和社会发展，创新社会管理，切实解决失业、贫困、社会保障、国民教育、公共卫生和医疗以及社会分配等方面的问题，才能满足广大群众的迫切需要，保证经济持续发展，维护社会稳定，达到全面建设小康社会和实现现代化的既定目标。经济是基础，以经济建设为中心不能动

摇。没有过去三十多年的高速增长，就没有今天的大好局面。诸多社会问题的解决，也是以经济持续发展为基础的。但是，国内外的经验和教训都说明：经济社会发展的战略目标，不是单纯追求经济增长，更不是单纯追求 GDP 的增长（GDP 是个重要的经济指标，有综合性强和简便易行的优点，但同时也有不能反映增长质量和结构等明显缺点），而是在经济发展基础上实现社会全面进步，提高全体人民的福利。经济增长并不等同于社会发展。一些拉美国家虽然人均 GDP 超过 3000 美元，个别国家超过 5000 美元，城市化水平达到 70% 以上，由于贫富差距悬殊和其他社会经济原因，却频繁发生经济危机和社会动乱，经济发展受到严重挫折。这从反面说明，解决社会问题，进而实现社会全面进步是经济持续发展的必要条件。

第三节　坚持可持续发展，不断开拓生产发展、生活富裕、生态良好的文明发展道路

理论与实践、历史与现实告诉我们，牢固树立和认真落实科学发展观，实现可持续发展的要求和目标，就是要统筹人与自然和谐发展，处理好经济建设、人口增长与资源利用、生态环境保护的关系，自觉地把全面协调可持续作为深入贯彻落实科学发展观的基本要求，全面落实经济建设、政治建设、文化建设、社会建设、生态文明建设五位一体总体布局，促进现代化建设各方面相协调，促进生产关系与生产力、上层建筑与经济基础相协调，不断开拓生产发展、生活富裕、生态良好的文明发展道路。

一、坚持计划生育、保护环境和保护资源的基本国策

胡锦涛 2003 年 3 月 10 日在中央人口资源环境工作座谈会上指出："我们要始终把控制人口、节约资源、保护环境放在重要战略位置，要着眼于加快解决关系人民群众切身利益的人口资源环境问题，把工作抓得紧而又紧、做得实而又实。"① 坚持计划生育、保护环境和保护资源的基本国策，主要就是

---

① 胡锦涛：《在中央人口资源环境工作座谈会上的讲话》，《人民日报》2003 年 3 月 11 日。

要做到这样几点：1. 加强人口发展战略研究，调整和完善生育政策，促进人口均衡发展。2. 严格落实耕地保护制度，进一步加强地质灾害防治工作。3. 加强环境监管，加快重点流域、重点区域的环境治理，加强农村环境保护和生态环境保护。4. 加强供水工程建设，提高对水资源在时间和空间上的调控能力，积极建设节水型社会，切实做好防汛抗旱工作。

二、坚持经济社会发展与环境保护、生态建设相统一

在加快经济建设的同时，切实加强环境保护和污染治理，加强生态建设，使它们紧密结合，相互促进。实行正确的经济建设方针，合理确定经济发展速度和建设规模，积极调整经济结构，推进经济增长方式由粗放型向集约型转变，促进经济发展与环境保护、生态建设相协调，实现经济效益、环境效益、生态效益和社会效益的统一。遵循经济规律和自然规律，坚持经济社会发展与环境保护、生态建设相统一；切实转变经济增长方式，走资源节约型发展道路，在开发中保护，在保护中开发；统筹规划，突出重点，标本兼治，综合治理，从实际出发，制定符合我国国情的环保规划，把环保工作建立在积极可行的基础上；依靠科技进步推进环境保护和治理，加大环保科技投入，发展环保产业，加快企业技术创新，推行清洁生产，发展生态农业和节水农业；严格执行环境保护和生态建设责任制，对环境资源实行"谁开发谁保护、谁破坏谁恢复、谁利用谁补偿、谁污染谁治理"的原则；运用法律、经济和必要的行政手段，加强对环境保护和生态建设的调控。

三、坚持资源开发与节约并举，把节约放在首位，在保护中开发，在开发中保护

多年来，我们国家资源的浪费非常严重。因此，必须坚持开发与节约并举，把节约使用资源放在优先位置，建设资源节约型社会。生产、建设、流通、消费等各个领域，都必须十分注意节约资源，千方百计地减少资源的占用与消耗。当前，要突出抓好节煤、节电、节油、节水和降低重要原材料消耗工作。

四、坚持统筹规划，加大投入，标本兼治，突出重点，有步骤地进行环境治理和建设

我们要坚决避免走"边治理边污染，边污染边治理"的老路，在加大环保投入力度的基础上，做到统筹规划、突出重点，有步骤地进行环境治理和建设。要建立经济社会发展与生态环境保护综合决策机制。深化细化生态功能区划编制，指导自然资源开发和产业合理布局，推动经济社会与生态环境保护协调、健康发展。制定重大经济技术政策、社会发展规划、经济发展计划时，应依据生态功能区划，充分考虑生态环境影响问题。要做到经济建设、城乡建设与环境建设同步规划、同步实施、同步发展，防止产生新的环境污染和破坏。自然资源的开发和植树种草、水土保持、草原建设等重大生态环境建设项目，必须开展环境影响评价。对可能造成生态环境破坏和不利影响的项目，必须做到生态环境保护和恢复措施与资源开发和建设项目同步设计，同步施工，同步检查验收。对可能造成生态环境严重破坏的，应严格评审，坚决禁止。

五、坚持依靠科技进步和技术创新推进环境保护和治理

围绕环境保护和污染治理，加快企业技术进步和创新，大力推广节能降耗技术，推行清洁生产，逐步从"末端治理"为主转到生产全过程控制。积极发展环保产业，研究和开发治理污染和防治生态破坏的先进适用技术。加大环境保护科技投入，不断提高环境保护的科技含量。

六、坚持运用政府调控与市场相结合的机制保护生态环境

按照建立社会主义市场经济体制的要求，在发挥市场机制对资源配置作用的同时，要高度重视发挥政府依法对保护资源和环境的重要作用。依法控制人口增长、保护资源、治理环境污染和维护生态平衡，进一步完善保护环境的立法工作。要综合运用法律手段、经济手段和必要的行政手段，加强执法，推进环境保护和生态建设。要充分发挥市场机制的调节作用，进一步完善自然资源有偿使用制度，逐步建立资源更新的经济补偿机制。

七、坚持大力发展和推行循环经济，提高资源利用效率，减少环境污染

循环经济主要是依托科技进步，使资源、能源得到综合、高效利用，产业和产品形成循环利用体系，这不仅代表了先进生产力的发展需求，也为坚定不移地走新型工业化道路开辟了新的途径。政府部门要制定优惠政策，采取各种有效的鼓励措施，大力推行循环经济，促进循环社会的建立。企业要将清洁生产与废物利用有机地加以结合，对废物首先要避免产生，其次要循环使用，最终要做无害化处理，加速企业内部和企业之间的物质循环和能量流动。科技工作要将知识经济与循环经济结合起来，研究开发绿色技术支撑体系，为循环经济的健康发展提供技术保障。

八、坚持做好环保宣传和教育工作，在全社会进一步树立节约资源、保护环境的意识

要加强全社会的环保宣传和教育，通过多种形式，宣传普及有关环境保护、生态建设的知识、政策和法律，使广大群众树立良好的环保意识和道德观念。积极引导和动员社会各界共同参与环境保护和生态建设，使每个公民在享受环境权益的同时，自觉履行保护环境的义务。进一步加强新闻舆论监督，表扬先进典型，揭露违法行为，完善信访、举报和听证制度，充分调动广大人民群众和民间团体参与生态环境保护的积极性。

结　语　走有中国特色的生态文明建设和环境保护之路

——中国特色社会主义道路的探索

中国特色社会主义是全面发展、全面进步的社会，建设生态文明是中国特色社会主义的重要内容。党的十七大把环境保护的基本国策上升为建设生态文明的国家目标，这是我们党对传统发展观的深刻反思，是科学发展观的重要升华。它表明我们在探索中国特色社会主义道路进程中，对社会主义的认识进一步深化。党的十八大报告进一步提出"把生态文明建设放在突出地位，融入经济建设、政治建设、文化建设、社会建设的各方面和全过程，努力建设美丽中国，实现中华民族永续发展"，从而明确了中国特色社会主义事业的"五位一体"总体布局，标志着我国社会主义现代化建设进入了新阶段。社会主义社会是人与自然、人与社会、人与生态和谐共生的社会。经济建设提供物质基础，政治建设提供政治保障，文化建设提供精神动力和智力支持，社会建设提供有利的环境和条件，生态建设提供人们生存的基础。中国特色社会主义的发展与进步，是在经济、政治、文化、生态协调发展基础上进行的。生态文明深化了我们对社会主义文明的认识，开辟了中国特色社会主义的新境界。

第一节　对社会主义文明认识的深化与拓展①

对"什么是社会主义？怎样建设社会主义？"这个问题的探索已经持续了一两百年，而且还将继续下去。随着中国特色社会主义建设实践的深入，对包含在"什么是社会主义？怎样建设社会主义？"中的社会主义文明建设问题的认识也在逐步深入。邓小平明确指出中国特色社会主义必须以经济建设为中心，在建设高度物质文明的同时，努力建设高度的社会主义精神文明。江泽民进一步指出，中国特色社会主义是以经济建设为中心，经济建设、政治建设、文化建设的三位一体。党的十六大第一次明确地将政治文明与物质文明和精神文明一起，确定为社会主义现代化建设的三大基本目标。跨入新世纪以来，胡锦涛强调必须深刻认识当前我国发展的阶段性特征，构建人与自然和谐相处的和谐社会，提出要加快建设资源节约型、环境友好型社会。党的十七大上正式提出生态文明概念，生态文明成为我国社会主义现代化建设的第四个基本目标。党的十八大把生态文明建设列入"五位一体"总布局，为建设美丽中国、实现中华民族永续发展明确了奋斗方向。把生态文明纳入人类文明范畴，丰富了社会主义文明的内涵，也扩展了人类文明的内涵，凸显了人类文明的整体性，使人类文明从人类社会扩展到与人的生存和发展相关的自然界，在人类社会发展的意义上把人与自然的关系和人与社会的关系统一起来。

一、生态文明

从人类文明发展史的历史进程来看，只有生态文明能够将工业文明从现代工业的危机中解救出来，促进对传统文明观的超越，推动社会主义的全面发展。迄今为止，人类文明已经经历了原始文明、农业文明、工业文明等不同形态。现代工业文明是人类历史上继原始文明、农业文明以来第三次大规模的社会革命过程。现代工业文明的精神实质，是以各种技术手段征服自然，

---

① 本节根据周苏玉、张丰清《拓展与超越——生态文明视野下的中国特色社会主义观》改写，原文载《社会主义研究》2008 年第 2 期。

满足人类的功利需要为目的的。在这样的情形下，人与自然的共存和谐关系，被约化为简单的合乎人类短期功利目的最大化的利用与被利用的关系。在这种关系下，具有质的社会规定性的生产力就有向"破坏力量"转化的可能——资本为了获得利润进行的物质生产力的增大，与其说是生产力的发展倒不如说是生产力的破坏。因为这样的生产方式导致了生态环境对人类的更大报复。实际上，工业文明虽然造就了当今人类社会丰富的现代化生活，但是这只是人类的局部成功，而不是最后的成功，因为在人与自然的现实对立和斗争中，自然界是一个没有被战胜，更没有被打倒，而仍然拥有无比强大力量的对手。它以自然规律的对人的盲目的破坏作用为自己开辟道路，并向人类提出严重的挑战。事实上，现代工业文明对人与自然共生和谐有机生态规律的破坏已使全球工业文明的发展达到了一个资源供给约束的临界点。生态问题（如环境污染、气候异常、自然资源枯竭、物种灭绝、植被破坏、人口膨胀等）的严重性和尖锐性已为国际社会所普遍认识，并成为至关重要的世界性难题和持续关注的焦点。要解决全球环境资源困境，就要全球协商、全球共识，就必须在全球范围内有计划地放弃传统工业文明发展模式而进行生产方式的调整。因此，经过工业文明阶段的发展，我们不能简单地把高度发达的生产力理解为现代社会物质生产力的增大，而应该从生产力的质和量两个维度来全面把握高度发达的生产力。只有实现生产力质和量的统一，才能保证在地球资源有限的条件下人类的永续生存发展。生态文明同以往的农业文明、工业文明具有相同点，那就是它们都主张在改造自然的过程中发展物质生产力，不断提高人的物质生活水平。但它们之间也有着明显的不同点，即生态文明遵循的是可持续发展原则，它要求人们树立经济、社会与生态环境协调发展的新的发展观。它以尊重和维护生态环境价值和秩序为主旨、以可持续发展为依据、以人类的永续生存为着眼点。生态文明认为，不仅人是主体，自然也是主体；不仅人有价值，自然也有价值；不仅人有主动性，自然也有主动性；不仅人依靠自然，所有生命都依靠自然。而人与其他生命共享一个地球，人类要如同尊重其他一切生命一样尊重自然界及其发展规律。生态文明的提出正是用生态系统概念批判了人类中心主义，否定了工业文明以来形成的物质享乐主义和对自然的掠夺，是对现有文明的超越。它将引领人类放弃工业文明时期形成的人类中心主义，充实并拓展中国特色社会主义文明观，摆脱生态与人类两败俱伤的悲剧，并实现人类文明的转型，从而带动社会政治经济制度的变革。因而，无论是从我国现代化建设模式的角度，还是从人类文明演进的角度看，"社会主义生态文明"属于根本超越工业文明、根本超越传统社会主义文明的高级文明形态，是对人类文明发展经验的科学总结。生态文明是马克思主义的内在要求和社会主义的根本属性。

二、社会主义生态文明

从人类同自然的关系来说，社会主义生态文明提供了按照马克思主义观点建立科学的社会经济模式，以此从本质上改变资本主义的可能。人类文明已经历了"原始共生"和"人类对自然寄生"两个阶段。未来社会应该是人类文明史上的一场质的变革，应是一个经济效率、社会公正、生态和谐相统一的新型社会。在前资本主义时期，人类生产的目的，是获得使用价值。人在这种状态下生产的东西不多于直接的需要，"需要的界限就是生产的界限""需要是生产的尺度"。于是，人和自然之间一直维持着一种原始的共生关系。人类进入资本主义时代，更准确地说是工业化时代后，随着征服自然能力的不断创新和各种欲求的膨胀，生产带有的价值积累的无止境性，导致了人类生产呈无限扩大的趋势，人对自然的作用以空前的规模在进行和发展。生产力作为人的一种能力，本来是为满足人的需求而产生和发展的，可是在资本主义制度下，它的发展却破坏了人类赖以生存发展的最基本的需求——对生态环境的需求。使本来作为一种手段用来满足人类需求的生产力，反而成了人的一种对抗力量，具有资本性质的生产力被异化了。特别是在资本主义以追求经济利润为目的的高产量、高性能、高附加值的发展策略指导下，科学技术的广泛运用，使人类在扩大资源开发利用规模和强度的同时，也不可避免地强化着大量生产、大量消耗、大量废弃的发展模式，在某种程度上更加速了资源的衰减和枯竭，导致了严重的环境污染和生态破坏。近代生产力的发展催生了资本主义生产方式、生产关系和交换关系。在这种生产关系下，人和自然的关系就内容和实质来说，是资本同自然的关系，是资本对自然的占有。因此，形式上表现为人和自然关系恶化的生态危机；实质上是资本同自然关系的恶化，是资本占有者对自然疯狂占用所引起的恶果。资本主义时代人类所表现出的欲望和短视是造成全球生态危机的深层原因，生态危机成

为资本转移经济危机所结出的一个恶果。要想摆脱生态环境危机，就必须超越传统工业文明的思维逻辑，用生态理性取代经济理性。社会主义生态文明认为，人是价值的中心，但不是自然的主宰，人的全面发展必须借助人与自然和谐共生。要摆脱生态环境危机，就必须超越传统工业文明的发展逻辑，摆脱先污染后治理的老路，走一条新型工业化发展道路。新型社会主义生态文明观以传统社会主义理论为基础，站在生态文明的立场揭露了生态危机的经济根源，提供了按照马克思主义的观点建立一个摆脱异化劳动和异化消费、人与自然和谐并充分发挥人的创造性、保护自然理智的、使用自然资源为子孙后代着想的科学经济模式，以此从本质上完善社会主义观的可能。

　　从现代人类文明结构来看，只有物质文明、精神文明、政治文明和生态文明四维社会文明结构的有机统一，才能共同推动社会的永续全面发展。从一般意义而言，社会文明常被划分为四种，即物质文明、精神文明、政治文明和生态文明。生态文明与物质文明、精神文明和政治文明是并列的文明形式，是协调人与自然关系的文明，是对既往文明特别是工业文明的反思与扬弃，也是对现有文明的解构与重塑。传统的社会主义理论认为，社会主义现代化建设有属于经济社会形态层面的物质文明建设；有属于意识社会形态层面的精神文明建设；也有属于政治社会形态层面的政治文明建设。在此基础上，社会主义生态文明观认为：社会文明的形成与发展变化首先是受地理环境的影响，社会存在的客观环境是生态环境，人对环境会有影响，人可能破坏环境，也可能维护和建设环境。社会主义文明是一个文明系统，这个文明系统呈现出物质、精神、制度和生态环境的四维进程。只有社会主义物质文明、精神文明、政治文明和生态文明四维社会文明结构的有机统一、相互渗透、相互促进、相辅相成，才能共同推动社会主义社会的全面持续发展。同时，生态文明使中国特色社会主义事业总体布局更成体系、更加完善。生态文明体现了社会主义社会全面发展的战略构想。党的十八大明确将生态建设纳入中国特色社会主义事业总体布局，由经济建设、政治建设、文化建设、社会建设"四位一体"发展为经济建设、政治建设、文化建设、社会建设和生态建设"五位一体"的崭新格局。我们要从建设中国特色社会主义的高度来认识生态问题，应把生态建设与经济建设、政治建设、文化建设、社会建设相并列，提高到战略地位，作为社会主义现代化建设总体布局的一个组成部分，推进经济建设、政治建设、文化建设、社会建设和生态建设等方面建设密切配合、协调发展，促进生产关系与生产力、上层建筑与经济基础相协调。"五个建设"互为条件、互为目的、相辅相成，统一于建设中国特色社会主义的历史进程之中。"四维文明结构"和"五位一体"的崭新格局表明我们党始终伴随历史发展进步的进程，不断深化对于共产党执政规律、社会主义建设规律、人类社会发展规律的认识，不断明确发展中国特色社会主义的具体路径，开阔了马克思主义中国化的新视野。

　　从社会主义的发展历程和前景来看，社会主义生态文明建设的提出，更深刻地揭示了社会主义的本质要求和内在属性，拓展了中国特色社会主义的发展前景，勾画了人和自然界之间、人和人之间的矛盾得到真正解决的美好未来。人类的社会主义理想和对这一理想的追求是随着现代工业文明兴起和资本主义生产方式的产生而产生的，是随着现代工业文明和资本主义生产方式的发展而发展的。由于资本主义无限追求利润的生产方式内在地包含着对自然环境的破坏，内在地决定它不可能真正实现可持续经济增长，各项环境经济政策不可能实际落实到位。资本主义商品生产所造成的环境破坏和健康损伤已经彻底摧毁了自由贸易的公平性；少数生产者通过破坏世界环境和剥夺他人健康而暴富，把多数人置于日益恶化的生存环境之中，特别是为数不多的核心发达国家由于自己的资源无法维系现有的经济规模与生活水准，已经通过向边缘的发展中国家转移低端产业完成了自身的产业升级，将本国的阶级矛盾、资源紧缺、环境污染转嫁了出去，甚至还把第三世界当作倾倒各种工业废物的垃圾场，以保护本国的生态环境。当然，发达国家的资本输出、产业转移也促进了发展中国家在付出巨大环境污染、社会矛盾代价前提下的初步工业化。为了获取高附加值的工业产品和提高本国的经济水平，欠发达国家和地区不得不承受与发达国家和地区之间的不平等交易，向发达国家出售廉价的生产资料、能源等自然资源；而廉价的生产资料和能源则降低了资本积累的成本，使资本积累加快。资本积累的加快又反过来加快了对生产资料和能源等自然资源的开采速度，形成恶性循环，最终导致全球性的生态危机和生态环境灾难。资本主义制度成为造成全球生态危机的根本原因。环境问题一再让位于资本主义主导下的一轮又一轮新的经济增长。发达国家的资本主义性质决定他们只能设法解决本国或局部地区的生态危机，不会也不可

能解决全球性的生态危机。要改变生产力的资本性质，我们就必须改变资本主义生产关系和交换关系。而传统社会主义理论虽然强调在社会关系上对资本主义的根本超越，但在文明形态上通常被看作是与资本主义同属于"工业文明的形态"。传统社会主义是从资本主义或封建主义直接继承下来的，不仅承续了资本主义和封建主义的生产力和技术，同时也大致承续了它们的生产模式和技术发展模式。由于传统社会主义与资本主义经济现代化模式的一致性，使传统社会主义仍然不能有效应对工业化和经济全球化所带来的诸如生态危机等全新挑战。这就决定了中国的社会主义社会在相当长的时间内，不得不承受旧的生产和技术模式所带来的消极后果。同时由于我国在实现工业文明的过程中无缘享受早期发达国家在工业化过程中所拥有的廉价资源和环境容量，在以能源和资源为基础的现代化过程中和庞大的人口基数压力下，不可避免地会发生"人道主义"和"自然主义"之间的矛盾。为了克服这些不足，我们党提出了新型工业化、科学发展观等文明发展战略，就是要在融入经济全球化的同时，探索人类历史上全新的社会主义生态文明道路，避免误入资本主义工业文明不可持续的陷阱而不能自拔。

第二节　生态文明建设和环境保护的中国道路

1972 年，世界人类环境会议发表《人类环境宣言》。这是人类历史上的一件大事，它表明人类一次根本性的变革即将出现，一个新的时代即将到来。《宣言》宣告："保护和改善人类环境已经成为人类一个紧迫的目标。"我们知道，在已往的社会虽然人类需要依赖自然界生活和发展自己，但是自然界并没有地位，人类只管肆意掠夺自然界，在社会发展中只有经济和文化目标，没有环境目标。现在环境作为社会发展目标，明确写进人类史册，指明了世界环境保护运动的航程。中国的环境保护行动是全球环境保护行动的一个重要方面。1990 年 10 月，国际自然与自然资源保护同盟主席马丁·霍尔盖特说："中国具有一种独特的机会证实一个幅员辽阔的大国如何走工业化的道路而又不损害地区和全球的环境。"① 三十多年来，随着对社会主义文明认识的不断深化和拓展，以及中国特色社会主义事业总体布局的不断完善和推进，我国的生态文明建设和环境保护事业正在把握这种机会，走出一条中国独特的道路。

一、生态文明建设和环境保护的中国道路的特点

首先，中国的环境保护是在经济和科技欠发达的情况下起步的。1973 年我国召开第一次全国环境保护会议，正式确立了"环境保护"概念，全面开始环境保护行动。这次会议确定了"全面规划，合理布局，综合利用，化害为利，依靠群众，大家动手，保护环境，造福人民"的环境保护工作的方针，制定了《关于保护和改善环境的若干规定》。从中央到各地区，各部门相继建立了环境保护机构、环境监测机构和环境科学研究机构。中国环境保护工作正式启动。虽然同世界环境保护行动比较落后了十年，但是那时我国经济和科学技术水平较低，人均国民生产总值仅为 300 美元；同时还有 2.5 亿—3 亿贫困人口，他们还没有解决温饱问题。而西方发达国家和大多数中等发达国家，是在人均国民生产总值 5000 美元以上的条件下开始搞环境保护的。而一般认为，在充斥贫穷和许多人的温饱问题都没有解决的情况下是谈不上环境保护的。

第二，中国的环境保护主要是由政府推动的。1978 年中共中央批准了国务院环境保护领导小组关于《环境保护工作汇报要点》并指出："消除污染，保护环境，是进行社会主义建设，实现四个现代化的一个重要组成部分……我们决不能走先污染、后治理的道路。"这是我们党第一次以党中央名义针对环境保护作出的重要指示，这标志着我国环境保护工作步入中央最高决策层的新时期。1983 年召开的第二次全国环保会议成为中国环保事业的一个转折点，环境保护被确定为基本国策，奠定了环境保护在社会主义现代化建设中的重要地位，确定了"预防为主、防治结合、综合治理""谁污染谁治理"的符合国情的环境政策。1989 年国务院召开第三次全国环境保护会议进一步明确了环保目标责任制、环境影响评价、"三同时"、排污费等八项管理制度。

① 马丁·霍尔盖特：《中国在保护全球环境中的作用》，《持续发展的战略思考》，中国环境科学出版社 1991 年版，第 121 页。

在我国环境保护史上，国务院分别于 1981 年、1984 年、1990 年、1996 年和2005 年发布了五个关于环境保护工作的重要决定。对促进我国不同时期的环保工作都发挥了决定性的推动作用。实际上，从 20 世纪 80 年代国家确立"环境保护是一项基本国策"，到后来实行可持续发展战略、科学发展观，我们可以看到一条明确的国家意愿的演进轨迹。

第三，充分发挥中央和各级地方政府在环境保护中的作用，强化环境管理。第二次全国环境保护会议提出"三建设、三同步、三统一"（经济建设、城乡建设、环境建设同步规划、同步实施、同步发展，实现经济效益、环境效益和社会效益统一）的环境工作战略方针，确定以强化环境管理为环境保护工作的中心环节。各级政府对环境的管理，除把环境保护纳入经济社会发展计划，制定有利于环境保护的各项政策，以及进行环境保护的立法和执法外，还制定有关环境保护的具体的方针政策，主要是环境保护"三大政策"的形成和环境保护"八项制度"的确立，以及它们的实施，使国家对环境的管理不断深化。进入"十一五"后，国家采取了一系列重要的环境保护政策举措，例如，中央发布了《体现科学发展观要求的地方党政领导班子和领导干部综合考核评价试行办法》，加大了环境保护的指标和分量。国家环保部和国家统计局组织十个省区进行绿色国民经济核算试点，力图把环境退化的代价从 GDP 中分离出来，以反映经济发展的真正效果。同时，国家环保总局宣布成立华东、华南、西北、西南、东北五个区域环保督察中心，这是近年来国家环境保护管理体制上比较大的变化。这些变化表明国家正在进一步加大和强化对于环境的管理。

第四，公众环境意识不断提高。1993 年，我国启动了"中华环保世纪行"，成为环境信息披露的重要平台，促进了黄河断流、淮河污染、晋陕蒙"黑三角"污染以及滥捕滥猎野生动物等一大批问题的解决，在社会上引起强烈的反响。此后，"中华环保世纪行"活动陆续在全国展开。一开始，我国环境保护是自上而下的，以政府推进为主，公众参与环境保护程度不高。而目前，我国环保 NGO 队伍在不断扩大，NGO 开始逐渐成为环境保护的重要力量。民间组织在宣传与倡导环境保护、提高全社会的环境意识、开展民主监督、为环境事业建言献策、扶贫解困、推动发展绿色经济、维护社会和公众的环境权益、保护珍稀濒危野生动物方面发挥了积极作用。

第五，加强国际合作与交流。我国重点加强了与周边国家的环境合作，扩大了与发展中国家的环境合作，深化了与联合国环境规划署、世界银行、全球环境基金等国际组织的合作。通过引进国外资金、技术和管理经验，提高了我国环保技术和管理水平。不断加强环境与贸易的协调，应对绿色贸易壁垒，完善对外贸易产品的环境标准，建立环境风险评估机制和进口货物的有害物质监控体系，有效防范了污染引进、废物非法进口、有害外来物种入侵和遗传资源流失。积极推进减少温室气体排放的国际合作，积极参与国际环境公约和世贸组织环境与贸易谈判，履行与我国发展水平相适应的责任和义务，加快消耗臭氧层物质的淘汰进程。加强对外宣传，增强国际社会对中国的了解，消除中国威胁论的不利影响。我国共签署了50多项涉及环境保护的国际条约，积极履行这些条约规定的义务，树立了负责任的大国形象。

第六，中国环境保护取得了受世界尊敬的成果。国家环保部前部长曲格平的说法是：在我国经济持续增长，在国民生产总值翻了一番多的情况下，环境污染没有相应增加，有些地方环境状况得到改善。1992年巴西会议《中华人民共和国环境与发展报告》列举中国环境保护的主要成就是：1.在发展中保护和改善农业生态环境；2.林业生态工程开始发挥效益；3.水利工程建设促进了社会经济的发展；4.水土保持工作取得了一定进展；5.工业污染防治取得成效；6.城市环境状况有了初步改善；7.物种保护取得了可喜成果；8.人民的生活质量得到明显提高。

第七，创造了许多有中国特色的经验。例如，我国环境保护工作从"三综合利用"开始，甚至最早的环保机构就叫"三综合利用办公室"。这不仅仅是因为我们穷，或者只是中国人有勤劳俭朴和节约的好传统，而且在中国人看来，"废"（废水、废气、废渣）只有相对的性质，它弃之为"害"，用之为"宝"。因而实行废弃物资源化的行动，在"三废"中回收利用有用资源，如废纸和废旧金属回收，用固体废物做建筑材料，城市有机垃圾堆肥，废水经过处理后在工农业中重新被利用，等等，以致形成废弃物综合利用的越来越大的行业，创造了越来越大的经济价值。这是颇具中国特色的。

又如，实行"三同时"的方针。1973年，我国规定，凡新建、改建或扩建企业项目，其主体工程和环境保护设施必须同时设计、同时施工和同时投产。这是我国控制污染"以防为主"的方针的具体体现。它区别于"先污染

后治理"的做法，建设项目从一开始就注意环境保护，把环保的设计、资金和物资列入开发计划，通过两者"三同步"：同步设计、同步发展、同步实施，使新建项目不再存有环境问题，不再造成环境污染新账，从而实现污染控制。就总的趋势而言，"三同时"已被普遍接受和认可，它的严格执行是控制污染的重要行动，并成为我国环保工作的一条重要经验。这种"三同时"的方针是中国人的创造。现在，它在国际上已产生广泛影响，被普遍承认，不仅在思想理论上是先进的，而且在实践上也是先进的。

再如，"三大方针""八大制度"互相结合应用，形成具有法律约束力的完整的管理制度。对环境实行国家管理，这是我国环境保护的重要经验。它受到高度赞扬，联合国环境规划署前执行主任托尔巴博士说："以预防为主，实行三同时，谁污染谁治理，强化环境管理，这三大原则是中国环境保护的三大原则。这些原则不仅对发展中国家适用，而且对所有其他第三世界国家有一定的借鉴作用。中国在经济与环境协调发展方面，为世界作出了榜样"。"由于中国在国际环境保护中的表率作用，使各国合力创造美好的世界环境成为可能，希望中国能在世界环境保护中成为发展中国家的领袖。"①

二、中国环境保护领域的进步

中国环境保护领域已经或正在发生的变化可归纳为五个方面：一是从基本国策到国家战略。20 世纪 80 年代，中国政府将环境保护确立为基本国策；90 年代，又将可持续发展确立为国家基本发展战略。二是从污染控制到生态建设。70 年代初期，中国的环境保护从污染治理起步，80 年代和 90 年代前期，环境保护的重心仍然是污染控制。1998 年长江发生特大洪灾之后，中国政府提出了污染防治和生态建设并重的方针，实施了一系列生态建设和保护政策。三是从末端治理到源头控制。国家从优化产业结构，全面提高农业、工业和服务业的水平和效益，合理调整生产力布局等目标出发，积极扶持高新技术产业和第三产业的发展，推动国民经济和社会的信息化，大力限制资源消耗大、污染重、技术落后产业的发展。四是从点源治理到流域的区域环境的治理。国家实施了"三河三湖两区一市一海工程"，采取综合性措施，治

---

① 《托尔巴博士第五次访华》，《世界环境》1991 年第 1 期，第 23 页。

理重点流域和区域的环境污染。五是从以行政命令为主导的环境管理到以法律和经济手段为主导的环境管理，国家初步建立起比较完整的环境与资源保护法律体系，强化了执法力度，公众开始运用法律手段维护环境效益。

中国越往后发展，保护环境就越会靠近社会经济发展的核心位置。它很可能是中国更高一级的现代化主线之一。1994年3月25日，国务院第十六次常务会议讨论和通过《中国21世纪议程：中国21世纪人口、环境与发展白皮书》。这是世界上第一部国家级别的"21世纪议程"。它不只是实现中国对世界的承诺，而且它阐明中国可持续发展的战略和对策，成为中国制定国民经济和社会发展中长期计划的指导性文件，将指导中国人民建设持续发展社会的实践行动。联合国环境规划署执行副主任 Nay Htum 指出："《中国21世纪议程》的制订，中国政府为落实1992年6月底在里约热内卢召开的联合国环境与发展会议的有关决议而作出了开创性工作，其表现出来的愿望、决心和承诺将受到国际社会的广泛称赞，并将成为中国实现经济持续发展计划的重要组成部分，即将环境因素纳入经济发展规划之中，以进一步提高全体人民的生活水平和质量。"①

改革开放三十多年，我们把社会主义与发展结合起来，不仅使中国人民稳定地走上富裕安康的道路，而且为世界经济发展与和平稳定作出了贡献。在科学发展观的指引下，中国正在努力探索一条不同于资本主义让全世界付出资源和环境代价的发展道路，一条中国特色社会主义的生产发展、生活富裕、生态良好的新文明发展道路。相信到本世纪中叶，中华民族将以自己科学发展、和谐发展、和平发展的重大进步，为人类新文明作出重大贡献。

---

① Nay Htum 致《中国21世纪议程》国际研讨会贺词，《论中国可持续发展》，海洋出版社1994年版。

参考文献

［1］《马克思恩格斯选集》第 1 卷，人民出版社 1995 年版。

［2］《马克思恩格斯选集》第 3 卷，人民出版社 1995 年版。

［3］《马克思恩格斯选集》第 4 卷，人民出版社 1995 年版。

［4］蔡尚思：《中国思想研究法》，复旦大学出版社 2001 年版。

［5］冯友兰：《中国哲学史绪论》，三联书店 2009 年版。

［6］胡适：《中国古代哲学史》，安徽教育出版社 2006 年版。

［7］张岂之：《中国思想史论集（第一辑）中国思想史研究回顾与展望》，广西师范大学出版社 2000 年版。

［8］葛兆光：《中国思想史》，复旦大学出版社 2001 年版。

［9］张岱年：《中国哲学史方法论发凡》，中华书局 1983 年版。

［10］韦政通：《中国思想史》，水牛出版社 1986 年版。

［11］侯外庐：《中国古代思想学说史》，辽宁教育出版社 1998 年版。

［12］阿尔贝特·史怀泽：《敬畏生命》，上海社会科学院出版社 1992 年版。

［13］乐爱国：《道教生态学》，社会科学文献出版社 2008 年版。

［14］本·阿格尔：《西方马克思主义概论》，中国人民大学出版社 1991 年版。

［15］詹姆斯·奥康纳：《自然的理由——生态学马克思主义研究》，南京大学出版社 2003 年版。

［16］约翰·贝拉米·福斯特：《生态危机与资本主义》，上海译文出版社 2006 年版。

［17］威廉·莱易斯：《自然的控制》，重庆出版社 1993 年版。

［18］霍尔姆斯·罗尔斯顿：《环境伦理学》，中国社会科学出版社 2000 年版。

［19］利奥波德：《沙乡年鉴》，吉林人民出版社 1997 年版。

［20］卡逊：《寂静的春天》，科学出版社 1979 年版。

［21］岩佐茂：《环境的思想（修订版）》，中央编译出版社 2006 年版。

［22］吴国胜：《自然哲学》，中国社会科学出版社 1996 年版。

［23］傅华：《生态伦理学探究》，华夏出版社 2002 年版。

［24］叶平：《环境的哲学与伦理》，中国社会科学出版社 2006 年版。

［25］韩立新：《环境价值论》，云南人民出版社 2005 年版。

［26］王伟光、郑国光、潘家华、罗勇、陈迎：《应对气候变化报告（2010）——坎昆的挑战与中国的行动》，社会科学文献出版社 2010 年版。

［27］薛进军、赵忠秀、戴彦德：《中国低碳经济发展报告（2011）》，社会科学文献出版社 2011 年版。

［28］潘家华：《低碳发展的社会经济与技术分析》，社会科学文献出版社 2005 年版。

［29］陈强：《论中国古代"天人合一"思想的非宗教性》，《东岳论丛》2010 年第 6 期。

［30］张方玉：《生活何以更加幸福：儒家传统幸福观及其现代启示》，《道德与文明》2010 年第 5 期。

［31］杨卫军：《"生态学马克思主义"及对生态文明建设的启示》，《理论视野》2009 年第 4 期。

［32］高延春、李宏斌：《从马克思主义实践观视角思考人与自然的和谐》，《理论导刊》2007 年第 11 期。

［33］陈食霖：《当代西方生态学马克思主义生态危机理论评析》，《武汉大学学报》2008 年第 6 期。

［34］王雨辰：《论生态学马克思主义的生态价值观》，《北京大学学报》2009 年第 5 期。

［35］王雨辰：《制度批判、技术批判、消费批判与生态政治哲学——论西方生态学马克思主义的核心论题》，《国外社会科学》2007 年第 2 期。

［36］曹昕平：《马克思历史唯物主义的生态学意义——兼评生态学马克思主义》，《哲学视界》2003 年第 8 期。

［37］田文富：《马克思主义唯物自然观视野下的环境伦理》，《郑州大学学报》2008 年第 5 期。

［38］田文富：《西方环境伦理思想及其哲学基础探析》，《沈阳师范大学学报》2008 年第 2 期。

［39］马健芳、张培富：《马克思主义自然观观照下的人与自然的关系》，《求索》2007 年第 5 期。

［40］张敏、门忠民：《马克思主义实践基础上的"人化自然观"的现代意义——兼论人类中心主义和生态中心主义的局限性》，《社会科学家》2009 年第 11 期。

［41］王国聘：《哲学从文化向生态世界的历史转向——罗尔斯顿对自然观的一种后现代诠释》，《南京社会科学》2000 年第 10 期。

［42］陈蓓洁、孙大鹏：《中世纪自然哲学的思想来源及其对近代自然科学的影响》，《兰州学刊》2003 年第 5 期。

［43］陈剑澜：《西方环境伦理思想述要》，《马克思主义与现实》2003 年第 3 期。

［44］唐叶萍：《论人类中心主义与非人类中心主义的价值整合——人与自然关系的哲学反思》，《湖北行政学院学报》2007 年第 3 期。

［45］王正平：《环境哲学：人与自然和谐发展的智慧之思》，《上海师范大学学报》2006 年第 3 期。

［46］赵晓红：《从人类中心论到生态中心论——当代西方环境伦理思想评介》，《中共中央党校学报》2005 年第 11 期。

［47］刘李伟：《古希腊文明和哲学中的自然观念》，《暨南学报》1999 年第 1 期。

［48］任国英：《生态人类学的主要理论及其发展》，《黑龙江民族丛刊》2004 年第 5 期。

［49］平锋：《西方生态人类学的发展过程与未来趋势》，《甘肃社会科学》2010 年第 4 期。

［50］袁同凯：《人类、文化与环境——生态人类学的视角》，《西北第二民族学院学报》（哲学社会科学版）2008 年第 5 期。

［51］王国莲：《生态安全与和谐社会的哲学观照》，《前沿》2011 年第 9 期。

［52］王国倩、庄贵阳：《低碳经济的认识差异与低碳城市建设模式》，《学习与探索》2011 年第 2 期。

［53］秦光荣：《在调整中拓展低碳经济发展之路》，《求是》2010 年第 6 期。

［54］庄贵阳：《中国经济低碳发展的途径与潜力分析》，《国际技术经济研究》2008 年第 8 期。

［55］杨鹏、杨少杰、冯艳、王莉、王志平：《加强节能减排促进云南低碳经济发展》，《改革与探索》2011 年第 1 期。

［56］王小李、郑丽、郭婷婷、赖于民：《云南发展低碳经济的探索与研究》，《中国软科学增刊》2009 年。

［57］任力：《国外发展低碳经济的政策和启示》，《发展研究》2009 年第 2 期。

［58］云南省统计局、国家统计局云南调查总队:《云南省 2010 年国民经济和社会发展统计公报》。

［59］UN:《2011 年世界经济形势与展望摘要》。

［60］朱守先:《中国低碳发展水平及潜力分析探讨》,《开放导报》2009 年第 4 期。

［61］联合国开发计划署:《2009/2010 中国人类发展报告》,2010 年。

［62］陈利君等:《云南经济社会发展的阶段性特征研究报告》,云南省社会科学院,2011 年。